小泉八雲の日本研究

－ハーン文学と神仏の世界－

高 瀬 彰 典 著

ふくろう出版

目　次

（出雲大社）

序文　神仏との出会い

　ラフカディオ・ハーン（帰化名・小泉八雲）は1850年6月27日に、アイルランド人であった英国軍軍医の父とギリシア人の母との間に、ギリシアのレフカダ島で生まれた。しかし、両親の離婚の後、不遇な幼少年期の艱難辛苦を経て、彼は19歳の時に単身アメリカにわたってオハイオ州シンシナティに移住し、孤独と極貧の中で努力を続け、ついに独学で新聞記者になった。そして、その後ハーンはニューオーリンズで脱西洋の異文化研究の作家として進むべき道を自覚するに至った。

　この様に幼少年期から青年期にかけて、ずっと苦難続きであった西洋社会から脱して、東洋世界を志向するハーンの異文化探訪は、すでにアメリカ時代にクレオール文化やマイノリティに対する心からの共感を伴った取材態度に示されていた。様々な執筆活動が彼の丹念な努力によって業績として見事に作品化され、記者から作家への見事な展開を可能にし、さらに数多くの文学修業を経て、ハーンは来日後の異文化理解の作家としての円熟期を迎えるに至った。来日以前に、ギリシア、アイルランド、イングランド、フランス、シンシナティ、ニューオーリンズなどの各地の遍歴を通じて、ハーンは有色人種や少数民族に対する共感や同情心を育み、同時に権威や強者の理不尽な圧力に対する反骨精神を確立させていた。また、アメリカでの習作時代に個性的な文体を構築して文学的精神や表現力を鍛錬し、彼は独自の世界観と人間観を抱くに至り、さらに異文化や異界の探究者としての認識を深めた。このようなハーンの生涯かけての求道者的性格、探究心、問題意識などの解明が、彼の日本論における神道や仏教の研究の真価を判断するのに不可欠である。

　1890年（明治23年）4月にアメリカの特派員記者として来日し、その後、契約条件の問題で記者を辞め、夏には文部省の外国人教師として松江に赴き、島根県の尋常中学校及び師範学校で英語を教えることになり、そこで藩士の家柄の娘小泉セツと結婚した。松江に15ヵ月滞在してから、さらに俸給の良い熊本第五高等中学校へ転出し、そこで3年間を過ごすことになる。この間に松江で書きすすめていた『日本瞥見記』を完成させた。その後、勤務条件の厳しかった熊本での教職を辞して、1894年（明治27年）10月に英字新聞『神戸クロニクル』の記者の職を得た。神戸には、明治27年から明治29年8月まで住むが、この間、明治29年1月、45歳の時に帰化申請が認められると、ハーンは小泉八雲という日本名を名乗った。小泉は妻セツの姓から、八雲は『古事記』の中の和歌「八雲

立つ　出雲八重垣　・・・」から取った。『古事記』を読んで日本に魅了されて熱心に研究し、神々の国である松江や出雲を心から愛していたハーンは、八雲の名を大変気に入っていた。

　このように、3年間の熊本第五高等中学校での教師生活の後、神戸で新聞記者をしていたが、1895年（明治28年）1月、過労で眼病を悪化させたので、眼の過剰な負担を軽減するために、ハーンは記者を辞めて作家としての執筆活動だけに専念していた。そして、外山正一やチェンバレンの助力もあって、1896年（明治29年）9月から1903年（明治36年）3月まで、東京帝国大学の講師として英文学を教えることになる。ハーンは神戸から東京へと転居し、英文学の講義を続けながら、さらに多くの英文による異文化研究として明治日本に関する作品を発表した。

　明治初期に日本政府は神道の復権によって神道の国教化を確立するために、神仏分離政策を進め廃仏毀釈が広まったが、仏教は相変わらず神道と共存して国民の生活に浸透した。そして、ハーン来日の頃は、日本神道の再評価の結実の時期で、国家の祭祀としての国家神道が確立されていた。神道は国民の道徳感情を形成し、日本独自の大和魂という熱狂的な国粋思想まで生み出した。したがって、日本人の思考や宗教や社会組織に見られる原点は、国民教育に浸透した神道の精神であると言える。ハーンは神道の精神を「家庭の祭屋」の中で次のように説明している。

　「神道の精神とは、子として親を思い、仕事は怠らず、大義のためには狐疑することなく、一命を捨てる覚悟をもつことなのである。それが日本の子供の聞き分けのよさになり、また日本女性の気立てのよさともなって現われる。また時には保守主義と化して、外国の現状に追いつくのを急ぐあまり、かけがえのない過去の遺産を根絶やしにしようとする国民の熱狂に、健全な歯止めをかける。神道は宗教である。——ただしそれは一般にいう宗教とは違って、先祖代々伝わる道徳的衝動、倫理的本能にまで深められた宗教である。すなわち神道は「日本の魂」——この民族のすべての情動の源なのだ。」（『神々の国の首都』講談社文庫、1990年、p. 338.）

　14年間にも及ぶ日本体験から、ハーンは日本研究を着実に積み上げた。神道の霊魂偏在や仏教の輪廻転生が矛盾なく同居する、日本独自の神仏混淆の世界

の諸相をつぶさに観察し、庶民の素朴な信仰と質素な生活に接することによって、彼自身の人間観や世界観は大きく変化したのである。さらに、スペンサーの社会進化論を援用しながら、ハーンは仏教的な円融や神道的な汎神論を科学的に捉えて理解するようになった。彼の日本に対する精神的探究は、作家・教育者としての求道者的な活動の独壇場であった。日本はハーンにとって最適の研究課題を提供し、彼は日本を世界に紹介した功労者として歴史に名を残した。この意味において、日本は彼にとって運命的な出会いであり、彼の才能を開花させる千載一遇の場となった。一心不乱に生涯を賭けて献身した彼の日本研究の著作は、今尚、類書を遥かに凌駕した価値を持ち続けている。ハーンの神道理解はけっして書物からのものではなく、次のような詩人的感性から体全体で把握した想念であった。神々の国の首都である松江での神道体験は、ハーンの日本理解の基盤となった。大気に神々しさを感知するハーンの鋭い詩的感性は、文献に頼ることもなく民衆の神道信仰に苦も無く入り込むことができた。「杵築」での次のような描写は、船上から宍道湖周辺を見渡した時の感慨を述べたものであるが、ハーンの日本研究の原点を示唆している。

　「この大気そのものの中に何かが在る——うっすらと霞む山並みや妖しく青い湖面に降りそそぐ明るく澄んだ光の中に、何か神々しいものが感じられる————これが神道の感覚というものだろうか。」（『神々の国の首都』講談社文庫、1990年、p. 140.）

　来日後すぐに、神道の発祥地出雲に英語教師として赴任したことは、ハーンの日本研究を深める大きな動因となった。1890年9月14日に外国人としては最初に彼は、出雲大社の社殿に正式参拝して感銘を受けた人物であった。宮司の儀式や巫女の舞から受けた感動から、彼は神道の本質に触れたような気がした。彼の神道研究は単なる文献的な解明ではなく、日本人の日常的な宗教生活の営みの中に神道の実相を探究するものであった。したがって、単に古事記や日本書紀などの書物に神道の起源を求めるのではなく、庶民の道徳感情や生活様式そのものの中に生きている神道精神という視点を彼は忘れなかった。さらに、「杵築」の中で、ハーンは庶民に浸透した神道の力強さを次のように述べている。

「仏教には万巻に及ぶ教理と、深遠な哲学と、海のように広大な文学がある。

神道には哲学はない。体系的な倫理も、抽象的な教理もない。しかし、そのま
さしく「ない」ことによって、西洋の宗教思想の侵略に対抗できた。東洋のい
かなる信仰もなし得なかったことである。（中略）現実の神道は書物の中に生
きているのではない。儀式や戒律の中でもない。あくまで国民の心の裡に息づ
いているのである。そして、その国民の信仰心の最も純粋な発露、けっして滅
びず、けっして古びることのない表象が、神道なのである。」（『神々の国の
首都』講談社文庫、1990年、pp. 173-4.）

　日本人の魂の中に存在する神道の生きた力の解明が、ハーンの14年間の日本
研究の集大成『日本』に集約されたのである。西洋かぶれの知識人たちが恥ず
べき不合理な信仰と卑下した神道の本質は、庶民の思考様式や日常生活の美し
い道徳感情に息づいていた。お天道様である朝日に向かって、すなわち天照大
神に頭を垂れて柏手を打ち、虚心に帰って拝む素朴な庶民のおおらかな信仰の
姿にハーンは深い感銘を受けていた。松江時代の『日本瞥見記』には、「神々
の国の首都」、「杵築」、「日本人の微笑」、「日本の庭で」、「家庭の祭祀」
などの秀逸な作品が収められている。また熊本時代の『東の国から』には、「石
仏」、「柔術」、「勇子」などの佳作を書き、さらに、日本研究を伝統文化や
神仏混淆の世界に広げた神戸時代では、『心』を完成させ、「日本文化の真髄」、
「ハル」、「門つけ」、「趨勢一瞥」、「前世の観念」、「先祖崇拝の思想」
などの優れた日本論を書き残している。さらに、随筆や紀行文にも地方の神道
思想や風習に関する独自の観察録を記している。
　ハーン来日の年の10月30日には教育勅語が出され、神道による聖典として国
民教育が規定された。中でも神道は過去に対する感謝や崇拝を教えた。明治維
新の国難を乗り越えたものは、日本民族固有の神道の精神的支援であり、その
道徳感情であり、国家に対する絶対服従の宗教に他ならなかった。教育勅語は
政府批判を封じて、民衆を平定する政治的思惑でなされたもので、神道の天皇
崇拝を利用して国家への忠誠を国民に強制するものであった。神道の先祖崇拝
が天皇崇拝へ結びつき、教育勅語により国民への統制に利用されるのは、いか
にも日本的な非論理性である。しかし、これが成功したのは、長い間育成され
てきた国民の情緒的な道徳感情によるものであった。この神道的教育の具現で
ある教育勅語によって、日本は国粋主義を高めて日清・日露の大戦に勝利した
のであった。ハーンは国家神道が軍国主義に果たす危険な役割を繰り返し警告
している。国家神道は様々な多神教であった古神道を権威づけして、天皇崇拝

4

を頂点とするものに再構成した明治政府の政治的産物であった。しかし、本来の神道信仰には西洋を凌駕する高い道徳感情があった。「先祖崇拝の思想」でハーンは次のように断言している。

「神道のもっている道徳的情操のうち、最も高いものは、過去に対する忠実な感謝の念である。この情操に相当するものは、西洋の感情生活のなかにはない。」（『心』岩波文庫、1951年、p. 267.）

反面、神道の先祖崇拝を中心とした集団主義や封建制による日本人の没個性は、独創性や個性に欠けた単調な画一性を生みだしたので、科学的論理や市場原理に支配された西洋社会の個人主義的価値観に比べると、民族的劣性を示すものとされてきた。しかし、ハーンは日本人の没個性に独自の創造性や柔軟な生活の知恵を見出していた。日本人の没個性や画一性や模倣性の背後には、独自の柔軟な思考力や創造力があり、それは応用力や適応力と呼ぶことのできるものである。したがって、当初、ハーンは没個性や画一性に対して批判的であったが、日本研究を進めるにつれて肯定的な立場を取るようになった。このように、彼の日本批判と賛美の愛憎相反は、表裏一体となって、日本の将来に対する期待と懸念とが交錯した複雑な矛盾的考察となっている。ハーンは日本を心から愛し、将来の可能性を最大限に信じながら、数多くの希望と失意の果てに辿りついた集大成としての日本論『日本』を完成したのである。ハーンは最後の著書で日本の神道を歴史的眺望において捉え、日本民族の精神や国民性を解明しようとしたのである。

神道の先祖崇拝や仏教の前世の思想は、日本人の没個性を遺伝として伝えられた本能的感覚にした。このような先祖から伝わる本能的感情は、日本の神仏が説く深い道徳感情と結びつき、超個人的なものとなって、集合的意識と呼ぶべきものを生んでいる。

また、日本の美しい自然や伝統文化や神仏混淆の世界を西洋に紹介しながら、同時にハーンは日本の古典や民話に取材した再話文学を多数執筆した。日本文化を熱心に西洋に紹介した彼の功績に対して、1915年（大正4年）に、日本政府は従四位を贈位した。日本の豊かな自然と伝統文化を心から愛し、彼はその様々な庶民の日常生活の様相を取材し、西洋化によって消えようとしながらも、尚も根強く残っている優れた旧日本の美質を豊かな想像力で描き、その優れた業績で東西比較文化研究の先駆的人物として高く評価されている。東京帝国大学

講師の職は1903年（明治36年）まで続き、その後早稲田大学で教鞭を執ったが、1904年（明治37年）9月26日にハーンは不運にも心臓発作により54歳で急逝した。

（上：ハーンの肖像　鈴木朱雀画）

（左：ハーンが好んだ石仏）

第一章　ハーン文学の足跡

1．文学修業

　ハーンは1850年にイギリス国籍のアイルランド人のチャールズ・ブッシュ・ハーンとギリシア人のローザ・カシマチとの間に生まれたが、まだ幼い6歳の時に両親が離婚した。母とは生き別れ、父は再婚したため、彼は大叔母サラ・ブレナンに引き取られて養育された。12歳頃にフランスの神学校のイブトー校に入学し、厳しい校則や理不尽な教育に我慢できず中退したとされているが、明確な記録が残されていないため詳細は不明である。それでも、一時フランスの学校にいたという説は、後に語学力を生かしフランス文学の翻訳に従事している事実から完全には否定できないと考えられる。堪能なフランス語の能力やフランス文学への並々ならぬ傾倒ぶりは、フランスの何処かで学習していたことを示している。その後、帰国すると、ハーンはイギリスのダラムのカトリック系の神学校に入学させられたが、彼はすでにこの頃から優れた詩を書き、大変な読書家で想像力豊かな少年であったという。特に英作文では抜群の能力を示し、英文を書けばクラス一番の成績であった。この様に、他の教科は中位ぐらいでも、英作文だけは非常に優れた非凡な才能の学生であった。当時からすでに奇抜な考えや奇妙な事物に心惹かれ、不思議な想念で想像力を養うことに夢中で、常に書くことに全精力を費やしていたという。また、社交的で快活な少年であったので、将来、社会で大いに活躍すると学生仲間からも嘱望されていた。

　しかし、牧師にしようとした大叔母によって無理矢理送り込まれたこの神学校に在学中、1866年、16歳の時にハーンは不慮の事故に遭い、不運にも左眼を負傷し失明してしまう。この突然の事故は彼の人生に大きな影響を与えた。その後の生涯を通じて、彼は潰れた片目を醜い容貌と思い込んで過敏に人目を気遣うようになり、劣等感で性格までも暗く変化させ、写真撮影では必ず右側を向いて、左顔を写されないように注意していた。また、軍の赴任先からの帰路に父が病死し、さらに唯一の保護者であった大伯母のブレナンが遠縁の男に利用されて財産の大部分を喪失し、1867年に破産すると、多大な財産を相続できるはずであったハーンは、17歳の時に4年間在学していたダラムの神学校から退学を余儀なくされた。その後、暗い性格と反抗的な態度のハーンは親族に見捨てられた。逆境の身の上にもかかわらず、反キリスト教や無神論を公言するに至って、著しく周囲から疎外されるようになり、孤立無援の貧困に陥りロンド

ンで苦しい生活を送っていた。

　すなわち、周りに打ち解けず頑なに自分の殻に閉じこもるようになったハーンに対して、親族の誰からも助けの手が差し伸べられることもなく、結局、放り出されるように、大叔母の屋敷で女中をしていた女を頼って、彼はロンドンに行かざるを得なくなったのである。しかし、冷たい扱いを受けて、すぐに頼るべき誰もいなくなり、金持ちの大叔母の子であったはずのハーンは、突然に極貧のホームレスになって、絶望と孤独の中をロンドンに佇み、希望も夢もない日々をテムズ川のほとりで過ごしていた。全くの天涯孤独の身の上になってロンドンを徘徊した後、あまりに哀れな姿を見苦しいと思った親族から片道切符だけを渡され、厄介払いをするようにイギリスから追い払われ、1869年に19歳の時に単身で移民船に乗って、アメリカに新天地を求めて旅立つことになった。

　渡米後も、ハーンは一文無しでニューヨークの街路にたたずみ、やはり辛いホームレスの生活を送った。そして、その後、指示されたシンシナティの親戚を訪ねるが、予定されていたアイルランドからの送金も渡されず、冷たくあしらわれてしまい、日雇い仕事を探しながら、その日暮らしの生活に陥った。彼は生きるために様々な職業を転々として極貧生活を体験せざるを得なかった。召使、給仕、使い走りなどの雑役係をしながら、極貧の零落から少しずつ這い上がるように生きていたのである。

　この時、困窮の極みにいたハーンを救ったのは、印刷屋の経営者ヘンリー・ワトキンであった。ワトキンに助けられ、印刷屋で校正係や雑文係として働きながら，自由時間に公立図書館で読書や作文に励み、ついに彼は新聞や雑誌に原稿を投稿するようになった。このように、ハーンはワトキンの庇護のもとで2年間程を印刷屋の助手として雇われたのである。1849年に死去した作家ポーの作品に登場するカラスをもじって、ワトキンは色浅黒いハーンに大鴉というあだ名をつけて面白がっていた。つや光りしている黒いカラスのようなハーンは、いつも辛抱強くどんな時でも微笑みを浮かべて、ワトキンの孤独や寂しさを忘れさせ和ませていた。また、彼は日頃の仕事にも厳格なほどに礼儀正しく、忠実に努力して仕事に励んでいた。しかし、本来、性格的にもワトキンとの相性はよかったが、散々の苦労を重ねて被害妄想の性癖をもっていたハーンは、病的なほどに感じやすかったため、時折些細な行き違いで喧嘩にもなった。そんな時でも、ワトキンは父親のようにすべて飲み込んで、承知済みのように受け入れて、腹を立てることなく彼を包み込むように世話をした。また、ハーンも

父親のように慕い、遠慮なくワトキンに甘えた。ワトキンも肉親のような気持ちで接していた。ワトキンは長寿を全うして、ハーンの死後に書簡や記事を出版した。

　その後、1870年に牧師の秘書としてフランス語の翻訳の仕事をするようになり、また、ボストンの雑誌社にも記事を投稿するようになった。翌年に大叔母のブレナンが死亡して、少しの遺産が与えられるはずであったが、結局何も金品が送られることはなかった。1872年にワトキンの世話で『シンシナティ・トレイド・リスト』誌の編集助手となるが、すぐに仕事の内容で不満が募り、経営者と喧嘩別れして辞職してしまう。さらに、ワトキンの配慮でロバート・クラーク社という出版社で植字工兼校正係の仕事にも就いたが、「オールド・セミコロン」と揶揄されたほどイギリス式の古風な句読点に固執して、ハーンはコンマひとつでも勝手な変更を認めなかったという。

　その後、『インクワイアラー』紙に多くの記事を寄稿し掲載されると、優れた文体が評価されて1874年（明治7年）1月に正式な記者として採用された。この時、彼は初めて記者という社会的地位を得たのである。また、同年6月21日に週刊風刺雑誌『イ・ジグランプス』を創刊し、自分の挿絵入りの記事を連載して9号まで発行したが、風刺が誤解されて非難を浴び、予約部数激減のため8月16日に廃刊となった。

　一方、記者としての仕事では、同年11月12日の「皮革製作所殺人事件」で凶悪な焼き殺しの記事を書きあげ、ハーンは一躍センセーショナルな事件記者として名を上げた。生きながら焼き殺されたという残忍な事件の被害者の遺体を、ハーンは異常なまでに細部にこだわって描写した。そのグロテスクな状況の鬼気迫る表現力には、猟奇的事件の結末に読者を引き込むような筆力があり、磨き上げられたハーンの文才の技量と力量がはっきりと示されている。当時、新進気鋭の若手新聞記者であったハーンは、読者の注目を浴びようとして腕の限りを尽くし、次のように、今までの鬱憤を晴らすような常識破りの筆致で、どぎつい程に怪奇的で異常な表現に満ちた文章を書いている。

　「ボロボロに崩れかかった人骨の塊と、沸騰した脳髄と、石炭と混ざって煮凝りになった血。
　　　　頭蓋骨は砲弾のごとく爆裂し
焼却炉の高熱の中で飛び散っていた。その上半分はぶくぶく煮沸する脳髄の蒸

9

気の圧力でもって吹き飛ばされたかのごとく思われた。後頭部の後半部分と頭頂骨、上下の顎骨、ならびに多少の顔面骨のみが残っていた。頭蓋骨の上部は鉤裂きに引き裂かれ、ある部分は燃えて焦茶色となり、またある部分は黒焦げとなり黒い灰と化していた。脳漿はほとんどすべて沸騰してなくなってしまったが、それでも頭蓋の底部にレモン程度の大きさの小さな塊が残っていた。パリパリに焼け焦げて、触るとまだ温かった。パリパリ焼けた部分に指を突っこむと、内側はバナナの果実程度の濃度が感じられ、その黄色い繊維質は検屍官の両手の中でさながら蛆虫のごとく蠢いているように見えた。両眼は、真黒に焦げた眼窩の中で、泡を吹いたカリカリ状のものと化し、鼻骨はどこかへ飛んでしまって、あとにはぽっかり恐ろしい穴が開いていた。」（『ラフカディオ・ハーン著作集』第1巻、恒文社、1980年、pp. 40-1.）

　さらに、1875年にハーンは混血黒人女性アリシア・フォリー（通称マティ）と結婚した。マティは白人農場主と黒人奴隷との間に生まれ、ハーンの下宿の賄いをしていたが、21歳ですでに4歳の子供がいた。当時のオハイオ州は、白人と有色人種の結婚を法令で禁止していた。しかし、理不尽な権威に逆らうかのように、ハーンは違法な結婚をあえて公表して敢行した。この結果、看過できない不道徳行為として白人社会から糾弾され、マティとの結婚問題でハーンは『インクワイアラー』紙を突然解雇され、1876年にライバル関係にあった小さな新聞社『コマーシャル』紙に不利な条件で移らざるを得なかった。
　さらに、白人社会からの圧力や差別は、両者の間に社会的軋轢を生みだし、家庭内での亀裂までがマティを追い込み、彼女の生活は荒れ果て、もはや彼には手に負えない女性になってしまった。結婚の破局はハーンを自己嫌悪に貶め、彼は自分を責めて軽率な結婚を後悔した。マティの気の毒な境遇に同情して、救ってやろうという自負心からの結婚が、結局彼女を以前よりも悪くし堕落させることになった。堕落して自暴自棄になった彼女の苦しみを思うと、ハーンは断腸の思いに駆られた。ワトキンに仲介を頼んでも、結婚の悲惨な失敗に泣きわめくマティは、ハーンを非難するだけであった。彼女に会うこともできないハーンは、ケンタッキーの田舎に帰っておとなしくまじめに暮らすのなら、生活の援助に送金しようとワトキンを通じて持ちかけるしかなかった。離別の後、マティは1880年にシンシナティで再婚した。
　ハーンを高く評価していた『インクワイアラー』紙の編集長でさえ、マティとの出来事を知るに及んで、手のひらを返したように彼を厳しく非難し業界か

ら抹殺しようとした。黒人混血女性マティとの結婚にまつわる人種差別問題と失職と結婚生活の破滅は、衝撃に打ちひしがれたハーンにアメリカ黒人音楽ジャズ発祥の地ニューオーリンズへの南下を決定づけ、さらに、ラテン系混血有色人種のクレオール文化への傾倒へ結びつくに至った。同時に、この白人社会の横暴に再び遭遇したことが、幼いころのトラウマを呼び起こし、ハーンの南下のプロセスは、脱西洋世界への模索となった。結婚に絡んで人種差別問題に自ら遭遇して、人生の岐路を迎えるに至ったハーンは、その後、脱西洋と非白人社会への傾倒を一層深めるようになり、東洋関係の本や希少本を集め始め、また、ゴーチェの英訳に励むようになった。

　このように、すべてに行き詰ったハーンは、1877年に『コマーシャル』紙を辞めてシンシナティから逃げ去り、同社の通信員としてニューオーリンズに向かう他なかった。しかし、新聞社に記事を送ってもほとんど送金がなかったため、すぐに生活に困窮するようになり、またテング熱にかかり死に瀕したこともあった。この絶対絶命の困窮の時に知人の助けを得て、1878年に小さな新聞社『デイリー・アイテム』紙に入社し、週給10ドルで評論や翻訳などを書く編集助手の職を得た。ハーンは1877年から1887年までの10年間、ニューオーリンズに滞在することになる。

　1879年頃から、ハーンはクレオール文化の民話や歌謡について取材し、また、ブードゥー教の精霊信仰にも関心を抱いていた。元来、クレオールとは植民地生まれの人を意味しているが、1803年のルイジアナ州買収によってアメリカの一部になる以前の、フランス領ルイジアナの移住者を先祖とする混血の人々、及びその文化を意味している。クレオールとは、フランス人、アフリカ人、スペイン人や先住民を先祖とする混血であり、ルイジアナに居住する人々のことであり、さらに現在では他の多くの人種や民族がクレオール文化に貢献している。このように、クレオールは、植民地時代に異人種の人々が混じり合いながら創造した新しい混血文化である。白人社会を中心とした根強い人種差別が存在するが、人種のるつぼのアメリカこそ、実はクレオール国家に他ならない。

　ルイジアナには独自のラテン的で陽気な雰囲気があったので、ハーンは特にニューオーリンズに夢中になった。彼は南部の熱気に歓喜し、熱帯の日の光の中で南国の夢を見て、ニューオーリンズの魔力に陶酔した。常夏の風景と温暖な気候は、南国志向のハーンの漂泊する魂を満喫させた。また、ニューオーリンズには様々な人種の人々が引き寄せられ、インド人や日本人、中国人やマニラ人、西インドの諸島や南アメリカの人達がいた。世界中の船乗り達がこの地

に安住を求めて、近代文明から逃れるかのように流離い集っていた。ハーンは
このニューオーリンズの魔力に取りつかれ、脱西洋への思いをさらに確かなも
のにしたのである。しかし、また、同時に、1879年に無謀にも大衆食堂を経営
するが、共同経営者に資金を持ち逃げされて失敗したために、泥棒のいる信用
できない町だとニューオーリンズを徐々に嫌うようにもなった。その後、脱西
洋の思いを募らせたハーンは、マルティニーク島に取材旅行するに至り、さら
に、遥か遠い極東の島日本へ行くことを考え始めるようになった。

　ハーンは1881年に『デイリー・アイテム』紙の記者から『タイムズ・デモク
ラット』紙の文芸部長の要職に転身し、文芸評論から文明批評に至る幅広い論
説や記事を書いて評価を高め、今まで以上に文学的創作に密接した生活を送る
ようになった。彼はニューオーリンズを中心にして様々な取材や執筆活動を
していたが、中でも文学修業としてフランス文学の翻訳に情熱を傾けていた。ハー
ンはフランス文学の翻訳や評論を通じて、西洋文学の最先端の情報をアメリ
カの読者に紹介していた。彼は当時最新の時代精神の動きを把握し、文学的で
文化的な運動の一翼を担おうとする気概を持っていたのである。後に、日本に
おける西洋文学の普及に触れて、彼は翻訳の重要性を強調し、また、作家志望
にとっては何よりの文学修業であると述べている。

　　「私は躊躇なく、翻訳なり、と答えたい。翻訳こそ、創造的な仕事への最良
　の準備といえるだろうし、また日本で広範に求められているものだからである。
　西洋文学の知識は、大学と学校を通してだけでは、実のところ日本に普及しえ
　ない。それが普及しえるのは、翻訳を通してのみである。」（『ラフカディオ・
　ハーン著作集』第9巻、恒文社、1980年、pp. 43-4.）

　ハーンは1877年にゴーチェの『クレオパトラの一夜』を英訳する仕事に取り
掛かり、1882年に出版した。ゴーチェは幻想的な作風のフランスの作家で、華
麗な場面に異国情緒あふれた不思議な妖しさを漂わせた作品を残し、その絢爛
たる幻想世界には異界や霊界への傾倒がみられ、また、非西洋の世界に興味を
抱いて旅行記を書いていた。また、ハーンはモーパッサンの短編の英訳も手掛
けた。モーパッサンは、ハーンと同じ1850年生まれで、同じイヴトーの神学校
に通ったとされている。厳しい神学校の不条理な教育や規律に反発し退学した
が、後に彼は異常な現象や狂気の心理を見事な文体で描き、人間の存在を超え
た何か超自然的なものを扱おうとした。さらに、1883年にハーンは「新しいロ

マン派作家」の中でピエール・ロティについての評論を書いている。その後、ロティは1885年に長崎に滞在して17歳の日本人女性と1ヵ月ほど生活を共にし、『お菊さん』という小説を書いて、日本の美しい自然や庶民の生活を描写したが、ハーンのような明確な文明批評の観点を持った異文化探訪の作家ではなかった。

ハーンはアラビアやインドやエジプトの伝説を集めて書いた『異文学拾遺』を1884年に出版し、さらに、『ゴンボ・セーブズ』を1885年に、『中国怪談集』を1887年に出版したが、この頃、生涯の友となるエリザベス・ビスランドと出会った。

ビスランドは1861年にルイジアナの農園に生まれた。同年勃発の南北戦争に父親は軍医として南軍に参加したが、多くの没落した南部人とちがって、才覚を現わして富を築いたので、ビスランドは豊かな恵まれた環境の中で芸術や文学に親しみながら育った。

彼女は14歳の時に詩を書き始め、ニューオーリンズの新聞社に投稿していたが、18歳の時に『デイリー・アイテム』紙に掲載されたハーンの「死者の愛」を読んで感激し会いに行ったという。美貌の持ち主で社交的で人気があったビスランドは、ハーンの才能を高く評価して崇拝するまでに慕っていたので、1882年に『タイムズ・デモクラット』紙に記者として採用された。

1884年にハーンは『タイムズ・デモクラット』紙の記者仲間となったビスランドやベイカーと共にグランド島で1ヶ月ほど滞在し、ハリケーンによる島の悲劇を素材にして小説『チータ』を構想した。また、同年の年末にはニューオーリンズ万国博覧会に取材に赴き、文部省の服部一二と出会い、日本の民芸品に心から興味を抱いた。彼は2年後にグランド島を再訪し『チータ』の執筆に専念した。また、1885年7月に友人のオスカー・クロスビー陸軍中尉から勧められて、ハーンはハーバート・スペンサーの『第一原理』を読んで、社会進化論の哲学体系に大きな思想的影響を受けるようになった。

この頃から、ハーンは忙しい記者の雑務から解放されて、作家の仕事に専念することを願うようになる。ハーンは1887年5月に作家として自由な執筆活動を求めて、『タイムズ・デモクラット』紙の職を辞した。そして、ニューヨークに向かい、紀行文執筆という作家としての仕事のために、ハーパー社との契約を済ませると、西インド諸島のマルティニーク島へと出発した。2か月程滞在して「熱帯への真夏の旅」を書いて9月にニューヨークに戻った。10月にはマルティニーク島を再訪して二年間を過ごして取材活動し、長編の滞在記『仏領西イ

ンド諸島の二年間』を完成して、1890年3月に出版した。一方、ビスランドは1888年にニューヨークの『コスモポリタン』誌の編集助手の職に就いていたが、ハーンは1889年に西インド諸島からニューヨークに戻りビスランドと再会した。この年、ビスランドは他の女性記者と競争して世界一周旅行をすることになり、同年11月14日に日本へ向かって出発し、12月8日に横浜に上陸した。日本でのガイドはミッチェル・マクドナルドであった。

　ニューオーリンズ万国博覧会への取材は、ハーンの日本への関心をより具体的で現実的なものへと導くことになった。博覧会で出品された民芸品に直接触れて、彼は日本に深い興味を抱き、今まで以上に真剣に英訳の『古事記』や東洋関連の書物を読破するようになり、日本研究へ本格的に着手する準備を着実にすすめていた。そして、ハーパー社から日本旅行記の企画を提示された時、1890年4月に彼は満を持して来日した。しかし、同行の挿し絵画家ウェルドンと比べてあまりに不利な雇用条件に気づき、彼は憤慨して契約を破棄してしまう。仕事と収入を同時に失ったハーンは、ビスランドやマクドナルドなどの友人の紹介によって、東京帝国大学教授のチェンバレンと万国博覧会ですでに知己になっていた文部省官吏服部の計らいによって、島根県尋常中学校の英語教師の職を得たのである。来日以降、教育者で作家でもあったハーンの日本研究は、明治期の英語教育、日本文化、欧化政策など様々な領域に深くかかわっている。

　世界一周旅行の競争に敗れたビスランドは、1891年にアメリカで富豪のウィットモアと結婚して記者を辞め、ハーンとの交流は途切れることになるが、ハーンに日本行き奨励してミッチェル・マクドナルドに紹介したのは彼女であった。マクドナルドはハーンの没後、遺産管理人となり、また、東京帝国大学での講義録出版にも尽力した人物である。ビスランドはウィットモア夫人となっていたが、夫の死後に大きな財産を受け継いだ。その後ハーンとの交流を再開したビスランドは、彼の息子のアメリカ留学を世話しようとしたり、東京帝国大学辞任後のハーンにコーネル大学への招聘や、米国の大学での講演などを世話しようとしたが、大学側の都合で結局うまくいかなかった。ビスランドはハーンの亡くなった後、何回も来日し、書簡や伝記の出版を企画して『ラフカディオ・ハーンの生涯と書簡』を完成させた。ビスランドは、1929年にニューヨークで他界した。

2．ハーンの文学論

　ハーンは両親の離婚で幼少期に資産家の大叔母に引きとられたが、大叔母が破産したため、神学校を中退することになった。また、神学校での不慮の事故で左目を失明し、残った右目さえ強度の近視で、その後終生、読書や著述に大変なハンデがあった。その後、親族の誰からも見放されて、1869年に19歳で単身渡米し、職業を転々としたのち苦労の末に記者になり、20年近くにわたってアメリカで新聞や雑誌の記者として生計を営み、1890年に特派員記者として来日し、契約問題で雑誌社と絶縁して松江の尋常中学校の英語教師としての職に就き、そして、その後熊本第五高等中学校での教職の後、東京帝国大学の英文学講師の職に就いた。

　ハーンは熊本第五高等中学校の教師として、1891年11月から3年の間を熊本に滞在したが、松江のような風情のない熊本を常に忌み嫌った。しかし、セツと家族を養うために、ハーンはよく失望に耐えて我慢をした。西南戦争で戦場となった熊本は、激しい攻防戦の結果、焦土となっていた。その後、熊本は新たに軍都として九州の大都市として生まれ変わろうとしていたが、旧日本から新日本へと急速に西洋化を促進していた熊本をハーンは醜悪な都市だと思って失望した。

　ハーンにとって、無味乾燥の軍都熊本では取材して書くべきものがなかったので、日本研究の作家として作品を書く意欲を失っていた。しかし、彼は松江で書いていた多くの作品を纏めて来日第一作『日本瞥見記』として出版した。熊本では親しい友もいなかったので、特に松江の同僚英語教師の西田千太郎や東京帝国大学のチェンバレンと頻繁に文通し、毎日のように両者に手紙を書くのを日課にして楽しみにしていた。親友の西田には温かい友情と信頼を抱いていたが、チェンバレンとは外国人教師としての立場や東西文化論に関する議論を述べ合っていた。

　西洋の贅沢な庭園は自然を冒瀆する不調和に富を浪費しているだけだと断罪し、日本の山水の庭は日本の風景をそのまま美しく縮小したものだと賞賛した「日本の庭」や、日本人の微笑は長い年月をかけて磨き上げられた礼儀作法であり沈黙の言葉であるという「日本人の微笑」などは、彼の日本文化に対する深い洞察を示している。西洋文明の物質主義に毒されなかったので、日本文化は物量的繁栄で遅れをとったが、素朴で潔癖な足るを知る精神で西洋よりもはるかに高い道徳的感情を保持していると彼は考えた。日本人の利他的で自己抑制的気質は、不要な軋轢や過酷な競争を事前に回避し、穏やかで落ち着いた社

会環境を生みだしたとハーンは高く評価した。

　このような見解は、正にハーンの日本観を如実に物語るものである。しかし、熊本での失意以後、ハーンは松江での美しい日本の素描ではなく、西洋との比較文化的視野において日本を描くようになった。そして、このような日本の美質が稚拙な西洋の猿真似によって失われようとしていると彼は嘆いた。また、日本人を正しく教育し警告を発すれば、日本は西洋追従主義を止めて、西洋から離反して独自の文化を再認識すると彼は期待していた。健全なる保守主義によって、世界に誇るべき立派な伝統文化を守るように日本を導き、物欲と拝金主義に支配された西洋文明の非情な暗部を教示すれば、日本は誇るべき旧日本の美質を再評価して、大事に保持しようとする民族精神を新たにするとハーンは思った。

　しかし、感受性豊かなハーンの日本に対する大きな期待は、感激と失意の間で激しく振り子のように大きく揺れた。西洋化に走る新日本を嫌悪して、忌むべき体験や目撃をしたときは、激しい悲観的予想や絶望的な思索に苦しんだ。奥ゆかしい美質をたたえた旧日本の夢のような姿に触れたときは、楽観的で肯定的な見解や明るい未来に彼は心躍る思いであった。ハーンは日本の行く末を日本人以上に懸念し、様々な思いを巡らせた稀有な西洋人であった。日本人が自国の伝統文化を忘れて捨て去ろうとしていることにも彼は真剣に懸念を表明し、軽薄な西洋の猿真似に狂喜する新日本の知識人の軽薄な姿を烈しく批判した。ハーンの脳裏には、西洋文明を盲信し亡国に走る愚かな日本の知識人の姿が、苦々しい思いと共に浮かんでいた。

　このように、ハーンは単に『怪談』の作者にとどまらず、江戸や明治の日本女性を比較文化的に表現した作家である。特に西洋化する以前の江戸の風情や古風な日本女性を好んで作品に取り上げた。『東の国から』の「永遠に女性的なるもの」の中で、西洋人が自然を男女の性として把握するのに対して、日本人は中性的な存在とみなしているとハーンは指摘している。西洋文化は自然界に対する美意識を女性的なものと捉え、唯一の主観的情念を極端に一方向へ発達させてきたのに対して、日本人は数千年にもわたって、自然界の中に西洋人が気づかなかった多くのものを多様な感性で見つめてきたと論じている。

　「芸術や思想がひとたび女性になぞらえたものは、いっとき象徴となったことにより、不思議な内実と変形を与えられることになる。これ故、世紀の進むにつれて、西洋の空想は自然をますます女性的なものとして把握してきた。わ

れわれに喜びを与えるものは、すべて想像力によって女性とされた。（中略）もしかしたら、われわれの審美能力は、ただ一つ主情的な概念の力によって異常と言ってもいいほど一方向にのみ発展させられたのではあるまいか。その結果、われわれは、自然の多くの驚歎すべき相に対して、完全にとは言わないまでも、ほとんど盲目になってしまったのではなかろうか。（中略）私の考えるところでは、この国の驚嘆すべき芸術は、自然の千姿万態の中から、われわれに性の特徴をいささかも思い起こさせないもの、擬人的に眺めることの不可能なもの、男性でもなく女性でもなく、中性というか、何性とも名づけようのないものこそ、日本人によってもっとも深い愛と理解を捧げられてきたものだということをはっきりと主張しているかに見える。いや、日本人は自然の中に、幾千年もの間われわれにはついぞ見えなかった多くのものを見ているのだ。われわれは今や日本人から、いまだかつて目を向けたことのない生命の諸相と事物の美しさを学びつつある。」（『日本の心』講談社学術文庫、1990年、pp. 53-5.）

　日本文学は伝統的にあからさまな恋愛や性愛を描かないと断じ、ハーンは永遠に女性的なるものを、東西比較文化の中で論じた。日本庭園に示された自然石に対する日本人の独特の繊細な感性は、侘びや寂びとなって発展し、西洋には存在しない不規則な美に対する価値観を生みだしたとも述べている。また、西洋の絵が冷たい写実に終始しているのに対し、日本の絵師の魔法のような一筆書きには正に一つの啓示のような教えが存在していると絶賛しているのである。

　さらに、英国小説が日本の学生にとって理解しがたい原因として、西洋の生活全般を支配している文化が日本人にとって理解し難い謎であるためだとハーンは指摘している。すなわち、親への孝道が道徳的基盤でない社会、親よりも妻や子を愛することを当然とする社会、結婚が親とは関係なく当人だけで決められる社会、嫁が姑に奉仕することを当然とは思わない社会、子が親から離れて自分だけの家庭を築く社会などが、西洋文学に普通に表現されているが、結婚が親に対する果たすべき義務のように受け止められている日本人にとって、まったく理解不能で奇想天外な事柄であり、不埒千万な道徳の堕落そのものに他ならなかった。明治の日本では、夫と妻が肩を並べて町を歩くこともなく、愛撫や抱擁や接吻などの露骨な愛情表現が文学で扱われることもなかった。アメリカの属国化が進行した現在でも、日本の伝統的文化や独自の感性や道徳意識は滅亡せずに、遺伝的に後世に受け継がれているのである。したがって、日

本民族の高い道徳精神や知性の持ち主は、古来の信仰や倫理を無視した西洋化には根強い抵抗を覚えているのである。このように、ハーンは日本独自の宗教や文芸や思想の存在を再認識し保持することを訴えたのである。

　批評家としてのハーンは文学の道徳的感情や作者の人格を重視して評価する傾向がある。中でも、サー・ウォルター・スコットの人柄に非常に感銘を受けている。スコットはスコットランド国境地方に残る古い物語やバラッド の収集に専念し、何百という古い詩を人々から取材して書きとめ、集大成として『スコットランド国境地方の歌』を出版し、パーシィ編纂の『古英詩拾遺』以来の価値ある詩集を残した。また、彼はドイツ・ロマン派の詩を好み、翻訳詩や数多くの詩を創作し発表したが、同じ詩風のバイロンが登場し大変な人気を博すると、かなわないと詩作を断念して散文作家に転向し、優れた小説家としても才能を発揮した。道徳的な問題があった革命児のバイロンよりも誠実なスコットの方をハーンは高く評価した。不運にも背負うことになった莫大な債務を、最後まで正直に返済し続けた実直で気高い精神の人柄を彼は愛したのである。

　「善良で偉大なこの人間の悲しい生涯のことは良く知っていることと思う。信頼していた恥知らずの男の過失から十二万ポンドもの借金を背負いこみ、それを払おうとして昼夜の別なく書き続け、過労から自殺した哀れな生涯のことは。この莫大な借財は実際全部払いきった。大部分は死ぬ前に、そして残りも死後すぐに。スコットほど正直で寛大で気高い心の人間も少ないにちがいない。」（『ラフカディオ・ハーン著作集』第12巻、恒文社、1982年、p. 16.）

　同じように親族の裏切りにあい、大変な辛酸をなめたハーンは、スコットの生涯の苦悩を良く理解したのである。また、アルフレッド・テニスンの真面目な創作態度やロマン主義の詩風にも高い評価を与えている。テニスンは牧師の子として生まれ、1827年に詩集『二兄弟詩集』を出版し、さらに、『テニスン詩集』を1830年に発表したが、いずれも優れたものではなかったので注目されなかった。次いで1833年の3作目『シャロットの妖姫』が批評家から大変な酷評を受けて自信喪失し、彼は以来10年間、沈黙を守って全く詩を発表せず、沈思黙考して自分の詩の欠点を研究して、何度も詩を書きなおし磨き上げて改訂した後に、再び詩集を出版した。すると、今度は大いに好評をもって受け入れられたのである。ハーンはこの間のテニスンの不断の努力を高く評価し、天才と

いえども、飽くなき努力によってのみ開花するものであると次のように述べている。

「ただ天才でも懸命に努力しなければならないということである。そしてテニスンの偉大さは、イギリス詩人中、最大の努力家だったということから来ている。彼の作品は何度も何度も書き直され修正され吟味され、文字を加え、タッチにタッチを重ね、そういうふうにして、もうこれ以上はよくなりようがないというところまで行った作品である。このようにしてできあがった作品は桁はずれに立派なもので、向う五十年間はテニスンの批評家は出ないのではないかと思われる。テニスンの詩一つ一つが形作られたその過程及びそれに捧げた苦心がどんなだったかなどについて本を書くには、大勢の学者が共同して地道に研究しないと不可能ではないかと思う。」（『ラフカディオ・ハーン著作集』第12巻、恒文社、1982年、p. 154.）

　何度も推敲を積み重ねることを創作の原点としていたハーンにとって、テニスンは最大限に賞賛すべき詩人であったと言える。彼にとって、テニスンはシェイクスピア以来の大詩人であったし、詩的表現の完璧な模範を提供した功績は大きいものがあった。また、ハーンが再話文学に優れた業績を残したように、テニスンは何百もの古い英語の言葉に新たな意味を吹き込み、英語そのものに非常に大きな貢献を果たした。さらに、新たな音楽性や色彩やイメージによって、ロマン主義文学を完成させた最後の詩人としてもハーンは高く評価したのである。
　英語教師としての職に就いて英作文の指導をしていた間も、ハーンは作家活動を続けていたが、作家の原点としての文体の構築に際しては、装飾的な文体から脱却し、ロバート・バーンズやダニエル デフォーのような平易な言葉を使って、簡潔な文体で作品を書くことを目標としていた。ハーンはバーンズのような飾らない素朴な詩心を持ち、デフォーのような緻密な洗練された文体を模索していた。ハーンは長年、推敲を重ねて装飾的な詩的散文を研究して、作家としての文体を完成しようとしていたが、難解な文章では率直な感情が伝わらないことを痛感し、徐々に簡素な散文体を志向するようになった。技巧的に傾きすぎた初期の文体は、試行錯誤の中で確固たるものとして定着せず、もっと改良する必要に迫られていた。このように、文学修業期からの様々な文体の模索は、結局期待したような効果が現われず、平易な言葉による簡素な文体こそ、

最も効果的な文学的表現を生みだすと彼は考えるに至った。『怪談』に示された簡素で無駄のない文体は、ハーンの試行錯誤の最終的な結論であった。

　来日後、熊本第五高等中学校での自由英作文の教育において、生徒が実力よりも長くて難しい文章を書く傾向に気づき、この弊害を取り除くために、ハーンは分かりやすい題目を与えて、生徒に意識的に簡素な短文を書くように指導して英文を書かせた。元来、英語でも日本語でも、達意の文章を書くためには何度も推敲を要するものであり、日本の生徒が英語を自由に書くには二十年の努力を要するとハーンは考えていた。また同時に、無駄に多くの言葉を使って表現するのではなく、できるだけ言葉の数を抑えて思想を効果的に表現しなければならないので、文章の締りを損なうことなく、出来るだけ簡潔にする必要があると彼は説いた。東京帝国大学の文学講義で、装飾的文体を嫌ったデフォーを取り上げて，簡素な文体と平易な言葉を使用し、文全体を緊密に簡潔にするように工夫しているとハーンは高く評価した。

　「彼の作品の特徴は、十八世紀初頭の人とは思えないほど単純明快だということである。形式がすべてだと考えられていた時代、古典の手本がいたるところで研究されていた時代に、デフォーはその古典の手法では何一つ書こうとしなかった。装飾的なものは一切試みようとしなかった。彼の作品全体には、ひとかけらの装飾もない。それは純粋に飾り気のない英語だ。滑らかで気やすく、ほとんど口語的な感じさえある。それでいて少しも品の悪いところはない。彼は短い、きびきびした、さっぱりした文章を好んだ。」（『ラフカディオ・ハーン著作集』第11巻、恒文社、1981年、p.333.）

　デフォーは正規教育を受けることなく、二度の商売の失敗と政治問題で逮捕と投獄を経験し、その後ジャーナリストの仕事に従事し、装飾的でない明快な英語で短文を好んで使用した。デフォーは商売の失敗や政治問題で投獄され、人生の艱難辛苦を誰よりも経験し、数多くの試練の場を生き抜いてきた苦労人であり、その後ジャーナリズムの世界で成功し、実利的に数多くの著書を書いたが、60歳近くで本格的な小説を執筆するようになった。このような生涯にハーンは共感して好意的に評価したのであり、苦難の人生と作家としての独学の文学修業において，デフォーとハーンは似通う点が多かった。

　バーンズも貧しい農民であったため、正規教育を受けなかったが、過去の因習にこだわらずに感情を率直に表現して見事な作品を残した。また，ハーンが

心酔した思想家スペンサーも貧しく病弱で、父の小さな学校で学んだだけで正規教育を受けなかったが、ジャーナリストとしての仕事に従事していたという経歴を持っている。生い立ちや文学観などで、ハーンはこれらの思想家や作家達に共通点を見出していたのである。

　ハーパー社の美術主任パットンの発案で、ハーンは日本取材の特派員記者として1890年4月に念願の来日を果たした。しかし、すぐに雇用条件の問題でハーパー社との契約を破棄し、英訳『古事記』の著者チェンバレンに手紙を出して仕事の斡旋を依頼し、また以前に博覧会で知り合った服部一三からの協力も取り付けて、彼は英語教師として松江の尋常中学校に赴任した。さらに、熊本第五高等中学校へ転任して3年間勤務した後、1891年11月から数カ月間『神戸クロニクル』紙の記者として記事を書いた後、眼の具合が悪くなって辞職し、作家としての執筆のみに専念していた。この時、東京帝国大学学長の外山正一に業績を高く評価されて講師として招聘を受け、ハーンは1896年の秋から6年半にわたり東京帝国大学で英文学講師として文学講義を担当した。その間に作家活動も続けて、『仏の畑の落葉』（1897年）、『異国風物と回想』（1898年）、『霊の日本』（1899年）、『日本雑記』（1901年）、『骨董』（1902年）、『怪談』（1904年）などを矢継ぎ早に発表した。その後、ハーンは1903年3月に東京帝国大学を契約満了で解雇され、1904年から早稲田大学の招きで講師として出講したが、同年9月に狭心症で逝去した。ハーンが英語で書いた多くの作品は、すべて西洋で出版されたものばかりで、当時の一般的な日本人に知られることはほとんどなかった。広く日本で知られるようになったのは、教え子を中心に第一書房刊の『小泉八雲全集』などの日本語訳の本や解説書が出てからのことであった。

　東京帝国大学でのハーンの大学講義録は、多くの授業内容が当時の学生によって筆記されたもので、『英文学史』『文学の解釈』『文学と人生』『詩人論』などの著書として出版された。ハーンが実に博学な教育者であり、世界中の思想家や作家や詩人を自由自在に論じていたことを講義録は示している。彼はほとんど何も見ずに流れ出るように言葉を発し、学生が筆記出来る速度でゆっくりと美しい英語で講義を行った。このように、ハーンは取り扱った作家や詩人の人生と作品を俯瞰するように分かりやすく論評しているのであり、後に授業での言葉が逐一活字にされ印刷されても、充分に読むに耐える重厚で多彩な内容を保持している。

ハーンが講義の中で取り上げ、熱心に解説している詩人や作家達を見れば、彼の文学観や人間観を理解することが出来る。すべて独学で調査研究し、長年の苦心の末に完成させた長編大作『ローマ帝国衰亡史』の著者エドワード・ギボンの見事に簡潔な文章を誉めて、古典文学の長所をすべて受け継いでいると彼は絶賛した。また、ウイリアム・シェイクスピアはほとんど無教育であったにもかかわらず、天才であったので、独学によって非常に優れた想像力を駆使して多くの作品を自由自在に書くことが出来たと述べ、サミュエル・ジョンソンは、あふれ出る才能ではないが、並はずれて辛抱強い独学の努力家で実直な好人物であったので、多くの人々に愛され支援されて、文筆業を続けることができたと高く評価している。

　このように、ハーンが文学講義の中で取り上げ高く評価した人物には、正規の教育を受けなかった独学の人や、権威におもねることなく独立独歩の気風で大成した先覚者的な人達という共通した特徴がある。中でも、ハーンは自然に対する深い愛情や真面目で素朴な詩を方言で書くバーンズの特異な才能に注目して高く評価した。講義でワーズワスを語る時も、彼はバーンズを批評の基準として言及している。

　バーンズはスコットランド南西部の貧しい農民の子として生まれ、教育の機会も与えられずに、幼い時から農場の重労働に励んだ。しかし、彼は古いスコットランド民謡に親しんでいたので、古い歌の節に合わせて自分の歌を作った。極貧のため朝から晩まで休む暇もなく働き、忙しい仕事の唯一の合間である食事中に、必死になって大急ぎで多くの文学作品を読破し、休息日の日曜だけは執筆に集中できたので、スコットランド語方言を用いて自分流で恋愛詩を書くようになった。その後、農場経営の失敗のために、彼は出稼ぎにいかねばならなくなる。その旅費捻出のために、1786年に『スコットランド方言による詩集』を出版すると、予想外の売れ行きで裕福で有名になり、天才的詩人としての能力を認められた。一躍、文化人となってエジンバラに出て行ったが、貧農の出の彼に対する社交界の差別や偏見に苦しんだ。そして、多くの恋愛詩や民話的物語詩などを発表して、1796年に37歳で急逝した。

　バーンズは正規教育を受けなかったが、イギリス叙情詩の伝統を変革した農民詩人として、世界に誇るべき作品を残した。彼はスコットランド方言を用いて庶民的感覚で詩を書き、農場の辛い仕事、酒、恋愛、自由などを今までになかった素朴で平易な言葉で想像力豊かに書き残した。ハーンと同じように、人間の偉大さは身分や学識にあるのではなく、心の豊かさや実直な人間性に存在

するとバーンズは主張した。バーンズの詩は洗練さや上品さとは無縁で、炎のように燃え上がる簡潔な言葉で、あらゆる感情と思想を融合させたのである。東京帝国大学の英文学講義で、ハーンは文学を情緒と思想の融合表現と考えて次のように述べている。

「文学作品はもっぱら、思考と感情の所産であるべきで、そのためにはぜひとも思考と感情のあらゆる軌跡を記録しなければならない。記録は鉛筆でもかまわないし、速記でも、ちょっとした素描でもかまわない——要するに、方法はどうであれ、それを見直したときに記憶を新鮮にたもっていてくれさえすれば、それで良い。私は、文学を愛し通常の健康を享受している人なら、どんなに多忙な身であったとしても、組織的な作業の規則を守りさえすれば、一年か二年のうちに立派な本を書き上げられると確信している。」（『ラフカディオ・ハーン著作集』第9巻、恒文社、1988年、p. 43.）

自分の時間と呼べるものをほとんど持たないバーンズによって、限られたわずかな時間の中で規則正しい習慣を持続しながら、権威におもねることのない強靭な精神力で優れた文学創造が見事に果たされたのである。バーンズの詩は苦役に耐えた人間の力強い精神の結晶であり、権威に束縛されずに思想と感情の調和を素直な心で表現したものだとハーンは考えていた。東京帝国大学の英文学講師として、彼は講義でバーンズに関する文学観を披歴し、その詩の素朴な世界を次のように絶賛している。

「晴れた日の気持ちのよさ、祭りの夜の楽しさ、きれいな顔を見る楽しみなどは、無数の人が感じている。それ自体には、何の新しさもない。また本当の人間らしさは、地位や肩書や学問の有無の問題ではなく、心の問題であり、心のやさしさは頭の良し悪しと関係ないということもみなが知っている。何百万、何千万という人たちがみなそのことは感じているけれども、その当たり前のことを実際に表現した人は非常に少ない。何千万の感情を、単純明快な方法で、偉大な力と真実をもって表現できたところに、バーンズの偉大さがある。」（『ラフカディオ・ハーン著作集』第11巻、恒文社、1981年、p. 387.）

想像力による感情と思考の融合を芸術と考えていたハーンは、芸術的天分と教育について論評している。芸術家としての才能は，教育とは無縁に生まれ、

教育とは関係なく発展する。教育によって大芸術家や大作家が生まれることはない。むしろ、教育を受けたにもかかわらず、大作家は教育とは関係なく自発的能力として天分を発揮する。社会的必然としての教育は、湧き出るような天才の泉を枯渇させ清新な感性を鈍らせる。詩人や作家は自己表現のために自分の言葉を用いるのであり、他人の言葉を借りて表現しても成功しない。教育は自己表現に有名な人物の言葉や考えを学習して使用することを教える。このような借り物の知識の習性は、芸術的感性や才能を押し殺し、貴重な天才の萌芽を切り取ってしまうのである。

　偏見や先入観に囚われずに、ものの特質を感性で捉える点で、子供は並みの大人よりも遥かに優れている。子供の眼にはすべてが生命あるものとなり、子供は大人とは全く異なった見方をする。子供の本能的な知識は、何百年もの過去の生命から受け継がれた知恵である。子供に未知の人物について尋ねると、大人には気付かないようなものが、その人の顔にあるから気に入らないと、びっくりするような真実を述べて、周りの者を驚かすことがある。これと同じような本能的な能力が芸術家の力であり、また、単なる雑文と文学との本質的な相違を物語っている。ハーンは芸術的才能と教育の問題について次のように力説している。

　「これで諸君は、本を読んでも机や椅子の作り方を学べないように、教育は詩の作り方を教えてくれはしないと私が言う意味を、よりよく理解してくれると思う。芸術的にものを見る能力は教育とは関係がなく、教育以外のところで培われねばならない。教育が偉大な作家を生み出したことはない。これに反して、彼らは教育にもかかわらず偉大な作家となっている。なぜなら、教育の影響により、素朴で本能的な感情は必然的に弱められ、鈍らされることとなるが、この素朴で本能的な感情の上にこそ、情緒的な芸術の高度な側面が依拠しているからである。」（『ラフカディオ・ハーン著作集』第9巻、恒文社、1988年、pp. 59-60.）

　ハーンにとって、教育は芸術家や作家への条件ではなく、むしろ将来ある萌芽的才能にとって敵であり、あらゆる感情や思想の活動を弱めてしまう。抽象観念や概念を知識として教えている学校の先生が、偉大な作家や芸術家になれないのと同様に、野球の実践経験のない者は、野球の本当の解説者にはなれない。装飾的な教育に終始する学校教育が、変化する現実世界のニーズに対応し

きれない現状も生まれている。むしろ、不毛な教育や既成概念を植え込まれなかった者が、装飾的教育に洗脳されずに、真に革新的な仕事を果たし、独創的な天分を発揮したのである。恵まれない境遇のために、正規教育を充分に受けずに苦役の多い辛い人生を送った天才詩人バーンズは、逆境にもかかわらず自己の天分を最大限に開花させたのであり、ハーンにとって同情すべき共通点が多くあった。

　また、デフォーは1661年にロンドンに生まれたが、政府や宗教問題を批判してたびたび投獄され、政治に関わりすぎて商売が不振であった。ハーンはデフォーの作品のジャーナリズムを高く評価し、イギリス散文文学の名作として『ロビンソン・クルーソー』を取りあげ、偉大な作品は不滅でいつまでも人々を感動させると述べ、18世紀初頭の作品にしては単純明快な文体で、素朴な飾り気のない英語で書かれ、短かくて分かりやすい文章は散文学の模範であると賞賛している。

　このように、ハーンはデフォーについてもジャーナリズム出身の作家として非常に偉大な存在だと高く評価した。デフォーは超人的な観察力で様々な問題を取り上げて、40年以上にわたって記事を書き、イギリス最初の新聞王となり、また、大衆を喜ばせる多作な作家として254冊もの著書を残した。彼は小説家として想像力豊かで架空のことでも事実であるかのように書くことが出来た。そして、デフォーはイギリス悪漢小説最大の作家だとハーンは評価し、悪ものばかりが主人公であるにもかかわらず、事実のように思わせる迫真性で描き、実に面白い作品に仕上げていると述べている。唯一の例外の『ロビンソン・クルーソー』は、真剣に執筆に励んだ後に60歳で出版されたが、実話をヒントに書かれたイギリス小説の傑作となった。中でも、たった一人で孤島に取り残された主人公が自然と戦って生き抜くというこの作品の文体は素晴らしいと彼は絶賛したのである。

3．ハーンの文学芸術

　日本ではハーンは『怪談』の作者として有名だが、元来、非西洋世界の異文化を西洋の読者に紹介し続けたジャーナリステックな作家であった。来日以前、すでに彼は西インド諸島のマルティニーク島を取材して、新聞記者でなく作家としての独立した立場で、非西洋のマイノリティ社会について書くという念願の思いを実践していた。ジャーナリズム出身の作家であったが、アメリカ時代

から生計のために記者の仕事に日々追われることを嫌悪し、新聞社の奴隷のような徒労の毎日から逃れようとして、彼は雑誌や食堂の経営に乗り出して失敗している。ジャーナリズムに対するハーンの気持ちには、愛憎相半ばしてアンビバレントな複雑さがある。

　「諸君の中には、数週間あるいは数日間で物語を書くことができる立派な作家が何人かおり、その作品が、もし日本の雑誌で発表されたら、何千人もの読者を満足させ、おそらく多くの人びとの涙を誘うだろうと思う。大衆を満足させ、彼らの感情を刺激し、彼らの最良の情緒を高める諸君の能力を、私は少しも疑ってはいない。そして、これまでにも言ってきたように、それこそ文学の役目である。しかし、もし諸君が私に、このような作品を文学と言いますかとたずねたなら、私はこう答える。「いや、それはジャーナリズムだ。それは時間をかけずに、それゆえ不完全に作られた作品である。それは文学の鉱石にすぎず、真の意味で文学ではない」と。」（『ラフカディオ・ハーン著作集』第9巻、恒文社、1988年、pp. 64-65.）

　一度だけ読み飛ばして、二度と読まれないものを、安っぽい感情に訴えるジャーナリズムに毒された文学だと峻別し、本物の文学とは全く異なっていることをハーンは強調している。本物の文学は読めば読むほど深い味わいを読者に伝え、ますます巧みな芸術の世界を認識させるもので、決してその魅力が減じることがない。ハーンはジャーナリズムで文学修業して、丹念に取材して執筆する作家としての創作スタイルを確立した。しかし、常に新聞社の奴隷のように事件を追いかけて働き、単調で骨の折れる仕事の記事を書くだけの記者で終わるのでなく、文化や文学に対する独自の見解に基づいた創造的な作家活動に従事することをハーンは長年望み続けてきたのである。

　現実と理想に苦悶してきたハーンは、ジャーナリズムと純文学から生まれた複雑な感性の人間であり、新旧日本の相克の中で翻弄される日本人にも同情的であった。彼は旧日本への愛着を作品に表現し、日本研究の成果を西洋に発信することに熱中していたが、日本古来の江戸の風情が西洋化で崩れ去る宿命を常に痛切に意識していた。また、文学と実学との対立についてもハーンは、教育者として教え子には文学などの生計のたてにくい職業に就くことに難色を示し、明治期の時代の変化に対応した実学を身につけて、国家の発展に寄与する

ことの必要性を説き、理工学や医学の道に進むことを説いていた。

　非キリスト教世界を求めて脱西洋を実践したハーンは、実はその成果を常に西洋へ発信し続けた。神学校で体験したキリスト教主義の理不尽な教育を忌み嫌い、自分を見捨てた父親や親族達の白人社会に対する反発を強めていたが、その後も彼はアメリカの熾烈な競争社会の生存淘汰の世界で辛酸を舐めつくし、西洋社会のキリスト教文明に対して不信を一層深めた。そして、非キリスト教の異教や脱西洋の世界を探究するハーンは、異文化や異界の中に自己発見と自己実現の世界を求めた。さらに、彼の異文化探究における求道者的精神の背景には、世界旅行への熱狂的な関心や異国探訪を歓迎する時代風潮があった。

　ハーンは異国情緒を求める当時の社会風潮の中で、科学万能主義や市場原理主義に支配された西洋の競争社会に疑念を抱き、白人至上主義やキリスト教主義の絶対的な価値観に限りなく反発するに至った。彼はキリスト教文明や西洋世界の覇権主義に嫌悪感を覚え、脱西洋の世界観を東洋の異文化に求めた。科学主義や功利主義の弊害が、低い労賃による人間の部品化を推し進め、非情な資本主義と貧富の拡大を助長していた。近代西洋文明が一般庶民を追いつめ、不幸にする悲劇を体験で知っていたので、ハーンは西洋社会の競争や淘汰の絶対化された論理を疑い、キリスト教主義の独断的世界観に根強い疑問を抱いていた。そして、彼は日本の急激な西洋化に警鐘を鳴らし、地方に残っていた古い伝統の世界を描写して、西洋に日本の美質を発信したのである。

　明治期の近代化の嵐の中で、ひたすら実利的論理で利益と結果を追って、功利的な損得計算だけで見境なしにすべての事柄を処理してしまうと、必ず不可視的に存在している伝統文化のような、歴史的に日本民族に息づいていたものを捨て去ってしまうことになる。鎖国中の江戸の庶民文化は、平穏な生活の落着きを生んでいたが、西洋化した明治期の日本に出現したのは、利己的な栄達を求める人々の私利私欲の競争と功利的な機械のように動く非情な近代社会であった。

　江戸の庶民の生活の知恵であった足るを知る精神や、協調して生きる温厚な文化は消え去り、西洋化した社会には物質的欲望と拝金主義の世界が出現した。江戸文化における幸福とは、足るを知るという身の程のささやかな生活の営みである。西洋化による物質的欲望と拝金主義は、利潤の飽くなき追求と利便的功利を意味し、欲望が肥大化すればするほど、人間の生活は複雑に錯綜し、物欲の快楽は何処までも満足することがない。結局、人々はささやかな幸福さえ見失い、効率のよい機械のような社会機構が完成すればするほど、部品化され

た人間の生活は、ストレスやフラストレーションを増大させ安らかな落着きを失うことになる。

　このように、江戸の伝統文化は桃源郷のような安らぎを暗示し、近代化した明治期の日本は、熾烈な競争原理と飽くなき利潤追求の非情な社会を意味していた。家内工業の手づくりは、人間的な温もりを感じさせるが、機械工業の大量生産は人間的な交流を希薄にし、社会の生命的な交流を失わせる。機械的な管理と資本主義の利潤でしか人間を捉えなくなった社会では、資本家は低い労賃で人々を何処までも搾取し、大量生産と大量消費の対象となった人間は、貧富の格差拡大の中で操られるのであり、何処までも孤独な道具と部品としての存在である。

　東西文化や農村と都市の相反する価値観の対立は、不毛な誤解や深刻な軋轢を生みだす。文化や地域や民族の問題を探究することによって、ハーンは無益な破壊や熾烈な競争を止揚する融合の可能性を模索した。そして、理想郷としての自然やミクロな世界に安息を見出そうとするロマン主義的精神をハーンは持っていた。自然は神に創造された神聖なものであるにもかかわらず、人間は貪欲な物質主義の中で、物欲に駆られた利己心と飽くなき富への執着によって闘争の歴史を繰り返し、自然を破壊し略奪の限りを尽くしている。この様な意味において、旧日本の素朴で質素な生活の中の、足るを知る精神の文化構造に、彼は人間の新たな意義や可能性を読みとるのであった。未知の存在様式を探究するロマン派の熱情と文学の伝統を受け継ぎ、歴史的眺望において文化の諸相を捉えようとしたハーンは、異文化探訪に庶民の目線を維持しながら、西洋化によって毒されていない桃源郷のような旧日本の姿を描写した。しかし、単に異国情緒に訴えるだけではなく、日本の伝統文化を日常生活の具体的事例によって表現し、彼は西洋に対して日本民族の卓越性を訴えるというユニークな創作活動を行ったのである。ゲーテがファウスト伝説に取材し、上田秋成が中国の小説を再構成したように、日本の昔話や伝説に取材したハーンは、再話文学に本領を発揮し、代表作となった『怪談』を見事な文体で纏めた。妻セツを語り部として耳からの想像力で執筆したハーンの作品は、まさに様々な伝説や昔話を原話として再構成した再話文学だった。

　来日以前、すでにハーンは伝説や昔話を復活させる再話作品を執筆していた。彼はアメリカ時代に様々な地域や西インド諸島に取材し、また、中国や中東の文献によって知的関心を広げていた。彼にとって、再話文学の執筆は異文化や少数民族を理解する有効な手段であり、異文化を探究し、伝説や昔話を新たに

再現することによって、日本文化を分かりやすく欧米に紹介する最適な方法であった。

　このように、再話文学は顧みられなくなった過去を現在に再生する有効な方法であり、同時に、異文化を分かりやすく紹介する絶好の手段だと考えて、ハーンはその文学的可能性を真剣に考察し作品の執筆に取り組み、幻想的な逸話や霊的な物語を異国の古い文献から発掘して、新たな文学として再構成する創作形態を熱心に確立しようとした。

　父親がアイルランド出身で母親がギリシア人であったハーンは、幼年期からケルト神話とギリシア神話の中で育ち、二つの民族の文化を生まれながらに背負う宿命を帯びていた。ギリシアとアイルランドの神話の世界に育ちながら、両親や故郷との縁が薄く、幼少年期にすでに見放され、その後、彼は寂しい境涯の中で異郷を漂泊した。産業社会の競争に明け暮れ、物量的繁栄を謳歌していたアメリカで艱難辛苦の経験を重ねた後に西洋を離れて、極東の島国日本の山陰の松江に教師として赴任して以来、1904年に東京で急逝するまで、彼は日本各地を訪れて日本研究に没頭し、世界に日本の美質を素晴らしい英文で紹介したのである。実に碩学であったハーンが、日本に帰化してまで日本に傾倒し、数多くの著書で日本文化を西洋に紹介したことは、偶然の奇蹟のような出来事であった。ハーンにとって、日本は驚くべき神秘の土地であり、不思議な夢の国であった。

　19世紀中頃に、江戸時代の旧日本を訪れた西洋人は、貧しい質素な生活の中で足るを知る精神によって生き生きとした活気を示す庶民を目撃し、柔軟な発想の生活の知恵によって日常生活を豊かにして、幸福な人生を送っている姿に感銘を受けた。その頃の多くの日本人は貧しくとも疑いを知らず、底抜けに陽気な好人物ばかりであった。懐疑と論理で市場原理主義の烈しい競争社会を生き抜かざるえない西洋人の老獪な眼から眺めれば、日本の庶民は全く異様な程に無私で無欲な人々で、無垢なほどに疑いを知らず、礼儀正しい夢の国の住人のような存在として写ったのである。ハーンの文学芸術の核心は次の一節に見事に表現されている。

　「人間と自然、これを喜びをもって眺めるためには、われわれは、主観的にも客観的にも、すべてまぼろしを通して見なければならない。それがどんなふうに見えるかは、ひとえに、われわれの心境一つにかかっている。とはいうものの、じつは現実も非現実も、本来は、ひとしくこれ、まぼろしなのだ。俗な

ものも、たえなるものも、はかなく見えるものも、幾久しく見えるものも、本来はみな同じくまぼろしなのだ。されば、この世に生まれてから死ぬまで、いつも心の美しい霧を通して物を見ている人こそ、いちばんの幸福人だ。—とりわけ、愛の霧を通して見ている人こそ、いちばんの幸福人だ。愛の霧こそは、日本の国の真昼の白光のように、つまらぬものをも黄金に変えてくれる。」(『仏の畑の落ち穂』恒文社、1975年、p. 82.)

　ハーンの求道者的探究はロマン主義的であっても偏狭でなく、常に全体の相で物を眺め、如何なる偏見からも超越する精神的気高さを維持していた。彼は細部を丹念に描写する能力に優れていたが、同時に常に全体の相の中で事物を観照していたのである。さらに、ハーンは芸術至上主義で唯美主義的な傾向を有していたが、常に幅広い視野に立って、美が倫理的に善であり、普遍的な真理を示すものでなければならないという健全な精神力の持ち主であった。ハーンにとって、文芸は人に高尚な感情や豊かな心を生じさせるが、このような文芸の道徳性や倫理観は、日本の神道や仏教の教義に示されたものに通じた感化力を有している。作品から得る道徳感情は、読者に幅広く影響を与え、現実の世俗から遊離して、魂の高揚感を感じさせるのである。この様な倫理性は正に、文学、宗教、哲学の各分野の融合する究極的な愛の真理なのである。コールリッジのように、美、善、真の融合において、文学、宗教、哲学が一つになる境地をハーンは求め続けた。

　ハーンはキリスト教の独善的な布教態度や異教に対する迫害と偏見を非難した。また、新旧キリスト教徒の軋轢や闘争を偏狭で卑劣な行為で宗教的偏見だと糾弾した。来日後ハーンは宗教的偏見に囚われずに神仏研究に従事できたし、人種的偏見や階級的偏見からも囚われずに自由に事物の真実を見つめることが出来た。文学と宗教と哲学への求道者としてのハーンの探究は、古今東西にわたって広がっているが、国家や民族に対する偏見から解放されるために、不断の努力を重ねて実践された。ハーンは対象の核心を優れた直観や洞察で把握する能力を有し、偏見に囚われずに事物の本質を透視することができた。彼は日本の神仏から受けた美しい感動を伝達する稀有な能力を持った西洋人であった。

　取材のために来日したハーンは、英語教師として赴任した松江で、古き良き旧日本の魅力的な姿に触れて衝撃を受けた。彼は極東の島国日本を訪れて、非西洋でありながら独自の高度な文明国家が存在することを目撃したのである。

ハーンは松江の古風な街並みに、スペンサーの社会進化論の発展段階における理想的な均衡状態の社会組織を発見したのである。さらに、明治期の日本で現実の変革を目撃したハーンは、社会進化論の正当性を証明している日本の状況を独自に考察するようになった。同時に、彼は進化のプロセスを歴史的必然性と認めながらも、日本の伝統文化や成熟した社会の均衡状態を崩壊させる西洋の理不尽な外圧を嫌悪した。

　古き良き旧日本の消滅を惜しみながらも、古い道徳感情や人間関係が、封建的強制や家長制の圧力の下で育成されたと進化論に基づいて分析しながら、尚も、ハーンは繊細で質素な文化の価値を慈しんでいた。そして、辛抱強く自己犠牲して実直に仕える誠実な人間が消えていくことを嘆く二律背反の矛盾した複雑な心情の中で、彼の心は激しく揺れ動いていた。

　江戸時代の封建制度は単純な均衡社会ではなかったが、幕藩体制の権威は庶民の敵というまでの弾圧をしなかったし、上級武士や富裕な商人にとって、特権階級を優遇する世界であり、身分制度と世襲制度に守られた競争のないのどかな社会であった。したがって、旧日本を形成する江戸時代の身分制度は、特権階級にとってはユートピアであり、愚鈍で稚拙な者でも世襲の地位を保証され、高い地位から蹴落とされたり、特権を排除されたりすることなく、現状に安住して安楽に生きていくことを可能にしていた。また、一般庶民は出世の望みもなく、平民として親の職業を受け継ぐしかなかったが、少なくとも現在のような過酷な出世競争や金権腐敗の世相が蔓延することはなかった。

　地方に残る旧日本の穏やかな伝統文化に浸りながら、素朴な田舎家の障子が、灯火で黄色く仄かに光るのを、ハーンは一人佇んで眺めて感銘を受けるのであった。隻眼で近視のハーンは、ぼんやりとした薄明かりの光景を愛した。はっきりとは見えない茫漠たる自然界の山や川や湖の淡い色彩や明暗の陰影が生み出す美に対して、彼は誰よりも敏感な感性を有していた。ぼんやりとした事物の輪郭が、神秘的な魅力を発散し、それが別世界への暗示となり、彼は多くの示唆を受け取ることが出来た。また、彼は小さな中庭の桃の木の美しさを愛し、夏のはかない命を虫籠の中に見つめ、道端に置かれた石地蔵の穏やかな佇まいに、無の意味を考える哲学的な求道者の側面を持っていた。芸術的で哲学的な考察の中で、神仏混淆の宗教世界に注目し、彼は日本人の内的生活を探究した。そして、日本人でさえ気づかなかった庶民生活のささいな日常性を描いて、ハ

ーンは日本文化を文学的想像力によって書き記し、『心』において独創的な日本論を纏めている。

　スペンサーに心酔したハーンは、アメリカの過酷な競争社会の苦難に耐えて生き抜き、自ら適者生存の法則に対して奮闘したが、同時に、容赦のない熾烈な競争に疲弊し、背が低く隻眼の自分を常に意識して、白人社会の中で常に気おくれを感じていた。アメリカ社会での奮闘に疲れ切っていたハーンは、来日後、調和と協調の社会で無益な競争を避ける古風な松江の風情に、心から安住の地を見出した思いであった。松江は明治の改革の動乱にもかかわらず、依然として辺鄙な田舎町として、なおも旧日本の江戸の人情や風情を残していた。その後、ハーンは熊本第五高等中学校に移るが、軍都として熊本で台頭する新日本の西洋化と軍国主義に失望したのである。西洋化に邁進する熊本では、アメリカと同じような競争原理が支配し、弱肉強食の世界が始まっていたのである。

　ハーンにとって、文学は人生の鏡であり、人間のあらゆる喜びや悲しみを表現して、知性と感情を果てしなく映し出し、無数の様々な道徳感情を伝えるものである。ハーン文学は人に喜びを与えながら、宇宙の森羅万象を愛の霧で磨き上げる鏡に他ならない。また、ハーン文学の最高の使命は単なる知的美でなく、道徳美を表現することである。利己的な自己本位の情熱ではなく、無数の自己犠牲的な情熱を喚起するのが、彼の文学の高尚な使命であり。このような道徳意識は最も気高い没我的な言動の源泉になるのである。ハーンが日本の神仏に発見したものは、まさにこのような最高の文学世界と相通じる忘我的な宇宙的意識の価値観であった。
　また、ハーンにとって、文学の創作や批評は、人生における自己発見であり、自己実現であった。彼は異文化探訪の文学者として、日本文化や神仏の研究に、その最大の可能性を追究したのである。最高の文学が美と善と真を希求するように、真の宗教も哲学もまさに永遠の美、善、真の形而上的世界を扱っている。そして、神仏の研究にハーンが求めたものは、あらゆる人種的な偏見や差別を超克した異文化探訪の文学の最高の形態であった。スペンサー哲学と神仏の研究は、宇宙的生命や心霊を探究する求道者としての彼の文学の究極的な領域でもあった。

宇宙的生命とは神そのものであり、遍在する神という汎神論の論拠となる。日本人は自然界の事物、草木、川、山、空、海、太陽などに心霊を感じ、民族的進化と共に無限と遭遇して高揚し、宇宙的感情を抱くに至ったと考えられる。ハーンはこの様な見解を発展させて近代科学思想を超越し、さらにスペンサー思想を乗り越えて、独自の日本研究の中で宗教的思索や哲学的論考や文学的想念を生みだしたのである。スペンサーは宇宙の進化や社会の進化を説いたが、変化する現象相互の関連の科学的説明をするだけで、それを動かす力としての不滅の宇宙的生命の本質を解明することはなかった。スペンサーはあらゆる存在の要素は、一個の根源的な実質から生じていると述べるだけで、根源的なものの物質的実質を認めても、心霊的実質を説明できなかったし、心霊的実質に生命を与える力を解明できなかった。また、スペンサーは現象を生みだす力の実体も説明できなかったし、宇宙的生命の実体が心霊的なものであると述べることもできなかった。しかし、ハーンは宇宙に心霊を認め、融合や共感の作用によって、宇宙的感情や宇宙的意識を抱くことを求めたのである。ハーンにとって優れた文学は、宇宙的生命や心霊に関する哲学的思索や宗教的想念に支えられているものである。

（ハーンの生誕地　レフカダ島）

（マルティニーク島　ハーン撮影）

第二章　ハーンの同時代人

1．スペンサー

　イギリスの社会進化論学者スペンサーは、1820年に非英国国教会の家庭に生まれたが、父親の私塾で学んだだけで正規教育を受けることがなかった。また、13歳から3年間、叔父の小さな学校で数学や物理学などを勉強したが、文学や語学についてはほとんど何も学ばなかった。彼は父親から科学主義や型破りの個人主義や反体制の気質を受け継いだ。叔父からは自由思想を変則的に教え込まれ、急進的な思想の影響を受けて育った。このように、スペンサーは主に親族によって非正規の教育を受け、若き学者として個人主義と科学主義に幸福の哲学的原理を求めたのである。

　家庭でかなり独創的な科学偏重の自由思想を教え込まれたことが、後に従来の常識を超越したスペンサーの進化論哲学の構築へと結びついた。正規の高等教育を受けなかったスペンサーは、既成概念や陳腐な理念に縛られずに独自に自己主張し、政治、社会、宗教などの各分野に対して自由に意見を表明することが出来た。星雲の起源から人間の科学や文芸などにいたる全ての活動は、進化の唯一の原理の諸相に他ならないと確信したスペンサーは、1857年37歳で総合哲学体系を構想して、計画に基づいて著書を執筆するために生涯をかけたのである。ダーウィンの『種の起源』が発表された1859年11月頃には、スペンサーの思想の大要が完成していたのであり、彼は『第一原理』を1862年に公にして、さらに、『心理学原理』、『生物学原理』、『社会学原理』などの主要な著書を長年にわたって苦労してひたすら書き続けたのである。

　産業革命後に鉄道建設が1837年に始まると、スペンサーは16歳から11年もの間、鉄道技師として従事しながら、仕事のない時間に著述活動をしていた。その後，鉄道技師を辞めた後，『エコノミスト』誌の副編集長に就任したが、5年後に職を辞した。そして、1853年以後、逝去するまで50年間全く仕事に就かず、研究に没頭し執筆に専念した。スペンサーは英国ビクトリア朝時代の重要な知識人であり、ダーウィンの進化論の主要な支持者として、進化の理論を社会学に適用するために哲学と心理学を研究し、両者を合成して社会進化論の哲学体系を構築した。すなわち、スペンサーは1852年に『発達仮説』、1855年には『心理学原理』や『社会静学』を出版し、さらに、37歳になると『社会学原理』『倫理学原理』を含む『綜合哲学体系』を構想し、1862年に代表作『第一

原理』を出版した。その後、1864年から67年までに『生物学原理』、1876年から82年までに『社会学原理』、1879年から93年までに『倫理学原理』という大体の執筆計画をたて、35年間の歳月を費やして計画をほぼ実行して多くの著書を完成させた。これらの一連の著作で、宇宙の星雲の生成から人間社会における道徳意識の生成にいたるまで、物理学的、心理学的、倫理学的要素を、スペンサーは社会進化の原理に基づいて体系化したのである。

　スペンサーは病弱で貧困にも苦しんでいたが、J. S. ミルの助力や支援を得て計画を実現し、1903年83歳で逝去した。彼の進化論哲学はキリスト教思想と対立し大きな打撃を与え、当時の思想界に新たな変化をもたらすことになった。スペンサーによれば、地球はおろか全宇宙のあらゆる生命や人間に至るまで、細分化による単純から複雑への進化が継続的に支配している。宇宙の始まりから人間の近代社会に至るまで、同質的存在が異質なものに発展する変化が生じているとする。進化は宇宙世界から人間の文芸に至るまで支配し、変化に対応する最適な状態を生み出すために、同質から異質への適者生存の現象が生じ、変化に適応しないものは消滅して自然淘汰されると彼は説いた。

　スペンサーの学説はダーウィンの進化論に発想を得て生まれた社会学の理論である。自然界では進化の原理に従ってあらゆるものが変化するように、人間社会も適者生存の法則によって必然的な帰結に進化するために、常に変化流動の過程にあると説いている。彼の社会進化論は古くからの西洋の自然観を基盤にしているが、自然が進化するのと同様に社会も進化するという考え方は以前にはなかったものである。ダーウィンの進化論における自然の変化と生物進化の原理は、社会のあらゆる組織も支配する重要な原理であるとスペンサーは主張した。このように、スペンサーはダーウインの生物進化論を社会学に適用して、人間の社会機構全体を有機的生物体と捉え、同様の進化の法則で辿ることによって学問的に体系化したのである。

　星雲の広がる宇宙の構成も人間の道徳感情や社会組織も、進化の原理で展開するものであるとするスペンサーの思想は、当時の科学主義の時代精神を受けて、社会的ダーウィニズムの一翼を担うことになった。スペンサーは人間の知識の中でも最も豊かな思想としてハーンに感銘を与えた。特に『第一原理』は『総合哲学体系』を集約したもので、スペンサーの思想の精髄を示すものであった。ハーンにとって、人間の知識の集積としての科学は何処までも進歩し、さらに世界の謎の解明へと挑戦し、神秘的な不可知の極限を探究して、宇宙に

広がる星雲を動かす不滅の生命力を解明しようとするように思えたのであった。

　スペンサーの社会進化論は生物や自然の進化だけではなく、社会や産業、文学や科学などの発達をも網羅して、単純から複雑へと進化することを明解に論じた。また、同質なものから異質なものへと発展する進化の法則が、自然宇宙だけでなく人間社会のあらゆる側面に浸透していると説いた。そして、進化の過程の中で最適者だけが生存競争に生き残る適者生存の自然淘汰は、ダーウィンを援用したスペンサーの社会進化論において提唱されたのである。

　スペンサーの社会進化論は、ダーウィンの生物進化論と同一視される傾向があるが、自然淘汰や適者生存の考え方に違いがある。ダーウィンの生物進化論は個別的な生命体の生物学的能力を問題にし、生物生存における弱肉強食の結果として適者生存の法則が支配すると説明している。しかし、スペンサーの社会進化論は自然淘汰を人間に向けるのではなく、自然淘汰における社会組織の必然的変化を問題にするのである。そして、彼の社会進化論は自由と平等という社会革新主義の論拠として利用されるようになった。

　このように、スペンサーの学説は科学万能主義の時代風潮の中で、生物進化論から派生した社会的ダーウィニズムとして多くの文化人や知識人の間で流行した。スペンサーは世界のあらゆる分野に応用可能な根本原理として単純から複雑化への進化の歴史的必然性を力説した。彼は社会の進化を単一から多様への変化と捉え、大気が寒冷と温暖を繰り返し、自然が平坦と起伏で決して一様でないように、工業生産も単純な手工業から複雑な機械産業へ発展すると説いた。さらに、人間の社会組織全体が単一から複雑な価値観へと変化を遂げ、高次なレベルで統合する秩序を構成しようとする。スペンサーは生物有機体の比喩によって人間社会を有機的組織として考察し、維持、分配、規制の各機能から成立する社会有機体説を提唱し、現代社会組織の構造機能を分析した。未開から文明への進化は、単純な組織から複雑な近代組織への変化である。そして、複雑な多様性は文明発展のプロセスであるが、人間社会の究極の融合としての有機的組織を志向している。このような社会進化論における文明国家とは自由民主主義国家であり、新たな革新主義の時代精神の中で、明治維新後、日本の指針として当時の知識人に幅広く受容された。

　1882年にスペンサーがアメリカを訪問した時、スペンサー思想が大いに流行していたので、1881年にニューオーリンズの『タイムズ・デモクラット』紙の文芸部長に着任していたハーンは，スペンサーの進化論思想に注目し、1882年

10月にスペンサーの『社会学原理』について論評した。さらに、1885年7月に友人のクロスビー中尉からスペンサーを読むことを推薦されて、ハーンは『第一原理』を読むようになり、その後、スペンサーの熱烈な信奉者となった。スペンサーの『第一原理』を読んだハーンは、今までの自分の考えが変化して、感激のあまり東洋哲学の研究が全くの時間の無駄であったかのように認識したという。このように、スペンサーの『第一原理』を読んだ時、全く異なった新しい知的生活が始まったと思うほどの感銘を受けて、異文化探究における新たな知的エネルギーが彼の生涯に与えられた。スペンサーによって彼の思考は根本的な変革を遂げ、ハーンはスペンサーの信徒と自称するほどに傾倒したのである。

　このように、ハーンが最初にスペンサーと出会ったのは、1882年の頃に『社会学原理』を読んだ時であり、さらに、一連の著作に感銘を覚えて大きな影響を受けるようになるのは、1885年に『第一原理』を読んでからであった。アメリカ時代でのスペンサーとの最初の出会いから、日本研究の卒業論文ともいうべき最期の労作『日本』に至るまで、ハーンのペンサーへの言及は彼の著作や書簡の至る所に見られる。

　1887年4月のビスランド宛ての書簡で、スペンサーの学説は人間のあらゆる知識や思想を融合する非常に有益な力であり、歴史的にも人間の思想の中でも最も重要なものであると彼は賞賛している。スペンサーによって考え方を根底から変革されて、ハーンは自分の思考様式に大きな変化が生じたことを意識した。彼は死ぬ直前の1904年に、アーネスト・クロスビーに宛てて、同姓の知人が20年程前にスペンサーを勧めて自分の作家生活に大きな刺激を与えたので、クロスビーという名前には好感を抱いていると述べている。

　ハーンを東京帝国大学に招聘した外山正一は哲学を教えていたが、特にスペンサーの著作の講読や解説に努め、社会進化論を日本に広めることに尽力した。また、1880年から10年の間に、日本ではスペンサーの著作が数多く翻訳された。明治期の知識人はスペンサーを自由民権運動の教科書のように読んでいたので、彼の著書は日本で大いに歓迎されて幅広く売れた。また、森有礼やフェノロサなどが後に東京大学に併合された開成学校でスペンサーを講義したので、日本での関心を大いに高める要因となった。

　社会進化論を基盤とした社会有機体説は、明治期の日本の自由民権運動の思想的支柱として歓迎され多くの訳書が読まれたが、封建制をようやく脱した日本にとって、急激な近代化は危険であるとスペンサー自身は忠告していた。

スペンサーは同時代の思想家として日本人と直接に交渉を持ち、明治の日本に大きな影響を与えた人物であり、日本の知識人に対して絶えず忠告を発していた。鎖国の中の封建制の圧力の下で育成されてきたナイーブな日本人が、急激に政治的自由や権利を得た時の混乱の危険性を指摘し、さらに植民地政策を続ける列強諸国の内政干渉や侵略に対して用心するように彼は警告していた。また、当時の日本人は自由主義の権利を手にしても、独立した個人として言動できるような意識や批判精神を持っていなかったので、過激な自由民権運動を抑制するように保守主義的な忠告を繰り返していた。

　このように、明治期の日本に社会進化論が紹介されて以降、競争の論理や適者生存の原理が社会構築に強力な影響を与え、自由主義的で急進的な思想的側面が自由民権運動に大きな影響を与えた。自由と平等の中で自分の能力を完全燃焼することによって、人間は自己実現を達成し幸福になるので、人間は他者と協調競合を繰り返すことによって、お互いの自由と平等の権利を尊重しながら進化しなければならないとする。このように、スペンサーの思想は明治の自由民権運動を鼓舞して多くの支持を得たのである。

　しかし、スペンサーの社会進化論は明治日本の自由民権思想を鼓舞すると同時に、適者生存の競争原理による自然淘汰の論理によって、他国への覇権や植民地政策を正当化する過激な軍国主義の論拠ともなった。この世の生物はすべて生存競争に参加する必然性を帯び、そうでない生命は必ず滅亡する運命にある。善良な人間でも心弱い者は充分な存在ではなく、善良だけでなく強くなければ生き残れない。また、善良と強さとのどちらが優先するかと言えば、人間は常に強くあるべきで善良さは二義的なものである。西洋化によって自由民権を標榜する新日本では、万人が自由平等であると同時に、お互いに熾烈な競争相手となり、愚者や弱者は競争社会から容赦なく蹴落とされ、社会から排斥される非情な弱肉強食の世界が生じた。この熾烈な弱肉強食の競争社会の自然淘汰が進化の世界であり、スペンサーの社会進化論は、西洋列強と対峙しようとしていた明治期の日本の指導者たちに大きな刺激を与えていた。

　国家間の競争や闘争が、社会や文明の発展を促進するという社会進化論の立場から、自然淘汰から人為的淘汰への変化による将来的な国家の存亡が懸念された。さらに、進化論における遺伝の考察から常に優秀な子孫を残すことを奨励するために、人種や混血の問題まで議論されるに至った。また、自由と平等を標榜する民主主義国家が実現するまでには、絶対主義的権力や軍部の横暴に服従する苦難の時期を経験しなければならず、進化への準備段階としての様々

な軋轢に耐えねばならないとするスペンサーの学説は、革新と保守の政治思想を考える指針として、19世紀後半に流行した思想であり、明治日本の改革に大きな影響を与えたのである。

　スペンサーの説く自由と平等の社会は、彼の進化論の総合哲学体系における理想の姿である。自然宇宙を支配する進化の法則の必然性にしたがって、理想社会樹立へのプロセスにおいて、人間は自然淘汰や適者生存の影響を受けねばならず、一時的にでも専制主義社会や軍国主義国家などの厳しい試練に耐えなければならないとする。理想社会の実現への進化のプロセスは、一時的な圧制や不合理な弾圧を人間に課するものである。

　封建的圧力に対する個人の自由な活動と、圧制下で服従を強要される個人の束縛という対立軸を、スペンサーは社会進化の重要な要素として捉えた。彼の思想は自由民権思想への大きな影響と同時に、権力的強制に対する保守的容認の二律背反の傾向を有していた。そして、個人的自由主義が結局は権力的な強制に支配されて、社会有機体が構成されているという現実に社会学が立脚していると彼は考えた。

　しかし、専横的な国家権力の存在を認めるような論理は、自由民権の運動を鼓舞してきたスペンサーの大きな自己矛盾だと言える。したがって、スペンサーの学説の解説者達は、強者が栄えて弱者が亡びるという弱肉強食の事実を社会的真実として肯定し、自由平等という民権思想の発展の可能性を否定した。このように，弱肉強食による適者生存の原理に基づくスペンサーの社会進化論は、明治日本の指導者達にとって、軍国主義による富国強兵の強力な理論的根拠となったのである。

　このように、19世紀半ばから20世紀初頭にかけて、西洋思想はダーウィンの進化論から多大な影響を受け、特にスペンサーは進化論を基軸として社会組織を解明した。すなわち、進化の法則によって生物有機体は自然淘汰されて生きるという生物進化の類推から、彼は社会を有機的進化の存在と捉えた。人間も有機的生命体であり、他の生物体と有機的関係を維持しながら、自然界で生命を保持している。したがって、人間社会も人間だけで成立するのでなく、周囲の環境を構成する有機的生物体から大きな影響を受ける。有機的生命体との共生によって成立する有機的社会は、有機的生命体の特性を有するのである。

　畢竟するに、人間も自然界の生命である以上、有機体としての法則に従って生きている。このような有機体説を根拠にしたスペンサーの社会進化論では、進化は人間だけで独断的に決まるのではなく、様々な環境の変化によって進化

の方向性が決定づけられるのである。そこに明確な意図の発展形式があるわけではなく、進化は常に自然界の中で生物有機体として生きる人間の生存様式の変化に他ならない。スペンサーの学説の大きな特徴は、このような社会進化論を基盤とした総合体系としての社会哲学である。彼の社会進化論では、闘争と略奪の生存競争を経て、人間は自然淘汰の中であらゆる機能を発展させて生き残り、最高の能力を発揮して単純な原始的社会から複雑な近代社会を構築すると説いている。スペンサーの社会進化論における人間社会有機体説は、自然界と人間社会との間の相関関係を探究したものであり、人間が自然を破壊し自然から離反した現代社会の不毛性に多くの示唆を与えている。自然界から人間社会のすべてを網羅する宇宙世界においては、進化のプロセスによって、単一で単純なものから多様で複雑なものへ変化し、結合と融合による統一一体を生みだし有機的な統合に至る。したがって、均質なものにおける様々な変化は、宇宙世界の緊密に連携し合った進化のプロセスを顕現するものである。

　社会も生物も進化によって有機性を高めるもので、有機的組織は同質性から異質性へと分化しながら、統合して相互の関連を明確なものにして発達するのである。すなわち、単一から複合への進歩であり、生物有機体でも社会的有機体でも同一の法則に支配されているとする。

　社会が発展する進化の過程において、変化する社会条件に対応できない人間は排除され、対応できる人間だけが生存していく。そして社会の発展のためには、人間の進歩がなくてはならない。社会も人間の有機的組織体と同様に、各構成要素である機関や部署によって成立する組織体である。生命有機体の組織が解明されるにつれて、社会有機体が細部にわたり分析されるようになった。しかし、社会は生命有機体とは本質的に異なった存在であるために、徐々に論理に無理が生じて、歓迎されて急激に広まった後に、論理的な説得力を失って急速に没落するに至ったのであるが、それでも、スペンサー思想の独創性や先見性が減じるものではない。

　人類の知識のすべてを分類して、秩序のある総合哲学体系を樹立するために、スペンサーは質素な生活に徹し、結婚も諦めて社交からも離れ、時間と体力のすべてを研究に捧げた。通常の人間が一生で読める以上に本を読破する必要があったのである。宇宙に関するあらゆる知識を総合することに尽力したスペンサーについて、ハーンは「ヴィクトリア朝の思想家」と題する大学の講義で次のように述べて、その思想の概要を如実に語っている。

「宇宙に関するすべての知識を総合してスペンサーは、十九世紀に対して、次の諸事実を提示した。――

　原子から宇宙にいたるすべての形あるものは、一つの巨大な法則にしたがって、展開してはまた消滅するということ――つまり進化の法則にしたがって。

　すべての生命の実体、ないし少なくともすべての生命の基盤は、動物的であれ植物的であれ一つであるということ。動物的生命と植物的生命の境界線は、ひさしく存在すると仮定されてきたが、けっして確定できないということ。生物と無生物との境界線は明確に定立できないということ。――なにしろ、われわれが「生きている」と呼ぶものと「生きていない」と呼ぶものとのあいだの差異は、けっして「種類」の差ではなく、ただの程度の差にすぎないのだから。

　人間の心、またはいかなる生き物の心であろうと、ちょうど肉体がそうであるように、まったく神経組織の発達によるものであること――その証拠は、いかなる人間の思考であろうと、それがいかに高尚であろうと、いかに複雑であろうと、心理的分析によって単純な感覚に還元可能だからである。

　にもかかわらず感覚そのものは、まったく不可解であり、また不可解でありつづけるということ。物質・運動・空間・時間は、これまた、まったく不可解であるということ。

　そして最後に、現在の知識が判断を許すかぎりだが、物質・力・実体・心は、一つの永遠不変の実在の異なった様態ないし現われにすぎないということ。実在は恒常によって概算されるが、この概算によってわかることは、宇宙の中の何ものも、宇宙そのものも恒常ではありえないのである。かくて現象に関する相対的実在論は成り立っても、人間が人間の条件にとどまるかぎり、人間にはついにわからぬであろうある力の移ろう現われとして、すべての形を考えねばならぬのである。

　わたしは数多の真理の中から、ごくわずかの真理を述べたにすぎない。それも、旧式のドグマや宗教ドグマを信ずることに慣れている人びとの心に、このような確信がいかに莫大な変化を生み出すかを、諸君に示そうとしてのことである。これらの科学的見解が、一種の一元論を示していることに気づいたに違いない――一元論、つまりいっさいのものは一つであるという学説である。この一元論と他の一元論との違いは、この一元論が、一つはまったく科学的事実にもとづいているということ、また一つは純粋宗教哲学において神秘と称している大半が、科学的な諸々の手続きと諸々の法則に書き換えられていることである。

これまで到達したいと願ってきたこの点について、今わたしはこう言いたい。一連の著書の第一巻でスペンサーが行っている自己の哲学の解明は、東洋の深遠な哲理と驚くほどの類似性をもっている、と。ただしスペンサーはたぶん、あの本を書いていた時点では、けっして東洋の哲理を研究してはいなかったであろう。」(『ラフカディオ・ハーン著作集』第10巻、恒文社、1987年、pp. 130-1.)

　感覚や思考の謎は、現在の個人的生活とは関係なく、むしろ遺伝的記憶の中に存在している。本能や直観も個人的なものではなく、過去の多くの生命体の生涯の記憶であり、様々な生命によって混成された有機的記憶である。『第一原理』の一元論の中で示されたこのようなスペンサーの考えに、ハーンは特に最も惹かれ、東洋哲学ともあらゆる点で矛盾しないと考えていた。スペンサーを中心とする新思想による現代社会思想の全面的変貌を辿りながら、新思想の登場で東洋と西洋の思想が融合して、新たな普遍的宗教が生まれることを彼は期待し、人類のすべての最良の知識や経験の総合としての宗教が可能となると考えていた。このように、スペンサー思想を独自に解釈して、ハーンは日本研究や神仏の理解に応用したのである。
　スペンサーはダーウィンの生物進化論を応用して、適者生存の原理を提唱して、自然淘汰を社会哲学の理論体系に導入したが、彼の社会進化論はダーウィンとは根本的に異なっている。ダーウィンの進化論が偶然的要素を強調し、自由で無限の展開への可能性を示唆したのに対し、社会的必然性によって様々な変化が繰り返され、最終的に理想的状態に帰着するとスペンサーは説いた。そして、彼は自然淘汰によって必然的なものが発達し、求められない存在や機能は退化するという進化の展開が、次世代へと遺伝するために、この進化の様式は社会的発展にとって重要であると説いた。このように、社会進化論の創始者として、進化の過程における適者生存の原理は、社会に理想的な平衡的状態を生むと説き、さらに、進化の発達内容そのものが後世に遺伝し、最終的には持続的な社会的発展を生む重要な要素になるとスペンサーは強調した。欧米や日本の知識人は当時の唯物論的思潮を支持する新たな論理を求めていたので、スペンサーの学説を熱心に支持したのである。
　スペンサーは社会進化論を提唱したが、ダーウィンの生物進化論を誤って適用していると批判されることがあり、自然界の自然淘汰や適者生存をすべて肯定して社会学に応用することに、思想的な誤謬を指摘しようとするのである。さらに、自然界の生存競争は動物的本能から生じた歴史的事実にすぎず、理想

的状態として肯定して社会的原理にするべきではないという批判がある。また、スペンサーの学説には、権力や地位への栄達のような世俗的な成功を、社会進化の事例と混同している部分があり、本来、進化とはより優秀な生命力と知的能力の子孫を生みだすことに他ならないという批判もある。

　人間は私利私欲の物質的欲望で勢力を伸ばし野望を実現しようとするので、略奪と闘争の歴史の中で自己保存の本能と生存競争はどこまでも続く。しかし、無益な競争を排除した社会主義社会が崩壊の運命を辿ったことも既知の事実である。畢竟するに、人間は動物的本能に支配されて、略奪と闘争の歴史を繰り返し、動植物と同じ進化の過程を辿ってきたことは明白な事実である。

　しかし、雑草や害虫を取って作物を守って育てたり、庭園に花を咲かせて、その美しさを楽しんだりするように、有害なものや悪弊を取り除いて改善していこうとする努力は、動植物とは異なった人間社会の進化に必然的なプロセスである。猿から進化したものにすぎない人間は、所詮動物的本能から脱却できず、完全に闘争本能や略奪から解放されて理想社会を構築することなどできないのではないかという疑念や絶望と同時に、不断の努力と英知によって人間社会は何処までも独自の進化を続けて理想郷を実現できるという信仰のような願いがある。

　しかし、スペンサーは社会学者であり、ダーウィンのような生物学者ではなかったが、社会進化論における適者生存の原理は、明治の改革に邁進していた日本の知識人に大きなインパクトを与えた。進化する社会は、ある段階で均衡状態に達して安定するが、その後さらに、強い外圧によって均衡した社会は崩壊するのであり、このような絶えまない進化の過程には、常に適者生存の原理が働くとスペンサーは説いた。理想的な均衡状態は進化のプロセスの段階で出現するが、永遠に持続する進化においては一時的なものであり、時代の経過と共に、すでに既定化した社会的機能は無能となり、必然的に崩壊して次の進化のプロセスへと移行するのである。

　長い歴史の中で人類が動物ではなく、人間として進化するためには、辛抱強く気高い理想を追求し、幸福な生活を実現する社会の構築に向けて、全ての知性と感性を働かせねばならなかった。果てしない進化への人類の努力は、衣食住の改善、幸せな家庭や平和な社会の実現、厳しい競争に救いと諸行無常の世界に心の安らぎを与え、人々の命を守るという事柄に集約されてきた。

　西洋では、論理的に人間を精神と肉体に峻別して考えるが、日本ではそれほど厳格に分けることなく、同じ人間存在として両者を混同する傾向がある。日

本人は精神的であると同時に、物質的でもある存在を特に意識することはない
が、西洋人は論理的思考によって、精神的であると同時に物質的であることを
分析して認識する。西洋人は両者を厳しく峻別するが、何ら衝突し対立する矛
盾を感じない。物質にも霊魂を見る日本人の魂の故郷は常に天上であるが、頭
脳と感情さえも峻別して考察する西洋人は、常に実利的で厳密な地上の論理に
ある。

　西洋人は精神と物質を峻別し、さらに頭脳と感情を区別して、その両面の相
互作用に対して緻密な論理的考察を行い、資本主義と科学主義に基づく理路整
然とした高度な文明を構築した。しかし、同時に、物質主義による欲望の肥大
化を招来し、魂や心のような神秘的領域を喪失した。この様な安らぎのない非
情な競争社会という文明の袋小路の中で、失意と疲労困憊の果てに、ハーンは
古き良き旧日本の姿に桃源郷を発見し心いやされる思いを覚えたのである。西
洋の近代化の論理である功利主義や資本主義の洗礼を受ける以前の旧日本は、
ハーンが何よりも著書に描き残そうとした稀有な美質や伝統文化をとどめてい
たのである。

　人間も動植物と同じ進化の過程を経てきたとする進化論は、キリスト教教義
と厳しく対立する関係にあった。この意味において、キリスト教嫌いのハーン
は、異教である神道の先祖崇拝の宗教を賛美し、進化論の学説に基づいて様々
な日本研究の考察を行った。

　唯一絶対神としてのキリスト教では、神は自然を創造して支配する超越的な
存在であり、常に人間を厳しく監視して、あらゆる創造物に対する無条件の権
力を行使するものとされた。しかし、多神教の世界では、神は自然に内在し散
在して人間に身近な存在であり、キリスト教の価値観とは正面から反対するも
のであった。ハーンは5歳の頃から暗い部屋に閉じ込められて、幽霊や妖怪など
の恐怖体験をしていた。破産すると冷たく見捨てた大叔母に無理やり入れられ
た厳しい神学校にも反発していたハーンは、生来、キリスト教以外の異教や異
端に非常な関心を抱くようになっていた。弾圧的なキリスト教の支配から解放
されて、異教の世界に自由な精神的飛翔の可能性を追求する思考様式が、彼を
異文化探訪の作家への道に進ませることになった。母親の国ギリシアの神話の
世界でも様々な神々が存在し、山や川や海や空に精霊や妖精が登場して、異教
の世界観をハーンの心に鮮やかに植え付け、幼いころからハーンの想像力を養
っていたのである。

陰気で陰鬱なキリスト教の厳しい神に対して、異教の神々は親しげで陽気に光り輝き、異界に対するハーンの恐怖心を消滅させる力を有していた。親族の誰からも見放されて天涯孤独の中を艱難辛苦していたハーンにとって、異教の神々は新たな世界の可能性を歓喜と共に感じさせるものであった。そして、彼は希望に満ちた想像力を育み、新たな思想の萌芽を見据えて不思議な霊の境地に入ることが出来た。彼がスペンサーの思想に出会った時、今までの懐疑や悲観の交った複雑な気持ちが解消して、異界や異教に惹かれた独自の世界観に確実な自信を持つに至ったのである。これまで断片的な思索に終始していたものが、一つの壮大な体系を与えられて、あらゆる主義主張の小さな拘りを乗り越えて、彼は霊的な求道者への道を辿る自覚と自信を感じたのである。この様な確信と自負を感じた時、人間の尊厳や人生の意味を問いかける哲学的で宗教的な命題を探究して、文学者として作品を書き残す作家的使命に彼は目覚めたのである。

　19世紀後半の人間であったスペンサーとハーンは、どちらも正規の高等教育を受けなかったにもかかわらず、独創的な発想で思想を発表し、当時の知識人に多くの影響を与えた。スペンサーのすべての著作は進化の原理で論じられ、社会進化論の哲学体系を構築しているが、中でも彼の代表作『第一原理』は世界の支配的原理としての進化論をあらゆる領域にわたって詳細に説明し、世界の全ての分野に広がる進化の原理を社会に即して明示したものである。
　スペンサーの学説はハーンの精神的支柱となって、新たな知的考察や宇宙的な意識への拡大を可能にした。長年にわたって培ってきた知識や思想を融合させる力として、スペンサーはハーンに劇的な変革をもたらし、彼は狭量な主義主張の呪縛から解放されて壮大な宇宙的意識に目覚めた。拘り続けた懐疑主義的傾向を超克して、彼は新たな生命哲学としての社会進化論の応用によって日本研究を深化させた。懐疑的世界観から離脱して総合哲学体系を援用した思索を展開し、仏教の輪廻思想や神道の祖先崇拝を考察したハーンは、彼独自の社会進化論の立場から人間の歴史を辿り、遺伝的生命の連鎖の中に魂の記憶の探究を始め、心霊的な宇宙の意識に開眼したのである。スペンサーはハーンの思索の核となって様々な知的活動を刺激して、単なる詩的ロマンティシズムでない宇宙的な世界観を生みだし、生と死、生命の輪廻と遺伝の記憶、自然と人間、先祖崇拝と霊界などに対する多くの考察をもたらした。このように、ハーンはスペンサーを理論的支柱として、人類の歴史における永遠の相への探究を促し、

さらに、宇宙的意識によって脱西洋による東洋への精神的移行を可能にしたのである。ハーンの日本研究は、スペンサーの社会進化論の原理を仏教の輪廻転生や神道の先祖崇拝に適用して、宗教から日本の本質を解明しようとしたものであった。

　過去に無数の命を生きてきたことは、花や鳥や木を生きることでもある。神道のように、死者が神になり自然界に浸透するという多神教的な汎神論思想に、ハーンは人生の早い時期から惹かれてきた。このように、彼は宇宙進化論や遺伝的記憶の世界に独自の思索を重ねていたので、神道の先祖崇拝や仏教の輪廻転生や前世の観念に苦もなく入り込めたのである。元来、ハーンの詩人的特性や文学的想像力も、この様な宗教的で哲学的な思索と深く結びついていたのである。

　社会進化論の所説は仏教の輪廻転生の循環に他ならず、また、森羅万象も不可視の至高の真実の影にすぎないという認識において、スペンサーなどの新たな近代科学と神仏の世界が一致するとハーンは考えた。すなわち、スペンサーの社会進化論は輪廻転生と調和する学説であると捉えた彼は、仏教研究に大きな指針を得たのであった。さらに、仏教が新たな世界の宗教として、キリスト教よりも優れた道徳的価値を持つことを強調している。仏教では自我は単に個性ではなく、無数の前世での言動から生まれた業による複雑な合成物である。単細胞から人間に至る進化のプロセスでの無数の経験の総和から組織化された遺伝の結果が、現代の人間であるとする点で、仏教とスペンサーの社会進化論は一致するとハーンは説いている。

　宇宙を生きづかせる不思議な生命とは何か、生成流転を無限に繰り返す宇宙の力とは何かは、人間が思索すべき永遠の形而上的問題である。宇宙にも輪廻転生があり、無限に遺伝的記憶を引き継いでいるとハーンは考えた。物質と力の永続性において、質量は無数の姿を取って存在し続け、また、人間は過去にも無数の命を生きてきたという。したがって、何か新しいものを見ていながら、すでに遠い過去の何処かで見聞きしたかのような茫漠たる気持ちを抱く時、ハーンは前世の厳然たる存在に厳粛な思いに駆られた。霊魂が何百万年もの間彷徨いながら、輪廻転生を繰り返した記憶は、現在に生きる人間の中に生きている。進化による宇宙の消滅は、新たな宇宙を生みだし、このような宇宙的な生命の輪廻転生は、ハーンによれば、スペンサーの社会進化論と仏教思想を結びつけるものとなり、遺伝的記憶の学説は神道の先祖崇拝の思想とも実に相似しているのである。

しかし、際限なく繰り返される輪廻転生と前世の観念は、無限に分解されて
は再生されてゆく宇宙の中に生きる個の底知れぬ恐怖をハーンに感じさせた。
したがって、さらに、果てしない輪廻の繰り返しは、何処から何処へ向かうの
か、そして、何故存在するのかという言い知れぬ不可知に対する畏怖の念を感
じさせた。現存するものは遥か昔にも存在し、これからも永遠に存在し続ける
という、始めも終わりもない繰り返しの恐怖が現出し、時間は無限の中では幻
想にしかすぎず、消滅と再生を無数に繰り返す太陽の光の下では、何も新しい
ことは起こらないという認識に至る。生も死も、苦も楽も、すべてが虚妄の現
象に終わるという際限のない営為の連鎖から解放される道は何一つないという
恐怖と共に、宇宙は膨大な幻影で不可知な力の活動となってしまう。
　仏教の前世の観念やスペンサーの進化論は、遺伝の記憶や業によって現世や
来世を説明し、霊的な精神世界の無限の広がりを説いている。永遠の進化の過
程にあって、現状を際限なく改良するために絶えざる努力を繰り返すので、生
命にとって生きることが苦を生きるまでになる。繰り返し生成する命の苦悩と
は何か、そして、苦悩から無限に進化を繰り返すのは何故か。すなわち、進化
するために命は苦悩し、苦悩から逃れるために、命はさらに進化しようとして
自己形成を繰り返すのである。内発的な力のよって、死と生の永遠の繰り返し
の中で、自己のさらなる改良を自己実現しようとするのである。したがって、
苦悩の中で繰り返される生命には、不可能を可能にして不可視を可視にする努
力によって、絶えず進化していこうとする根源的な意志がある。
　この様にして、不可知を可知にしようとする絶えざる願望が、生命の中に遺
伝として伝えられ、現在の個我の姿を作り出す。したがって、輪廻転生は人間
の絶えざる願望実現への努力の繰り返しでもある。願望や希望の繰り返しが人
間を改良して行くが、単なる物欲の連鎖は人間を堕落させる。宇宙を構成する
物質的原子の他に、精神的な単子を宇宙的生命の構成要素として考えなければ
ならず、この事は物質に内在する心霊の存在を示唆し、これが輪廻転生を繰り
返すのである。そして、人間は無限の世界に広がる宇宙的規模に触れることを
志向するのである。
　最晩年の労作『日本』の中で、極端な保守主義に固執することなく、旧日本
の美質や徳性を保持すべきで、同時に、西洋のような利己的個性を抑制しなが
ら、近代的な民主化に必要な自由と健全な個人主義を養うことによって、日本
が西洋列強に対峙しうる国家を確立しなければ、国家滅亡の危機に陥るとハー
ンは懸念を述べている。さらに、西洋の弱肉強食の競争社会と利己主義の蔓延

を批判して、日本の没個性や自己犠牲に高い徳性を見出したハーンは、かつて無条件に心酔したスペンサーの社会進化論から徐々に距離を置き、進化論を独自に解釈して独自の日本論を展開するようになった。

　このように、ハーンは社会進化論の応用によって、明治期の日本の改革や伝統文化の本質を解明しようとした。神道の先祖崇拝を進化の理論で捉え、祭祀の歴史を宗教的進化を示すものと考えた。先祖崇拝は日本の宗教感情の根源に他ならず、経典のない神道の宗教制度は、歴史的な民族の成立に深く浸透し、今尚大きな社会的影響力を保持し、集団に結合力を与えて強固な価値観と国民意識を醸成している。人間は生まれた時から、死に向かって生きている。神道はこの事を明確に体現した宗教である。この敬虔で厳粛な原理に対しては、いかなる経典もむなしい空文でしかすぎないのである。スペンサーの社会進化論によれば、法律や宗教に対する民族的結合力や価値観は、歴史的には宗教を過去の世界からの死者の支配として認識することによって保持されたもので、死滅した過去が現在に働きかける力として意識されてきた日本民族の精神構造に存在するのである。『日本』の「死者の支配」の中で、ハーンは先祖崇拝と法律に関する考察において、次のようにスペンサーを引用している。

　「克己と服従とをしいた伝統は勇猛心を養い、快活な心を強調した。天皇の権力は、いっさいの死者の力がかれを支持しているのだから、無制限だった。ハーバート・スペンサーが言っている。「法律は、書いたものでも、書かれないものでも、どちらも生きている者の上に、死者の支配を公式にあらわしたものである。過去の世代が、その持っていた肉体的・精神的な性質を伝えることによって、現代の上に働きかける力、――また、生活の慣習と様態とを残すことによって、過去が現在に働きかける力、この力に加えて、口から口に、あるいは文字によって受けつがれた、公民としての行為を定めた規則を通して、働きかける力があるのである。わたくしは、この真理を強調するものである」といって、さらに、「この真理が、黙々たる祖先崇拝を包含していることを示すために」と述べている。（中略）日本の法律は、死者のおきてが生きている者を支配しているということを、最も強く公式化したものである。しかし、死者の手はなかなかに重く、こんにちでも、それは生きている者の上に重くかかっている。」（『日本』恒文社、1976年、pp. 183-4.）

　ペリー来航によって長い鎖国の夢から開国を迫られて、日本は幕藩体制の崩

壊と共に、西洋列強の植民地争奪の熾烈な競争に曝された。その後、生き残りをかけた日本の行く末を考える有用な指針としてスペンサーの思想は大いに歓迎された。スペンサーの進化論はダーウィンよりもはるかに広く明治期の日本に受容されたのである。

　明治維新後の日本は封建的な幕藩体制から近代国家への道を邁進して、急激に西洋化へ走る変革期であった。東南アジア諸国が西欧列強の覇権に支配され植民地化されている現状にあって、日本は早急な近代化によって列強に対峙する強力な軍事国家を形成する必要性に迫られていた。スペンサーは西洋化によって近代国家建設に邁進する日本の姿に懸念を深め、新国家建設が社会の歴史的連続性や伝統を破壊することがないように、可能な限り現体制の法や文化の保持に努め、新制度が旧制度を排斥するのではなく、徐々に旧体制を時代に呼応するように変化させなければならないと警告した。

　この意味において、スペンサーは森有礼の社会改革に大きな影響を与えた。1873年に森はスペンサーと会い、大日本帝国憲法の起草に関する助言をもとめ、英語の訳文についても相談している。幕藩体制の崩壊後、新たな国民意識と国家の枠組みを形成して、新日本の政治体制を構築するために、伝統文化の歴史的経緯を考慮しながら、新国家と国民の関係を確立するために、森は西洋化による近代国家樹立への理論的基盤としてスペンサーの社会進化論を参考にする必要があった。

　1893年1月のチェンバレン宛の書簡のなかで、旧日本の幕藩体制下の生活では、武士から農民に至るまでの全ての言動が、家族や社会のための自己犠牲の精神で宗教的に抑制されていたとハーンは述べている。利己的でない自己犠牲や没個性は、家族や社会への無償の献身という旧日本の伝統的な道徳感情の顕現に他ならない。日本は西洋の近代文明より物質的に遅れていたが、崇高な道徳心において遥かに西洋の即物主義的価値観を凌駕していると彼は論じ、日本の気高い道徳的精神は、利己的な打算や功利主義を進んで放棄した結果であるとした。

　「どんなに高い宗教的立場からしても『極東の魂』——キリスト教であれ、異教であれ——他者のための自己犠牲とは、あり得る限りの最高の道徳だったのです。しかしこれは時代に先んじていたのでした。さまざまな徴候から言って、社会の保存とその発展のためには人間の非利己的かつ率直な性質だけでなく、きわめて利己的かつ狡猾な性質もまた必要でしょう。そして西洋方式の文

明では、後者の性質の方が前者にまさって、はるかにずっと社会にとって重要な価値をもつのです。しかし理想的に完璧な国家と言えば、超保守主義などで硬直化されず、より高邁なる情緒の発達を促しつつ、下劣な自己のみを抑制する日本的道徳を身につけた、儒教的統治を行う東洋的国家形態ということになりましょう。いつとはわからぬ将来ながら、われわれが到達したいと希うのはまさにそのような国家です。われわれの西洋が、日本を道徳的に千年も過去に逆戻りさせてしまったのだと思います。」（『ラフカディオ・ハーン著作集』第14巻、恒文社、1980年、pp. 491-2.）

　ハーンは西洋とは異なった日本の没個性や自己犠牲の精神を絶賛した。このような道徳感情による没個性や無私は、日本の集団主義的社会の特性を示すものである。全体の調和のために相互依存に重点が置かれ、高く評価される徳性は他人のために躊躇なく自己犠牲する利他的精神である。
　しかし、必然的な西洋化の流れの中で、同時に、利己主義的個性の存在も近代社会を構成する必要悪としてハーンは認めている。無私な自己犠牲的精神を否定する狡猾な打算的精神も、社会組織の進化にとって必要なものであり、熾烈な弱肉強食の競争原理が支配する西洋では、社会の存続にとって功利的で実利的な価値の存在を否定できない。それでも、本当に理想的な国家は、保守主義に硬直した利己的な政治体制ではなく、気高い道徳感情を養って、利己的個性の蔓延を抑制する日本のような儒教的精神の政治体制であるべきだとハーンは考えた。日本の没個性に高い道徳感情を看破し、西洋の個性を凌駕する精神的優位を認める見解には、異文化探訪者としてのハーンの鋭い洞察力や先見性が存在していた。
　『日本』の中で、ハーンはスペンサーの『自伝』から次のような一節を引用して、制度と国民性と宗教について、急激な変革の危険性を指摘している。

　「制度は国民性に依準するものである。制度の外見をいくら変えたところで、その本質は、国民性と同じく、そう急速に変るものではない。」
　「宗教制度をにわかに変えると、政治上の制度の場合と同じで、あとにはかならず、反動がくる。」（『日本』恒文社、1976年、p. 415.）

　歴史上において人類は社会改革を何度も試みてきたが、社会制度だけを糾弾しても、制度を操る人間の愚かさを考慮せずに、制度さえ改革すれば理想郷が

実現するという幻想を抱けば、立派な理念も常に失敗に終わっている。急激な改革は単に前体制を廃絶し、権威と支配を葬り去って、つかの間の達成感を覚えるだけで、愚かな人間社会は相変わらず矛盾と不合理に満ちて、熾烈な競争に明け暮れるだけで、何も根本的には変化しないのである。

　この様に人間の営みを眺めれば、江戸の旧日本から明治の新日本への展開は、進化の実態と矛盾を見事に具現化していた。畢竟するに、スペンサーの社会進化論を信奉するハーンは、あらゆる改革による進化の弊害を認めても、全体として激変する時代の趨勢から、日本の近代化への流れは必然的なものと考えた。ハーンと同様に、明治時代の知識人達もスペンサーの思想に魅了された。幕末から明治への変革の中で、日本社会に熾烈な競争の市場原理もたらし、合理的に機械化された組織の中で、部品化され矮小化されていく人々を目撃したが、たとえ泥沼の不幸に陥れることがあっても、それが歴史的な時代の要求であり、必然的変化であることをハーンは認めていた。

　したがって、ハーンの著書にはスペンサーへの言及が数多く存在している。ハーンがスペンサーの社会進化論に強く影響を受けるのは1885年に『第一原理』を読んでからであったが、『日本』の「大乗仏教」においても、自分はスペンサーの弟子であると公言している。特にハーンが愛読した『第一原理』は、スペンサーの社会進化論の総合哲学体系の中心部分を構成し、自然宇宙や人間社会の有機的進化の原理を論じたもので、若き日の夏目漱石も予備門時代に熱心に読んでいた。

　また、1889年にハーンはローエルの『極東の魂』を読んで心から感銘して、日本研究への大きな動因を与えられた。『極東の魂』は西洋の日本研究に大きな影響を及ぼし、ベネディクトの傑作『菊と刀』のような日本論の原点を生みだすに至った。ローエルは長年にわたる日本滞在の体験について執筆して『極東の魂』を出版し、繊細な芸術的感性が日常性に浸透し素朴な生活に優美な彩りを与えていると日本文化の特性について述べた。ローエルもスペンサーの社会進化論に大きな影響を受け、進化論の立場から日本文化を眺め、日本人の没個性に強い印象を受けた。西洋の個人主義の確立が文明の成熟度を示すとすれば、日本の没個性は文化的後進性を示す証拠となると考え、個性の確立こそ精神文化そのものに他ならないので、日本は没個性を改善しないかぎり、西洋列強の覇権主義の野望の前に消滅する運命にあるとローエルは論じた。ローエルの西洋的な強者の論理には、スペンサーの社会進化論が背景にあった。

　しかし、このような当時の西洋人の日本論の特徴は、没個性を解消しない限

り、西洋列強との弱肉強食の競争に勝つことはできないという日本蔑視であった。弱肉強食の競争原理や西洋の絶対的優位や白人至上主義によって日本を傍観者的に眺め、偏見や差別を助長するような狭量な日本論の著書が多く見られ、一時ローエルに傾倒したハーンも覇権主義的な支配者意識と人種差別的な蔑視を露骨に現わした西洋の知識人の論理に当惑し不信を抱いた。

　日本文化に対するハーンの態度は同情と共感であり、英語教師として赴任した松江の田舎町に残る旧日本の伝統文化や素朴な人情に心から深い感銘を受けていた。このように、当時流行のスペンサーの社会進化論から日本を眺めたローエルが、西洋至上主義の冷徹な傍観者的日本論を書き残したことに反発するようになり、その主張の背景となったスペンサーの思想からも徐々に距離を置いて独自の解釈で援用し、ハーンは同情と共感で日本人と同じ目線に立った立場で日本を眺め文化の本質に迫ろうとしたのである。

2．チェンバレン

　バジル・ホール・チェンバレンは1850年にイギリス軍人の名家に生まれた。しかし、病弱のために大学進学をあきらめて銀行に就職したが、ノイローゼになり退職した。その後、イギリスから転地療養のため出航し、イタリアやギリシアなどを旅行した。さらに、語学の才能に優れたチェンバレンは、1873年に22歳で来日後、海軍兵学校の英語教師となり、その後、東京帝国大学の外国人教師になった。日本語を7年間ほどで学習した後に、『古事記』の英語訳に取り組んだ。ハーンはこの『英訳古事記』を来日前に読破していた。1890年に出版された『日本事物誌』は、チェンバレンの代表作であり、世界で最初の日本に関する百科事典として広く受け入れられ、西洋において信頼し得る正確な情報として読まれた。このような研究業績が高く評価されて、彼は東京帝国大学の教授に任命された。彼は日本語を言語学として体系化し、教育者として岡倉由三郎などの優れた国文学者を育成した。

　ハーンとチェンバレンは同じ1850年生まれであるが、ハーンの来日は1890年でチェンバレンより17年も遅かった。チェンバレンは既に東京帝国大学教授として名声を博した学者であった。ハーン来日直後に、チェンバレンが英語教師の職を斡旋したことから、両者は親しく交流し、来日第一作『日本瞥見記』はチェンバレンに献呈された。しかし、後年、チェンバレンは西洋至上主義の立場で日本を見下す発言が多くなり、ハーンと対立するようになって両者は疎遠

になった。直情的なハーンは自分が熱心に勧めたにもかかわらず、チェンバレンが期待したほどにスペンサーを読んでいないことを知ると、交友そのものに不信を抱き自ら絶交した。

　チェンバレン自身が『日本事物誌』の中でハーンとの友情の破綻について次のように述べている。ハーンのキリスト教嫌いにも非難するように触れて、他の弱小の異端者と同様に十把一絡げに取り扱い、彼の性格的欠陥やその思想の浅学を暗に仄めかすような論調である。ハーンが常に自主的な判断能力を持たなかったかのような印象を読者に与えることにチェンバレンは最大限の努力をしたのである。

　「私がハーバート・スペンサーのあの大冊の本を三冊か四冊しか読んでないこと——その本は人生全般にわたり、星雲から下は（上は？）人間やその事業に至るまで説明したものである— その他のスペンサーの本は簡略版でまにあわせているということを彼が発見したとき、われわれの間に危機が訪れた。さて、ラフカディオにとって、ハーバート・スペンサーは神のような予言者であった。カトリックに反逆した他の多くの人たちと同じく、彼もまた確固たる指導者を求める必要をいつも感じ続けてきた。そして彼はスペンサーの進化論的哲学の中にこの指導者を見出したのであった。その日からわれわれの友情は破れた。」（『日本事物誌2』東洋文庫、昭和44年、p. 16.）

　特に日本論や進化論に関する立場の違いで、二人は鋭く対立して友情が破綻し、晩年に日英関係が緊迫するようになると、チェンバレンは冷徹に日本やハーンを批判して西洋での評価を押し下げた。西洋人の日本研究は、チェンバレンのように知的にアプローチして傍観者的に観察するか、ハーンのように日本人と同じ目線になって独特の筆致で日本を描写するかに分かれる。チェンバレンは学者として日本の事物を客観的に眺め、事実を冷静に分析して日本の諸相を研究した。『古事記』の英訳本は外国人にとって日本研究の基盤となり、彼は日本の言語や文学の研究においてパイオニアとしての業績が評価された。

　チェンバレンはハーンをあからさまに中傷して、日本に陶酔して幻想的な姿を描き、後に冷静に眺めた日本が、自分の描いた日本と全く異なっていることを知って失意のあまり幻滅した見識のない人物だと非難した。ハーンは常に日本の文化や庶民を理想化したので、現実に直面して幻想が壊れると裏切られたように感じ、被害妄想を募らせて精神的に不安定になったと彼は糾弾した。西

洋至上主義者のチェンバレンはハーンとは正反対の価値観の持ち主であった。冷徹な知性で見下ろすように日本を捉えていたチェンバレンは、日本観の相違からハーンとの友情を見限り、日本に溺愛して夢幻の日本を描いて現実の姿を見つめようとはしなかったと決めつけ、忘れ去られた日本の過去を必要以上に美化して、客観的で冷静な日本像を描くことが出来なかったと断定した。

　ハーンを冷たく突き放したチェンバレンの次の評言はあまりにも有名である。ハーンを矮小化するために身体的障害にまで言及し、肉体的欠陥が人格や思想の未熟に繋がったかのような悪意に満ちた評価を下したのである。辛辣な批評に全体として漂う空気は、何とかハーンを実際よりも小さく見えるように細心の注意を払ったことである。

　「ただ残念なことは、ラフカディオが現実的感覚を欠いていたことである。あるいはむしろ、彼は細部を非常に明確に観察したが、全体的にそれらを理解することができなかったというべきであろう。これは精神的な面にのみ限らず、肉体的にもそうであった。彼は片眼が失明し、もう一方の眼は極度の近眼であった。彼は部屋へ入ると、まわり全部を手探りしてみるのが癖であった。彼は壁紙や本の裏、絵画や骨董品、その他の装飾品を綿密に調べるのであった。彼はこれらの正確な目録を書こうと思えば書けるほどであった。しかし彼は、地平線や空の星を正しく見ることをしなかった。彼の一生は夢の連続で、それが悪夢に終わった。彼は、情熱のおもむくままに日本に帰化して、小泉八雲と名のった。しかし彼は、夢から醒めると、間違ったことをしたのを悟った。彼の愛する日本は、今日の欧化された俗悪な日本ではありえず、むしろ、昔の日本、ヨーロッパの汚れを知らぬ純粋の日本であった。しかし、その日本はあまりにも完璧な日本であったから、事実そんなものは彼の空想の中以外には存在するはずもなかった。」（『日本事物誌2』東洋文庫、昭和44年、pp. 15-6.）

　異文化探訪の文学者として日本を理解しようとした詩人的気質のハーンと、冷徹な知性で分析する学者チェンバレンとは、根本的に日本研究の考え方が大きく異なっていた。妻子の身の上を案じて日本に帰化して日本人として日本で逝去したハーンの人生は、西洋至上主義者として日本を冷たく見下ろして日本から離れて去り、ジュネーブで学者としての生涯を終えたチェンバレンとは全く相反するものであった。しかし、明治期の日本で同じように日本研究を行い、親しく交流した両者の関係は、友情から対立へと変化したが、この間の両者の

334通もの書簡は、東西比較文化研究に関する様々な議論を述べた貴重な資料となっている。

　明治政府の指導者達が神道を復権させて、忠君愛国という日本の道徳感情を国民に流布し、天皇崇拝の熱狂的な国粋主義を作りだし、新たな国策として新宗教を作り上げたとチェンバレンは鋭く批判した。熱狂的な忠君愛国の精神は、明治維新以後、国民を洗脳した危険極まりないもので、神道を熱狂的な新宗教に作り替えたものだと彼は非難した。しかし、チェンバレンと全く正反対の立場から日本の美質を発見し、忠君愛国や天皇崇拝を様々な著書で西洋に紹介したのがハーンであった。日露戦争勃発の1904年（明治37年）9月に急逝するまで、14年間に及ぶ日本での生活の中で、彼は献身的な情熱で日本を研究し、西洋の読者に分かりやすく日本の美質を紹介した。しかし、彼の最晩年の労作『日本』は、チェンバレンの批判に曝された。晩年、ジュネーブに移住したチェンバレンは、常に日本やハーンに関して悪意に満ちた批判的見解を述べ続けた。

　また、日本におけるハーン崇拝は、偏狭なナショナリズムを助長するという批判がある。天皇制を支持し西洋列強に対峙して軍備増強する日本の国策を歴史的進化の必然として認めたハーンは、明治以来の狂信的な神国思想と軍国主義的なナショナリズムを肯定するものとして批判的に受け止められてきた。すなわち、ハーンの日本礼讃は日本の軍国主義的ナショナリズムの台頭に力を与えたと批判され、明治期の政治家によって国策として利用された天皇制は、国家神道に基づく皇国史観と同一視されてきた。また、ハーンの描いた日本像には、独特の文学的筆致による誇張があり、無批判なハーン崇拝から脱却する必要性があると批判されたのである。

　日本に帰化したハーンは、様々な体験から日本文化の本質を把握し、傍観者的な観光気分の作家とは一線を画する独自の観点を持っていた。しかし、『日本事物誌』の中で、チェンバレンはハーンの脱西洋や日本讃美を批判して、空想世界の日本であり、実際にはほとんど死滅した昔の日本をことさら美化して扱っていると批判し、思いこみで理想化した幻影を、あらゆる日本の事物の描写に活用したと非難した。しかし、ハーン文学の描いた日本の真実性と幻想性に関する作品の価値判断は、チェンバレンのように冷淡に科学的事実のみを受け入れる無機的な立場で否定するものではなく、真実の表現のためには事実を脚色し、幻想としての真実性を追求する文学的な立場によるものでなければならない。

　西洋至上主義の立場から離れられないチェンバレンは、ハーンを正当に評価

しようとしても出来なかった。ハーンの日本賞賛が常に西洋を悪者にしているように思われ、彼は最後まで拘りを捨て切れなかった。また、極東の島国日本に帰化して西洋を非難する態度にも異議を唱えて、その業績や思想や生き様に関しても、全体的に自分よりも格下の人物という印象を読者に与えるために、チェンバレンは巧妙な論理を駆使することに終始したのである。成り行きで絶交したとはいえ、日本で交友を深めていた以前の友人に対する思いやりや気遣いは微塵も見られず、そこにはチェンバレンの傲慢な程の冷たい切り捨ての論理しか見られないのである。

「要するに、日本人のユーモアの面を除いて、日本の事物は何一つとして、これらのすばらしい著作によって、詩と真実の交錯する光を投げかけられていないものはないのである。彼の判断の中で、私が異議を唱えたいことがただ一つある。それは、彼が日本人を正しいと弁護する際に、絶えず彼自身の属するヨーロッパ人を悪者としているように思われることである。彼の物語に現われてくる悪人はヨーロッパ人である場合が多い。」（『日本事物誌2』東洋文庫、昭和44年、p. 17.）

このように、日本を理想化して描写したというチェンバレンの非難は、学者的正確さや無機的な日本像と対極的なハーン文学に対して向けられた。チェンバレンはハーンの日本礼賛を嘲笑し、幻想の日本に惚れ込んで熱狂的な著書を書き、最後には自分の誤解や失敗に気づいて日本に幻滅してしまったと決めつけた。しかし、ハーンの文学的筆致に誇張があるとしても、詩的想像力を駆使して日本の美質を捉える作家的手法からみれば当然のことである。ハーンの日本観がチェンバレンの非難するような単純な陶酔ではなかったことが「横浜にて」の次の感慨深い一節に表現されている。

「日本の美しい幻影は——この魔法の国に初めて足を踏み入れた瞬間から私を虜にした、あの不思議な魅力は、長いこと私の前から消え去らなかった。しかしそれも、とうとう色褪せる日がきた。私はこの極東の国を冷静な気持ちで眺めるようになった。そして以前の感激が消え失せてしまったことを少なからず嘆き悲しんでいた。
　しかしある日、かつての感動が——ほんの一瞬ではあったが——そっくり蘇ってきた。私はふたたび横浜の山手に立ち、四月の朝空に浮かぶ富士の白雪の

霊を眺めていた。見渡すかぎり目映くきらめく青い春の光につつまれ、私は日本の土を初めて踏んだ日の感激——美しく謎めいた、知られざるお伽話の国、特別な太陽と独特の色の大気をもった妖精の国で朝日を浴びた日の、喜ばしい驚きをありありと思い出した。」（『明治日本の面影』講談社文庫、1990年、pp. 279-80.）

　チェンバレンは明治44年61歳で日本を去り、ジュネーブで悠々自適の晩年を過ごし、昭和10年85歳で逝去した。チェンバレンは事実と経験によって慎重な研究態度に終始する客観重視の言語学者であったし、ハーンは日本研究に一生を捧げるために生まれてきたような人間で、単なる客観的観察者ではなく、日本人の国民性に関する観察や経験内容を常に詩的直観で眺めて書き残すことが出来た。ハーンは日本人の生活や思考の中に入り込んで、日本人と同じ目線で生き生きとした感情や感覚を読者に与えようとしたのである。

　ハーンは文化の探究者として、進化論から導き出した有機的生命の遺伝的記憶から日本の文化や国民性を解明しようとした。彼は旧日本の美質である崇高な道徳感情や自己犠牲を高く評価した。しかし、チェンバレンは文化研究者ではなかったが、西洋の知的偉大さを賞賛して、日本を全体的に後進国として冷徹に見つめて低く評価する傾向があった。

　チェンバレンは経験主義的な科学者であり、ハーンは先験的な直観力を持った文学者であった。日本研究における文化や国民性の探究は、言語学のような確実な論理で把握できないもので、観察や経験内容を直感的に把握して、その本質を抽出して表現しなければならない。特に来日して初期の松江の頃、脱西洋を標榜していたハーンは、西洋文明の俗悪や邪悪を非難して日本を絶賛していた。しかし、熊本の学校へ移ってからは新旧日本の相克に気づき、苦悩の考察の中で日本研究の深化を遂げることになる。ハーンが熊本で遭遇した日本の知識人たちは、西洋文明の物量に圧倒され心奪われていた。明治維新以降、彼らは近代化の道に邁進して、前時代の過去の遺物からの断絶を望み、ハーンが旧日本の伝統文化の美しさを語っても、不快な表情を浮かべ、西洋に対峙し得るような新たな産業や商業や軍事などの各分野での発展を誉めないと満足しなかった。

　日本は長い鎖国と封建制の夢から覚めて、西洋列強との世界的な競争社会の仲間入りをせざるを得なくなった。しかし、前時代から育んできた日本民族の特性は変化することなく、権力には従順で忠誠を守り、ひたすら勤勉で仕事に

献身する姿勢は保持されていた。政治、経済、教育などにおいて、日本人の活動は個人本位ではなく集団本位で運営され、常に内部からの変革ではなく、海外からの圧力による西洋模倣に専念するのである。西洋文明から先進技術を学んでいた明治の知識人達は、近代化した日本だけを嬉々として主張し、過去の日本からは決別することを願っていた。

　しかし、ハーンは激しい変化の中にあっても、古来からの日本の美質が庶民の心の中に失われずに残り、不変の伝統文化と国民性を維持していると考えたのである。ハーンにとって、日本人は礼儀正しく正義感に満ちて、克己心が強く権力者に従順であり、勤勉で忍耐力があり、潔癖という美質を有していたのである。

　しかし、チェンバレンのような論理性を重んじる西洋人から見れば、日本人には哲学がなく、閉鎖的で外国人には本音を語ろうとはしない傾向があり、極めて優柔不断で非実際的な民族に映る。また、日本人は芸術的な繊細さはあるが、実務能力に欠け、抽象的な論争や体系的論理には全く関心を示さないとされた。現実的な事物にのみ興味を示すが、形而上的な観念論には知的関心を抱かず、常に思想的に平面的で奥行きがなく、議論や論争を好まないので、機械的な思考様式に終始すると映るのである。

　さらに、西洋から見れば、日本人は西洋の学問知識に過大な敬意を示し、何の議論もなしに無条件に受け入れ、金科玉条の格言のように大事に信用し、その背後の思想や英知を理解しようとしないとされた。日本人は論理的な思考や独創性に欠けているが、西洋の先進文化を巧みに応用することに長けている。しかし、画一的で礼儀正しく集団で行動することを好む国民性は、個人としての自由な精神活動の欠如を示している。論理的に徹して思考する創造力に欠けているので、都合の良い面だけを皮相的に結びつけて利用する折衷主義で満足し、真に創造することの困難さと直面することを避ける傾向があると批判されてきた。

　西洋至上主義のチェンバレンのように、キリスト教文明を至上のものと考える西洋人は、来日して日本の巡礼を観察すると、日本人は宗教を軽視し無関心であると批判した。日本の有名な巡礼の地は、大人や子供の歓楽地としても賑わっており、神社仏閣は信仰を真面目に扱っていないと彼らは非難した。また、仏教と神道の区別を明確にせず、曖昧に神仏が同居していても不思議に思わず、巡礼者は峻別せずにどちらにも訪れて何の矛盾も感じない。日本の巡礼も西洋

と同じように信仰のために違いないが、もっと具体的に病気の治癒を神仏に祈願する場合や、有名な神社仏閣に行って神仏の御利益にあやかりたいという場合がある。宮司や僧侶は西洋の神学では不明瞭な存在であり、西洋人には理解しがたい不思議な現象である。しかし、日本では神社や仏閣の名声や神聖さがすべての矛盾を止揚しているのである。

　また、長い封建時代の間、庶民は自由に旅行など出来なかったので、許される旅は唯一巡礼しかなかったという事情の中で、巡礼の地となった神社仏閣周辺に、多くの歓楽的な娯楽施設が出来たのである。巡礼の神聖な地の周辺に娯楽施設を見た西洋人達は、日本人の信仰心に疑問を抱き、娯楽と信仰を混同している不道徳で野蛮な人種であると決めつけて非難した。そして、世俗を超越しようとして聖地を訪れながらも、金があれば何処でも享楽に興じる日本人の節度のなさは、不見識きわまりない悪徳であり言語道断だと彼らは断じたのである。

　情け容赦のない戒律の下で、厳格なキリスト教教義を信奉する西洋人から見れば、日本人の巡礼は休暇を楽む娯楽のようであり、縁日や祭りともなると、神社仏閣に隣接した娯楽地を求めて人々が群がり、寺では全ての者が付和雷同して余興のように鐘を鳴らし、神社では僅かばかりの賽銭で人生の重大な願い事を唱え、境内では子供が遊びまわり、祭りでは屋台の物売りや飲み食いで騒がしくにぎわい、身勝手なご都合主義の信仰心を満足させているように映る。しかし、修験者や山伏のように、日本に真剣な巡礼がないわけではない。また、荒行と呼ばれる厳しい修行や断食や座禅など、数多くの厳しい宗教的試練や鍛錬の行為がある。中でも、弘法大師ゆかりの四国88箇所の霊場への巡礼は、極めて厳しい修行で相当な決心と体力がなければできない。現在でも約1,600キロに及ぶ長い行程を辿るのに2ヶ月ぐらいは必要であり、決心して始めても歩き通せない人が少なくない。

　昔は霊場を巡り歩く巡礼が、寺の門前で厳しさのあまり疲労困憊して死んだり、宿屋で子供や老人の遍路が死んだという話まであった。このように、本来は他の巡礼の死体に出会ったりするほど厳しい修業であり、二度と戻れないという大変な覚悟で、厳しい試練にたえて命を賭けて巡礼するだけの真剣な信仰心がなければできないことであった。

3．漱　石

　明治期の日本に対して一世を風靡した社会進化論の影響を考えれば、夏目漱石もハーンと同様に、当時の知識人として類似した精神を有し、時代思潮であったスペンサーの近代思想の呪縛に捕らわれていた。漱石は幼少より漢詩に親しみ、本来英語を嫌っていた。しかし、漢学から英語に転向した漱石にとって、英語は時代の要求する実学であり、西洋化していく明治期の社会を生き残るための学問であった。幕末から維新への激動の世界で社会の栄枯盛衰を目撃して、競争原理に支配される適者生存の世界を体感した漱石は、明治の知識人としてスペンサーの学説の信徒であった。西洋化する日本で生き抜くために、日本の近代化に貢献するような職業に就くことを漱石は真剣に考え、建築学を学んで生計を立てようと考えた時期があった。したがって、スペンサーと明治日本の変革という観点から、漱石が最終的に人生を生きる道として英語英文学を選んだことは、建築学を真剣に学ぼうとした実学への関心をさらに具体的に考察した結果であった。

　このように漱石は一時建築学を学ぶことを本気で考えていたが、友人の反対にあい、文学を志望することにした。しかし、時代が求める実学に向かうために、好きな漢文学を諦めて英文学を専攻することに決心した。時代の要望に合う建築学と同じく、実学としての英語英文学への道を選択したのである。しかし、以来漱石は常に不安に付きまとわれるようになる。英文学研究はどれだけ一生懸命に専念しても、充実した実感を得られず、むしろ学べば学ぶほどに、何処までも英国や英文学の異質性に戸惑うばかりで、何か欺かれたような深い失意に満たされるのであった。さらに、留学経験は漱石の不安を決定的なものにし、神経衰弱に陥って帰国後、東京帝国大学講師をしても、不安は彼の脳裏から消え去ることはなかった。この様な人生の不安と英文学への反発は、後に日本文学の作家としての彼の創作のエネルギーともなったのである。

　大学卒の学歴もないハーンは、記者から作家・教育者・学者になったが、東京帝国大学卒のエリートの漱石は、教師・学者からジャーナリズムの中に飛び込み、作家として大成した人物であった。まったく正反対の環境から、両者は求道者のように文学研究をひたむきに行ったが、それぞれが素晴らしい才能を発揮して人々に受け入れられたのである。漱石は留学し英文学の研究に没頭したが、最後まで日本人としてのアイデンティティに拘り、膨大な西洋の文化的圧力と戦い続けた。ハーンは帰化後、日本と西洋の間で苦悶しながら創作を続けて日本人としてこの世を去った。ハーンの描いた新旧日本の姿は、日本人以

上に日本の心を適確に描写しており、漱石の書いた明治日本の風俗も、当時の庶民の姿を伝えるものとして、国民的遺産となってながく愛されている。

　英国留学は漱石にとって重大な試練となった。東京帝国大学では外人教師と対等に議論し、日本でも有数の英文学者を自負してた漱石は、意気揚々として乗り込んだ英国でコックニーに手古摺り、異文化の洗礼を受けて呻吟していた。意志疎通が少しでもうまくいかないと、知的レベルまで見下げてくる西洋人の冷徹な態度に漱石は、英国に対するこれまでの熱意に冷や水を浴びせられた思いであった。ロンドンに着いて後の書簡に留学中の彼の苦労を予感させる片鱗が窺える。

　「僕は英語研究のため留学を命ぜられたようなものの二年おったって到底話す事などは満足には出来ないよ。第一先方の言う事が確と分らないからな。情けない有様さ。殊に当地の中流以下の言語はHの音を皆抜かして鼻にかかるような実に曖昧ないやな語だ。これは御承知のcockneyで教育ある人は使わない事になっているが実に聴きにくい。仕方ないからいい加減な挨拶をしてお茶を濁しているがね、その実少々心細い。しかし上等な教育ある人になると概して分かりやすい。芝居の役者の言語なども頗る明晰、先ず一通りは分かるので少しは安心だ。しかし教育ある人でも無遠慮にベラベラ饒舌り出すと大いに狼狽するよ。日本の西洋人のいう言が一通り位分ってもこの地では覚束ないものだよ。元来日本人は六ずかしい書物を読んだり六ずかしい語を知っているが口と耳は遥かに発達しておらん。これも一種の教育法かも知れぬが、内地雑居の今日口と耳がはたらかないと実用に適しないのみならず大に毛唐人に馬鹿にされるよ。堂々たる日本人が随分御出になるが会話がまずいから西洋人の方では学問も会話位しか発達していないとしか考えない。つまらぬようだが日本でも手紙の字がまずいとその人を悪く想像するというような訳だから仕方がない。」

（『漱石書簡集』岩波文庫、1990年、p. 86.）

　松山や熊本で教職経験を積み重ね、苦渋に満ちたロンドン留学から帰国後、ハーンの後任として東京帝国大学講師の職を務め、さらに、執筆に専念するために辞職して朝日新聞社に入社し、漱石は小説家を本職としたのである。近代日本社会を生き抜くための実学として小説の仕事を捉え、彼は読者の要望に応えるために、『我輩は猫である』、『坊ちゃん』、『草枕』などの傑作を矢継ぎ早に発表した。その後も過酷な仕事を自らに課した結果、結局、漱石は持病

の胃潰瘍を悪化させたのである。

　しかし、大病を患いながらも、漱石は苦労して『彼岸過迄』、『行人』、『こころ』などの名作をさらに懸命に努力して創作した。最晩年の未完の作品『明暗』を執筆していた頃になると、漱石は午前中に小説の執筆に励み、午後になると好きな漢詩の世界に没頭し、漢詩を作る楽しみを心から味わっていた。数多くの文学的功績を残した漱石は50歳で逝去したが、保守と革新の時代の動乱の中で、彼は人間の尊厳を改めて見直す重厚な作品を数多く残した。保守主義は過去に遡って良き時代を探究し、革新主義は進化を信じて理想化して素晴らしい社会を将来に構想するものである。

　温和な協調社会の旧日本から、西洋化して熾烈な競争社会になる新日本への変化に、漱石もハーンも同様に東西文化の相克に苦悩し呻吟した。江戸の風情を残す旧日本は、調和と均衡の社会であったが、西洋化の外圧によって、効率化と利己的利益を追求する物欲の世界へ変化し、多くの日本の知識人は伝統文化を自虐的に排斥し、古来の道徳感情を忘れ去って堕落への道を辿った。

　漱石は幕末から明治への変革を西洋的な競争社会の始まりと考えた。グローバリズムが現在の日本を熾烈な競争世界へ参入させたように、古き良き江戸の桃源郷は、明治維新後の西洋化政策によって、不安と不幸をもたらす無情な競争原理の世界に変貌した。独自の鎖国文化を持っていた日本にとって、開国と共になだれ込む西洋の価値観は、貪欲な物欲と利己的個人主義の支配する世界であり、自ら長年育んできた穏やかな調和の桃源郷を破壊するものであった。

　ハーンは神戸で帰化し、来日後三作目『心』を1896年に出版し、その後、漱石は同名の小説『こころ』を1914年に発行している。また、漱石もハーンと同じく後年、熊本第五高等中学校に勤務している。そして、ハーンも漱石も苦労人の文学者であった。学問芸術は何度も推敲を重ね、何度も汗水流して完成させることを信条としていた点でも共通している。終生苦難の連続であったハーンは、54歳で狭心症により他界し、漱石は病魔に犯されながらも、作家として命を削るように矢継ぎ早に傑作を発表し、50歳の若さでこの世を去った。両者ともに晩年の写真を見ると、激しい執筆活動に体調を崩し、すっかり老けこんで疲れ切った様子が窺える。同じように両者は、東京帝国大学で教鞭を取ったが、求道者的で学究的特質も共通であったので、他の教員との付き合いを避け、教員室で談話するよりは、一人教室に残り瞑想したり、三四郎池のほとりで静かにたたずむ事が多かった。

　ハーンが東京帝国大学で文学講義をしていた頃、漱石は英国留学を命じられ

て1900年9月に横浜から出発し、様々な苦労をして英国と英文学について勉学し、多くの洋書を買い込んで1903年1月に帰国した。すると、まさに同年同月にハーンは東京帝国大学から3月末での解雇通知を受けている。人気の講師であったので、学生の留任運動や大学側からの妥協案があったが、突然の非礼な扱いに憤ったハーンは断固として退職を決意した。月給450円の高給なハーンを交代させるために、他に2名の日本人に加えて、留学帰りの漱石を年俸900円で採用する目論見であった。

　二年間程の英国留学から帰国した漱石は、ハーンの後任の東京帝国大学講師として着任することになり、大いに勉強して講義の準備をしていた。しかし、前任者のハーンは、人気の講師であったので、素晴らしい授業内容が学生の筆記によって講義録として残されて活字になった程である。ハーンは漱石よりも17歳年上であった。漱石は松山の中学校から熊本の高等学校へ転任した時、一年半前までいた前任者としてハーンの噂を聞いてよく承知していた。またちょうどその頃、ハーンが自分の母校の東京帝国大学の英文学講師として着任し大変な評判になっていることを伝え聞いていた。

　文学を分かりやすく学生の情緒に訴えかけて講義したハーンに対して、留学帰りの漱石は、西洋的な論理で知性に訴えかけるように講義した。また、学生の発音や訳文を厳しく指摘して指導したので、西洋かぶれと揶揄されて当初はすこぶる評判が悪かった。学生を感銘させたハーンの詩情豊かな講義の名調子は、漱石の授業には微塵もなく極めて不評であった。漱石もハーンのようにはいかない授業を自覚して、英文学に対する学識と教授力に限界を感じていた。有名な碩学の文豪であったハーンの後釜として、漱石は見劣りを自覚していた。講義にも限界を感じ、学生の不満にも納得していた。

　理論に拘った漱石の主知的な講義は、ハーンのような文学世界に対する情緒的な感動に欠けていたため、学生を失望させたのである。さらに、漱石は語学力のない学生を厳しく叱りつけるように指導した。英国で必死になって研究した内容が、学生に受けないことに気づき、漱石はひどく空しい思いをしていた。東京で英文学を講義して惨めな思いをするくらいなら、むしろ熊本で気楽に英語を教えていた方が良かったと漱石は後悔していた。

　漱石は田舎高校教師あがりの大学講師だと学生達から白眼視されたが、実は東京帝国大学で最初に英文学講義を行った日本人であった。漱石は留学での研究内容を『英文学形式論』として纏めて文部省へ報告し活字にしていた。さらに、熱心に準備した講義内容は『文学論』や『文学評論』として活字に残す程

に立派な授業であったのであり、当時の日本人としては漱石は優れた研究を積み重ねていたのである。しかし、ハーンの英語による素晴らしい講義の魅力にはとても敵わなかったのであり、学生の人気はまるで比較にならなかったのである。

　このように、大学での講義を『文学論』などに纏めるほど懸命に努力したが、漱石は学生に人気の出ない自分を自ら自嘲的に卑下して、英文学を講義するよりも作家として創作活動することを願うようになった。自分よりも人気の講師のハーンが、優れた作家でもあったことに漱石は非常に触発されたのである。漱石はハーンの作品の見事な英語の詩的散文体を高く評価していた。ハーンも漱石も同じように、テニスンを愛読していたことは、両者が詩人的特質において共通するところがあったことを示している。

　日本人で最初に英文学講義をする漱石の真価は、徐々に学生達に受け入れられて、人気が高まり教室が満員になることもあった。しかし、漱石は大学や大学講師を嫌うようになり、その後、学生が授業になじんで、大きな教室が満員になるほどの人気がでるようになっても、自分が大学講師としての適性に欠けると思い込んでいた。それほど大学講師としての挫折は、漱石のプライドをひどく傷つけていた。文名もなくほとんど無名の漱石は、ハーンの後釜にはなれなかったのである。

　来日以来、ハーンは14年間で14冊の素晴らしい著書を出した人物であったので、漱石もその優れた作家としての能力を充分承知していた。ハーン程の文名もない漱石は、教師としても作家としても劣等意識に悩まされていた。大学での仕事の惨めな結果は、漱石に相当な挫折感を与え、家中で奇行を繰り返し妻を困らせるようになった。

　『思い出の記』によれば、自分のような駆け出しの書生上がりが、ハーンの後釜につけるはずがないと漱石は妻に不満を吐露していたという。以来、彼は何度も大学側に辞意を伝えていたが慰留されていたのである。漱石は英国留学中のストレスで神経衰弱にかかっていたが、戻ってからも文部省への研究報告として、『英文学形式論』を纏めるのに苦労して心血を注ぎ、精神状態を悪くしていた。さらに、ハーンの後任としての大学での仕事のストレスが、大変なものだったので、神経衰弱をさらに悪化させていた。英国留学中に大いに期待していた英国と英国人の冷淡な態度に接して、不信が募り神経衰弱になって英国も英国人も憎むようになったように、ハーンの人気に気落ちしてさらに神経衰弱が悪化し、漱石は大学も大学教師も憎むようになり大学を去るのである。

彼はむしろ大学で英文学など教えるよりも、気楽に高校で英語を教えること
を好んでいたようである。1903年（明治36年）6月の書簡では次のような複雑な
心境を吐露している。

　「高等学校は好きだ。大学はやめるつもりだ。一方案を立てなければならん。
何のかんのって一学期立ってしまった。僕も一度神社仏閣のような家に住んで
見たい。学問なんかするな。馬鹿げたもんさね。骨董商の方がいいよ。僕は高
等学校へ行って駄弁を弄して月給をもらっている。それでもなかなか良教師だ
と独りで思っている。大学の講義も大得意だがわからないそうだ。あんな講義
をつづけるのは生徒に気の毒だ。といって生徒に得の行くようなことは教える
のがいやだ。試験をして見るにどうしても西洋人でなくては駄目だよ。」
（『漱石書簡集』岩波文庫、1990年、p. 117.）

　プライドの高い漱石は、大学での居心地の悪さに不愉快が募り、明治40年に
大学の職を捨て、朝日新聞社に入り作家として出発することを決断したのであ
った。漱石がハーンの存在を常に意識していたことは、『吾輩は猫である』や
『三四郎』などの小説や手紙の中にたびたび言及されていることから明らかで
あり、作家としても学問上の先輩としても大いに評価し尊敬していたことが分
かる。しかし、小説家としてのハーンが構想力に欠けることを漱石は知ってい
た。多くの作品を手掛けたハーンであったが、あくまで事実を巡りながら異国
情緒を描く紀行文作家や異文化探訪の作家であったので、小説家としては大成
しなかったのである。大学講師としてハーンに負けてしまったが、作家として
はハーンを凌駕してやろうという気概が漱石の心に生まれたのである。そして、
後年になって、漱石は小説家としてハーンよりも大作家としての評価を得るに
至った。作家としての文名が高まって来ると、京都大学からも東京大学からも
教壇に立つことを要請されたが、漱石はいずれも断り続けた。作家として生き
る自信がついた漱石にとって、大学の仕事にはもはや何の興味もなかったので
ある。大学講師として敵わなかった漱石は、優れた小説家としてハーンを見返
したのである。
　漱石は大変な日本のインテリでエリートであったが、英国では知識人として
の優越感をずたずたにされる異文化体験をしていた。すでに教師として学者と
しても見識をもっていた漱石は、異文化をそのまま受容する若々し適性に欠け
ていたので、常に不安に駆られて英国と英国人が確かに嫌いになり、漠然と続

けてきた英文学研究にも失望の念を抱くようになったのである。彼は英文学を先進の学問だという思い込みや、西洋に全てを学べという安直な発想を自戒するようになり、多くの誤った判断をする自分の空虚さに気づくのであった。いくら西洋人を気取ってみても、鏡に映る自分の姿は、背の低い見栄えのしない黄色人種であった。このまま、西洋至上主義の影響を受ければ、日本古来の孝道の徳や情愛も、本質的な変化をもたらすのではないかという危機感があった。

　後年作家として人気を得て大成すると、漱石は神経衰弱も軽減して、留学や大学講師時代のことを精神的余裕で振り返り語るようになった。西洋や英文学の研究に関して、西洋人の言いなりになって模倣に安住するのではなく、日本人は自分本位の立場で研鑽を積むべきだと漱石は考えた。この提言は来日以来、ハーンが繰り返し生徒や学生に忠告として述べていたことであった。

　西洋式を唯一絶対と考えることの誤りを意識し、もっと全体の相で相対的に捉えて対処する必要を漱石は痛感し、理想と現実のバランス感覚を強靭な知性で養うことの大切さを強調するようになった。西洋は厳しい競争の論理から自発的に文明を発達させてきたが、日本は海外からの外圧で西洋文明へと開化させられたのである。したがって、未熟な子供のような状態の明治日本は、大人の西洋列強と対等に立ち向かわねばならないという大変な国家存亡の状況にあった。日清・日露の大戦に勝利して歓喜する日本にあって、漱石は一人冷めたように日本の厳しい行く末を考えていた。すなわち、外圧にのまれて西洋化の大波にただ乗っているだけの日本の現状を達観し憂いを抱いていたのである。

　日本人は西洋の模倣ばかりで、独立独歩の精神に欠ける現状を情けないと彼は嘆いた。昔は中国を真似て今度は西洋の文明を真似ている日本人には、西洋人と調子を無反省に合わせる気にならない独立自尊の精神が求められていると漱石は説いた。「私の個人主義」では、西洋に盲従する日本人の卑屈な浅はかさを厳しく指摘し、西洋の判断や考え方を無批判に受け入れてしまう態度を情けなく感じ、人からの借りものを真似て、自分のもののように得意になって威張っている姿を彼は痛烈に非難した。漱石自身の不安もこのような精神的空虚に由来していた。

　西洋からの借り物の知識で得意になっている日本の知識人の空虚を漱石も共有していると感じた。西洋と対峙する時に、一個の独立した日本人としての見識を身につけて、西洋人が賞賛するものをそのまま鵜呑みにしない批判精神の必要性を漱石は痛感したのである。西洋文学の研究が日本文学や文化の発展に貢献するものでなければ無意味に終わると警告したハーンと同様の見解を漱石

が実践したことになる。

　「私はそれから文芸に対する自己の立脚地を堅めるため、堅めるというより新らしく建設するために、文芸とは全く縁のない書物を読み始めました。一口でいうと、自己本位という四字を漸く考えて、その自己本位を立証する為に、科学的な研究やら哲学的な思索に耽り出したのであります。……私はこの自己本位という言葉を自分の手に握ってから大変強くなりました。彼ら何者ぞやと気概が出ました。今までに茫然と自失していた私に、ここに立って、この道からこう行かなければならないと指図をしてくれたものは実にこの自我本位の四字なのであります。

　自白すれば私はその四字から新たに出立したのであります。そうして今の様にただ人の尻馬にばかり乗って空騒ぎをしているようでははなはだ心もとないことだから、そう西洋人ぶらないでも好いという動かすべからざる理由を立派に彼らの前に投げ出して見たら、自分もさぞ愉快だろう、人もさぞ喜ぶだろうと思って、著書その他の手段によって、それを成就するのを私の生涯の事業としようと考えたのです。」（『私の個人主義』雪華社、昭和50年、pp. 173-4.）

　西洋崇拝で西洋文学を賛美し、西洋の建築物を立派だと褒めるだけの態度は、西洋の価値観を鵜呑みにしているだけで、日本人の独立した思考には何の参考ともならないのである。自分が本当に納得しなければ、独立した日本人として受け入れるべきではないのであり、西洋の奴隷ではないことを常に銘記しておかねばならない。正直に物を見つめる眼で対峙すれば、英文学を研究した漱石は、西洋の文学者の論理に納得できないのに、卑屈にも納得しようと努力している自分に気づいたのである。西洋を崇拝して盲従する猿真似はやめて、日本人は自分自身の世界を持つべきだと痛感した漱石は、結局、異文化という大きな問題に突き当たったのである。西洋の作品の評価に西洋の論者との間の矛盾や齟齬が生じ、文化的障壁のために心から納得できないのである。このような茫漠たる不安は、漱石にとって、文学研究にとどまらず、西洋と日本という大きな対立軸を意識せざるを得ないのであった。特に英国留学中の苦悩に満ちた思索の揚句、漱石は、何よりも言動や思索の原理として、自己本位という処世の考え方を抱くようになった。

　漱石は文学に対する独立した自分を確立するために、科学や哲学の研究に没頭した。そして、西洋に対して卑屈になるのではなく、恐れるに足らぬという

気概を持つに至った。英国留学して茫然自失していた漱石は、この時はじめて自分の進むべき道を確かなものとすることが出来たのである。人の尻馬に乗って、西洋人ぶったりしない本物の自分を堂々と人前に出して、西洋と対峙する勇気を漱石は持ったのである。この時、彼の不安は消散したように感じられた。漱石は心躍る思いで陰気なロンドンの街並みを眺めていたのである。それまで、彼はロンドンの下宿で思い悩み、孤独の中で英文学研究の意義を疑っていたが、自己の論理に忠実に従う自己本位こそ、自分が最も行うべき正当な行為であると気づいたのである。英国留学によって英国文化や英国国民に対峙するだけの強いアイデンティティとしての自己本位の認識をもった時、英文学研究の意義もロンドン滞在の意味もはっきりと明確なものになったのである。そして、ハーンと同じように、彼は東西比較文化の複眼の眼や、文明批評家としての視点を持つことが出来たのである。

（小泉八雲旧居の書斎から庭を望む）

（ハーンと横浜グランドホテル社長のマクドナルド）

第三章　異文化探訪の作家

1．脱西洋への道

　ハーンは1850年に生まれ、19世紀末の時代に活躍した作家である。19歳から40歳までは、マルティニークでの二年間の滞在期間を除けば、使い走りの下積み時代から記者として成功するまで、ほとんどアメリカで暮らして生計を立てていた。1860年にリンカーンが大統領に就任し、翌年の1861年から1865年にかけて、奴隷解放をめぐる南北戦争が勃発した。遥か極東の島国日本では、ようやく明治維新によって世界に開国する直前の幕末であった。日本では1864年に坂本龍馬の海援隊が組織され、さらに、1866年に薩長連合が始まり、1867年に大政奉還があった。その後、1868年に明治元年となり、1877年に西南戦争が勃発したのである。

　ハーンは1869年にアメリカのニューヨークに渡り、数か月後、内陸都市で経済的繁栄を謳歌して人口増大していたシンシナティへ向かった。南北戦争の混乱もようやく沈静化して、アメリカが統一国家として大いに飛躍しようとしていた頃であった。悲惨な世界大戦による未曾有の挫折もまだなく、資本主義経済による無限の富と科学技術万能が期待され、世界中の富がアメリカに集まり、様々な発明や発見で人類がユートピアを具現するという希望に溢れていた時代であった。当時のアメリカでは世界一周旅行が話題になり、紀行作家は世界の各地から見聞録をレポートし、大衆はその異国情緒を熱狂的に歓迎した。産業革命以後の科学の空前の進歩は、人間に無限の進歩とユートピアの実現を約束するようであり、陸路や海路や空路の発達で世界の各地への移動が容易になり、望み通りの旅行が何時でも何処でも可能になった。

　多くのジャーナリストや作家達が、大挙して世界の各地や辺境の地へ赴き、紀行文や記事を書いたが、読者も日常性からの脱出を求めて異郷の雰囲気に浸ることに今までにない興味を覚えていた。このような19世紀末の時代精神を一身に帯びて、ハーンはケルト的な漂泊の吟遊詩人のように未知の世界を謳い、ギリシア神話のような異教の世界に惹かれて極地の異文化に憧れた。幼少期における父親や親族の冷たい仕打ちによって、彼は西洋社会に対する反発や不信に苦悶した人物であり、その後、様々な人生の明暗を体験したために、鬱積した矛盾的要素を凝縮させた複雑な気質の作家になった。大叔母の甥の身勝手な投機の失敗による破産のために、正式な教育を最後まで受けられなかったこと、キリスト教教育を強制されて牧師になることを求められていたこと、在学中に

片目を失明し人生に大きな変化を生じたことなどが、彼を脱西洋志向でキリスト教嫌いの奇妙な人間にした。

　しかし、彼は逆境にありながら図書館通いで独学の勉強を続け、強度に近視の隻眼であったにもかかわらず、激しい勉学を重ねて文学や文章作法を研究し続け、ついに念願の記者の職を得た。その後、作家として自立することを意識するようになり、西洋の読者に異文化の異国情緒を美しい文体で表現して紹介することが彼の仕事となった。ジャーナリズムの洗礼をうけていた彼は、独自の視点と文体で異文化の世界を表現して、多くの読者の要望に応えた。漂泊する吟遊詩人のようなハーンは、時代精神の変化に敏感であった。そして、時代の趨勢の中での日本との運命的な出会いが、作家として大成する大きな要因となった。

　世界の果てに異国情緒を求める時代の趨勢を受けて、ハーンも非白人の土地へ移動することによって、脱西洋の世界への参入を果たそうとした。さらに、外界の変化で自分の内界を変えて、彼は脱西洋の思想を行動で実践し、様々な土地を訪ねて異文化探訪の文学の可能性を絶えず求めた。ハーンにとって、異文化探訪は自己の可能性の探求であると同時に、癒されぬ魂の渇望を奇妙な異国情緒に求めようとしたものである。ロマン主義的な熱情の中で、複雑に入り混じった感情と頭脳の融合によって、異文化だけではなく、非日常的な異界や霊界を探究し、彼は独特の幻想的な文学世界を創り上げた。

　また、ハーンは創作を鼓舞するインスピレーションの枯渇に遭遇すると、沈滞と無気力に陥ることを阻止するために、未知の空間に移動し、異文化や異人種の中に参入して精神力を高め、自らの新局面を打ちだそうと模索していた。異文化空間や異人種社会への参入は、西洋文明社会から逃れ、独自の表現手法を確立して、従来の作品とは異なった視点で異郷に取材する新たな文学の創作を意味していた。

　ハーンの混血の出生は、人種問題や自己のアイデンティティを彼に意識させた。両親の結婚はどちらの親族からも祝福されなかった。一時の身勝手な熱狂で結婚した父親は、熱狂的な恋愛の熱が冷めると、母親を冷酷にも捨て去った。さらに、自分の子供にも愛情を与えなかった父親の態度は、人種的偏見や差別が父方の白人社会にあった事を示している。尊敬された聖職者や軍人を輩出してきた父親の親族は、白人社会に打ち解けないギリシア人の母親を奇異な眼で見下していた。熱狂的な愛から冷めると、無責任な父親は白人社会に馴染めない神経質な母親を疎ましく思い、異国の異人種を改めて醒めた眼で見るように

なった。人種的隔たりを実感するに及んで、いつまでも英語を話せない母親に対して、結婚の無効を提訴し、父親は実に冷淡に、一方的に婚姻関係を終結させた。さらに、父親は以前恋人であった女と縒りを戻し、この女が子供までいる未亡人であるにもかかわらず、何の躊躇もなく結婚してしまう。ハーンにとって、実に身勝手で不実な男であり、憎むべき人間の所業であった。

　一度として会うことのなかった弟に向けた書簡の中で、弟の娘にも自分と同じオリエントの血の異常な力が漲っていると賞賛し、さらに、すさみきった青少年期とその後の人生の奮闘に触れて、すこしはまともな生活と地位を得たと述べ、そして、どこまでも母親を思慕するハーンは、両親に対する屈折した思いを次のように打ち明けている。忌むべき父親の顔ははっきりと記憶に残り、思い焦がれた母親は顔さえ記憶に定かではなかったのである。

　「私の魂は父とは無縁だ。私にどんな取り柄があるにせよ、そして必ずや兄に優るはずのお前の長所にしても、すべては私たちがほとんど何も知らない、あの浅黒い肌をした民族の魂から受け継いだものだ。私が正しいことを愛し、間違ったことを憎み、美と真実を崇め、男女の別なく人を信じられるのも、芸術的なものへの感受性に恵まれ、ささやかながら一応の成功を収めることができたのも、さらには私たちの言語能力が秀でているのも（お前と私の大きな眼はその端的な証拠だが）、すべてはお母さんから受け継いだものだ。（中略）少なくとも、人となりをより気高くする資質、つまり強さや計算高さなどではなく、温かい心や愛する力は、みなお母さんから授かったものだ。どんな大金よりも、私はお母さんの写真が欲しい。」（『ラフカディオ・ハーン著作集』第15巻、恒文社、1980年、pp. 423-4.）

　ギリシアに帰った母親は、追い打ちされるように離縁され、実子に会うことさえ拒否され、また、後に再婚相手からも前夫との子供に会うことを禁止された。人生の烈しい暗転の中で苦悶し、神経質で精神的に不安定であった母親は体調を崩し、その後さらに深刻な状況となり、病状を悪化させて精神を病んで病院で死亡した。両親から見放されたハーンは、引き取られた大叔母の屋敷で、家の使用人達から名前ではなく単に子供と呼ばれ、愛情のない環境で育てられた。また、ハーンが子供らしく外で運動をせずに、ギリシア神話の妖精や異端の神々の話に夢中になって読書するのを見て、内気で臆病な性格になったと判断した大叔母は、不健全な異教の読書を禁止して、さらに夜になると一人暗い

部屋に閉じこめた。ハーンの霊界や異界との出会いはこの時に始まった。彼は毎晩、暗い部屋の中で怯えながら、様々な魑魅魍魎、亡霊、妖怪、お化け、餓鬼、妖精などの異界や霊界の住人の出現に苦しめられた。しかし、その後、天涯孤独のハーンの身の上にとって、異界や霊界の住人達は、冷たくて不実な人間よりも、遙かに親しみを覚える友人となり、彼が探究し続けた超自然世界や未知の異文化への案内人となった。そして、彼は未知の世界の不可思議な神秘を追い求め、異界や霊界を作品に表現した。さらに、風変わりなものや奇妙なものに惹きつけられたハーンは、少数民族の風習や地域の伝統に偏見のない理解を示した。霊界を友として墓場を散歩することを好み、淋しい墓石の群れの中で、孤独に沈思黙考するハーンの姿は、一般人の常識から見れば、実に風変わりな奇人変人である。しかし、従来の常識的な世界観に縛られない奇妙な発想が、彼を西洋人としては特筆すべき独創的な日本研究家にしたのである。

　このように、ギリシアへ追い返された母親と生別して以来、ハーンは大叔母の世話になっていた。しかし、牧師にさせようとした大叔母によって、無理矢理送られた寄宿学校で、片目失明の不慮の事故に遭って以来、快活であった性格を暗くしたハーンは、劣悪な環境で理不尽な指導をする厳しいキリスト教教育に反発して、無神論的発言を繰り返して反抗し、さらに、フランスロマン主義の官能的で幻想的な文学に陶酔していた。周囲の者すべてが、風変わりで不服従な隻眼のハーンを見限っていた。大叔母は財産を任せていた甥の投機の失敗で破産すると、ハーンを冷たく見捨て、さらに、父方の他の親族達も見放した。

　ハーンの忌まわしい混血の出生と、その後の西洋社会での艱難辛苦の人生体験は、彼の人生に大きな精神的トラウマを与えた。冷酷だった父方の白人の血統を憎み、優しかった母方のギリシアを自己発見のための原風景と捉え、彼は自分の血筋を非西洋で東洋的なものと捉えて、不可思議な未知の異文化や神秘的な世界に惹かれる心的傾向を抱くに至った。不幸な出生の事情が、異文化に自己発見と自己実現を求める彼の旅路を決定づけ、漂泊の人生と思想に大きな影響を与えた。幼少期から青少年期に至るまで、常に冷酷で厳しかった白人社会に心から不信感を抱き、母親のような色浅黒い人種への親近感が、温かくて人間らしい有色人種の人々への同情と共感を育み、彼の感受性や思考様式に異文化に対する幅広い許容性を与えた。そして、母親の血統への憧れから、ハーンはギリシア神話の多神教の世界に惹かれ、南方の温暖で陽気なラテン文化の伝統に深い親近感を抱いたのである。

ハーンが憎んだ父親のアイルランドのケルト民族は、実はアングロ・サクソンによって駆逐されて衰退した人々で、アングロ・サクソン中心の白人社会の中では弱小民族であった。また、父親の家系はジプシーの血が混じった複雑な血統の家柄であった。父親の家系に反発しながらも、ハーンはケルト神話の神秘思想からも深い影響を受けていた。このような混血の出生が彼に複雑な感性を与え、幼少期の不遇な生い立ちが脱西洋に惹かれる性癖を植え付けた。風変りで奇妙なものを求める生来の気質は、彼に異文化や異界に対して誰よりも特別な思いを抱かせるようになった。複雑な混血の生まれとその後の苦難の生い立ちから、自己のアイデンティティを求めて各地を巡り、様々な民族の異文化と遭遇しながら、彼は偏見や差別のない共感や同情の気持ちを強く持ち続けた。特定の人種の優越主義や覇権主義による排他的な国家観や文化観から脱却し、国際的に開かれた平和国家や多文化主義へ進化するためには、国粋主義的な唯一絶対の価値観という妄想から解放されなければならないのである。

　ハーンはアメリカ時代にシンシナティで、黒人混血女性との結婚に伴う失職という人種問題を人生最大の挫折として体験していた。当時禁じられていた白人と黒人の結婚をあえて公表し、持ち前の反逆精神で法に逆らって結婚を強行し、白人社会から締め出されて彼は失職に追い込まれ、追い立てられるように条件の悪い小さな新聞社に移らざるを得なかった。結局、相手の黒人混血女性マティとの関係も悪化し、二人は不本意にも悲劇的な離別に至った。憎むべき父親が非力な母親に対して行った仕打ちを、結果的に自分も同じように繰り返してしまったという罪悪感が、彼の多感な心を何処までも苦しめた。自ら望んだことではなかったが、一人の不幸な女性を救えずにさらに悲惨な人生に追い込んでしまったという悔恨の情は、何処へ行っても何時までも彼の心から消えることはなかった。無情に離縁された気の毒な母親の面影と重なって、有色人種や弱者に対する同情の思いは、失意に満ちた挫折と試練の時以来、今まで以上にハーンの心の中にどうしょうもなく強まった。この人生の最大の失敗というべき痛恨の出来事を、彼は終生心の内奥に封印して誰にも語らずにいたが、それだけに生涯にわたって、消しがたい深い悲しみとなって何処までも彼を苦しめた。

　母方の血統を東洋世界に属するものとして、父方の白人世界と対立するものと捉えた彼の人種意識は、彼の出生の苦難や黒人混血女性との不幸な事件が深く関わっている。ハーンは有色人種や混血の問題を意識して、血統や祖先への探究を続け、白人と黒人の人種差別や有色人種の問題を独自に考察し、人間は

無数の過去の生命の合成から成り立ち、死んだ祖先の人間は常に我々の中で生きているという遺伝的信仰を強く抱くに至った。このように、ハーンの人種問題に対する意識は、自分の混血の血統や祖先への考察から生まれた。彼の複眼的思考、複雑な感性、そして鋭い洞察力は、彼の体内に流れる混血の血統と無縁ではない。異文化への遍歴を通じて、自己発見と自己実現を求めていたハーンは、人種や混血の問題に対する考察によって、人種を超えた人間の普遍性を探究したのである。

　シンシナティを失意のうちに去ったハーンは、1877年から約10年間、ルイジアナ州のニューオーリンズで、クレオール文化やフランス系混血黒人女性やマイノリティを中心とした取材活動を行った。1878年6月のワトキン宛ての書簡の中で、彼は死ぬまで気の向くままに世界各地を彷徨うことが自分の運命だと述べている。また、彼は生来、現状に安住できない吟遊詩人のような文学者であり、未知の土地を求めて魂の遍歴を続けるロマン主義者であった。当時30歳近くになっていたハーンは、記者として安定した地位を確立していたが、依然として心の充足を求めて各地をさまよう吟遊詩人的な願望を抱いていた。アメリカ時代の最後には、彼は新聞社の仕事を辞めて、異文化探訪の作家として、グランド島やマルティニーク島などへ赴き、特に混血黒人女性やマイノリティの旧住居地域を好むかのように彷徨った。常に自らをリスクに追い込むようにして、誰も取材に訪れないような極限的な土地の人々の中に、脱西洋の立場から異文化の異国情緒を求めて熱心に訪ね歩いた。非西洋の不思議な島と人々は彼の最も心惹かれる研究テーマであった。

　ハーンはシンシナティからフランスに縁の深いニューオーリンズへと南下し、さらにフランス領であったマルティニーク島を熱心に取材して、異文化探訪の作家として執筆活動して著書を出版しはじめて好評を得たのである。そこで、ここでもう一度、ハーンのフランス文学への傾倒ぶりについて触れておこう。フランスやイギリスの神学校でフランス語を学習したハーンは、熱心にフランス文学の英訳に取り組むようになり、ゴーチェの『クレオパトラの一夜』の英訳を完成させて自費出版した。ゴーチェは絢爛豪華な雰囲気と異国情緒に充ちた幻想的な作品を残した作家である。特に異様な妖しさや風変わりを漂わせる作風には、ハーンを惹きつける異界や霊界へのゴーチェ独自の偏愛や審美意識が見られる。また、ゴーチェも異界から異文化へ広がる世界を模索し、特に東洋世界に興味を示して数多くの紀行文を書いた人物である。

　さらに、ハーンはモーパッサンの短編の英訳も手がけている。モーパッサン

もハーンが一時在籍したとされるフランス・イヴトーの同じ神学校に通っていたが、理不尽な程に厳格な規律や非人間的な程に劣悪な環境に我慢できず退学した。モーパッサンは数多くの作品を残したが、中でも日常性に秘められた異常心理、通常の理解を超えた幻想の世界、救いのない狂気の幻覚などを冷静な視点と優れた文体で描いた。また、1859年にダーウィンの『種の起源』によって発表された進化論以降、フロイトの深層心理学が1886年に発表され大きな衝撃を与え、精神分析的手法はフランスの幻想文学に強い影響を与え、異常心理や狂気の世界の描写を生みだした。ハーンはフランス文学に心酔するようになった。当時隆盛を極めたフロイトの深層心理の精神分析は、異常な錯綜した精神状況を描く作家達の客観的な理論的基盤となり、異様な幻想世界を描写する傾向を一層強めることになった。ハーンはフランス文学の研究や英訳によって、最先端のヨーロッパの文学事情や動向を熟知していたので、最新の情報をアメリカの読者に紹介し、自らも文学創作において新たな運動の一翼を担おうとしたのである。

　また、ハーンはピエール・ロティにも共感して好意的な評論を書いた。海軍士官として世界各地を巡ったロティは、1885年に日本の長崎に滞在し、日本女性と1ヵ月ほど生活を共にした体験から、異国情緒の豊かな『お菊さん』を書いた。ロティは、ハーンのような本格的な異文化探訪の作家ではなかったが、日本の美しい自然や風物を客観的に美しく描いた人物である。そして、狂気の想像力を持ったロマン主義作家ジェラール・ド・ネルヴァルについてもハーンは関心を抱いた。ネルヴァルは33歳で精神病に陥り、幻想的な夢と現実の混沌とした世界の二律背反に苦悩し、ついに全ての事象を二重の相で眺めるようになった。彼は自らの精神病によって特異な想像の文学作品を生み出した。特に象徴主義的シュールレアリスムの要素は注目を集めたが、住所不定の破滅的な生活を繰り返したあげく、パリの街を転々と放浪し、最後には自殺してこの世を去った。当初は喜びであった夢想の幻想世界が、彼を徐々に蝕み深刻な精神障害に陥れたのである。このように、ハーンはフランス文学に早くから心酔して、アメリカ時代を通じて独特の文学観を形成していた。後年、彼が東京帝国大学で英文学を教えるようになった時、むしろ文学修業期の翻訳によって深い親近感を抱いていたフランス文学の方を熱心に教えたいと思っていたほどである。

　親族との縁が薄く、幼少期より疎外された孤独の中で育ったハーンは、厳しい苦境の生活を繰り返すうちに、自信喪失や人間不信に何度も陥ったが、フランス文学は常に心の糧として座右の書であった。そして、度重なる苦労のため

に、彼は神経過敏で複雑な性格の人間になり、被害妄想や誇大妄想の激情に翻弄されて、如何なる土地や人に安住することなく世界各地を放浪した。このような魂の渇望を癒す異郷の地を求めた旅路の終焉の地が日本であった。彼は日本の美質を色鮮やかに描き、西洋社会に見事な文体を駆使して紹介した。そして、型にはまらない柔軟な視点で日本文化に接し、ハーンは伝統文化を切り捨て西洋の模倣によって近代化を急ぐ日本に批判の眼を向けたのである。

　決して恵まれた幼少年期ではなかったが、ハーンは生まれながらに異文化探訪の作家としての優れた素質を持っていた。彼は父親のアイルランドと母親のギリシアという二つの文化を遺伝子に受け継ぎ、複雑な生まれ育ちを経験していた。世話になった大叔母によって、強制的にキリスト教の神学校に入れられて、不本意な日々を送った。しかし、大叔母の破産後は、退学させられ、親族に見放されて、アメリカの熾烈な競争社会において孤立無援で苦闘した末に、キリスト教嫌いで脱西洋を標榜する人物となり、西洋社会では異端児のような存在になった。このような艱難辛苦を経験したハーンは、西洋至上主義の先入観にとらわれることなく、来日以降、日本を心から愛する稀有な西洋人として、西洋と東洋の比較文化を微妙なバランス感覚で考察し、異文化理解に対する繊細な感性によって優れた作品を書き残したのである。

　異郷の異文化に惹かれて各地を漂泊する性癖は、ハーンの不幸な生い立ちと無関係でなく、来日後、日本に帰化した人生への必然的な因果を感じさせる。不幸な生い立ちと苦難の人生は、弱者や小さな虫への心からの同情の念を植付けた。さらに、彼は単調な日常性から逃れるように、未知の土地を思慕し、また、裏通りの犯罪の巣窟に潜入し、島や僻地を好んで探訪し、無名の庶民の声を拾い上げようとした。そして、彼は絶えず非日常的な世界に意識のフロンティアを追い求めて日常意識を拡大し、彼は日常と非日常の間で激しく活動する精神を生みだした。ハーンの意識のフロンティアへの挑戦は、異文化から不可思議な異界を求め、さらに、霊界への飽くなき探究となった。極限的な地域の異文化に対する洞察や異人種の極致的な営みに対する共感と賞賛は、西洋から遠く隔絶した極地への探訪へと広がり、グランド島やマルティニーク島の取材は、遠い極東の島国日本への旅行に結びつき、最終的に彼は日本で結婚して帰化し、日本を終焉の土地とするに至ったのである。

2．自己探究と異文化理解

　ハーンは脱西洋を標榜しながらも、作家としては絶えず西洋の読者の視線を意識して日本探訪の著書を書き続けた。悲劇的な生い立ちとその後の艱難辛苦のために、彼は東西文化の狭間を見据えた複雑な感性を抱きながら、自らのアイデンティティを探究して各地を漂泊した作家であった。ギリシア人を母親として生まれ、父親の実家のアイルランドで育った彼は、幼少期に両親の離婚という不運に遭遇した。このために、冷淡な父の白人文化を嫌悪し、気の毒な母のギリシアのラテン文化を賛美して東洋的なものと捉え、自らの存在の可能性の源泉のように心から惹かれた。ギリシア的な異文化に親近感を覚えていたハーンは、古代ギリシアの伝統と旧日本の文化に類似性を認めて、不思議な理解力で日本について考察し、緻密に推敲を重ねた著書で西洋の読者に向かって解説した。

　ハーンにおける日本文化の理解は、彼自身のアイデンティティの確立と深く関わっていた。ハーンは非西洋人としてのギリシアの血統を意識し、脱西洋への民族文化的な探究をラテンや有色人種や東洋に向けた。ギリシアへの傾倒はギリシア人の母親への思慕に由来するが、彼は生まれ故郷のギリシアへ行ったことはなく、幼いころの微かなギリシアの記憶があるだけで、民族や文化に実質的な繋がりはなかった。

　異文化探訪の作家として東西文化の狭間を行き交いながら、ハーンは自らのアイデンティティを探究するコスモポリタンの側面を有していた。様々な文化や民族の問題を考察しながら、自分が何者なのかという疑問を絶えず心の中で自問し、異文化との出会いで自分が変化していく過程の中で、彼は異郷の歴史や文化や言語を自己発見や自己実現に結びつけた人物であった。このように、ハーンにとって異文化理解によるアイデンティティの確立は、自己発見と自己実現という自己認識のプロセスであり、受動的に認識されるような精神活動ではなかった。

　長い船旅の末に横浜港に到着したハーンは、甲板から霊峰富士の神秘的な姿を見て、霊的な崇高さと妖しいまでの清らかさに触れ、息をのむばかりの感動に戦慄を覚えたのである。彼は今まで西洋では出会ったことのないような霊的で幻想的な空間を求めていた。この意味において、日本への到着は彼の人生をかえる異文化との運命的な出会いであった。

　「沖合一マイルの地点に投錨し、改めて港の光景を眺めると、その美しさは

想像を絶するものがある。光の柔らかさといい、遠方まで澄み切った感じといい、すべてを浸している青味がかった色調のこまやかさといい――ここに立ち現れた魅力は全く新しく、名状し難いものであった。すべてが透明だが、強烈なものは何もない――すべてが心地よく見慣れぬものではあるが、強引なものは何もない。これは夢が持つ鮮やかさ、柔らかさというものだ！　そしてこの夢の感じをいっそう高めるのは、市街の上、そのかなたの青い火山脈の上に輝き続ける白峯の不思議に夢幻的な美しさだ。」（『ラフカディオ・ハーン著作集』第1巻、恒文社、1980年、pp. 457-8.）

　異郷の文化の探究による自己実現や自己発見は、異文化にどのように同化して変化するかという問題認識である。ハーンにとって西洋から異端として排斥される不可思議な宗教や文化が、自分のアイデンティティと同化されて、常に自己内面の空虚を満たす不思議な魔法の力を有していた。異国情緒に満ちた異郷の地に身を置くことが、西洋社会の束縛からの解放を可能にし、彼自身の自己発見や自己実現に繋がったのである。

　ハーンの異文化の探訪は、狭量な個我意識を未知の文化との遭遇によって押し広げ、新たな自己発見と自己実現を可能にする旅路であった。異端や異質なものを排斥するのではなく、むしろ自分の混血の源流を辿る手掛かりとして、彼は先祖に遡る遺伝子の中の生命的連鎖を求め続けた。人間もあらゆる動植物も生命を有するものはすべて、原始に遡る過去から連綿と続いてきた遺伝子を受け継ぎ、その過程で存在したすべての生命の痕跡を自己の体内に宿していると説くスペンサーの進化論は、彼にとって魅力的な世界であり、彼は夢中になって一連の著書を読破した。異文化探訪の作家としてハーンは、常に人種や文化の境界線を乗り越えようとし、自己と他者との壁さえも取り外した先に、心からの共感や同情を抱くのであり、驚くべき自己発見と自己実現の可能性を求めるロマン主義詩人のような熱情を抱き続けた。進化論の信徒として近代的な合理主義者であったハーンは、同時に日本の神仏に心酔したロマン主義者でもあった。彼の宗教哲学への思索は、彼の文学と思想に大きな広がりを与え、高尚な飛躍となって詩的ビジョンを生みだし、作品の中に生かされたのであった。

　文化的探究は人間の本質的な精神活動であり、人間は民族や国家、親族や地域、先祖や信仰、伝統や習慣、方言や風習などに心から愛着を感じているものである。ハーンは両親の離婚や大叔母の破産のために、人生の早い時期から親族に縁が薄かった。生誕のギリシアの地から離れ、さらに、育ったアイルラン

ドからも遠ざけられて、自分の存在の根源ともいうべき場所から無情にも切り離され、その後、孤立無援の中で艱難辛苦の辛い人生を送った。生誕の地から遥か遠く引き離され、生育の場所からも無情にも無縁となり、彼は戻ることも許されず切り捨てられて流浪の身となった。あらゆる親族縁者から無縁という途方もない疎外と絶望的な孤独の中にあって、ハーンは自己存在の起源や文化的伝統、混血の血流、宗教的な民族の歴史を強く意識せざるを得なかった。

　生誕の地ギリシアや生育の場所アイルランドとの関わりの希薄さは、ハーンのアイデンティティ確立にとって切実な問題であった。大叔母の破産による神学校中退以降は、ハーンの育ったダブリンの親族の中で誰も彼を支える者がなく、孤立無援でロンドンに追いやられた後、さらに、厄介払いのようにほとんど無一文状態でアメリカへ渡らざるを得なかった。母方のギリシアの親族が彼に支援を投げかけるでもなく、頼るべき母性を体現した母親さえも幼い時に喪失していた。その後、アメリカでの艱難辛苦の生活が続き、生涯一度として、再びギリシアにもダブリンにも戻ることがなかったのであり、親族の誰とも同胞意識を育むことはなかった。複雑な混血の意識の中で漂泊の人生を送り、夢の国ギリシアや妖精の土地アイルランドが、現実のギリシアやアイルランドを超越した思慕すべき魂の故郷となり、彼の異文化探訪の人生の原点となった。

　自己存在のアイデンティティ探究において、実体のない空虚な生誕の場所や生育場所が、幻想としての真実性を持ちうることがある。たとえ疎外されて育ったとしても、故郷や祖国の概念は自己形成にとって大切であり、夢の国としてのギリシアやケルトの妖精の土地に愛着を感じていれば、実際にそれが現実に存在していなくても、ハーンの意識の中では心の支えになる重要な問題であった。個人的自我の確立ばかりではなく、国家や文化の観念でさえ様々な情報によって想像されて教育されていくのであり、個人の内面に理想として想像された生誕の場所や生育の土地が、ハーンの異文化探訪や日本理解に決定的な影響を与えたという事実は実に興味深いことである。

　故郷にも親族にも絆が希薄であったので、ハーンの自己認識の基盤は確固たるものになりえず、生活体験のない現実のギリシアではなく、想像の中で遠い過去の古代ギリシアに憧れ、その文化や芸術を高く評価して、彼は自己のアイデンティティ探究の手掛かりとした。薄情な父親や親族への反発から、彼はイギリスやアイルランドの白人社会を嫌い、西洋社会からの離脱を願うようになった。さらに、孤立無援の状態の中で、アメリカの熾烈な競争社会に翻弄されたハーンは、西洋的価値観やキリスト教文明の否定へ向かった。古代ギリシア

やローマは西洋思想の源流として、西洋の学問と芸術の中心であったが、ハーンはキリスト教以前の非西洋世界としてのギリシアを想起し、古代オリエントや東洋のような汎神論的多神教の世界を自己のアイデンティティの手掛かりとして捉えた。

　白人社会から離反し、英米文化の世界、キリスト教、アメリカの熾烈な競争社会、物欲と享楽の物質文明などとの柵を切り捨て、ハーンは自己探究としての異文化探訪を情熱的な想像力で語った。彼は母親の国ギリシアを自己探究の源泉とし、古代ギリシアに聖なる母性の象徴としての母親像を求めた。不幸な幼少期の記憶を辿った文章で、薄情な父親に捨てられたギリシア人の母親について、ハーンは同情と憐れみで語り、父親と同様に自分を見捨てた母親を、好意的に解釈することに努めた。写真もなく顔さえ記憶に定かでない、幻のような母親の身に降りかかった厳しい事情を大いに想像して、様々な疑念を振り払って必死に母親を善人にしようとした。

　母親がハーンを置き去りにしてギリシアに帰り、二度と子供に再会する努力をしなかった事実は厳然としていた。敏感な彼は二度と再び母親のもとへ会いに行くことをしなかった。しかし、離別後、まもなく再婚した母親は、再婚相手からハーンと会うことを禁じられていた。母親は置き去りにしたハーンの身の上を案じて嘆き悲しみ、ついには精神に異常をきたし、精神病院で生涯を終えた。ハーンは終生この事実を知らされることはなかった。失われた母性として思慕した母親は、生誕の地としてのギリシアの理想化に繋がり、現実のギリシアや母親を詮索しないという矛盾した心理を生みだし、自己発見や自己実現の場として古代ギリシア世界だけを務めて想起し、心のよりどころとして想像力を逞しくして膨らませていた。キリスト教以前の異教世界の古代ギリシアは、実は西洋思想の源流でもあるが、ハーンはギリシアを非西洋世界として把握し、母親を古代オリエントや東洋世界に属すると捉え、微かに記憶に残る肌の浅黒さや大きな黒い眼を唯一の頼りとして異郷的要素を強調している。

　ハーンの伝記的事実で特徴的なことは、極端な疎外と孤独であり、その生い立ちの過程で、周囲の親族からの愛情がまったく感じられないことである。ギリシア生まれのハーンは、2歳にして父親の故郷アイルランドに連れて行かれるが、幼少にもかかわらず両親の離婚によって見捨てられ、引き取って世話をしてくれた大叔母が破産すると、親族すべてから見放され、ロンドンを浮浪者のように徘徊した。見苦しく思った親族から片道切符を渡され、1869年に19歳の時にほとんど無一文でアメリカに渡り、オハイオ州シンシナティで独力で勉学

を重ねて苦労の末に新聞記者になった。南北戦争終了後、10年も経たない当時のアメリカは混沌とした時期で、彼は生きるために、社会の底辺の犯罪や貧困や売春などを取材してセンセーショナルな記事を書いた。幼少期より霊界や異界の住人と接してきたハーンは、社会の裏側の世界、光よりも闇へ、生よりも死の領域へと意識を集中させることが多かった。また、ハーンは誰も取り上げない黒人やマイノリティの生活や文化に興味を覚え、自ら思いのままに潜入調査する執筆態度を確立し、後のクレオール文化や日本文化の研究へと繋がった。

　このように、西洋世界から隔絶した異郷性を求めたハーンは、古代ギリシアの異質性や異教性に惹かれた。彼は西洋文明との断絶を示す異文化に敏感であり、キリスト教とは無縁の異教に出会って深い感銘を受け、その神秘的教義や祭祀に興味を覚え、非西洋で非キリストの聖典を崇めて耽読した。ハーンが自己のアイデンティティ確立のために追い求めたものは、非西洋と非キリスト教という脱西洋の姿勢に貫かれ、厳しい現実に苦悶すればするほど、理想を求める彼の求道者的想念は大きくなり、ついに異文化探訪の作家としての人生行路を確立するに至った。

　アメリカの記者にとどまり、脱西洋を実践しなかったら、ハーンはロマン主義的熱情に翻弄された奇人変人、また、反キリスト教の標榜者で風変わりな古代ギリシアの偏愛者、あるいは、フランス文学の賛美者、そして奇怪な題材を得意とするマイナーな作家として人生を終えただろう。しかし、ハーンは脱西洋を実践し、異人種に対する複雑な感性と豊かな想像力で自己実現を求め、異文化を探訪する作家として人生の旅路を辿ったのである。

　ハーンは各地を漂泊して、庶民の瑣末な日常性の中に豊かで美しい異文化の諸相を発見した。アメリカ時代では、オハイオ州の新興都市シンシナティでも、南部ルイジアナ州の都市ニューオーリンズでも、アフリカ系黒人混血女性とその文化に強く惹かれた。そして、ラテン系とアフリカ系が混血して土着の文化となったクレオールに魅了され、さらに、極東の島国日本の伝統文化の中に、脱西洋や非キリスト教の世界の美質を発見し、西洋を否定することによって、彼は異文化探訪の人生の中に自己発見と自己実現を求めたのである。模範とすべき父親も師も持たなかったハーンにとって、未知の異文化こそ自己発見の場であったし、西洋から隔絶した極東の島こそ正に自己実現の絶好の場に他ならなかった。

　異文化に対して、学者的な論理的理解で対応するのではなく、ハーンは多くの西洋の文化人と異なって、異文化に同化するように庶民の目線で異郷を眺め、

自己の魂の原風景を発見しようとした。自己のアイデンティティを異文化世界に見出そうとするハーンは、非西洋世界のマイノリティの人々に同情し、消滅寸前のささやかな異文化に共感し、西洋文明に抹殺されようとしている弱小文化の存在意義を強調して書き残そうとした。

　文化の背景に潜んでいるものは、宗教と呼んでいる道徳感情である。したがって、宗教を解明することなく文化の問題を扱うことはできない。古代日本人の神道信仰の姿は、現代日本人の思考様式の理解にも非常に役立つのである。空虚な拝殿に至る長い道のりは、神の絶対性よりも神へ至るプロセスの努力を評価する神道信仰の特徴である。古代ギリシアの神々も、多様で人間的で親しみやすく、絶対権力者としては存在しなかった。

　このように、ハーンの異文化探訪は、彼の自己発見と自己実現の探究に他ならず、作家としての彼の執筆活動に不可欠なものであった。彼が描いた異文化の諸相は、学問的な調査や分析による客観的な記述と相違するものもあったが、明治期の日本研究は、学問的にも萌芽期であり、まだ未成熟であったので、ハーンの見事な作家的技量と力量による著作は、西洋社会に大きなインパクトを与えた。彼の描写した日本文化の諸相は、極めて個人的な自己発見と自己実現の探究のための異文化理解の結果であったが、正確な学術的研究書のように受けとめられ、彼の業績評価は個人的な意図から遊離して、大きく賛否両論が噴出するようになった。日本文化の精髄を心から理解して表現できた唯一の西洋人として高く評価されたり、あるいは反対に、ジレッタント的な日本学者にすぎず、大げさに自己陶酔する異国情緒の崇拝者として非難された。日本に惚れ込み西洋を捨て、日本に帰化したハーンは、西洋から見れば、裏切り者の変人作家であり、彼本来の作品の意図も表現様式も誤解されることが多かった。この意味において、ハーンが日本研究によって果たそうとした自己発見や自己実現の実相を緻密に検証する必要がある。ハーンの日本研究は、物語、エッセイ、紀行文、論文、素描などの様々な形態で作品として纏められたのである。

　西洋文明の源流である古代ギリシアやローマの世界が、近代の西洋世界とは全く隔絶した文化や宗教を信奉していたことにハーンは心から魅了された。古代ギリシアやローマへの賛美は、同じように日本の祖先崇拝の姿や、家長制を中心とした家族制度などに投げかけられ、彼は西洋のキリスト教文明社会とは異質の文化を最大限に賞賛した。そして、ハーンは『日本』で、祖先崇拝と家長制の社会制度を古代ギリシアやローマとの類推で論じたのである。

　日本の祖先崇拝を古代ギリシアの宗教との類推で解明しようとしたハーンの

異文化への研究姿勢は、すでにアメリカ時代のニューオーリンズで脱西洋を実践していた頃に確立されていた。脱西洋を標榜したハーンが、非キリスト教世界、キリスト以前の古代世界、東洋の異文化世界などに夢中になり、多くの関係文献を集め始めたのは、ニューオーリンズの頃からであり、特に、古代オリエントの伝説、中国の幽霊奇談、クレオール文化の調査などに彼の興味が集中するようになった。また、この頃から、温暖な亜熱帯の南部、メキシコ湾の青い海と空、古い退廃的な家並みなどに彼は魅惑された。ギリシア人船員も港に出入りするので、故郷のイオニア諸島を語る水夫に出会えば、彼は取材して記事や作品に取り入れようとした。ハーンはスペンサーの社会進化論に大きな影響を受け、来日以降、古代ギリシアの異教や文化を再現したような日本の姿に大きな衝撃を受けた。日本行きを熱心に勧めたハーパーズ社のウィリアム・パットンに、ハーンは著書として纏める計画を念頭に置いて、日本の家庭生活や宗教を取材の重要な対象として取り上げると述べていた。

　異文化に心惹かれたハーンは、古代ギリシアと自分を結びつける世界として日本に出会った。また、スペンサーの社会進化論を援用した彼の文化研究は、古代ギリシアから他の非西洋世界へ広がり、中東、インド、アジアなどだけでなく、蟻や鳥や虫などの小さな生命の世界にまで及び、さらに、霊界や異界へも探究を広げたのである。

　古代ギリシアの宗教や社会制度は、近代西洋文明とは違った異質性を有していた。そして、古代ギリシアが西洋思想の源流であるという概念を覆す事実にハーンは興味をひかれた。彼は非西洋的世界としての古代ギリシアを異文化探究の手掛かりとし、想像力を逞しくして日本研究に専念した。古代ギリシアの専制政治は悲惨であったが、圧制下にもかかわらず、民衆の素朴な生活に一体感を生みだしていたので、日本の幕藩体制や伝統文化を理解するのに最適な類推を可能にした。彼は心からの愛情と憧憬を古代ギリシアや日本文化に対して抱いていたのである。しかし、古代ギリシアの儀式は神道の祭祀に通じるものがあるが、古代の専制政治と庶民生活に対する彼の社会進化論的な考察には、愛情と嫌悪のアンビバレントな感情が混在し、希望と不安が交錯していた。

　19世紀末の時代思潮の影響を受けたハーンは、世紀末芸術家的な傾向の持ち主であり、権威的弾圧や保守的な因習や社会的偏見などに激しく反発し、社会通念や抑圧的規範から離脱する反逆的精神の持ち主であった。実質的には親も師もなかったので、独学で本の世界に没頭した彼は、芸術至上主義的な気質の持ち主であり、西洋の白人社会の束縛から逃れるために、脱西洋を標榜して、

人種的偏見のない自由と平等を求めた。しかし、西洋から解放されることを志
向しながら、ハーンの異文化探訪の活動報告の著作は常に西洋世界に対して発
表するものであり、完全な離脱を実現する自由は最初から奪われ、彼は複雑な
文化の狭間で苦悶せざるを得なかった。したがって、西洋と日本に対する彼の
態度は、愛憎相半ばするアンビバレントなもので、時には自己矛盾に陥って激
しく彼は苦悩した。

3．漂泊する魂

　ハーンが来日した頃は、スチーブンソンやゴーギャンなどの西洋の文芸作家
たちが、文明国から理想郷を求めて異郷へ旅立つことが流行していた。古代ギ
リシアやローマの生活感情が、極東の島国日本の先祖崇拝や家庭の祭祀におい
て、殆ど同様の形で現代世界に存続していることに感銘を受け、彼はすぐさま
日本研究に本格的に取り組んだ。古代ギリシアの多神教が、日本では八百万の
神として民族の宗教に現存し、神棚や仏壇に明かりをともして無心に祈る姿は、
ハーンにとってまさに古代ギリシアやローマ時代の再現のようであった。不思
議なことに、極東の島日本では、西洋列強の侵略を免れて、古代ギリシアのよ
うな生活が明治時代にも生きていたのである。

　ハーンは古代ギリシアの共同体社会の諸制度や先祖崇拝の異教を理解してい
たので、明治維新後の新旧相克する日本を取材するための予備知識をアメリカ
時代から備えていた。過去から響く魂の声に耳を傾けて取材するために、アメ
リカ社会から離れてマルティニーク島へ向かい、さらに、彼は意を決して日本
文化の取材のために1890年4月4日に来日した。ハーンは自分も幽霊であるとい
う霊妙な感覚で物事を眺め、幽霊に取りつかれたような不思議な超自然的感覚
を持った複雑な感性の持ち主であった。自分の存在が過去から連綿として存在
する無数の霊の群れの一つにすぎず、しかも単一なる存在ではなく無数の魂の
共同体の一部であるという認識を彼は持っていた。

　ハーンはチェンバレンへの書簡の中で、先祖崇拝の祭祀において西洋に対す
る日本の宗教的優位を力説している。遺伝として先祖から伝わる神道精神が、
日本民族の魂の一部を構成して主君への忠誠や献身の一切の力となっていると
彼は断定している。このような神道精神の中心となる先祖崇拝は、ハーンにと
って探究すべき神秘的な力を包含している。

「ところでわたくしは、われわれ西洋人は先祖に対する崇拝心をもっと学ぶ必要があると考えます。そして進化がこのことをわれわれに教えようとしているのです。われわれ一人ひとりに内在する、賢明なるもの、善なるもの、強きものあるいは美なるものは何であれ、一特定の内的個性に由来するのではなくて、われわれの背後にあってこれを過去へ遡ればついには想像もつかない神秘の奥にまで達するような、とても解明し尽くし得ないほどに連綿と連なるすべての人間の生命の苦闘、苦悩、経験に負うものであることを、われわれが認識するようになれば、――先祖崇拝はきわめて正当なことになると思われます。先祖崇拝とは、哲学的に考えますと、過去――過去は死滅しているなどとは相対的にのみ言えることで――ほんとうは、われわれの内部やわれわれの周囲に生存している――に対する感謝の貢物にほかなりません。」

（『ラフカディオ・ハーン著作集』第14巻、恒文社、1980年、pp. 399-400.）

　過去から連綿と続いてきた魂の群れの中の一つを自認していたハーンは、西洋の利己的な個人主義を否定し、日本で忘れ去られた古い文化や、誰も振り返らない田舎や庶民の生活に注目した。また、日本人の利他的な自己犠牲の精神を高く評価し、律儀で規律正しい日本の美質に彼は惚れ込んだ。しかし、富国強兵で増強を続ける陸軍や、勇猛果敢な海軍の戦闘能力は、政府の力を超越して、文民統制を不可能にする事態が生じつつあった。19世紀末から20世紀初頭にかけての危うい世界情勢の中で、覇権主義と植民地政策の列強諸国に対峙して、いつ果てることもない戦争に踏み込み、最後に大破局をもたらす運命を辿るという日本の将来の暗雲を彼は予言し続け、1904年9月に日露戦争の最中に急逝した。

　漂泊するハーンの作家活動は、異文化に複眼の眼で肉薄して、様々な民族や風土の諸相を把握する独自の思考様式を示している。彼の犀利な筆致と柔軟な思考は、ジャーナリズムの洗礼を受けたアメリカの記者時代に培われ、艱難辛苦の修業から編み出された独自の文体や詩的表現に現われている。世界的な展望において、消え去り忘れ去られようとしている日本の美質を考えた明治期の西洋の知識人として、日本精神の真髄を語るハーンは、現代の西洋化した日本人に必ずしも十分に理解されてはいない。

　ハーンは独自の文学観と思想を持った鋭い感性の作家であり、常に行動で理念を実践し、19世紀末の世界を漂泊して、さまざまな異文化体験を著書に書き残した人物である。彼の怪談や奇談は代表作として読まれ、非凡な再話文学の

才能を示しているが、生と死、現実と理想、東洋と西洋、人間と自然、霊界と現世などの諸相を考察し、彼独自の感性と想像力で優れた数多くの文学作品を書き残したのである。

19世紀後半は、西洋と東洋が接近し、文化的にも人種的にも西洋至上主義に懐疑的な精神が台頭した時期であった。科学と資本主義が物質文明全盛をもたらしたが、西洋世界では精神的荒廃を生じた。しかし、キリスト教はこのような精神的危機に救済とはなりえず、道徳的な指導力としての基盤を喪失していた。さらに、ダーウィンの進化論やフロイトの心理学などが、宗教の地盤低下をさらに促進していた。西欧の知識人はこのような精神的袋小路に中で、東洋世界に新たな魂の充足を求めたのである。

ハーンの日本研究の中でも、神道と仏教が重要な部分を占めることは明らかである。ハーンは松江では主に神道研究に没頭し、熊本以降は本格的に仏教の研究に専念するようになった。特に神仏の思想が近代西洋思想を凌駕する要素を含んでいるという主張は、彼の日本研究の重要な根幹であった。したがって、ハーンは東洋の宗教思想が西洋の宗教を改造する可能性を示唆すらしている。また、可視の世界は不可視の神の流出であり、この世の栄華は至高の夢の影で一つの迷想にすぎず、涅槃とは人と神が永遠に交り合い、人の個性が消滅する境地であるという教義に彼は心から魅了された。

19世紀末の世界をコスモポリタン的な気質で漂泊し続けたハーンは、西洋文明の悪弊に毒されていない日本の美しい姿を賛美し、集団主義的共同体の社会による過当な生存競争の抑制と穏やかな協調性を高く評価した。しかし、世界の趨勢から判断して、旧日本がいつまでも持続可能ではないので、彼は無条件に肯定するのではなく、負の側面にも眼を向けた複眼の持ち主であり、新旧日本の相克を日本人以上に考察し続けた複雑な感性の人物であった。

19世紀末のアメリカの楽観的エネルギーに溢れた時代思潮、無限の可能性を秘めた広大な土地、南部の閉鎖的な地域性、自分の出生によるヨーロッパでの屈折の幼少期、ギリシア、アイルランド、イギリス、フランス、アメリカ各地で続けた苦闘の人生の光と闇、このような歓喜と絶望の体験を積み重ねた遍歴の数々が、孤独で繊細な心に複雑な作用を働きかけ、ハーンという稀有な詩的芸術家を誕生させた。

アメリカ時代のハーンは、記者としての名声を得るための苦闘の日々と、作家を夢見て文学研究を続ける毎日であったが、熾烈な競争社会の大都会の生活に同化して定住する気持ちにもなれなかった。父親の出身地であるアイルラン

ドでは肉親との縁薄く、親族からも見放されさまざまな苦難の末、孤立無援で単身渡米を余儀なくされた。母親の生まれ故郷のギリシアは、ごく小さいときの淡い記憶しかなく、二度と会えない母親の面影と重なって幻の国となった。

　ハーンにとって、異文化探訪は失われた母の面影を求める自己発見と、消え去った故郷の海と空の意味を問いかける自己探究の旅であり、懐かしくも優しい母性を湛える夢の国を求めた漂泊であった。失われた母の面影は現実の女性に散見されても、十分には尽くされない永遠の理想像であり、常に追い求めながらも、現実に捉えることのできない夢の存在である。この理想と現実の二律背反の激しい相克が、彼の倦むことなき漂泊の人生を特徴づけている。このように、ハーンの満たされぬ心の中の失われた母性が、永遠の女性像を生みだし、夢の国や理想の女性を求める漂泊が、異文化探究を加速させたのである。

　ハーンは魂の拠り所を求めるかのように、ギリシアからアイルランド、イギリス、アメリカの各地を彷徨い、さらに西洋から東洋へ漂泊した。彼は生活に密着した庶民感情に密着して、吟遊詩人的感性で異国情緒を描写し、異文化理解に独自の足跡を残した人物である。生まれ故郷のギリシアの島々を求めるかのように、ハーンは終生、島と海に深い撞着を抱き続けた。特にニューオーリンズではグランド島や西インド諸島のマルティニークを訪れ、現地取材しながら作品の執筆に専念した。脱西洋の異文化を探訪するために、島の現地に滞在して取材するというジャーナリスティックな創作態度を確立して後、40歳にして極東の島国日本にやってきたのである。

　19紀の半ばに生まれたハーンは、当時の異文化探訪の気運をうけたジャーナリズムから、旅行記作家やルポルタージュ作家として成長し、実に多くの地方をさまよいながら取材し、放浪の日々の果てに、ハーンは終焉の地としての日本に定住し、54歳で日本人として生涯を閉じた。このような特異な経歴と才能の作家が来日し、日本に心酔して日本の美質を著書に記し西洋の読者に紹介したのである。ハーンにとって絶好の創作の対象となった日本との運命的な出会いがあり、この合縁奇縁によって日本は大きな恩恵を受けた。ハーンは西洋至上主義に縛られない自由な視野で日本を捉え、日本人でも気づかずに過ぎてしまう庶民の瑣末な日常生活を著書で取り上げ、見事な文体と想像力で書き残した。彼の作品の多くは文学的創作であると同時に、明治時代の日本の状況を反映した貴重な記録でもある。

　彼の不幸な生い立ちと苦難の幼少期、どん底で苦悶した青年時代、貧困に耐えて努力した文学研究や創作、このような逆風の運命の連鎖の中の厳しい孤独

な戦いが、宿命的な人生の陰影や人間の負の世界を痛感させ、鬱積した情念で彼を複雑な感性の人間にした。苦難の人生のために、常に強迫観念や被害妄想で謂われない猜疑心にどうしょうもなく駆られ、自分を取り巻く環境に安心も安住もできず、自分を追い詰める日常性から絶えず逃げ出したいと感じ、異文化、異国、異界という非日常性を彼は常に追い求めた。ハーンが背負った不幸な宿命は、彼をさすらいの人生に向かわせた。放浪のエネルギーの源泉は、見果てぬ夢を追い求めるロマン主義的情熱であった。不幸な生い立ちとその後の苦難は、逆境に立ち向かう人生を構築しようとする積極的な姿勢を生みだし、異文化の探究者としての資質を彼に植え付けた。ハーンは西洋至上主義に囚われずに、日本に見出した美質を西洋の読者のために書いたが、実は日本人が彼の作品に惹かれ、日本の魂を教えられたのである。

　西洋のために日本研究の著書を書いて、ハーンはアメリカで多くの読者を得た。したがって、作家としての名声の確立は、来日後、日本の古き良き伝統文化と遭遇して、日本文化の理解を庶民の目線で実践し、今までになかったような西洋人の日本研究を作品化したことによる。アメリカ時代の取材や創作活動、さらに、西インド諸島のクレオール文化に関する優れた作品で、彼はすでに注目を浴びていた。しかし、来日後のハーンは、さらに、意欲的に日本から様々な原稿を送り、新聞や雑誌は彼を快く迎え入れて掲載した。異国情緒を期待する時代風潮の中で、彼の作品を期待するアメリカの読者のために書くことが、彼の作家としての精神的な支えであり励みとなった。皮肉なことに、特に日本で小泉八雲として親しまれている彼の作品は、英語で書かれたもので、最初から日本の読者は彼の念頭にはなかった。

　ハーンの文学作品は、味わい深い文体と鋭敏な感性で書かれたもので、透徹した洞察力で日本文化の解明に取り組んだ苦心の結実である。世界旅行による異国情緒がもてはやされて、多くの紀行作家が活躍したが、時代という時間の試練を生き残った者はほとんどいない。単なる興味半分の現地レポートは、時間とともに存在理由を失ったのである。しかし、ハーンの著書は単に事実を報告するだけの紀行文や旅行記でなく、日本各地の風俗を詩情豊かに表現した詩的な文学作品として生き残っている。

　ハーンは複雑な気質の作家であり、幅広い感受性によって様々な異文化や異界の内奥に深く探りを入れることができた。さらに、来日後は、人種的偏見にとらわれずに、日本に帰化し日本人のように考察した作品を書いたので、日本と西洋との間で賛否両論があり、高い評価と無視との両極端が混在している。

日本最屓で日本に帰化したハーンは、当然日本での人気が高いが、特に先の大戦以降は、西洋では変人の裏切り者扱いであった。西洋の日本研究者達は素人研究として高い評価を与えず、彼をジレッタント扱いで無視した。また、西洋ではハーンを時代遅れのロマンティシズムとして敬遠してきたが、優れた文学作品としての存在理由が認められ、ハーン文学の普遍性が近年徐々に再評価されてきたのである。

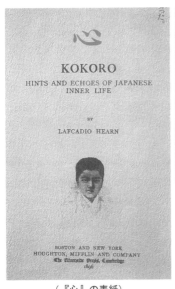

（『心』の表紙）

（「神戸クロニクル」社）

（松江の住居の庭の蓮池）

（ハーンの机と椅子）

第四章　神国日本の宗教

1．神道の思想

　科学技術の進歩や最新の教育制度の導入によって、西洋化に邁進して、新日本に生まれ変わろうとした明治日本は、実は古来から神道の先祖崇拝のおきてやしきたりに縛られた国であり、多くの国民は昔ながらの風習を大事に守り続けている庶民であった。神道の基本理念では、すべて死者は神になるとされており、人間のあらゆる言動は神々によって支配されているのである。神道の神とは崇高な上位のものを意味し、死後に超自然的能力を得るとされた死者の霊に他ならない。ハーンはキリスト教よりもむしろ神道の信仰の方が近代科学思想と矛盾していないと述べている。すなわち、神道の教義は、生者の世界は死者の世界によって常に直接的に支配されているという真理を説いており、遺伝や進化の科学的事実とも共通した思想なのである。

　また、仏教哲学と西洋思想との間にも類似性がある。唯一の実在としている個我意識は、実は本当の自我ではなく、物質的存在はすべて仮象の集合に過ぎず、あらゆる主客の存在は、人間の業によって生じるとする見解で両者は共通している。神道や仏教の教えによれば、自我は無数の前世の言動の総計の結果であり、人間の頭脳は進化の中で積み重ねられた無数の経験の遺伝的記憶の複合体である。

　さらに、神道の神々は古代日本社会と同様に霊的な階級制度に縛られている。それぞれの階層に属する神である死者の霊に対する祭祀は、それぞれの階層に呼応する人々の真剣な宗教的行事であった。神道では死者も生者も同じようにこの現世に存在しており、死者は生者の日常生活にまで入り込んで、共に喜びや悲しみを分かち合うと考えられている。また、死者である神は、人間を支配するだけではなく、自然にも大きな影響を与え、この世をも支配するので、あらゆる現象を司る不可視の力だとされてきた。

　神道では人間の言動はすべて死者の霊の影響だとされるが、進化論から見ても人間の頭脳と感情は無数の過去の死者の命の連鎖から成り立っている。霊的遺伝において生者の感情と頭脳が形成され、先祖たちの無数の善悪の経験が子孫の人物像に投影されていく。したがって、人間の性格も死者から譲られた性癖によって決定づけられるのである。

　このように、正に死者はすべてを支配する神であり、人間の言動すべてがこの神の影響を受けるので、元来、人間は心や精神において霊的な存在に他なら

ないのである。すべての人間は死ねば善悪いずれかの神となり、善行や悪行を生者に感化するものとなる。すなわち、天使と悪魔が人間の中に共存していることになるが、神道とキリスト教との違いをハーンは次のように指摘している。

　「神道でいうわるい神は、たんに死者の霊にすぎないのだし、しかもなだめることができるのだから、これは徹頭徹尾悪とは信じられていない。絶対な、まじりけのない悪の概念というものは、極東にはないのである。絶対の悪というものは、人間性にはまったく関係のないものであって、したがって、人間の霊にはありえないものなのである。わるい神は悪魔ではない。それはただ、人間の欲情に感化をあたえる幽霊なのである。この意味だけでいうと、わるい神とは欲情の神である。」（『心』岩波文庫、1951年、p. 263.）

　神道では欲情そのものを悪とは考えず、欲望の度合いや原因によって悪を構成すると捉える。死者の霊が神になるので、神は人間的な存在として人間的な長所と短所を併せ持っている。悪に関して神道は、絶対的な悪を想定するキリスト教よりも楽観的であり、人間に寛大な信頼を置いている。この意味において、神道の悪とはなだめることの可能な悪である。したがって、神全体の姿は悪というよりは善の存在であり、背景には古代社会からの崇高でおおらかな人間観があると言える。動物的本能としての欲情は、人間社会を悪に染めて犯罪を誘発することもあるが、善と悪は分けがたく入り混じっており、これを絶滅することは、崇高な善の能力も破滅させることになると考えられている。
　人間の中には善も悪も同居しているので、実に矛盾に満ちた複合体として絶えず進化を続けていかざるを得ない。歴史の中で多く感じ考えたものは善であり、過去から受け継いだ多くのものは善である。しかし、人間社会に問題が生じる場合は、人間の道徳的経験の量と質に関連して問題を把握しなければならない。すなわち、過去の死者達の道徳的努力の方向性において悪が捉えられるのである。道徳的感情は肉体的特徴と同様に遺伝するものである。無数の過去の親たちの命を繰り返しながら繁殖して、先祖のあらゆる感情や思考の経験内容を伝達していくのである。しかも、精神的存在は肉体的存在とは無関係に存在するのである。生者の肉体の活力は常に外界にあわせるが、外部の圧力に適応できなくなると、すべての肉体的活力は分解してしまう。しかし、すべて肉体が解体してしまっても、活力の元素や生命素は霊的存在として存続すると考えられる。

本能的衝動を消し去ることは、頭脳や感情の力を犠牲にすることになる。人間の美や優しさも欲情という本能と深く関わっており、最も崇高なものもすべてその根源は、地中の最も深くて暗い所にある。キリスト教の厳格な禁欲主義は、歴史上、多くの自然的感情や思考に逆らうことによって、人間の自発的な善性を破壊し、非情で残酷な人間を生みだしてきた。不自然な禁欲主義は自然的本能を破壊し、歪んだ欲望に油を注ぐようなものである。進化論的に見れば、原始的な欲情から段階的に高尚な精神が発達してきたのであり、人間の理性よりも欲情的本能の方が、もっと根源的なものとして古くから存在していた。このように、神道の死者への信仰は、西洋文明とは異質の道徳感情を育成してきた。すなわち、近代化を標榜して欧化主義を邁進した新日本が捨て去った古来の風習の信仰や思想は、単に前近代的迷信として排斥できない日本固有の文化に深く根差した多くのものを含んでいたのである。

　神道の道徳感情の中でも過去に対する感謝は、日本人の最も崇高な信仰であり、西洋には存在しない。西洋人は日本人に比べて、死者に対する拘りが薄く、死んだものをいつまでも思い続けるような感性に乏しく、過去を大事にして感謝する気持ちは希薄である。むしろ西洋思想は過去を冷徹に批判して糾弾し、歴史的に宗教問題に対しては極めて辛辣である。西洋における偉大さの評価は、個人主義的欲望や野心に訴えかける能力の度合いで判断され、没個性的な利他主義とは無縁である。死者を崇拝する日本と異なり、西洋では無数の無名の死者に対しては何の感情も愛情も抱かない。死者は忘れ去るべきで忌むべき物体であり、愛情をもって覚えるものというよりは、油断のならない恐怖の対象であった。これに対して、日本の死者に対する感情や尊敬は、日本人の道徳感情の中でも最も崇高なものであり、日本固有の国民性や民族意識を形成している。過去に対する敬愛が深い宗教心と結びつくことは、進化論や近代科学思想とも矛盾しない当然の人間感情である。遠い過去に遡れば、生者の細胞の中には、民族全体の生活体験が織り込まれていることが分かる。さらに、無数の過去の感情と頭脳を受け継いだ人間の細胞原子には、無限の全宇宙の無数の星達の世界の営みが、微細に埋め込まれているのである。

　無機質の物質が進化して、有機化合して星に原子の命を生みだす。この不可思議な変化の事実が、無限の霊的存在の可能性を暗示する。無機的世界から有機的世界にいたる運動を支配する感情や思想の潜在的な力は、一つの星雲から大宇宙へと広がり、銀河系から銀河系へわたり、恒星から惑星へ伝わり、様々な元素、原子、要素に還流していく。ある生命的で霊的な流れの動きが、灼熱

や暗黒の中でも、宇宙の進化の荒波を生き残って存在する。進化のプロセスの中に、一つの宇宙から別の宇宙へと流れる創造の動きが存在するのである。その動きとは想像を絶する無限の遺伝の形であり、前世の影響を受けながら新しい世代へと変化する進化の法則である。人間の命が無数の先祖の霊の経験の影響を受けるように、宇宙全体も同じように進化によって新たな体系に受け継がれていく。過去の死者の霊に支配された現在の人間の感情や思想が、未来の世界を決する要因であり、同じように永遠に進化を続ける宇宙全体の営みは、神道の教えと奇妙に一致しているのである。そして、森羅万象のすべてが、滅亡した過去の存在によって決定づけられる。すなわち、死者の霊や宇宙の霊によってすべてが決められるのである。人間の生命が不可視の過去の霊に支配されているように、地球の命も太陽系の命も、広大無辺で無数の宇宙の霊によって支配されている。広大無辺の宇宙の中で無数の消え去った太陽や惑星も、物質的には闇にのみ込まれてしまったが、霊的な力として永遠に存続しているのである。

　人間の起源も霊的な時空間において、無数の太陽の命よりもさらに遠いところにある。つまり、起源そのものがあるのかどうかさえ不明であるが、進化論では人間の精神も肉体も、絶えず変化し続ける表象である。物体の形は霞か幻であり、死者も生者もすべての感情や思想も、無形無数の究極の無限や永遠に属しているのである。人間の一人一人の存在が無数の遺伝の結果であり、個としての人間は、同時に多数者の影響の結果であり、他者や宇宙そのものと同一の法則の存在である。人間はあらゆる過去の死者の人間性を肉体と精神において受け継いでいる。進化論によれば、すべての他の人間の肉体や精神にも、過去からの命が流れているのであり、他者において人間は最も良く命の尊さや美しさを愛し、また他者において自分を良く役立てるのである。この意味において、旧日本社会の無私と自己犠牲の利他主義は、世界で最も優れた民族的特性を示すものだとハーンは高く評価した。

　日本では過去の死者達は、記憶の奥に追いやられるものではなく、現在を共に生きている存在である。我々は死へ向かって生きているのであり、死を常に意識することによって生を十全なものにすることができる。どのような美味しい食事も、栄養と同時に非常に少しばかりの毒素を摂取している。実は死は常に生と隣り合わせである。旧日本の人々は毎日死者と語りあい、死者を満足させるべく努力した。旧日本とは人生観や義務感が常に過去に対する責任を意識することで組織された社会であった。昔の日本人の奥ゆかしい知性と豊かな感

情の秘密は、このような過去に対する畏敬の念と深く結びついている。現在の生が過去の死者の恩義によるものと考え、死者に対して愛情を持って奉仕することの義務が自覚されているのである。

　人間は土から生まれて土に帰るが、短い人生の中で、根源的な宇宙意識に目覚めることがある。そして、人生や命について茫然と考えるが、結局、何も知ることができず、自分が神秘から生まれて神秘の闇の中に消えていく、茫漠たる大河の流れの中の小さな一滴のしずくのような存在であることを自覚する。苦渋に満ちた人生や儚い命に何の意味があるのか、神の救いはあるのか、誰も明確に説明できる者はない。複雑怪奇な人生も命も一服の苦い茶のように謎だらけで、人間も物体も時空間の不可思議な関係も、すべてが永遠に解明できない大きな謎である。命は自然から生まれて自然に帰る。無から生まれたものが有形となって再び無に帰るだけだが、自然界は無限の生命の連鎖の秘密について何も教示しない。この様な大きな謎に挑戦して、先人達が文明や文化を創り出すために、命をかけた多くの試行錯誤の苦労を考えてみれば、その膨大な過去の業績に対して、敬意と崇高な感情を抱くのは当然である。このように、無数の小さな疑問からなる大きな謎を解明しようと努力し続けた先人達の知恵と知識を、現代人はただ譲り受けて、その恩恵の下で生きているのである。

　19世紀以降、個人主義が極度に発達した西洋では、家族とは夫と妻と子供だけである。日本では伝統的に家族には両親と子供達がいて、その兄弟や姉妹がいる。さらに祖父母と親戚縁者、おまけに曾祖父母と血縁者達たちもいる。この血族意識をかたく結びつけているのが、過去に幾世代にもわたって続いている先祖の死者達の霊である。単一民族の日本では、このような大家族制が国全体までも大家族という共通の理念に成長させた。西洋の愛国主義者達よりも、深くて繊細な道徳感情と義務感で固く結ばれ、人々は無限に広がる過去からの生命連鎖に大きな影響を受けてきたのである。

　科学技術や知識の発達と共に、西洋における神学の衰退は顕著になり、過去の死者への感謝や尊敬の念をさらに失わせた。先人たちの膨大な業績も単なる歴史的必然で生じたものにすぎず、現代人へと機械的に受け継がれていくものにすぎないという非常に冷めた考え方が支配的になった。西洋文明がさらに発達しても、便利なものすべてが必ずしも必要不可欠でないために、むしろ利便性を追求し贅沢三昧の生活に耽る人間が、利己的で不道徳な存在になるだけであった。したがって、ほとんどの文明の利器を無意味で無益だとみているため

に、西洋では過去現在の人間の仕事に何の感動的な意味も見出せず、人々は全く冷淡な態度に終始するのである。しかし、古来より日本では先祖崇拝の祭祀が、謙虚で素朴な人間愛を育み、常に質素な生活に感謝するという道徳感情を人々に植え付けていた。神への信仰も衰退すると同時に、過去への畏敬の念をも見失ってしまった西洋では、冷徹な論理で物事を把握するだけで、日本のような先祖崇拝の考え方は存在しないのである。

　それでも、進化論的変遷に従えば、西洋でもやがては過去に対する道徳的感謝の念が育成され、さらに心霊への恩義を感じるだろうとハーンは述べている。

　「西洋でも、やがては、日本の国で先祖崇拝が生み出したような過去への義務の道徳的認識が、進化の教えによって、ついには発達するようになるだろう。こんにちでも、新興哲学の第一原理に精通しているほどのものは、ごくありふれた手工品などを見ても、そこに多少でも進化の歴史を認めずにはいない。（中略）しかし、この洪大な人間愛への発展のなかで、過去の世に負う物質上の恩義を認めることよりも、もっと有力な要素は、心霊上の恩義を認めることであろう。なぜというに、われわれは、われわれの非物質的な世界——われわれの内部に生きている世界——美しい衝動や、感情や、思想の世界をも、やはり死者に負うているからである。いやしくも、人間的な善さを学問的に悟るものは、だれによらず、どんな下賤な生活のどんな平凡なことばのうちにも、神々しい美を見出だし、そしてある意味では、われわれの死者はしんじつ神であるということを感じるだろう。」　　　　　（『心』岩波文庫、1951年、pp. 279-80.）

　どのような些細な道具や器具でも、過去数千年にも及ぶ先人たちの努力と工夫の賜物であり、このような進化の歴史に費やした膨大なエネルギーに対して、後世の者が感謝の念を抱かないはずはない。今までは過去の歴史に冷淡な西洋人も、やがては日本人のように、先人達の知的業績を先祖の死者達と結びつけて考え始めるだろうとハーンは期待している。その感謝の気持ちは単に物質的恩義に向けられるべきではなく、深い人間愛に目覚めた霊的恩義であるべきである。単なる物質的繁栄だけではなく、美しい感情や深い思考などの精神世界に対して、さらに多くのものを現代人は死者に恩義を負っているからである。神道の教えによれば、先祖の死者こそ生者を守る神であり、死者の影響に支配された庶民の言葉には、どんな何げない言葉にも神聖な美を発見するものである。母親との縁の薄かったハーンは、特に母性愛について力説して、数えきれ

ない程の過去の母親達から注がれた愛情が、現在の子孫の生命に込められていることを強調している。また、人間の愛の中でも、母性愛ほど神々しいものはなく、それは人間の愛であると同時に、無償の神の愛でもある。さらに、身を焦がすような初恋の熱狂も、死者である先祖の熱情と美意識が子孫の心に復活したものであり、無数の死者の愛の投影として、無私無欲の自己犠牲の精神が愛する者に対して蘇るのである。

　過去の無数の死者の霊が、現在の無数の人間の精神構造を作り上げるとすれば、同一人物に何人もの人格が同居するような複合的人物が、ある種の複雑な天才的能力に結びつくこともある。英文学史上最大の劇作家シェイクスピアは、優れた想像力で何人もの他者になりきることが出来た。彼の想像力の中に、無数の過去の人間が集まって生き生きと蘇ったのである。

2．神道の祭祀

　古来から日本社会の基盤となった神道の大きな特徴は祖先崇拝である。先祖崇拝の祭祀は家庭、地域、国家の三つの儀式に分かれる。スペンサーの進化論の学説における宗教的発達の法則に注目して、ハーンは家族の祭祀から始まって国家神道に至る日本の祖先崇拝の進化の歴史を研究している。宗教の最も古い形態である信仰の起源に遡って、彼は日本文化と国家形成の姿を神道的観点から考察している。スペンサーによれば、古代から伝わる先祖崇拝は、あらゆる宗教の根源である。死者の霊に対する生者の信仰は、最初は恐怖に基づくものであった。しかし、生者の中にあるもう一つの自己存在として、影のように付きまとう霊に気付いた時、人間は肉体と霊魂の二重の存在だと考え、不可思議な霊を慰める祭祀が発生した。

　霊魂崇拝は神という概念が生まれる遥か以前から存在していた。したがって、非常に長い間、死者の霊と神の間には何の区別もなかった。スペンサーによれば、最初何の差別もなかった死者の霊が、社会の進化と共に、様々な因習が積み重なって複雑化した結果、性質や重要性において差別が生じ、本来同一であったものがもはや同じようには認められなくなったのである。民族としての正式な神が確定する以前の時代に、先祖崇拝は死者の霊を階級的差別もなく、すべて神として受け止められた時代から始まっていた。古代の日本人は、死者が天国や地獄へ行くとは考えず、死んでもなおこの世に存在していると信じた。すなわち、仏教伝来以前の日本には、天国や地獄という考え方がなかったので、

死者の霊はいつまでもこの世に留まり、生者の慰霊を求めながら、土や水や風や火の中に生き、神秘的な力で天界を流離うものであった。そして、生者の心の中に、長い間畏怖の念を与えてきた結果、死者の霊は生者の上に立って支配する神となったのである。

　「神道の太初の性格は意外と容易に見てとれる。ある種の古伝祭を見てもいいし、また上代の文献・祭文・祝詞あるいは祭具や神社の由緒などを調べてもいい。これらの中に、いや、それどころか今日の最下層の信者たちが抱く、素朴きわまる考え方の中にさえ、古代の神道ははっきりと姿形をとどめている。すなわちそれは、あらゆる祭祀のうちで最古のもの——ハーバート・スペンサーの言葉を借りれば「すべての祭祀の根源」——死者に対する崇敬の念である。実際、日本でも多くの著名な神道家や国学者が、この説を唱えてきた。つまり神とは御霊であるから、すべての死者は神になるというのだ。」（『神々の国の首都』講談社文庫、1990年、p. 342.）

　古代のギリシアやローマでも、すべて死者は善人でも悪人でも神になった。人間は死ぬと超自然的な力を持つと信じられ、人々を幸福にしたり不幸にする存在になった。しかし、同時に、死者の霊は神になっても、自分の死後の幸福を生者に頼り、特にこの世の身内の信心にひたすら安息を見つけ出すものであった。そして、死者の霊は供物の食べ物の精気を吸い取るとも考えられた。このように、死者と生者は見える世界と見えない世界の相互の絆で繋がれていた。この世の善も悪もすべて死者の霊のなせるわざであり、人間の言動すべてが、死者の霊の力によって支配されている。この様な信仰は全く妥協のない恐るべきものであったので、仏教伝来以前の人々に対して、悪夢のような恐るべき圧迫を与えていた。しかし、儒教や仏教の伝来と共に、古神道の厳しい信仰は、歴史的な時間の流れと共に、柔らいで現在のような儀式的な祭祀として残ったのである。

　さらに、先祖崇拝は変遷しながらも、根本的な理念を変えることなく、この信仰の上に日本社会の秩序が打ち立てられ、国民共通の道徳感情の基盤を形成するに至ったのである。古来、政治をまつりごとと表現したのは、領土や人民を統治する政治が、神を祭ること、すなわち祭祀、祭礼を意味していたからである。したがって、日本社会はこのような先祖崇拝の祭祀に起因するのであり、生者に対して死者が国家の統治者となり、国民の運命を決する存在となったの

である。死者は神になるという宗教観において、神道と古代ギリシア・ローマの世界との類似性についての確信は、フュステル・ド・クーランジェの『古代都市』から得たとハーンは述懐している。

　「言いかえると、つまりかれらは、古代ギリシャや古代ローマで言った意味の「神」になったのである。この「神」になるという点では、東西ともに、道徳的な区別は何一つない。これは注意すべきことである。日本の神道の大注釈者である平田（篤胤）は、こういうことを書いている。――「一切の死者は神になる」と。これと同じように、古代ギリシャや、その後のローマ人の思想のなかでも、すべての死者は神になった。ド・クーランジェ氏は、その著「古代都市」のなかに書いている。――「この種の祭神になることは、ひとり偉い人たちだけの特権ではなかった。そこには、なんら差別もなかったのである。……有徳の人である必要もなかった。悪人も、善人と同じように神になれた。ただし、悪人は後世においても、前世における邪悪な性向を持っていた」と。神道信仰のばあいもやはりその通りで、善人は善神になり、悪人は悪神になったが、とにかく、だれでも同じように神になったのである。」（『日本』恒文社、1976年、pp. 30-1.）

　『古代都市』がハーンの『日本』に大きな影響を与えていた。死者である先祖崇拝を中心とした古代ギリシア・ローマの社会制度や宗教に関する記述が、日本の家族制度や家庭の祭祀と共通していることを示唆していたので、クーランジェの手法を援用して、ハーンは『日本』の執筆の構想を得たようである。このように、『日本』はスペンサーの社会進化論とクーランジェの『古代都市』を援用して先祖崇拝を分析し、汎神論的な世界と厳しい封建制の中で、自然と神と人間の位相において神道の感覚が養われたと説いている。
　宗教は社会基盤を安定させる重要な要素であり、そのために明治政府は神道による国民の道徳感情の育成を図り、中でも孝道を中心とした家族制度を確立しようとした。この孝道の究極の頂点は天皇への忠誠であった。そして、天皇崇拝に繋がった孝道は、大日本帝国の軍国主義にも利用されたのである。
　死者を生者の生活の中で捉え、死者が死んでもなお身内の者の愛を求めるという宗教は、家庭や家族の血縁に基づいた日本独自の信仰である。すなわち、死者の幸福が生者の責任であるとする信仰は、死者が生前と同様に、人々の中で存在し続けていると信じるものである。そして、時間の経過と共に、死者は

単なる恐怖の対象ではなく、死者は生者に命と富を与え、生者の存在を生みだして導く神となり、中でも大神として発達した時、日本民族や国家の全てを代表する古神道が形成された。生者の享受するすべてのものが、死者からの贈り物であり、死者が民族の道徳、律法、社会的義務などのすべてを代表し制約するのである。したがって、最終的に死者は不可視の神秘を代表し、神道の信仰において死者は神となる。死者は天地の支配者として、自然界の素晴らしさや恐ろしさなどのすべての原因となった。先祖の霊の背後には、無数の死者である神達の力が広がり、この不可視の広大無限の力に対する畏怖心によって、生者の信仰は一層深められたのである。仏教では神道のように死者を神として崇拝しないが、仏教伝来後も、日本民族の心の中で神仏は矛盾することなく調和し、神道の先祖崇拝の祭祀をあまり変化させることはなかった。そして、先祖崇拝は生者の死者に対する家族の義務としての孝道という道徳意識を育んだのである。

　古代の日本では死者以外に神は存在せず、神は亡霊が姿を変えたものと考えられ、古神道の先祖崇拝が神話と共に神の歴史を創ってきた。死者の霊は生者の身の回りに不可視に存在し続けて、生者である家族や縁者に仕え、生者の感謝の念で家が繁栄するものとされ、生者も心から死者の霊に仕えるので、死者と生者は密接に結びついていた。このように、古代の日本の家庭は、先祖崇拝を中心に団結した最小単位の宗教社会に他ならなかった。天国と地獄や輪廻転生などの思想が生まれたのは、仏教伝来以降のことであった。

　したがって、家族も家も一つの宗教団体のようなものであり、貧しくとも先祖代々に受け継いだ小屋のようなあばらやが、神道の社のような荘厳な存在になった。孝道とは単に親に対する義務ではなく、先祖に対する敬愛の念であり、連綿と続いてきた過去への感謝を意味している。先祖の霊を崇拝することが、あらゆる道徳の源泉となり、親への孝道が国への忠誠という献身的な無私に結びつく。神道では家族や家や先祖のために、何時でも命を投げ出すという孝道に人は殉じるのであり、さらに、国家や主君のためには自分はもちろん家族でさえも躊躇なく犠牲にするような忠義が生まれた。古代のギリシア人が神を恐れ敬うのと同じように、家族全員が死者である神の支配と監視の下にあり、神の霊の前では絶えず心を潔白にしておかねばならなかった。あらゆる言動が先祖崇拝の影響を受けて、精神や思考に制約を与え、この様な信仰形態が何千年もの間に、日本人の民族性の美質として奥ゆかしい道徳感情を形成するに至った。このように、神道における日本の家庭の祭祀は、死者への感謝に満ちた無

条件の崇拝であり、死者の霊は常に眼前に生きて存在するかのように人々によって仕えられていた。

　そして、孝道の最大の義務は先祖に対する家の祭祀を永続することであり、このために跡取りとしての長男の役割が重視され、その妻には子供ができることが絶対条件であり、子供の出来ない場合は離縁した。先祖崇拝の祭祀から生まれた家族の固い結びつきは、氏と呼ばれる一つの大きな親族集団を形成した。その後、初期の族長的集団は崩壊したが、先祖崇拝は本家や分家で続けられ、氏神となって各地で守護神として神社で祭られた。

　ひたすら年長者を敬い、女性が男性に無条件で従う姿は、古い族長制度の名残である。いわば、家長は家という社の厳格な神官のような支配者的存在であり、男女間の結婚が家族の絆を形成するのではなく、宗教体としての家の中の家族の絆が何よりも優先された。したがって、結婚は宗教上の重要な行事であり、孝道の避けられない大きな義務であった。結婚式は宗教上の大切な儀式であり、神社の拝殿で行うのではなく、家族の宗教的儀式として家で執り行われた。花嫁は生者である花婿に嫁ぐだけではなく、その家の先祖である死者にも嫁ぎ、先祖を心から敬い、先祖の霊に毎日供物を供えるのが務めとなる。

　家の宗教の重要な責任という観点から見れば、男女間の愛情などはほとんど何の問題にもならなかった。結婚は当事者の事情ではなく、家と家が決める宗教上の義務であった。先祖の祭祀を守るための結婚は、必ず跡取りを生むことが最大の目的であるから、生まれた子供は夫婦のものではなく、家のものであった。家族のすべてが先祖の霊に仕えているのであり、古来からの先祖崇拝のしきたりによって、すべてが取りきめられるので、誰一人自分の自由な意見など主張できなかった。このように、古来から、日本の家長は先祖を祭る家の支配者であり、家という社の神官であったので、子供に対して一方的に結婚を強要し、あるいは場合によっては禁止し、さらに、仕事や家業まで独断的に取りきめていた。

　家の祭祀のためにはすべてが犠牲にされ、また、家の存続のためには、家族は命さえも捨てる覚悟を要求された。このように、家を統治する家長としての父権は、家族のすべてを支配し、父権によって拘束された家族は、宗教的に正当化された専制的集団であった。したがって、家族はそれぞれの言動に対して家全体で責任を負い、罪に対しては家の者が死をもって購うことを求められた。この様な古来の日本の家庭では男尊女卑の風習のため、常に忍従を強要されてきた女性の地位は非常に低かった。女性が妻として家に存在するのは、夫との

愛情ではなく、家長を中心とした家の意志によるものであった。古来、日本では法は個人に対するよりは、家に対して向けられ、家長には家の代表者として大きな権限と責任が与えられていた。しかし、実際には独断的に権力を振り回すのではなく、家族全体の同意によって物事が決定され、同時に決定内容が他の家や地域社会に充分に説明できるものでなければならず、外からも内からも家長の権限は適切に抑制されていた。

　このように、古来、日本の家は相互扶助の集団であり、服従を強いると同時にお互いに助け合う社会であった。家の絆が先祖崇拝を中心に、家族愛と感謝で結びあわされた生活は、最も高度な意味での宗教を体現していると言える。昔の日本の雇用における主従関係も、雇用者は親のように従業員を家族として親身に世話をし、困窮の縁者でもあるかのような気遣いや配慮を示し、また、主人に対する奉公人は家来のような関係にあり、忠義や忠誠によって誠実な絆が築かれていた。しかし、日本の主従関係は奴隷のような非人間的なものではなく、むしろ宗教的なものであった。奉公人も主人の家の祭祀に参加し、主人に対して宗教的な繋がりを持つようになった。このような宗教的集団としての日本の家では、家族から奉公人まで皆が、同様に家長制度を中心とした義務を負い、絶対的服従がおきてやしきたりとして求められた。先祖崇拝の祭祀の中で、誰一人自由に生きることを許されず、人々はおきてやしきたりにしたがって生きていかざるを得なかったのである。

　先祖崇拝のために、家の中に神棚があるように、地域社会の鎮守の守護神は、氏神として神社で祭られている。地域の氏神の神社とは、古来の支配者の霊を神として祭ったものや、支配者達を守護した神を祭ったものである。ハーンはスペンサーの『社会学原理』第3巻8章を引用して神道の制度を論じている。神主が政治的な役割を果たすことはなかったが、地域の宗教の代表者として、おきてやしきたりなどの法例以上の力を有したのであり、権限は宗教上のみにかぎられていても、非常に重々しく逆らうことのできないものであったと述べている。

　「スペンサー氏の「社会学原理」の第三巻第八章に、おそらく、いちばんよく説明してある。「宗教組織の成立は、その機構は政治的組織に似ているけれども、それとは全然別なもので、どうやらこの組織は、この世とあの世のことがらについて、思想的にはっきりした区別が起こることによって、だいたい決

定されるようである。あの世とこの世とはつながっている、あるいは、密接に関連をもっていると考えている国では、両者の支配に適応した宗教組織が、まったく同じ形か、あるいは、区別のよくつかぬ形のままになっている。（後略）」スペンサー氏は、同じその条下で、上代日本においては、「宗教と政府が同じだった」という事実を述べている。」（『日本』恒文社、1976年、pp. 88-89.）

　スペンサーの進化論的見解によれば、あの世とこの世とが区別されるようになってから、宗教組織が生まれて、その内容が決定づけられ、さらに、あの世とこの世が密接に繋がっていると考えた場合は、両方に適応した宗教組織が同じく区別のつかない形で残ったのである。したがって、古代の日本社会では政教が分離されず渾然一体となっていたのであり、地域社会の政治的絆は、地域の守護神としての氏神を中心とした宗教的絆でもあった。
　豊作を願ったり、病苦から守ってくれるように祈るのは、仏ではなく土地の氏神に向かってなされた。氏神は土地の人々を庇護する守護者であった。地域の繁栄とは先祖崇拝のしきたりを守り、代々伝わってきた法を守ることだとされた。このような旧日本の社会では、自分だけ気の向くままに行動したり、個人の権利を主張することは、人々の心の中に生まれるはずもなかった。気ままな自由を説いたり実践する者は、獣にも等しい輩と非難された。また、社会的責任が重くなるにつれて、個人的自由はますます制限され、言動の範囲はさらに狭まり、社会の圧迫や世間の感情的制圧を受けることになる。町長や村長など長がつく責任者は、本来、社会の従僕として社会の意志を実行する代表者であり、自分の個人的意志を表明したり行使することは許されなかった。
　旧日本の庶民生活の実状は、徳川幕藩体制下における地方社会の風習にすべて集約されている。徳川時代の封建体制下では、町でも村でも5軒から10軒の家で区分された組によって纏められ、権威者の命令に対する責任は、一つの家ではなく組全体が負った。そして、各組はお互いの言動を監視し、非行や悪行がないことを確認する必要があった。喧嘩や争いは逐一お上に訴え出ることが義務付けられていた。また、許可なく移住することもできなかった。庶民の時間、金、労力、命までもが自分だけのものでなく、地域社会全体のためにあり、喜んで社会に奉仕することが生きていく権利に他ならなかった。そして、同時に、仲間の住人の助力や同情を何時でも要求できるという権利が、誰にも与えられているという運命共同体としての共通の社会認識があった。
　地域社会の意向に逆らい個人的自由を主張することは、村八分の立場に陥れ

られて孤立することになる。さらに、最も厳しい処罰は土地からの追放であった。追放された者は、よその土地へ行っても無頼の輩として扱われた。このように、地域社会を構成する各組の人々の言動を規制したものは、外来仏教でなく古来からの神道のおきてやしきたりであった。封建時代の一般庶民は生まれた土地に縛られて働き、他の土地へでることは追放以外には考えられないことであった。このような封建社会では、個人が自由に自己主張することは不可能であり、地域の監視や因習に従って、完全に社会に自己犠牲しなければならなかった。古代の神道における先祖崇拝の特徴として、宗教と道徳、倫理と習慣などの間の区別はなく、政治と宗教、風習と法律などは同一のものとなり、神道の信仰とは自らすべての習慣に服従することであったので、何の経典も用意する必要がなかったのである。

　家のしきたりや地域社会のおきては、神道の道徳感情から生まれたもので、旧日本においては無条件に服従すべき義務であった。神道には成文化した経典がなかったが、子供のころから実践的に教訓と実例で教化されていた。また、地域の人々はお互いに村全体から監視されて、不適当な言動は厳しく糾弾された。このように、旧日本では、個人は家の祭祀によって、さらに組を中心とした地域社会の祭祀によって宗教的に支配されていた。そして、地域の宗教は氏神信仰ばかりでなく、常に家の祭祀を守ることを強制していた。神道の根本理念において、生者の幸福は死者の幸せのおかげと説き、家の祭祀を怠れば、必ず霊の怒りを受けて家に不幸をもたらすと諭している。先祖の霊は自然を支配しているので、疎かに扱って信心を怠れば、生者に火事、洪水、疫病、凶作、台風などの災いをもたらして報復するのであり、これを防ぐために、地域全体がひたすら孝道に努めて、死者に対する責任を果たさねばならないと説かれたのである。

3．神道と日本民族

　民族が崇拝する天地の創造者として、人々の想像力に現われた神々が、後に発達して先祖崇拝の神々となった。また、地域に密着した氏神の他に、格上や格下の神々が無数に存在していた。このように、無数の氏神の祭祀があったが、後に集約されて、有力な氏族の祭祀が地域全体の祭祀となり、さらに民族全体の宗教になった。したがって、日本神道は進化論的な展開と神話的な階級組織を反映している。ハーンは次のように解説する。

「わたくしの考えるところでは、日本の神話はだいたいにおいて、進化の法則のそう重大な異例は提供しないだろうと思っている。じじつ、日本の神道は、進化論の法則だけでじゅうぶん説明のできる発達をもった、神話学上の階級組織をわれわれに呈示している。

　氏神のほかに、日本には、じつに無慮無数に、格の高い神や、格の低い神がある。そういう神々のなかには、天地混とんの時代には妖怪変化で、名前だけが記録にのこっているような、ごく原始的な神もあれば、また、陸地に形を与えたような、創造の神もある。大地と大空の神もあれば、太陽と月の神もある。」
（『日本』恒文社、1976年、p. 112.）

　そして、国教となった神道の形態は、天皇を子孫とする神々への崇拝であり、天皇の宗祖に対する信仰である。国家の統治者である天皇家の神話は、あらゆる先祖崇拝の形式と神道の伝統的観念を作りだした。この神話は『古事記』(712年)と『日本書紀』(720年)の二つの書物に記されており、何千年もの昔の伝説から成立した不思議な物語である。神道の神話の特徴は、原始的な素朴さと無技巧、説明しがたい怪奇な展開であり、他国の神話には存在しない独特の秘密めいた雰囲気である。中国の影響が散見されるにもかかわらず、最も純粋に日本的要素に色濃く染まった神話であり、その物語は素朴な語りの中で、恐怖と哀愁の奇妙に混じり合った夢のような世界である。物語の中に描かれたイザナミとイザナギの物語は、不気味な死の恐怖を哀愁こめて実に怪奇的に表現している。

　太初において男神イザナギと女神イザナミが生まれ、二つの神が物を産み、形を与えて日本の島を作った。そして、神代が始まり、この二つの神から日の神と月の神ができた。この創造神やその後産出された無数の神々が神道の神となった。これらの神々が日本の自然界に偏在し、日本民族の先祖として崇拝の対象となった。この様な神話には、日本人は神から生まれ、全てが神の子孫であるという教義が含まれ、日本の国は神国であると説いている。神話では族長をはじめ皆が長寿であったが、その後寿命が徐々に短くなって退化したという。それでもなお、日本人は神の子孫であり、死ねば神の位に上るとされた。神道の神話における神々には、格下の神で家庭において祭られる庶民の霊や、格上で氏族の守護神としての氏神がある。格下の庶民の神々は、守護神である氏神の命に従う存在である。さらに、一般的な氏神の格上に地方の主要な神社に祭

られている神々がある。そこでは各氏族達の地域全体を支配する大名や領主や主君の霊が祭祀されている。そして、この様な神々の最上位にあるのが天皇家を祭る神である。

　天皇家の先祖崇拝としての国家の祭りは、神道の最高の祭祀であり、伊勢神宮と出雲大社の二つの神社で行われる。戦前までは天皇は生者の神ミカドとして現人神であった。神道の先祖崇拝は家の祭祀、氏神の祭祀、地域を支配する神の祭祀、国家としての天皇家の祭祀に区分されるが、さらに、歴史上の人物の霊を祭った神社、不運に苦悶した人々の霊を慰めるための神社、アニミズムのように木、水、火、土の神々の神社などがある。古代の日本人は滝、風、海、森、鳥、虫などの自然界のあらゆるものから語りかけてくる音声を聞き分け、眼に見えないものの動きを感じ、自然のざわめきや周囲に流れる不可視の気配に心霊の世界を知覚した。不動の山や岩や大木に不可知で厳粛な存在を感じとり、人々は深い畏敬の念に包まれたのである。

　「古代の日本人は、心霊と悪鬼の世界のなかに、自身を見いだしたのである。神霊や悪鬼は、潮ざいの音、滝の音、風の声、木の葉のささやき、鳥のさえずり、虫の声、その他あらゆる自然の声のうちから、人間に物をいいかけたのである。日本人にとっては、目に見えるあらゆる物の動き——波、草木、立ちのぼる霧、流れる雲——が心霊だったのだ。また、とわに動かぬ岩——いや、路傍の石までが、えたいの知れない厳粛なものに感じられたのである。」
（『日本』恒文社、1976年、p. 135.）

　古来から旧日本では、生者の世界は死者によって支配され、人々は死んだ霊の監視下にあった。家では先祖の霊に見守られ、外では地域の神に支配されていた。この様に、生者は死者の不可視の力によって、身の回りを始終取り巻かれていた。おそらく、生者は死と対峙することによって、孤独の中で心から死を考え、宗教的思索を今まで体験しなかった程に深めたのである。大気の不可視の存在は、霊の海でもあり、大地にも霊気が浸透し、木に岩に河に霊魂が宿った。このように、万物が霊によって支配されるという汎神論的自然観を旧日本の人々は抱いていた。そこで、多くの神々に対する信仰の努めの簡素化が図られ、必要なおきてやしきたりを最も便宜的で堅固なものにした。

　人々は朝の祈祷として太陽に向かって柏手を打ち、うやうやしく頭を垂れて神への礼拝とした。その後、家の中の神棚と先祖の位牌の前で別々に祈祷をあ

げるようになった。この様に、朝は家の先祖と地域全体の格上の神々の両方に礼拝をおこなったのである。人々の生活感覚の中に神道が浸透している姿は、欲望の実現を神に願うものではなく、ひたすら日々の暮らしを神に感謝するものであった。このような神道信仰の素朴な姿がハーンに深い感銘を与えたのである。

　伊勢神宮と出雲大社は外来仏教の影響にもかかわらず、昔の通り現在も神道の中心地として残っている。神社の屋根は奇妙に怪しく高く聳え立ち、社殿や拝殿の内部は異様に簡素である。そこには神の像もなければ、装飾らしきものは何一つ無い空洞で、木の棒に白い紙がぶら下がっているだけである。

　唖然とする程に空虚ながらんとした空間の沈黙があり、そこには人を威圧するような大げさな仕掛けは何もない。神道では神の像など必要とせず、神殿のがらんとした空間の沈黙こそが、御霊としての神を示し、厳粛な思いを人々の心に喚起するのである。祝詞をあげる神主は実に威厳に満ちており、礼拝の務めを行っている巫女達の振る舞いは、何か不可視な霊によって動かされている像のような存在である。紅白の衣装を身にまとった巫女は、笛と太鼓に合わせて優雅で珍しいしぐさの舞を舞う。昔の巫女は神の霊がのり移ってご神託を述べていたという。

　神道の祭祀で最も重要なものは、お祓いと呼ばれる清めの儀式である。死を不浄なものとして恐れ、そのために清めというお祓いの儀式を重要視したのである。生者の幸福は死者の意志によるものであり、善と悪の両方の霊によって、この世のすべてが決定すると考えられていた。したがって、悪霊を払うために、清めの儀式が信仰上必要となった。庶民が悪行から救われるように、心身ともに宗教的儀式で清められることがおきてやしきたりとして守られるようになった。太古より神道は潔白や清潔を特に強調し、穢れを洗い清める儀式を最重要とする宗教である。家や神社における先祖崇拝の儀式では、一点のしみや曇りのない潔癖さや清潔さが心身ともに求められた。必ず手を洗い口をゆすぎ清めてから、神社の拝殿に近づくことが許された。このように、旧日本では、お払いや清めの儀式は、家ばかりではなく大きな神社や小さな氏神に至るまで全国各地で行われていた。日本神道の先祖崇拝の発達にしたがって、現在では強制的に清めの儀式が課せられるようになった。汚れた環境の中で働く人々の身の回りから、神道は穢れを取り除き、不可視の神の存在に対する崇拝の念を喚起するのである。また、神社そのものの簡素な美しさと清めの儀式が、暗黙のうちに神への崇拝を要求していることを人々は自然に感じ取るのである。

神道を中心とした旧日本の社会では、倫理も宗教も政治もすべて同じ一つの
ものであり、敬神の誠で伝統のおきてやしきたりを忠実に守るまつりごとであ
った。敬神による絶対的な服従は、神だけでなく、権威、親、妻子、隣人への
忠誠や尊敬の念という道徳感情の指針となり、常に質素倹約と清廉潔白な人生
を最良のものとして確実に実行させる原動力であった。現代社会では倫理意識
や信仰心において、旧日本とは大きな温度差があり、宗教的道徳よりもむしろ
社会的道徳の方が重要とされるようになった。旧日本では宗教的な倫理意識と
社会的な倫理意識との間に何の隔たりもなかった。社会のおきてやしきたりは
宗教的なものとされ、破れば罪として厳しく処罰されたので、自分の気ままに
勝手な言動は一切できなかった。このような宗教的で社会的な権限によるおき
てやしきたりで成立する制度の中で、幾世代もの間、制限され続けてきた言動
そのものが、日本民族の本能、すなわち国民性に等しいものになってしまった
のである。
　神道が日本民族の固有の感性を発達させ、西洋人とは全く異なった国民性と
道徳感情を生みだしたことにハーンは注目している。この意味において、国粋
主義の中核として用いられる大和魂という言葉は、正に旧日本の精神、すなわ
ち、日本人固有の国民性の意識を表す言葉であり、国家神道の神の子孫である
日本人が、倫理の指針としての良心において、高い資質を有していることを示
す言葉でもある。
　神道の教えによって、不可視の世界を畏怖の念で見つめ、まさに神の道を孝
道として実践することを諭されて育ったので、神の子孫としての誇りと良心か
ら、本来、日本人が悪行に耽るなど不可能なことであった。このように、日本
人は様々なしきたりやおきてで言動を規制され、神の子孫としての道徳感情を
説き伏せられてきたので、個人的自由や権利を捨て去るという犠牲を払って、
稀有な国民性を形成するに至った。古来の日本社会は文化形成の萌芽期より、
すでに規則ずくめで縛られ、職業、結婚、財産などが神道の宗教的しきたりや
おきてで取りきめられていた。また、住人の言動は常に監視され、数多くのし
きたりやおきてを破ったり無視すれば、社会的にも宗教的にも造反者となり、
村八分で身の破滅であった。

　太古より封建制の旧日本では、大衆に対する様々な締め付けがあったが、特
に徳川幕藩体制における奢侈禁止令は、西洋社会よりも遥かに些細な項目に至
るまで数多く取りきめられていた。身分相応に人々は、着物の種類、歩き方や

座り方、話し方や飲み食いの仕方、働き方から娯楽に至るまで、厳しく峻別して規定されていた。特に最も人口の多い農民に対して、厳しい奢侈禁止が言い渡されていた。住居の大きさ、食事の量や質まで法で決められ、瓦屋根や床の間はよほどの場合以外は禁止され、さらに、絹の着物や上等の材木や畳の使用も禁止され、履物は藁草履か下駄だけであり、傘の使用も認められていなかった。

　各地区は組に分けて纏められていたので、奢侈禁止令を課していたものは、家の高さ、窓の数、部屋の大きさ、家具の値段に至るまでに及び、お互いに厳しく監視し合うようになっていた。衣食住の様々な側面に厳しい規制が課せられたのと同じく、言動については、物の言い方も使うべき言葉まで細かく規定され、男女や身分に応じて、笑い方の表情、立ち振る舞い、座り方や歩き方まで子供の頃から厳格に躾けられていた。喜怒哀楽を顔や動作に現すのは不謹慎とされ、完全に自己抑制することが、太古の昔から人々に強制されてきた。悲しい時でも感情を自然に外に出すことは、礼節を欠いた不謹慎な行為であった。このように厳しく躾けられた人々の物腰や態度が、自然に身に備わった民族的本能のようになった。人前での立ち振る舞い、歩き方や座り方や立ち方、物の受け渡しに至るまで、日本人特有の洗練された優美さを湛えるまでになったのである。しかし、権威に対する絶対服従の精神風土の中で、如何なる失敗も許さないという完璧主義や潔癖主義が、全く余裕のない思考様式を作りだし、些細にこだわるあまりに、全体的な視野を欠落させるという民族的欠陥を生みだした。

　このように、幾世代にもわたって厳しい規律に縛られてきた日本民族の血肉の中には、封建制下の様々な過去の体験から生じた遺伝の力が働いている。江戸時代の幕藩体制では、正当な理由があれば切り捨て御免や無礼打ちの特権を武士に与えていたという事実が、身分の上下の厳しいおきてを示している。さらに、喧嘩口論など些細な罪でも厳しく罰せられた。重罪は西洋と同じく火あぶりやはりつけなどの極刑で処分された。また、切り捨て御免の特権を持った武士でも、武家の中で過酷な規律に服従せねばならず、些細な落ち度でも切腹を迫られることがあった。死後も埋葬や葬式や墓まで身分に応じて細かく区別されていた。このような厳しい規定のおきてやしきたりに服従しなければ、処刑されたり追放されたりするので、ひたすら逆らわずに、順守することだけが生き延びる唯一の手段であった。すべての人々の個我意識を抑制し、人間を没個性にして身分という一定不変の型にはめ込んだので、幾世代にもわたって日

本人は日常生活を抑圧されて、昔ながらの既成の型枠を大事に守り続けるようになった。そして、御上から下される厳しい倫理的規律は、貧しく質素であった先祖の節約生活を守り自ら実践させるものであった。

　しかし、反面、このようにして培われてきた日本人は、お祭り気分の中で長いものには巻かれろを処世術のように唱えて、お上には逆らえないという隷従に甘んじて批判精神を欠如させ、お上が悪いことをするはずがないという依頼心を抱き、危ない橋もみんなで渡れば怖くないと納得し合う日本型組織形成を行ってきた。ある意味では、どうしょうもない奴隷根性が、日本人の国民性の一つであり、例外なく一致団結した行動の背後には、批判や反対は一切認めないという全体主義を黙認してしまう危険な精神的風土が存在している。日本人は権威や権力に非常に弱くて逆らえないという国民性を持っている。都合の悪い事実の隠ぺいや談合によって自由で公平な判断を遮り、先の大戦のような自滅的行為としての万歳突撃や勝算のない特攻にも反論することなく、理不尽な命令に対する黙従となって現われたのである。

　先の大戦で軍部の暴走を許した日本国民は、戦後の金権万能主義の政治に対しても、何の批判をすることなく黙認し、現在のような明確な理念不在の情けない国家の現状を迎えている。今尚、数億もの金をアメリカの賭博場で散財して責任を取って辞職した国会議員を、何のためらいもなく地元住民は議員として返り咲きを可能にさせ、自分はやくざだと公言する議員を国民は拍手喝采するのである。また、裁判で有罪になって議員辞職し、外国では政界から永久追放になる者でも、地元住民は利権業者や後援団体を中心に再選させることがある。文明国家とは言えないようなことが、現実に横行しているのである。全てを厳しく規定されて育ってきた日本人は、奇妙なことであるが、異端者やアウトローを黙認する傾向がある。警察の度重なる捜査にもかかわらず、日本の社会組織の中にやくざの存在が根付いているのである。

４．ハーンの神仏研究

　仏教は人々に諸行無常の諦観を教え、自我否定や万物の恒久性の否定によって、無私の徳や生者必衰を説いた。万物流転の教えと共に、利他的精神の道徳観を強固にして、仏教は精神的修養や道徳的忍従を高く評価する日本の国民感情を生み出した。そして、俗世の出来事は単なる夢幻の世界にすぎず、人生は果てしない旅路の一過程にすぎない故に、恒久的な事物への飽くなき執着は、

身を焦がす物欲に捕らわれた煩悩の原因だと説く。さらに、あらゆる物欲の滅却を志向し、涅槃への野心さえ世俗的欲望だと否定する。このように、人は無私になって、はじめて永遠の魂の平和に到達するという仏教の教義は、古来から神道を信奉していた日本人の感情に不思議に合致し、万物流転と諸行無常の想念の中で、煩悩からの解脱を勧める教えは、国民性の形成に大きな影響を与えたのである。

　仏教は日本人に悟りや慰めの諦観による処世を教え、何事にも自己主張を抑えて、辛抱する忍従の精神を説いた。このような仏教の影響は、日本の伝統文化の成立過程に新たな力を与えた。煩悩を掻き立てる世俗の世界を、仏教は夢幻であると説く。そして、解脱を説く教義は、その夢の儚さと迷妄の人生を諦観によって捉え、自然を探究してわびやさびの境地に至る精神を高く評価する日本独自の文化を生んだ。有情のものは有限にしてすべて死滅し、この世に不老不死の永遠はなく、万物に不変のものなど存在せず、絶えず栄枯盛衰と生々流転の変化を繰り返すのみである。生者必滅と盛者必衰において、すべてが無常で儚いものである。このような仏教と日本文化の関係に対するハーンの考察は、日本文化の美質を発見すると同時に、西洋文明への批判を決定づける要因となった。

　このように、仏教の教義は、自我の絶対性を否定し、現世における永久不変の事象の存在も否定して、万物流転の中で、生と死の繰り返しの際限のない過程の持続のみを肯定する。そして、永久不変に見える森羅万象も、絶対を求めて煩悩する自我も、有情の主観と移ろう客観のつかの間の合成であり、一時的な儚い夢幻の世界であると説いている。すべてが一時的な合成物で、つかの間の集合物にすぎないと説く仏教は、肉体や霊魂の絶対性も自我の実在も否定する。この世の中で、自我こそ最も確実な実在とし、自己の欲望を何処までも追求しようとする西洋思想と比較して、無我や無常を説く仏教は対極に位置する考え方である。仏教思想では欲望に翻弄される自意識は、明確な個我ではあり得ず、情欲を貪る肉体と共に消滅すべき魂の抜け殻であり、空蝉のような仮象の存在に過ぎない。物質的存在はどこまでも無常である。

　仏教の説く解脱では、事物を現象として生成する肉体でなく、自己保存の主張を繰り返す個我でもない無心こそ、空としての全我である実在に他ならず、現象を根拠づける不変の本質などは存在しないとする。肉体という現象としての自我の内奥にある、このような空としての絶対的実在である無我は、仏を敬い仏のような慈悲に思慕する心の仏性を示すものに他ならない。仏道の修行に

よって、煩悩に苦しむ個我を解体し、欲望や怒りを抑止して、高尚な情緒に目覚めて悟りへと導かれ、人間は無量無辺の仏の慈悲を乞い、無我の実在を得て涅槃に至る。仮象としての肉体の柵は幻想のように消滅し、不生不滅の世界が存在の究極的な真理として絶対的実在を伴って顕現する。仏教の涅槃は意識する個我の解体であり、自我の内奥の仏性に目覚め、唯一の実在として認識することである。涅槃において、有限有情を滅却すれば、永続的な個を獲得することになる。各個は独立した実在でありながら、相互に関連する個の群の単位となり、個の単位は永遠に平等で無限の可能性を包含している。したがって、単一で無限でもある不可知の実在から派生したものこそ個に他ならない。ハーンによれば、このような仏教の教義は物理学の原子論的な要素を有し、無我という個の単位で構成される精神宇宙論である。「涅槃」で彼は次のように論じている。

　　「人間という不完全な存在の、偽れる意識のかげに、――覚、識、想の及ばぬところに、無自覚にかくれ住みながら、――われわれが霊魂と呼んでいる袋（じつは、その袋は、煩悩という厚地の布で織ってある袋なのだが）のなかに包まれて、そこに永遠にして神聖犯すべからざる、絶対の実在があるのである。これは霊魂でもなく、また個性でもない。これこそは、我所なき「全我」――「無我の大我」、つまり、「業」のなかに胎蔵している仏性なのである。あらゆる仮象の自我（我相）のなかに、この仏性が住んでいる。あらゆる生類のなかに、この無量無尽の智慧が眠っているのである。この智慧は発達もせず、埋れたなりで感得もされず、知られもせずに眠っているのであるが、さいごにはいっさいの無窮から目ざめて、煩悩の怪しい蜘蛛の囲を打ちはらい、ついに肉の蛹を破って「空間」と「時間」の究極の征服に入るべく運命づけられているものなのである。」（『仏の畑の落ち穂』恒文社、1975年、p. 202.）

　宗教が文化、文芸、社会の基礎となり、個人の存在は永遠に流れる人類の大河の一滴である。そして、永久の流れとは仏教の説く無我、すなわち大我であり、仏性に他ならない。生きる苦しみは欲のために発生するが故に、欲を抑えて苦を抑えるのであり、そのために、仏陀の説く良き法に従うことであるとする。仏教が自我否定による無我を説くのに対して、西洋思想では有情の自我が不変不死として絶対化され、超越的実在の神と対峙する。人格的自我の可能性の追求が、不滅の魂となって永久不変の実体となる。このような考え方は、個

我の確立を追求する西洋思想の根幹である。西洋思想の歴史は自己存在の探究の膨大な体系であり、超越的実在や永久不変の実体を巡る考察と信仰を生みだし、その堅固な論理的信条と壮大な思索で世界を席巻した。

　しかし、個我の飽くなき追求と超越的実在としての神との対立と和解は、迷信、妄想、恐怖、疎外、矛盾、圧迫、弾劾、因習などによって、西洋人の思考を支配し悩ませてきた。個我の確立を追求して後、死に至ったとき、肉体が亡んでも、不変不死で有情の霊魂が、気まぐれな神の裁断で、天国や地獄へ運命づけられる恐怖と迷妄に人々は苦しんだ。仏教の無常と無我の教えとは反対に、西洋人は際限のない個我の追求と自己の欲望に取り憑かれてきた。超越的実在の神によって示された不変の法則のために、性格や身分や信条が宿命づけられているという恐怖に怯えて、長い歴史を通じて、人々は冷徹な論理やキリスト教教義に隷従を強いられてきたのである。

　厳格で嫉妬深いキリスト教の神は、教えを無視して裏切った人間に対して恨みを持ち、最後まで人間を許さないという脅迫観念を人々に植え付けた。元来、楽園追放で原罪を背負ったという人間は、永遠に罪を贖うことのできない恐るべき宿命を神によって与えられている。神による際限のない罰は、何処までも終わりがなく、底知れない恐怖心が、強制的に人々に信仰を押しつけ、個我の欲望と神の厳しい監視の板挟みで、西洋人の不幸はさらに深刻に倍加した。西洋における民族間抗争と略奪の初期の時代では、宗教教義による民衆への脅迫観念が、生存競争の熾烈な闘争を和らげ、野蛮な民族に繊細な感性を教化するのに効果があった。しかし、すでにキリスト教化された現代西洋社会では、もはや強制的な宗教的教化や脅迫は無用となった。西洋社会を席巻した宗教的圧制と自虐観念の歴史から脱却し、明るい人類の未来のために、仏教思想とキリスト教思想が融合すれば、東西の文化の融合によって真の人類愛が実現されるとハーンは説いている。

　仏教は恒久不変の絶対性よりも転変と無常の理を説き、あらゆる欲望や差別を止揚して、すべてを無と空として許容することを説く。そして、魔性の悪も仏性の善も、同一の人間の深い業の顕現にすぎず、この世の天国や地獄は永遠の楽土へ至る過程に他ならないとする。知無蒙昧こそ、魔性の悪の根源であり、無我の境地の中で、仏性の知恵の光明に至ることによって消滅するのである。仏教における無我による自我の解体は、西洋における闘争と略奪の民族対立や人種的偏見を断ち切り、過酷な競争社会に人類愛をもたらすとハーンは力説した。厳格な教義を押しつけ、教えに背くことがあれば、嫉妬深く恨みを持って

人間に復讐するキリスト教の神によって、地獄か天国へ際限なく宿命づけられるため、死んだ後も永遠に神を恐れる有情の魂は、神への反目と苦悶に晒されている。しかし、仏教の教義は、西洋人に取り憑いた善と悪の恒久的対立の恐怖の妄想から、人々を解放すると彼は確信したのである。

このような観点から、ハーンは仏教に共感し、スペンサーの進化論を補完するような思想的脈絡を痛感し、大乗仏教への興味を一層募らせた。仏教における無常は、あらゆるものの無や非実在を主張しているのでなく、むしろ進化論的実在に符合している。すなわち、仮象の存在の個我は、つかの間の自我であるが故に無我となるが、この無我には不測不量の絶対的実在が内包されているのである。この意味において、スペンサーの社会進化論の哲学大系は、来日後のハーンの日本文化研究や神仏研究に堅固な基盤を与えた。東西の思想的融合を模索して、自らの意識改革を実践したハーンは、東西文化の融合を、神仏の教義と進化論の科学的論理との調和に求め、人類みな同胞という世界観を構想したのである。

脱西洋のハーンの知性と感情に影響を及ぼした仏教の研究は、彼の日本研究の基盤となるような人間観や世界観を提供していた。また、死者に対する敬意が宗教の根幹であるとするスペンサーの言説は、神道の先祖崇拝の祭祀と符合し、さらに、『第一原理』に示された宇宙の生命的流動と仏教の輪廻転生は、東西文化の融合の可能性を模索した彼にとって、実に驚嘆すべき示唆を提供していた。このように、神仏の世界とスペンサー哲学は、ハーンの精神的支柱となって、新たな知的探究における壮大な宇宙観の構想を可能にした。苦難のアメリカ時代の研究が、進化論思想と神仏の教義の出会いによって、全くの徒労や無駄にならずに、異文化探訪の作家としての基盤を明確にした。このことは、多くの文化や文学に関する思索に統合力を与え、脱西洋を志向するハーンにとって、西洋から東洋への精神的移行を容易なものにした。

無常と無我によって、空間的実在や世俗的欲望を否定する日本の宗教は、神道と仏教の伝道組織である神社仏閣の存在様式に如実に示されている。日本文化の美意識を代表するわびやさびは、西洋社会の論理や生活感情から見れば、貧弱でみすぼらしいものである。しかし、この様な無や虚空への意識の傾斜は、神社の木造の拝殿の中空の空間と共通している。西洋の即物主義とは隔絶したアニミズムやシャーマニズムが、民族固有の伝統的宗教を形成したのであり、可視的な物の形として現れない空虚の中に実在するものが、日本古来の神道の信仰の根源に他ならない。人里離れた寂しい参道を上り詰めた果てに、苔むし

た古い老木の森に囲まれた神社の拝殿の寂寞とした姿は、日本古来の素朴な信仰の様式を如実に示している。険しい参道の高い階段を上り詰めて、参拝者は寂寥とした神社の簡素な拝殿に対面する。聖なる空間を西洋のような物量に頼らない無の精神こそ、日本文化の伝統的な特徴だとハーンは看破していた。西洋の大寺院が、壮大な石造りの巨大建造物で神聖さや壮大さを誇示するのに対して、日本の神社の聖なる空間の演出や顕示は、険しい参道の階段を苦労して上り詰めた果ての空虚な聖域である。西洋的な物量への依存や巨大さによる威圧を抑止し、力を誇示しようとする意志が全く欠如していることが、世俗への執着や物欲の放棄を特徴とする神道の崇高な宗教性を示している。

　人里離れた小高い山の中腹にある鄙びた神社へ続く参道は、中には何もない空疎な拝殿に上る長い急な石段である。日本各地に散在する小さな神社には、名所旧跡ではないが、地元に昔から親しまれている小さな社がある。ひっそりとした社の中に安置された祭壇や、神聖なる中空の空間を生みだした宗教的美意識をハーンは高く評価した。無の空間の中で簡素な神殿に対面する時、心から感じる信仰の安らぎは、人家のない山里の寂しい場所で感得する畏怖の念や安穏と深く結びついている。物量の力に依存しない素朴な信仰の形態は、西洋の威圧するような巨大寺院の壮大さへの信仰とは隔絶の価値観であり、このような物量的権威に対する信仰の欠如こそ、日本の宗教の精髄であり、文化の強さの根源であるとハーンは論じている。

　神社のある小高い丘に至るまでには、参拝者は最初に緩やかな坂道を登り、大木に囲まれた石畳の並木道を進んでいき、そして、生い茂った林の間の険しい石の階段を登る。さらに、古木の森に囲まれた空間の向こうに石の階段があり、そのさらに先に、台地となった平地があり、この全ての行程を上り詰めた場所に、古色蒼然とした鳥居が現れ、さらにその奥の方に神聖なる拝殿が見えてくる。がらんとした中空の小さな社、白木造りの祠、長い参道を辿り着いた究極の聖域、このように神聖な空間としての拝殿は、深閑とした山や静寂な森に包まれた幽遠な空気に満ちている。空虚な神聖さに包まれた霊気溢れる拝殿の印象は、ハーンに深い感銘を与え、日本文化の解明の大きな手掛かりとなった。神社と同じように仏閣においても、同様の日本独自の宗教観による聖域としての空間の演出が見られる。仏閣の拝殿や庭園や墓地にも、あらゆる権勢や虚飾を排した究極的な無の静寂への傾倒、栄枯盛衰を超克した涅槃や寂滅への志向がある。

　このように、宗教的聖域へ至る参道や聖なる空間の演出は、日本と西洋では

非常に異なっている。険しい参道や石の階段を上り詰め、その果てに位置する神社仏閣の聖域を無や空の場所とハーンは捉えている。長い参道や階段にある老木の並木や古色蒼然とした森が、参拝者を気高い聖域に誘う。その究極の到達場所である拝殿は、世俗的栄華や権勢や悦楽から隔絶した静寂と空虚の空間であり、無、空、涅槃、寂滅の悟りなどを沈黙の言葉で説く場である。神社仏閣の簡素な様式美が説く迷妄や虚飾の否定は、長い巡礼の旅路から得る魂の救済や、最終的な英知としての解脱を暗示している。

　これに対して、西洋人がキリスト教会の聖域に至る道は、権勢と栄華の獲得への道である。西洋の庭園にわびやさびは無縁であり、華美な幾何学模様の庭園は地位と名誉と権勢を誇る象徴であり、この世の楽園を現出したものに他ならない。聖なる領域を臆面なく世俗的に表現したものであり、不滅の名声を得て華麗な楽園を獲得したいという権力への信仰の表明に他ならない。このような華麗な庭園の獲得は、この世の美しき栄達と悦楽の勝利宣言である。巨大な石造りの大寺院や、権勢を誇る華美な大庭園のような地上の楽園に直面して、永遠なる神の偉大さや壮大な権勢に触れて、栄達や物欲に苦闘する西洋人は、巨大な権力と宗教の圧力に戦慄して平服するのである。

5．ハーンと神仏混淆の世界

　1853年のペリーの黒船来航による開国の要求によって、鎖国中の徳川幕藩体制は重大な危機を迎えた。長年にわたる太平の世の中で、将軍も徐々に脆弱な人物に様変わりし、幕府存亡の危機に及んで、家老や老中に至るまで、危機管理できない無能の輩ばかりになっていた。この危急存亡の時期にあって、国内でも薩摩と長州の二大勢力が幕府にとって最大の脅威になっていた。幕府討伐の思想的背景を作りだしていた平田篤胤などの神道学者達は、仏教排斥と神道復活に大きな力となった。彼らは天皇の先祖である神道の神が、仏教の僕に落ちぶれたと憤り、幕府は太平の世を築いて日本に繁栄をもたらしたが、天皇の権力を武力で強奪したものだと訴えた。さらに、天皇に本来の権力を取り戻し、武力の頭目である将軍を家来の地位に押し下げて、はじめて真の日本の国家の姿が築かれると熱心に説いた。

　脅威を感じた幕府は平田を江戸から追放したが、すでに神道学者や国学者を中心とする影響力は大きくなって、倒幕運動に力を与え、長州、薩摩、土佐などの各藩が徳川支配の終焉を模索するようになっていたが、ペリーの来航の衝

撃が倒幕勢力に決定的な勢いを与えた。西洋列強に対抗できないことが分かれば、徳川幕府の壊滅ばかりではなく、日本の国の滅亡を意味していた。不用意に幕府が戦えば国は滅亡するので、各藩で一致して天皇を国家最高の権威とし、国政の中心にして朝廷を尊崇して、外国を追い払うという尊王攘夷が台頭した。そして、1867年に大政奉還が決まり、朝廷の命により幕府は廃止となった。国権は天皇に復帰して、神道が国教であることが確認されて、仏教はその下に押し下げられた。しかし、薩摩や長州の兵力でも西洋列強の力に対抗できなかったので、西洋文明を取り入れるために、西洋の知識をひたすら学び、新日本の社会を早急に西洋化するしかなかった。

　1871年に藩が廃止され、1873年にはキリスト教禁止も撤廃された。さらに、1876年には帯刀が禁止され、すべての国民は法において平等となった。新たな法律と教育、軍と警察が組織されて、1891年に帝国議会が開かれた。明治維新とその後の明治新政府の樹立は、危機に瀕した時の日本民族の優れた英知と見事な決断力と本能的な行動力を示したのである。最大の危機に対する日本民族の臨機応変の自己保存の本能は、国の内外の環境の激変に懸命に対処することを可能にした。神道の先祖崇拝の伝統に絶対服従しながら、神々の子孫である国民が一致団結し、最も信頼し得る道徳的感情を指針にして、天皇の命に従えば国難は避けられるという信念を抱いたのである。そして、国民はすべからく西洋に学び、列強に対峙し得る学問知識を身につけるべきという天皇の命を忠実に守った。古代からの日本民族の道徳律がうまく働き、日本は急速に近代化を促進して、近代国家として西洋の仲間入りを果たしたのである。

　日本には神道と仏教の二つの宗教がある。神道の起源は依然として謎で、神話の世界の霧の中に包まれている。日本古来の神道は先祖崇拝の祭祀で、実際には各家庭での先祖からはじまり、君主、偉人、軍人などが神として敬愛されてきた。ハーンは次のように簡潔に説明している。

　「日本には死者を祀る二つの形式――神道による神式と仏教による仏式の二つがある。神道とは、一般に先祖崇拝と呼ばれる日本古来の祭祀だが、私は「先祖崇拝」という語は意味が狭すぎて、神道を呼ぶにはかなり不適当だと思っている。神道では、日本民族の祖先とされる神祖だけでなく、君主、英雄、諸侯、それに世に著名なだけの人物までが、神に祀られ、神として崇敬をうけている。やや近い頃から例をとれば、出雲の大名が神に祀られていて、島根県のお百姓は、今でもこの松平家の神社に参詣している。神道にはまた、古代ギリシャや

ローマと同じく、地の神、水の神といった自然神もあるし、日々の暮らしを司る細々とした神様もたくさんいる。」（『神々の国の首都』講談社学術文庫、1990年、p. 334.）

　このように神道は、古代ギリシア・ローマと同じく、土や水、風や火、木や石などのアニミズム的な神の世界でもあり、古代から連綿と続いてきたおおらかな多神教であった。明治維新の指導者たちは、神道を国策に利用して、新国家としての帝国の樹立に役立てようとして、神道の強化のために仏教を排斥して、各地の仏教芸術を破壊した。神道は外来仏教よりも強力な影響を国民統制に利用できると彼らは考えたのである。

　しかし、すでに仏教は日本人の日常生活に深く浸透していたので、多少の迫害を加えても消えてなくなるはずもなかった。実際には、仏教を廃絶して神道を取るのではなく、日本民族は得意の折衷主義で、神道に仏教のような外来思想を取り入れて布教の強化に努めた。このように、日本民族は神仏混淆の世界を何の矛盾も感じずに受け入れる不思議な国民性を有していた。仏教は日本の道徳、学問、芸術などに大きな影響を行使したが、神道は古くから日本社会を形成してきたのであり、仏教によって根本的に変化することはなかった。したがって、日本では臨機応変の折衷主義で両者を使い分けてきたのである。

　神仏混淆の世界である日本では、仏像と同様に神像や絵画が共存する。神々の姿は彫刻や絵画などに表現され、様々な仏性や神意の具体的顕現が示されている。仏教美術は芸術的な審美感で信仰心を一層深める効果があり、対面する仏像からは心の落ち着きや、魂の救済の示唆を与えるようなオーラが出ている。日本人の信仰の様式は、このような彫像や絵画に端的に表現されている。さらに、経典も偶像もなかった神道が、神像や神話の世界を具体的に表現するようになったのは仏像芸術や仏典の影響が大きいと考えられる。昔ながらの神道の祭祀による信仰が、時代と共に行き詰まりを見せると、新たな救済としての精神的支柱が求められ、神社と寺院が接近することになり、外来仏教は神道とは違うけれども、仏と神を同列に位置づけたのである。

　神も仏も人間に解脱を与えるものとみなし、神社に寺が併設されるようになった。また、8世紀後半には、寺院に関係のある神は守護神となり、神と仏は同一の信仰として受け入れられた。日本文化は古来の神道の神を外来仏教と融合させる折衷の信仰を可能にしたのであり、仏教が神道に取り込まれたのか、神が仏教に帰依したのか判然としない。神像も仏像も区別がつかないくらいに、

寺院に神が祭られて神像が仏像と同居し、神社に寺が建てられた日本ではその区別は曖昧である。仏像は菩薩として穏やかであるが、神像は人間のように喜怒哀楽を激しい形相で表に現わしている。人間のように苦悩する神を救済するため、神社に寺が建てられ神宮寺となって読経されるようになった歴史がある。

　しかし、有史以前に起源を有する神道は、日本民族の心の宗教となって道徳感情と結びつき、外来仏教にも動じない盤石な基盤を作っていた。したがって、神道は完全には仏教化されず、むしろ仏教を神道化して、日本では独自の仏教の各宗派が誕生した。神道は高い道徳意識をもたらし、子の親への孝道を生みだし、さらに、礼節、忠義、大義などのために自己犠牲する潔い精神を国民性に与えた。そして、熱狂的な西洋化の嵐の中で、神道は日本固有の文化遺産を保持しようとする保守の力を養うものとなった。先祖から遺伝として伝えられ、本能にまでなった高尚な道徳感情を宗教とした神道は、日本人の最も基本的な精神的支柱であり、民族を結びつける魂の根源となったのである。先の大戦では、現人神であった天皇のために命を捧げ、靖国神社で軍神として祭られることを望んで、多くの若者が無残にも戦死した。主君への自己犠牲を尽くす日本古来の殉教者のように、多くの国民が純粋な憂国の思いで、国への忠誠を誓い、国のために死ぬことを厭わなかった。このような無条件に熱狂的な国粋主義と自己犠牲の精神を生みだしたものは、民族の血流の中の神道であった。先の大戦においては、多くの人々が国のために殉教し、名誉の戦死や潔い自決などが大きく国民に速報として流された。御上のために忠誠をつくすことを誓い、自分の名誉のために、国民は死を恐れずに神聖な義務を果たしたのである。この時に使われた扇動の決まり文句は、皇国の臣民であった。

　スペンサーによれば、宗教が社会に与える影響は、団結力や集団力の確立である。宗教的抑制やしつけは、過激な革命的衝動や組織の分裂を避け、保守的な統治力を権力者に付与する。このように、国の存立を根底から危うく揺るがした独善的なキリスト教と異なり、神道には宗教的保守精神が深く息づき、仏教の圧倒的な勢力にのみ込まれそうになった時も、厳然として日本民族の心底に存続してきたのである。仏教に傾倒した天皇が、神道の祭祀を疎かにしたことがあり、10世紀にもわたって、仏教が日本民族に宗教教育を行ってきたが、神道は怯むことなく生き残り続け、仏教に対して独自の立場を保持しながら復権した。幕末から明治への国難に際して、神道と皇国史観の理念が外国勢力の支配を排除し、新国家樹立へと団結する精神的原動力を国民に与えたのである。

　外来仏教は日本古来の神道の祭祀を認め、皇室の祭祀にも反対しなかった。

家、地域、国の各段階における先祖崇拝は、神道の重要な祭祀であるが、仏教全盛の時代でさえ、この信仰が否定されたり弱体化することはなかった。先の大戦で無残に敗戦して後、神道は国家神道としての地位を失い、もはや最高の権威であった天皇は現人神でなくなり、神道は国教としての役目を終えた。しかし、古代からの宗教的な道徳感情は遺伝的に民族に伝わり、日本民族に本能的に訴えかける義務や忠義や愛国心の原動力が、神道に他ならないのである。

　日本では歴史的に死を美化して神聖な義務として受け止め、忠義に従う個人的信念で殉死を選ぶことがあった。この意味において、古神道はあらゆる祭祀の中でも日本最古のものであり、スペンサーも認めたように、神道の祭祀の根源は、死者への崇拝であった。人間の言動は死者である神のなせる業であり、人間は善の神と悪の神の区別を心で識別する力を有しているので、心を清らかにして良心に耳を傾ければ良いと説かれた。

　人間の言動のすべては、遺伝として伝わってくる先祖の死者達のなせる業であり、性癖や能力、長所や短所、勇敢さや逡巡さえも、遠い過去に消え去った無数の死者達の影響であり、説明できないほどに不可解な遺伝の命を生き終えた、何万もの死者の形が投影されているのである。人間はそれぞれ独自の自我を持ちながらも、様々な過去の死者とも遺伝で結びつく複雑で怪奇な存在である。人間の深い愛情も冷たい失意も、自我の奥深くに潜む死者の魂が、遠い過去にすでに抱いた強烈な感情に他ならない。さらに、良心でさえもが無数の先祖の善悪の判断や道徳感情の集合なのである。

　現代の科学では、人間の知的能力は無限の可能性を発揮できるという。しかし、神道では、先祖の死者達が皆神となって、後世の子孫に大きな力を及ぼし支配しているという。そして、神道の先祖崇拝の思想に、日本民族の誰もが逆らうことなく平伏し心から信奉している。初期の家庭の祭祀から宗教的進化の法則に従って、神道はより繊細で強力なものに発展したのである。神道の氏神は、その土地の一族の神を意味しており、本来、家の神としての家族の祭祀が発展したものである。家庭の祭祀の簡素な儀式や飾らぬ素朴さは、太古から守り続けてきた日本の美しい精神文化の伝統になった。

　神道の家庭の祭祀では、先祖の死者達は家族の愛によって神になる。西洋のように死んだ者を冷淡に忘れ去るのではなく、素朴な信仰心の中で死者を敬い、残った子孫の愛情の中で、死者は神として留まり続けるのである。しかし、明治維新以降、明治政府の欧化政策の下で、旧日本は新日本へ急激に変化し、古い風習や昔ながらの信仰心が消え去ろうとしていた。はじめて教師として赴任

した松江を離れて、熊本へ向かおうとする際に、ハーンが惜別の気持ちを書いた作品「さようなら」の中の次の一節こそ、終生、彼の脳裏から消えなかった麗しき日本の姿であり、晩年に至っても尚、彼を日本研究へと駆り立てた根源的気分に相違ない。

　「この国の魅力は実に魔法のようだ。本当に神々の在す国さながら、不思議に人を惹きつける。色彩の霊妙な美しさ、雲に溶け込む山々の姿の美しさ、とりわけ、山の頂を空中に漂うかに見せる、あの長くたなびく霞の裾の美しさといったらない。空と地とが不思議に混ざり合っていて、現実と幻が見分け難い国——すべてが、今にも消えて行く蜃気楼のように思われる国。そしてこの私にとっては、それはまさに永遠に消え去ろうとしているのだ。」（『神々の国の首都』講談社学術文庫、1990年、p. 381.）

　チェンバレンのような冷徹な西洋至上主義の論理ではなく、どこか傍観者的に突き放したロティのような興味本位の異国趣味とも根本的に異なり、ハーンの日本への優しい眼差しは、庶民の目線で日常性に向けられ、日本文化の美質を心からの共感で見つめていたのである。西洋キリスト教文明の優位に囚われなかったハーンは、道端の忘れ去られた石地蔵に、誰よりも愛着を覚え、温かい同胞の眼を庶民生活に向け、様々な事物の単なる外見ではなく、人々の心の奥底を見つめようとした。彼の作品は心の郷愁のように、古き良き日の日本の風物を懐かしむ気持ちを現代の日本人に起こさせるのである。ハーンは「地蔵」において、苔むした石仏の姿が、儚い世の無常を語りかけてくるのを詩情豊かに表現している。また、仏壇での素朴な祈りに見られる日本人の信仰心を美しい心の顕現だと彼は捉えた。
　古来から旧日本の社会は、武力と宗教によるおきてやしきたりによって、盆栽の樹木のように枝を短く刈り込まれ、同じように切りそろえられて恭順の意を示すように、監視され管理されてきた。明治維新後に幕藩体制や武家が消滅した後も、新日本の中に旧日本の社会的体質は残り続け、西洋人の眼から見ると、妖怪のように不可思議なほど奇怪で不気味な国であった。明治時代中期になっても、美しくて神秘的なおとぎの国の日本は、特に地方の田舎で存在し、至るところに旧日本の穏やかな生活の優しさと上品さが残り、物静かな群集は辛抱強く、常に陽気で快活に働いていた。都会の過酷な競争世界で惨めにあくせくと働くこともなく、のんびりとした人情味のある日々を送っている旧日本

の生活風情が、ハーン来日の時でさえ、地方へ行けばまだ残っていた。誰も声を荒げて喧嘩する者はなく、親切で慇懃丁寧な姿が日常的に見られ、人々の人間性に気高い道徳感情が存在していることをハーンに感じさせた。

　古代から長い歳月をかけて神道と武力の両面からの絶対的な強制の下で、没個性と自己犠牲、調和と融合、忠義と孝道などの封建的で集団主義的な特性の型枠が作りだされてきた。このような旧日本の枠組みは、地域の全体的意志で各住人の言動を律することによって生みだされ、自由に個我を主張して個性を伸ばすことなどできなかった。たとえ優秀な者がいても、全体の調和のために自己主張は抑えられ、無益な競争は未然に避けられた。日本人の柔軟で穏やかな物腰や、何も不平を言わずひたすら真面目に義務を果たす姿は、長年にわたる武力による封建制の圧力の影響を示しているが、本質的には、古代の神道による死者の支配を示す先祖崇拝の祭祀から生まれ、権威に対する絶対的忠誠の資質が植え付けられたものである。西洋と日本の間の深い溝は、数多くの埋めがたい文化の隔たりであり、両者には何一つとして思想と感情において自然的な共感が存在せず、精神的で心理的な隔絶は星と星の間の膨大な距離のようで、測って飛び越えることはできないとハーンは断じている。

　古代から日本民族は宗教上のおきてやしきたりを法として受け止め、古神道の先祖崇拝の祭祀を忠実に守り、死者を神として崇め、死者の支配による言動の全体的な規制を遺伝的に好む国民性を有していた。現代でも若者は昔と同じように、結婚を家と家との間の重要な事柄と考えており、両親の承諾がなければ自由に結婚もできないのが一般的である。何事も家族の意向を無視して、自分勝手に事を進めることはできない。一家をなす家族は、今尚社会の単位として厳然と存在し、特に地方では家長制の名残と先祖の祭祀を忠実に守っている。誰も昔ながらの家の祭祀の義務から逃れられないのである。近代化による旧日本の崩壊はうわべだけであり、日本社会の日常生活のあらゆる面で、日本人は昔ながらの思考様式に縛られている。今尚、先祖祭りや墓参りを開運や厄除けの条件のように語り、神社仏閣での礼拝から、庶民の間で先祖崇拝の祭祀の感覚が日常的に浸透していることが分かる。日本人は上からも下からも絶えずお互いに牽制し合い、周囲からの社会的圧力を受けながら生活している。誰も逆らえないような権威の圧力や地域社会の圧力がある。絶えず全体的な調和のために自分を抑えることが求められ、地域社会の組や仲間に逆らって諍いを起こせば身の破滅である。また、目下の者の共通の意向を無視すると、やはり大きな苦悩を生みだす。日本社会が幾世代もの間、受け継いできた伝統の力、おき

てやしきたりの力は凄まじく社会を律し管理してきたのである。

　ハーンは来日後、エッセイ、紀行文、再話文学などの執筆を経て、徐々に本格的な日本研究に乗り出すようになった。漱石も留学から帰国後、英文学研究から東西比較文化や日本人論に目覚めるようになった。ハーンが来日した明治23年は、近代国家として日本が大きく変革しようとしていた時期で、異文化探訪の作家として彼は、文学と文明批評に大活躍できる場を見つけ出したのであった。松江で英語教師をしている間に、神道の地の出雲と出会ったことが、彼に神道研究への大きな動因を与えた。その後熊本では、松江の旧日本と正反対の新日本に遭遇し、日本研究を深化させるきっかけとなった。ハーンは松江では気付かなかった日本人の柔和な微笑の裏の真実を把握するようになる。さらに、神戸の新聞記者を経て、東京帝国大学の講師となった。その後、解雇される最晩年に『日本』を書いて、長い封建制下での自由の制限や自己犠牲の精神を丹念に辿り、日本人の特性を解明している。日本人の美質である物静かで礼儀正しい姿勢や自己犠牲の精神は、長い歴史的強制によって形成されてきたものであると述べている。封建的強制下で集団的意志に統一された日本人は、過激な競争から解放されて没個性となり、西洋とは隔絶した思考様式や道徳感情を生じるようになったのである。

　「三十年前、まだ表面的な変化がおこらなかった時分に、この目を見はるようなお伽の国へ足を踏み入れて、この国の見なれない生活のさまを観察する特権をもった人達は、ほんとに幸運だった。――どこにも行きわたっている上品さ、にこにこしながら口数もきかずにもの静かにしている群集、辛抱強く、こつこつ働いているそののんびりとした感じ、みじめなところもあくせくしたところもない暮らし。今でも外国の影響で少しも変化を及ぼさないような、ごくへんぴな土地へ行くと、昔の生活の美しさがそぞろに残っていて、目を見はらせる。（中略）みなこれは、道徳的に高い人間性がある証拠に見えるだろう。ところが、目の肥えた社会学者に見せると、まるでそれとは違ったもの、何か非常に恐るべきものを暗示するに違いない。そういう社会学者には、この社会が大きな強制の下に、型にはめて作られたものであること、そして、その強制は何千年という間、どこからも邪魔を受けずに行なわれたものに違いないことが、そこから受け取れるだろう。（中略）このような社会環境のなかでは、個性は伸びることができなかった、どんな優秀な個人があっても、その優秀性を

個人はあえて主張しない、したがって競争は何一つ許されていなかっただろう。
──そういうことをかれは知るだろう。また、この生活の外面的な魅力、──
あの柔軟さや、まるで夢の中みたいに物も言わずににこにこしているところな
ど、あれはみな死者の支配を意味する、ということを悟るだろう。」（『日本』
恒文社、1976年、pp. 343-4.）

　しかし、それでも尚、ハーンは日本人の美質を賞賛せざるを得なかった。強
制的な集団主義社会に、西洋には存在しない魅力的な美質が存在していること
を彼は強調している。新日本の中でも旧日本のおきてやしきたりが、生活を支
配しており、その先祖崇拝の祭祀が、新制度の法よりも強く人々の生活を左右
していたのである。依然として、人々は旧日本のおきてやしきたりに従って生
活し、家中心に結婚が決められ、財産の処分も個人で勝手にはできなかった。
新日本を声高く唱えて旧日本を排斥する知識人と違って、ハーンは西洋化の中
でもいつまでも生き続けようとする旧日本の古い伝統文化の力に注目した。し
かし、長い封建制の中で、日本人は集団の一員として没個性して生きる他なか
ったのであり、おきてやしきたりに忠実に生きて、上への服従に気を使い、周
囲との調和で競争を避け、下へは迎合して反発を未然に防いでいたのである。
　個人の自由な生き方は制限され、周囲に目配りするあまり個人の主張を何処
までも維持することも出来ず、集団の意向や社会全体の圧力に縛られて生きて
いるので、日本人は集団の一単位としてのみ認められてはじめて安心して言動
できるのである。上からの圧力は無制限に服従を求め、周囲からの圧力は、自
由に個人を主張して最善の方法で生きる権利を奪っていた。特に旧日本では自
由競争など存在しなかった。目下からの圧力は、弱小の者を喜ばせるように配
慮せざるを得ず、昔のおきてやしきたりを重んじることを常に意識せざるをえ
なかった。この様な社会的圧力の正当性や道徳性とは、昔から代々伝わる先祖
崇拝における死者への信仰であり、天皇である御上への忠誠であった。さらに、
国祖神である天皇を敬う国民の意識のすべてが、一致団結した国力を育み、明
治維新を成し遂げたが、先の大戦では文民統制を欠いた全体主義に走り、恐る
べき軍の暴走を招いた。戦前の国家体制への反省と占領軍による強制的改革に
よって、象徴天皇制の維持、平和憲法の採択、戦争放棄、封建的身分制度の廃
止などが断行され、アメリカの属国としての民主主義国家が樹立された。しか
し、現在のような国際社会の厳しい競争を生き抜くためには、柔軟性と崇高な
精神力を兼ね備えた国家を樹立することが必要であり、明確な理念を欠如させ

た日本は、今尚有利な状態ではない。

6．外来仏教と前世の思想

　輪廻転生の教えは日本古来の神道には存在せず、仏教伝来によって一般大衆に伝播したものである。日本古来の考え方は神道の教えによるもので、死者の霊がこの世を支配し、自然界の不可視な力と密接な関係にあると恐れられていた。死者の霊の幸福は、生者の礼拝や供養次第であると考えられていたので、来世の報いとしての天国や地獄は、仏教伝来以前には存在しなかった。しかし、日本古来の神道の祭祀を黙認した外来仏教は、さらに、洗練された生彩ある宗教に進化した。神道が説かなかった事柄を、仏教は熱心に宣教し、分かりやすく自然の摂理を説いて人々を惹きつけた。仏教は人々に涅槃を説き、苦しみは必ず避けられて祝福は得られると教えた。神道では一切の装飾を否定したので、質素でがらんとした空洞のような神社の拝殿からは、何ら宗教芸術は育たなかった。しかし、仏教は彫刻や絵画によって様々な装飾の宗教芸術を日本にもたらした。

　また、本来、神道の神主には人々を教え導くなどという考えはなかったが、仏教は人々に宗教教育を与えただけでなく、中国の学問や芸術を教える寺院や学校を設立した。ハーンにとって大きな魅力は、日本文化に見られる東洋思想や仏教哲学が、西洋とはあべこべの知的精神を示し、その深い味わいが西洋思想の範疇には存在しなかったことであった。科学的論理ではなく心理的要素によって成立している仏教哲学は、西洋思想とは全く違った精神的探究を示していた。スペンサー思想の信徒であったハーンは、総合哲学を学んで以降、仏教哲学に大きな未知の魅力を覚えるようになった。西洋の科学的進化論は同質より異質への変化を中心とするもので、あくなき物欲の追求による個我の完成に執着しており、現世に対する諦観を中心とした仏教の教義とは全く異なっていた。

　すなわち、仏教もまた一つの進化論であり、進化のプロセスは弾丸のような弾道曲線を描き、上昇の半分も下降の半分も同じ進化の部分である。スペンサーの進化論における弾道曲線の最高部分は、個人主義的社会の平衡状態を表しているが、仏教哲学の進化の観点から見れば、最高部分は物欲からの解脱による涅槃であり、個我の執着は消え失せているのである。仏教では無私無想から下降して地上の世俗に触れた後に、諦観や解脱と共に涅槃の神秘へと上昇する

という正反対の弾道曲線を描く。仏教哲学では現在は過去の集積の結果であり、現在と過去の行為の結果が未来を決定づけ、物質と精神の世界は進化論的に厳然たる道徳的秩序を示している。さらに、仏教は宇宙のあらゆる万物は有為転変で無常であると説く。しかし、一切の物の実体は永遠であるという点で、相反する東西思想は相違を超越して、スペンサーの『第一原理』の結論と同一になるとハーンは指摘している。主客関係は事物と精神の相対性に他ならないが、事物も精神も畢竟するに、根本的には未知である実体のしるしとして我々に示されている。

　仏教における唯一の絶対的実在とは無辺無量自在の仏陀である。物心共に仏陀に達することによって、真の実在となるのであり、我とは非我と同一に他ならず、西洋思想の主張する個性や個我などは本来存在しない。すなわち、主観も客観も実体においては同一であり、実在としての主客は意識として考えられるが、現実には主客合一による意識の中には存在し得ない。主客の相互作用は、意識においてはそれを超えていくことがないので、両者の合一による究極的実在についてのあらゆる知識を不可能にしている。現象は常に変化し一時的ではかないものであり、見える通りのものではないので、幻影のようなものと考えるべきものである。したがって、現象とは唯一永遠の実在の一時的な表象であると言える。人間の意識が存続する限りにおいて、究極の実在を知りえない。なぜなら、意識する人間は、主観と客観の対立を超越できないからであり、この相反性こそが人間に意識を可能ならしめているからである。

　意識が存続する限りは、人間は唯一の究極的実在を知りえないが、意識が消滅すれば、人間は実在を認識する。すなわち、心の幻影を消し去れば、実在の光が見えてくる。この意識の消滅を仏教では涅槃と説いているのであり、人間の自我の一切を消し去ることで、そこに実在が無限の心の平和として現われてくるのである。宇宙は人間の意識において因果応報の単なる結合であり、始めも終わりも不可知であり想像すらできない。物と心の相互形成が終わる時は、全てが最終的な安息に至るが、通常人間には何もはっきりとはわからない。これこそ涅槃を終着点とする人間の精神的進化の姿である。涅槃は無限の洞察となり、貪欲や愚痴の否定によって、無限の智慧と心の平和をもたらすのである。

　宇宙の進化を肯定すれば、万物の絶対的な始まりを否定することになる。なぜなら、進化においては、あらゆる存在は前の存在の上に徐々に起こった変化の産物に他ならない。有機的生命の進化論的発達も同じく、有機体として様々な段階を経てはじめて成立したものである。この意味において、仏教が説く始

めも終わりもない世界とは、万物は永遠に生成流転を続けることを意味する。母体である古代インド哲学と同様に、仏教哲学では宇宙は次々に顕現しては消滅すると説いている。これこそ進化の変動の根本的理念を示すもので、宇宙が次から次へと崩壊しては再生することは、科学的にも進化論の基本的な学説である。

　スペンサーの『第一原理』に示されているように、牽引と反発の偏在的な相反力は、宇宙の変化律動の原因であり、変化の総和にさらに律動を必要ならしめるものである。強力な牽引の下に宇宙が集結して反発すれば分解するのであり、進化と崩壊が相互に生まれる。そして、この繰り返しが過去からの幾世代にもわたる継続的な進化の過程を暗示しているのであり、未来に対してさらに別の進化の可能性があるという概念が生じるのである。

　さらに、宇宙の広大な律動において、万物の総和に対する進化における再生と崩壊の相互作用の中で、両極性の一方の極限から反対の極限へと動く力を引き起こす。したがって、無限の過去と無限の未来を可能とする進化の概念を認めざるを得ないのであり、もはや明確な始めと終わりのあるはっきりと孤立した創造という考え方は不可能となる。そのような創造は過去と未来のあらゆる存在の相互作用に統合されてしまうのである。宇宙の力は思考においても何の制限も認められないように、無限の時空間の範疇に入ってしまう。したがって、仏教哲学の教えでは、意識は一時的な集合にすぎず、決して永遠の実体ではない。この世には不滅の自我など存在せず、ただ一切の生の中に一つの永遠の原理があるだけだとする。

　スペンサーによれば、あらゆる感情と思考はすべて変転無常である。したがって、感情や思考で成立している生もやはりすべて変転無常に他ならない。生がその中を通っていく事物は、多少の恒常性を有するが、結局それぞれの個性を失っていく過程にあるので、不滅とはあらゆる変化する形象の裏に隠れた未知の実体であることが分かる。この点で、東西思想の対立を超えて、スペンサーと仏教哲学は一致する。しかし、仏教哲学が不可知な存在を知ろうとするのに対し、スペンサーは絶対的実在の性質やその顕現の理由について何の仮説すら立てられないし、力や物体や運動の性質について、人間は知的には全く理解不能であると述べている。仏教では実在は唯一仏陀のみであり、他のものはすべて業にすぎないとされている。生命としての自我があるだけで、人間の個性も人格も自我の現象に他ならず、物質も精神も業に過ぎず、我々が知る心そのものが業に他ならないのである。「前世の観念」の中でハーンは業について次

のように説明する。

　「東洋の教義だと、心理的人格は、個人の肉体とおなじように、崩壊の運命
をもつ集合体である。わたくしがここに、「心理的人格」といったのは、心と
心とを区別するもの――「我」と「汝」とを区別するもの、つまり、われわれが
「自己」と呼ぶところのものを指すのである。仏教の方では、この「自己」は、
ほんのつかの間のまぼろしが寄り集まったものとされている。それをつくるも
のが、「業」である。この「業」のうちから、再び人間に生まれかわってくる
ものは、すなわち無量無数の前世の行為と思念との総計なのであって、生まれ
かわったそのひとつひとつは、心霊上のある大きな加減法則によるひとつの整
数として、あらゆる他のものに影響するのである。であるから、「業」という
ものは、ちょうど磁気力のように、形から形へ、現象から現象へと伝達されて
行って、組み合わせによって状態を決定するのである。」（『心』岩波文庫、
1951年、p. 230.）

　自己と呼んでいるものが、つかの間のまぼろしであり、すべて業のなすわざ
であることを認識して、仏教の大我を理解し、ハーンは西洋の宗教に変革を与
えようとした。西洋的個人主義の概念を東洋的な没我的自己概念に円熟させる
ことによって、利己的な社会観念を一掃し、広く宇宙的な意識を伴った道徳感
情に目覚めることが必要だと彼は説いた。西洋的な自我は仏教では否定されて
いる。涅槃に到達できるものは西洋的な自我ではなく、自己の中の仏性に他な
らない。それは無我によって得られる大我であり、真の自我なのである。した
がって、煩悩に満ちた宇宙はひとつの迷夢であり、人生も果てなき旅の一里塚
にすぎない。あらゆる物欲の執着は、人生の悲哀の原因であり、すべての欲望
を滅却し、涅槃への願望すら滅却する必要があると諫めるのである。
　人間が有機体として崩壊して、また、輪廻転生するという仏教の考え方は、
キリスト教の説く不滅の霊魂説と矛盾する。輪廻転生した人間は、幾千万年も
の進化の果ての所産であり、本質的には最も初期の単細胞の生命体と同一であ
る。あらゆる宇宙の現象を変化の一時的なプロセスと捉える進化論は、森羅万
象を業の結果の仮象とする仏教思想と、すべてが変転無常の幻影とする点で一
致する。進化や遺伝を支配する根本原理は不可知であるとするスペンサーと同
様に、仏教も業を支配する究極の原理は人間にとって不可知であると説いてい
る。過去の無数の言動の総和としての現実世界は、業の決定した存在であり、

自我は滅びても、現世での言動が来世での存在を決定づけるので、単に個我が来世で再生するだけではない。生存中の性癖や傾向が、そのまま遺伝として子孫に伝えられることは、仏教思想と遺伝の法則とが一致する点である。

　仏教ではすべての物質を完成された業と捉え、万物はすべて有情とされている。有情は事情によって変化し、岩や石でさえ仏陀を拝むことができるとされる。西洋思想では物質の中の原子の特質は、最も単純な心霊としての感情や性向を有するとされ、仏教ではこれらの特性は業によってつくられるとし、前世で形成された傾向を有するとしている。西洋思想では原子の性質を単に遺伝、すなわち無限の過去において作用してきた偶然の影響下で展開した傾向の不変性に帰しているが、東洋思想では原子の歴史を全く道徳的なものに帰している。したがって、あらゆる物と心が業であり、惑星も人間と同じく行為の創造力によって形成され、一切の原子はその形成する性向の善悪で決定づけられる。道徳的行為は浄土を創り、不道徳行為は苦行界を生みだす。人間の善悪の行為は再生に影響し続けるのである。

　この仏教思想に対立する科学思想として、スペンサーは『倫理の原理』の中で、星雲の凝集や恒星の運行には何の倫理も存在せず、倫理が植物の現象に関係していることもないと説く。生存競争に勝つか負けるかで植物の優劣を決するが、それは賞賛でも非難でもなく、倫理は動物の感情に対してはじめて発生する問題であるとしている。しかし、仏教では星雲凝縮の倫理を説く。すなわち、宇宙に道徳的秩序があると主張し、あらゆる人間の行為がすべて無限の結集に結びついているとする。ハーンは特に科学思想が及びもつかない仏教哲学の可能性について次のように述べている。

　「かりにもし、古代の仏教哲学者が近代化学の諸事実を知っていたとしたら、かれらは、そうした化学的事実の解釈に、かれらの教義を、驚くほどうまく当てはめたかもしれない。ひょっとしたら、原始の跳躍も、分子の親和も、エーテルの震動も、かれらの「業」という理論によって、おもしろい、恐ろしいような方法で解明したかもしれない・・・そこには暗示の世界がある。怪奇な暗示の世界がある。」（『日本』恒文社、1976年、p. 222.）

　仏教では人間は過去において何百万回も生き、未来でも何百万回も生きると説き、輪廻の再生は過去の道徳的行為の結果として決定される。個人は不断に変化し、肉体は絶えず消耗して償われていく。現在の肉体は厳密には10年前の

ものではない。しかし、同じ肉体ではないのに、同じ苦痛や喜びを感じているのである。肉体の組織に分解や改造があっても、やはり10年前と変わらない肉体と精神の特徴を持っているのである。脳神経も不断に分解され再生されているが、やはり同じ感情や記憶や考えを持つのである。新しく再生された組織は、以前と同じ性質と傾向を持っているのであり、このような永久に取りまつわっている生の姿こそ業そのものである。肉体や精神の組織的総体が変化しても、組織そのものの傾向の遺伝はいつまでも残っていく。個性を持った神、霊魂の不滅、死後の個性の存続などを信じないからといって、西洋的価値判断で無宗教の人間と批判するのは不当である。宇宙の道徳律から、未来に対する倫理的責任を考察し、悪は最後に消滅することを強調して、あらゆる思考や行動が未来への無限の結果を産むことを説き、無限の記憶や幻影を信じる者は、無神論者でも唯物論者でもない。西洋と日本の宗教の相違は大きいが、両者の最終的な道徳的結着は大いに共通するものが多いのである。

　前世は因果という言葉と共によく出てくる言葉で、西洋人とは根本的に異なった考え方であるが、空気のように日本人の日常生活を支配している。因果な奴だと決めつける時は非難めいた使い方である。また、善行を積み重ねなければ良い来世はないので、結局は因果には勝てず、前世の報いを受けていると表現する。ハーンによれば、仏教の輪廻転生における因果応報の思想と西洋の単純な霊魂輪廻説には根本的な違いがある。西洋では個我の霊魂を単一の煙のような幽霊としてだけ捉える。しかし、仏教では単一の個我ではなく、個我の存在は無数の前世の人々の総計であり、想像を絶した複雑な合成の数を意味する。前世の思想では、我は個ではなく、前世に生まれた無数の人々による複雑な合成であり、計り知れない深い存在である。それは人間の中の仏性、すなわち無我の大我を示唆するものである。

　仏教は善悪の因果応報の理を説き、その結果の輪廻転生を戒めとして大衆に諭し、現世は過去の善悪の行為や言動の結果であるとした。そして、より高度な知識人には、涅槃という悟りの境地を説いたのである。

　したがって、前世の思想によれば、人間の恋愛の熱情の大部分は、個我によるものではなく、超個人的なものに起因しているのであり、愛憎共に理屈なしの超個人的な熱情である。移り変わる季節と共に訪れる取りとめのない感情や、自然界の壮大な姿を眼にして抱く理屈を超えた感情も、人間が生まれる数千年も前の生命からの遺物であり、必ず共に起こる畏怖の念も全て超個人的なものである。このように、深い感情や感動はすべて超個人的なもので、人間が誕生

する遥か以前の生命の海の中から打ち寄せてくる過去からの音信である。ハーンはスペンサーの『心理学原理』の中の「感情」から次のような個所を引用している。

　「人間の頭脳とは、生命の進化のうちに、というよりも、人間という有機体に達するまでの、幾つもの有機体の進化のうちに受けた、限りない無数の経験の組織化された記録である。」（『心』岩波文庫、1951年、pp. 222-3.）

　要するに、生命進化の中で、人間という存在に到達するまでに、数多くの有機体の進化を促した無数の経験が、人間の頭脳に組織化されて蓄積され、超個人的な熱情が生まれたのである。人間の頭脳には、過去の先祖の死者たちが経験した無数の記憶が、遺伝として蓄えられている。しかし、科学は今尚心の神秘を解き明かすことが出来ない。人間は過去何千年も前の単純素朴な感情の単位から、現在のような進化した複雑な感情と頭脳を発達させてきた。生きている人間の個我は、何千年も前の過去からの複合体であり、さらに、霊魂も無限で無数の霊の複合体に他ならない。したがって、心の神秘はあらゆる過去の先祖の心の体験を解明して説明する以外に有効な手段がないのである。
　日本人は神道の教えからも仏教の教義からも、個我が過去の死者達から成り立った複合体であり、霊魂さえも様々な霊の集まったもので成立しているという認識を持っている。前世など認めないキリスト教の宗教観念とは、まったく相容れない考え方である。心の中の善と悪の葛藤は、個我を作り上げている様々な魑魅魍魎のような意志のぶつかり合いだと考える。仏教では個我の中の善を悪から引き離して、心の中に植え付けることによって達する境地こそ涅槃だと説いている。人間の生命が合成物であるように、霊魂もエネルギーの結合によって生み出された合成物である。霊魂は合成の組み合わせの変化によって滅亡したり不滅になったりするが、構成要素としてのエネルギー自体は永久に存在する。
　霊魂は善と悪の両極の傾向を持ち、この両極が無限無数に組み合わされた複合体であり、永遠の進化の法則によって滅んでゆくものと不滅になるものとに分かれる。進化論によって、最も複雑な有機体でも最も単純な有機体の進化であることが明確になり、単一の原形があらゆる生命の源になったことが、一般的に認識されるようになった。また、動物と植物、生物と物質との間に限界を設定できず、有機的生命体という点において、種の差でなく程度の差にすぎな

いことが確認された。物質も精神も同じように不可解な存在であり、この二つは不可知な単一の実在が変化して現われたものにすぎない。物質的進化が認識されれば、精神的進化の認識も可能となり、進化論と同じく輪廻思想も現実世界に充分な根拠を持ちうることが明らかになる。すなわち、前世の基本的な考え方は、仏陀の説くものと同じものとして確立されるのである。ハーンは次のように力説している。

　「人間に過去を振りかえって見ることを禁じていた、古い教義で固められていた壁は、すでにもう壊されてしまったからである。そして、今日では、科学的心理学の研究者にとって、前世の観念は、すでに学説の領域を脱して、事実の領域に入り、宇宙の神秘を説く仏教の解釈は、他のなにものにも増して、大いに傾聴すべき説であることを証明している。」（『心』岩波文庫、1951年、p. 229.）

　仏教では自我とは、様々な業によって作り出された、つかの間の幻の存在である。さらに、幻としての業の集まりの中から、再び人間として生まれ変わるのは、無数の前世の感情と頭脳の総体による結果であり、生まれ変わりはそれぞれ霊的な法則の実例として、他のあらゆるものの動きにも影響を与える。業は様々な変化する形や現象の中に伝達され、組織化された状況を形成する。仏教の説く業とは進化論的科学の説明する遺伝に相当する。物質進化論の学説が認知されているように、将来、宗教観念の変革が訪れて、心霊進化論が認められるようになるにちがいないので、自我に関する概念も前世の観念と共に変化するとハーンは述べている。

　「もちろん、いずれ起るべき宗教改革の明確な性向は、いまから予言はできないけれども、それにしても、こんにちの知的傾向からいえば、それがただちに、神学上の思索に最後の限界をかぎるほどのことにはならないにしても、心霊進化説は当然認められるにちがいない。そして、その結果、「我」というものの全体の概念も、けっきょくはそれによって発展した前世の観念というものを通して、形が変わってくるだろう。（中略）単なる教義としての宗教は、けっきょく滅びてしまう。これは、進化論の研究が到達したひとつの結論であるが、しかし、人間の感情としての宗教、つまり、人間をも、星辰をも、ひとしく形成する、未知の力に対する信仰としての宗教が、これもともに跡形もなく

131

滅びてしまうとは、こんにちのところ、ちょっと考えられない。」（『心』岩波文庫、1951年、pp. 232-3.）

　神道には何の聖典もないのに、日本民族の生活や理念の中に宗教的実践としてしみ込んでいたのであり、硬直した教義などなくても宗教上の道徳的感情の方が、遥かに深遠な影響を行使し得るものである。道徳的感情こそ民族の宗教意識を高め、知性の拡大と共に意識の地平線を押し広げるものである。進化論の法則によれば、単なる硬直した教義だけの宗教は、歴史の流れと共に消滅してしまう。人間の道徳感情を高める宗教は、人間や物体や宇宙そのものを同じように形成している未知の力に対する信仰を深めていくものである。つまり、世界は如何なる宗教的教義によっても支配されるものでなく、むしろ宗教上の道徳的感情によって大きく支配されるのである。

　自我とは善と悪の合成体である。善悪が相克する中を生き抜きながらも、結局、すべてが消え去り、物質と同様に滅するという恐れが、宗教的な祈りや道徳感情を可能にしている。個我が消滅するという恐れは、悪を取り除きたいという願望と共に、宗教的には霊として、科学的には遺伝によって受け継がれて、個我を構成する一部となっている。個我の消滅は、単に恐怖としての死ではなく、人間の生が努力を重ね続けるべき究極の目標にも関わっている。すなわち、個我の中の善の要素が、無数の現世の幻を通り抜けて、さらに大きな結合によって、最高のものに達し、個我の消滅と共に、絶対的実在に至るという存在論的な根源への願望が秘められているのである。

　人間が現存しているという事実は、過去にも同じように存在していたことを意味し、また未来でも存在し続けるであろうという証左でもある。数えきれない程の進化の過程と、広大無限の宇宙の営みの中で、人間は存在している。宇宙の万物はすべて同一の法則に支配され、原子は惑星を構成し、また恒星の輝く恩恵の姿をも示し、さらに、岩石の成分や動植物の生態も、すべて同一の法則によって必然的に決められている。広大な宇宙の進化は、仏教の因果と同じように、正確な必然性をもって決められているのである。

　ハーンの神仏の研究は、最高の文化的精神活動の所産となって、彼の文学芸術に大きな影響を与え、感情を高度に発展させて霊感による豊かな創作を可能にした。彼の作品に示されているように、優れた創作芸術は、前世の観念の要素を作品に取り入れ、今まで表現されなかった感情や哀感を取り扱うものである。すなわち、新たな創造のためには、現在という存在を常に過去や未来に結

びつけ、人間の精神世界を歴史的眺望において眺めるような新たな観点を持つ必要がある。単一と思える個我は、実は様々な要素の合成体であり、有機的生命体における多様の統一の存在様式に他ならない。このような信念を抱く時、世俗的には一見して有限の生命が、実際は形而上的な時空間において無限であるという霊的な信仰に至るのである。

　個我が唯一無二であるという我執の念が解体しないと、広大な宇宙的意識へと拡大して、無量無限の自我を実現することはない。個我が単一のものではなく合成体であり、遠い過去にも生まれてきたという前世の観念や輪廻転生を理解して、宗教的感情が大きく発展すると、生命や物質を同じように構成している原子の表象は、結局、無であり空であるという形而上的認識に至る。このように、仏教では、形あるもの一切が空であり、空は形であり、さらに、知覚や概念、名声も知識も全てが空なりと説く。科学的探究でも宗教的考察でも、畢竟するに、宇宙は同一の大きな幻へと消滅して、不可知で神秘的な泡沫の姿に帰してしまう。仏教では、過去に消滅したものが、進化の過程において、前世の記憶と共に現世で現出することを認識すれば、広大な無限の世界へ人の意識が拡大していくと説く。科学はこの摂理を明確に論じないが、科学の承認も得られれば、今後、素晴らしい啓示が人類に訪れて、近代の新たな展開が、学問や芸術の方面で進化の法則に従って発生するとハーンは期待した。遠い過去から遺伝された精神内容は、年齢を重ねるに従ってより明確になるので、長寿社会になれば、頭脳にさらに大きな展開が現われ、単に前世を記憶するだけでなく、もっと不可思議な能力が発生するかもしれないと彼は予言している。

　「われわれの子孫の代には、現在よりも、もっともっと高度の、想像もおよばぬほどの能力が、発達してゆくと予想しても、不合理ではない。また、疑いもなく、遺伝されたある精神能力は、老年においてのみ発達するということも、明らかになった。しかも、人類の平均年齢は、着々と上昇しつつある。長寿がいよいよ加わって行って、今よりももっと大いなる頭脳が未来にあらわれれば、前の世のことを記憶する能力にまさるともおとらぬ、もっと不思議な力が、突如として生まれ出るようなことが、ないとも限らない。仏教の夢は、あまりにも、深遠無窮のものに触れているために、これを凌ぎ越えることは、まことに至難なわざであるが、しかし、その夢が、とうていこの世に実現されないとは、誰が断言できようか?」（『心』岩波文庫、1951年、p. 239.）

因果説と進化論、あるいは前世の観念と遺伝の科学的事実との類似性は、ハーンに宗教と科学に関する様々な想念を起こさせ、人類の能力の無限の可能性を想像させている。　因果とは業に他ならず、同一の合成体の存続ではなく、変化する個我の性向を意味し、進化論的に結合と崩壊を繰り返して、さらに新たな合成体を形成する。新たな個我は人間に限定されず、また、因果は親から子供への伝達に限定されるものでない。つまり、因果は遺伝の法則に縛られるものではない。しかし、転生は業によって決定される。人間の中に不変に続く要素とは、業の中の精神的な原子であり、魂も肉体もほんの束の間の結合体であり、業が人間の唯一の存在の源泉である。業に苦しむ泡沫の幻の中にあるものは何であり、進化の果てに到達する涅槃とは何であるのか。この様な疑問に対して、仏教は個人的自我を否定し、業を生みだし涅槃に到達するものは、人間の中の仏性であると説く。すなわち、無としての我であり、これが真の自己であり、人間の中に無限や永遠が潜在していることこそ実在というべきであるとする。

　幻のような自我があり、肉体としての生命の感情や頭脳も、この蜃気楼のような自我が造るものにすぎない。この幻の自我の消散によって、無限永遠の力としての我が現出し、単なる霊魂ではなく無限永遠の全霊こそ、生命の無窮の原子であるという認識に至る。

　神道の霊魂も仏教の業と同じく、個我を創りだすために、いくつもの霊魂が結びついた複合体である。心の実体は無限に神秘であり続けるが、仏教は人間の思索に深く関わり、道徳感情の進化に調和した教義を示している。宇宙には不可思議な遺伝の法則があり、生命の原子によって個我の性向が伝達されるという道徳的な意味が、因果応報説を肯定するのであり、道徳的意識が過去や未来に深く関係していることを示しているのである。生命も物質も同じ原子から成立し、形の進化は無形から起こったものであるから、畢竟するところ、万物はすべて個我としての善も悪も欲も何もない虚空の状態へと帰っていくのである。

7．キリスト教の伝道

　元来、一民族の宗教として、民族の存続のために、絶対的権力を行使していたユダヤ教が、イエスによって世界的に伝播し、ローマ帝国の国教として国を統一するキリスト教という宗教となった。その後、混乱を極めた西欧世界の統

一のための圧力として、キリスト教は一神教としての絶対的権威を確立して、西洋世界に独善的に布教活動を広げ、邪教に対して妥協を許さず弾圧的に君臨するに至ったのである。

　先祖崇拝の宗教を基盤に成長してきた日本社会は、他の宗教を廃絶して独善的に宣教するキリスト教の横暴に屈することはなかった。日本は社会の根幹に害を及ぼさない宗教であれば受け入れてきたので、キリスト教が仏教や神道の先祖崇拝を認めれば大いに日本で広まったはずである。中国などの東洋の国々で、キリスト教への憎悪が強くなったように、キリスト教は日本の宗教に対して容赦なく迫害を加え、西洋列強の植民地政策に加担した。強大な西洋列強が、国力の乏しいアジア諸国に対して侵略する時は、キリスト教宣教が斥候のように先行部隊として機能していた。キリスト教の宣教師は弱小民族を征服する列強諸国に加担し、現地の文化や宗教を嬉々として破壊していた。このように、宣教師達は宗教の伝播よりも、西洋列強の覇権主義に助力して、軍事と産業の両面で侵略の拡大を支援していた。

　キリスト教宣教は宗教本来の目的に離反していたので成功することなく、キリスト教の教えとは無関係に、多くの殉教が西洋列強の侵略によって生み出された。進歩と発展のための闘争は、適者生存の法則によって、個人から民族のレベルへ、さらに国家間レベルの競争へと拍車をかけた。文化を生みだす社会風土も、過酷な自然淘汰の原理に逆らうことはできなかった。しかし、人類全体の進歩は弱肉強食の論理を否定して成し遂げられてきた。動物的本能が支配する過酷な生存競争の闘争を抑えて、人類は相互に進歩してきたのである。自由と平等が弱肉強食の世界を生みだすのではない。弱者を保護するような文明国家は、崇高な精神で利己的本能の衝動を抑えて、相互扶助の共同社会を構築し、不正を正す勇気を保持する理念を学んだ民族によって樹立されるものである。

　強者の文化が弱者の文化を蔑視して無視すると、必ずその報いを受けることになり、西洋文明は必ず威圧的言動の報復を受けることになるとハーンは予言した。国内で異端排斥を手控えながら、国外では手のひらを返したように、厳しく異端を排斥する西洋のキリスト教国は、必ずその矛盾や人種差別的扱いのつけを払うことになる。すなわち、ヨーロッパ大陸での世界大戦、中世的精神でのキリスト教の復活、反ユダヤ主義とナチズムの台頭など多くの世界的混乱が生じたのである。キリスト教会が行ってきた強引な布教活動に、日本古来の宗教との関係において、日本は大きな抵抗を感じていた。日本の先祖崇拝の宗

教は、家庭の家族愛の固い絆を生んでいるが、西洋のキリスト教者達がこの事実を無視して、家族の情愛を踏みにじれば、必ず大きな反発を生むことになる。キリスト教嫌いのハーンは、日本やアジア諸国が如何なることがあってもキリスト教に支配されることはないと断言している。

　朝廷が対立して大きな社会的変動を招来した12世紀の南北朝の分裂を除けば、イエズス会宣教師によるキリスト教の伝道は、日本の国家的安定を脅かした大きな脅威であった。ザビエルが1549年に鹿児島に上陸すると、1581年までに日本国内に200以上もの教会を建てるほどに急速にキリスト教が流布した。僧兵を擁するまでに強力になった仏教徒達を牽制するために、信長は熱心にキリスト教を優遇した。しかし、その驚異的な布教活動は国家の安定を脅かす勢力になったので、信長は手厚い援助や保護をしたことを後悔した。また、豊後の領主大友宗麟はキリスト教を保護して、大規模な仏教弾圧をおこない、領地内の三千もの寺を破壊し尽くし僧侶を殺戮した。

　その後継者の秀吉は、キリスト教の熱狂的な頑迷さと攻撃的な布教活動を恐れ、またキリシタン大名が仏教を迫害するに及んで、各地の伝道教会を打ち壊してキリスト教徒を京都から追放した。さらに、秀吉は弾圧を強めて、禁令に逆らってキリスト教布教をした宣教師と信徒を1597年に長崎で処刑した。長崎はキリスト教教会の領土のようになり、この地域の仏教に対する猛烈な迫害が行われ、長崎近辺の多くの寺が焼き討ちにあっていたのである。その後の家康は、キリスト教に厳しく対処しなかったが、やはりキリシタン大名が仏教を迫害するようになると、1614年以降厳しく弾圧したのである。

　家康はキリスト教の宣教を政治的に危険なものと考え、その壊滅が幕府の存続上の喫緊の課題としていたが、すでに隠れ切支丹となって、社会の末端にまで深く根をおろしていたために完全には根絶できなかった。元来、キリスト教の宣教師の目的は、本国との物品の交易の促進ばかりでなく、キリスト教布教によって仏教を駆逐し、徳川幕藩体制を改変して、日本をキリスト教国として占有することであった。キリスト教による幕府への陰謀が巧妙に図られ、宣教師が政治的管理を支配し、さらに、国を領有しようとする企てがあった。

　神仏の国である日本にとって、最大の国難が迫っていた。宗教に名を借りて、徳川幕府を乗っ取ろうとする陰謀は、日本古来の神道や外来仏教に圧力を加え、キリシタン大名を支配したように、幕府も教会の管理下に置こうとするものであった。このような危機的状況の中で、1614年に家康によってキリスト教禁令が布告された。西洋諸国がキリスト教宣教を足がかりにして、世界各地を植民

地化してきた事実を家康は充分に承知していた。

　キリスト教は独善的に他の宗教を攻撃し、日本の神道や仏教を野蛮な宗教として排斥しようとし、日本古来の信仰や伝統に根本的に反対したので、家康は危険な宗教として弾圧せざるを得なかった。神道を中心として、現人神の天皇を信奉する日本の宗教や社会秩序にとって、キリスト教は破壊的な影響を与えようとしていた。先祖崇拝の祭祀によって、日本では忠義を生みだす孝道が、君主や家長に対する絶対的服従を説いて、日本の社会基盤を築き、宗教上のおきてやしきたりを守っていく道徳感情を育み、社会の安定を維持していたのである。

　しかし、キリスト教社会の西洋では、男は君主や親よりも妻を大事にすることを説いていた。また、キリスト教の愛の教えでは、親孝行などはぜい弱な負け犬の道徳でしかなかった。君主や親への忠義は、キリスト教に背かないかぎり認められた。最高の服従は天皇や将軍に対してではなく、ローマ法王に対して向けられなければならないとキリスト教の宣教師達は説いた。日本の神仏は宣教師たちによって悪魔として糾弾された。治世者にとって、このような破壊的布教活動は、国を撹乱する許し難い宗教であった。キリスト教信仰がヨーロッパにおいて戦争、迫害、秩序撹乱のもとになったことを考えれば、日本でも大きな動乱を生みだし、政治的陰謀を煽るものであり、主君に対する家来の不従順を正当化する教義に他ならず、徳川封建体制にとって、致命的な教義をまき散らすものであった。

　キリスト教嫌いのハーンにとって、島原の乱の悲劇は特筆すべきものであった。キリスト教布教は結果的に数千人を無益な死に至らしめ、日本に撹乱と迫害と戦争という害悪だけをもたらした。キリスト教という暗黒の宗教によって、幕藩体制下で育まれてきた日本人の美徳が撹乱され、社会を滅亡させるような悪の力に変質しようとしていたと彼は糾弾している。キリスト教に対するハーンの反発は根深く、次のようにキリスト教を告発している。

　「われわれは、すべからく、この無慈悲な信仰の犠牲者を哀れみ、かれらの無駄に終ったけなげな心を、当然讃え褒めるべきであろう。反対に、かれらの伝道のなくなったことを、だれが遺憾に思うものがあろうか。・・・・宗教上の偏見とはまた違った見方から見て、その結果からすなおに判断してみても、日本をキリスト教化しようとしたゼスイットの努力は、人道に反する一個の犯

罪行為、じゅうりん行為と見なさなければならない。それがもたらした不幸と破壊の点から見れば、当然それは、地震とか、高潮とか、火山の爆発とかに比べられる災害と見なければならない。」（『日本』恒文社、1976年、p. 292.）

　日本をキリスト教国にしようとしたイエズス会の企みは、ハーンにとって、人道に反する犯罪であり人権蹂躙行為であった。人々に甚大な不幸と破壊をもたらした点で、キリスト教布教は地震や津波や火山の爆発にも匹敵する大災害であった。この様な状況を考えれば、徳川幕府の鎖国政策は、外国から加えられた宗教的陰謀に対する恐怖を充分に示すものである。オランダ以外の外国人を国外追放した幕府では、島原の乱以降、人種的憎悪や宗教的反発のために、西洋人に対する公然とした不信感が高まっていた。ポルトガルやスペインの混血児まで追放し、オランダ人だけ平戸から長崎の出島に移され、日本との通商を独占的に許された。いかなる日本人も国外へ出たものは処刑し、海外航路へ出るような大きな船の建造を禁止したのである。

　先祖崇拝の祭祀を基盤とした日本社会は、キリスト教以前の古代のギリシア・ローマの社会と酷似していた。他の宗教に対して攻撃的に布教してきたキリスト教は、当初、日本では仏教と同じく先祖崇拝を黙認し、先祖の位牌を排斥しなかったので、人々はキリスト教を新種の仏教のように受け止めていた。イエズス会の宣教師たちは、巧妙にもキリスト教への改宗者に対して先祖の祭祀を禁止しなかったのである。この戦略によって、世界でも非常に宗教的に保守的な日本社会で、キリスト教の布教が当初成功したのであった。キリスト教の祭祀は、神道や仏教の祭祀の変形のようなものとして人々に理解されていた。教会の礼拝堂のように飾り付けられた寺では、慎重に用意された仏教のような礼拝や像が、キリスト教の信仰と日本人との埋めがたい大きな断絶を感じさせなかった。また、改宗した大名がキリシタン大名として、家来にもキリスト教を強制したので、日本でキリスト教伝道は一時期急激に広まったのである。

　宣教師達は交易において、領主と宗教上の取引をして、キリスト教布教の特権を条件にして、鉄砲と弾薬の取引の優先権を領主に与えていたので、無条件に服従していた領民に対するキリスト教布教は大きな成功を収めていた。

　しかし、1645年まではイエズス会は先祖崇拝を黙認していたが、1645年に法王イノセント10世は異教禁止を発令して妥協的布教をやめさせ、中国での布教を廃止した。したがって、日本でのキリスト教布教は1549年に始まり、1638年の島原の乱でその歴史を閉じたのである。その後キリスト教会内でも論争が起

こったが、法王クレメント11世は改宗者にいかなる先祖崇拝も禁じたので、その後、極東での布教は停止したのである。

　どんな宗教もそれぞれ不滅の真理を説いているが、進化論的に宗教を考察すれば、人類の歴史的進化の中で、多神教から一神教へと大きく変化しているのである。一神教は無数の魑魅魍魎の霊に対する恐れや信仰を、不可視で全能の絶対的一者に融合して拡大した。このように、進化論的考察では多神教よりも一神教を進んだ宗教と考えたのであり、さらに進化したものが不可知論である。しかしながら、信仰の価値は相対的なものであり、少数のエリートだけで絶対化されるものではない。各地域に固有の様々な道徳観が混在し、社会全体として如何に受け止められて人々の心に浸透し、幅広く日常生活に影響を与えたかを考えなければならない。

　他の宗教を異端として排斥した攻撃的で独善的なキリスト教は、過酷な教義の実践を強要するもので、人間的で寛容な仏教と違って、日本社会の現状に適応できなかった宗教である。異教を異端として厳しく糾弾し、異端審問で処刑してきたキリスト教は、あらゆる陰謀や迫害で他の宗教の存在を邪教として否定した。キリスト教の脅迫と策略は、実に日本社会に危機をもたらしたので、徳川幕府はキリスト教を厳しく弾圧した。もしキリスト教宣教師の策略が成功し、西洋列強の陰謀が勝利していたら、日本社会は外国の支配に服従していたはずである。したがって、徳川幕府の鎖国政策は、日本社会を外国の影響力から保護して、独自の文化の形態を極限にまで発達させて素晴らしい文芸を残し、さらに、日本の伝統文化や信仰を純粋培養して、驚くべき姿に育み見事な結実として後世に残すに至ったのである。

　文芸の進歩の背後には宗教が密接に関係しており、日本の文芸は民族固有の信仰を反映している。神仏を背景とする日本の文芸は、常に宗教的暗示を含んでいる。キリスト教の宣教師は攻撃的に日本古来の神道や仏教の世界を容赦なく破壊したために、結局、日本での布教には成功しなかった。日本の詩趣、庭園、絵画、彫刻などには神仏混淆の独自の宗教的感情が表現されている。西洋模倣の産業や資本主義、そして、物欲を煽る競争や熾烈な市場原理が、日本古来の美しい文芸の世界を破壊するのではないかとハーンは常に危惧の念を抱いていたのである。

第五章 封建制と日本文化

1. 封建制社会の確立

　日本の歴史は紀元前660年に即位して127歳まで生きたという神武天皇から始まる。それ以前は神話の世界である。太古の時代のミカドはごく簡素な暮らしぶりで、臣下と同じ生活であった。しかし、仏教が6世紀中頃に伝来すると、中国の文化や思想が伝播して、社会の発達と共に、国政は大きく変化した。天皇は権力を直接に行使することなく、藤原一族が代行者として政治を取り仕切るようになり、7世紀末頃には政治権力は藤原家の手に移った。その後、実権を握った藤原氏によって、天皇の継承や在位が決められるようになった。天皇は生き神として、人々の眼から離れて雲の上の存在となり、国祖神の崇拝としての神道の神聖な伝統の意味を深めるものになった。しかし、様々な奢侈によって天皇は弱体化し、政治的権力を一切奪い去られ、生き神としての宗教的尊厳だけを与えられるようになったのである。本来、天皇は最高の行政長官で軍司令官であり、また、宗教上の司祭長として社会全体の代表者であったが、国家権力が増大するにつれて、多くの氏族の族長たちが身の危険を感じるようになり、天皇の絶対的権力を奪い取って、宗教上の最高権力者として祭り上げて、お飾りの存在にしてしまったのである。

　ほとんどの国で国王は同様の運命を辿った。しかし、一切の特権の根源である天皇の祭祀には、指一本触れることはできず、氏族達が権力を保有できるのは、天皇の祭祀を守って確固たるものにすることで可能であった。藤原氏も奢侈に耽り、宮廷貴族に堕落してしまうと、8世紀頃に文武の組織が分化して、源氏と平氏の有力な武家が急速に力をつけてきた。藤原氏はこの新興勢力に戦争や警備などの重要事項を代行させたので急速に権力を失ってしまう。11世紀中頃には武家が政府を圧倒し、藤原氏は単なる一貴族に落ちぶれてしまう。源氏と平氏は覇権を争い、1185年の壇ノ浦の合戦で平氏が滅亡し、源氏による将軍の治世となった。将軍は単に軍の総司令官だけでなく、実質的に国王として最高の統治者であった。

　この時から、武家すなわち軍部による支配の歴史が始まったのである。以来、明治維新に至るまで、日本では宗教上の現人神としての天皇と実質的な主権者たる将軍が存在した。しかし、源氏も北条氏に政権を代行させて、北条一族に権力を奪われた。その後、仏教の僧院で勢力を伸ばした武装僧兵が、北条氏を威圧するようになった。96代天皇の後醍醐天皇は北条氏の専横に反対して僧兵

側に加担したが、敗れて隠岐の島に流された。しかし、北条氏の横暴に反発した領主たちによって天皇は復権し、首府の鎌倉を攻撃し北条氏を滅亡させた。復権した後醍醐天皇が脆弱であったため、自分の子供を将軍に任命し、さらに、復権に努力した領主たちを無視したため、敵対勢力を勢いづかせることになった。

　後醍醐天皇が復権するのに北条氏を裏切って支援した足利尊氏は、自らが支配権を得るために天皇をも裏切った。足利は都を占領して後醍醐天皇を再び流刑に処し、反対派の天皇を擁立して自分は将軍職に就いた。この天皇家の分裂争いは、後醍醐天皇の南朝と足利氏の支持した天皇の北朝との対立の時代を生み、その後56年間続いた。この分裂は国家の基盤を危うくしたもので、足利氏は南朝5代の後亀山天皇を説得し、1392年に北朝の後小松天皇に主権が譲渡されたのである。

　しかし、その後、日本の暗黒というべき戦国時代となり、領主たちがお互いに争い、1573年まで国土は荒廃し絶え間のない戦乱が続いた。将軍は全く力のない存在に落ちぶれていたが、この時、織田信長が現われて、足利氏を滅ぼし支配権を握った。このように、14世紀の天皇継承問題による分裂で、日本は支離滅裂に混乱し、15世紀以来、熾烈な戦国時代となった。信長は一切の勢力を支配下に治め、さらに北条氏の下で勢力をつけた僧兵集団を比叡山焼き討ちによって滅ぼした。

　その後秀吉から家康に至って、武家の支配は盤石となった。家康は将軍として大名制度を確立し、新たな階級制度を作って秩序を定めた。徳川幕府は1867年まで続き、15人の君主を輩出した。この250年の間、日本は平和と繁栄を享受し、独自の文化を最大限に発達させた。この間も天皇の祭祀は国民的信仰において必要であり、天皇は唯一正統な支配者であった。徳川の将軍でさえ天皇を神の権化として礼拝し続ける必要があった。

　過去において足利氏の横暴が天皇家を分裂させて、社会不安や戦乱の世を招来したという失政の悲劇を思い知っていたので、幕府は皇室の存続を社会の安定にとって必要であると熟知していた。宗教的な王室は国家の永続性に異常なほどの力を示すとスペンサーも説いているように、国王や天皇の宗教的象徴は、変革や動乱を抑止する不思議な力を発揮するのである。しかし、武力による支配は、君主の個人的な力によって永続性が左右されるので、国家は崩壊しやすいのである。日本の天皇制の存続は単なる武力独裁とは異なったもので、遠い太古の過去の神秘に至るまで皇統の連綿性を辿ることができる。宗教的保守主

義があらゆる変革に強力な抑止力を発揮するのに対して、将軍による軍事政権は宗教的基盤を欠如しているため、崩壊しやすいという事実を歴史に学ぶことが出来る。

　ハーンはスペンサーの『社会学原理』の一節を引用して、武力専制社会では、勝利を行動の最大の目標とする忠誠心と権威に対する愛国心が存在するが、さらに、人々が服従し従順であり続けるためには、豊かな信仰が必要であることを強調している。日本の歴史的事実がこの真実を体現し、他の民族と比べて絶大なる忠誠が、神道を中心とした豊かな信仰と信念で培われていた。このような宗教的権威に対する服従心を養う信念は、太古から民族の血統に流れている先祖崇拝の祭祀から生まれてきたものである。すなわち、民衆の平定にとって、武力ではなく宗教が最も効果的な統治であることを示している。

　ハーンは家庭における家長に対する服従の信条としての孝道の存在を強調する。社会の進化につれて、孝道の精神が拡大して社会的服従となり、さらに、武力的服従へとつながって、情愛と従順さを育んで、義理と人情の観念を生み、人としての本分という道徳感情になった。このような何ら反駁を生じない義務としての全面的な服従には宗教的要素があり、忠義においても宗教的色彩を帯びて自己犠牲の精神となる。主君の霊に仕え慰めるために、古代の日本社会では人間の生贄が捧げられた。このように、最初、義務であったものが自発的な自己犠牲になった。人間の生贄の代わりに、埴輪が使われるようになる1世紀頃までは、主君の葬式には必ず人間の生贄が不可欠であった。この生贄が廃止された後も、自発的な殉死が6世紀頃まで武士の風習として続いていた。また、敗残の兵を指揮した武将は、切腹と称して自決したのである。

　武家の者は誰でも恥辱を受ける前に、即座に自決する心構えを常に要求されていた。主君の不見識や乱行を諌めるためにも、最後の手段として、一命を賭して訴える切腹があった。日本の封建社会全体にわたって、忠義の精神は武士の主君に対するものから、奉公人の主人に対するものにまで至り、絶対的服従の要求に対して独特の義務や自己犠牲の宗教的信条が存在していた。日本人独自の宗教的信仰の性格は、封建時代の殉教精神に現われており、君主や権威に対する自己犠牲の勇気や恭順に示されている。また、孝道の義務観念は儒教の影響により、その後、主君や親の無念の仇を討つという義理の観念に発展した。儒教は日本古来の道徳精神を培い、先祖崇拝と孝道をより強力なものにした。

　家長制による家族は、すでに一つの宗教的共同体であり、その絆は人間同士

の情愛よりも、家を守るという先祖崇拝の祭祀の絆であった。家族も地域の組も、組を統合する氏族も、すべて宗教的関係の中で結びつき、武家の社会体制になると、義理、すなわち、武士の道義としての仇討ちの観念が広まった。ハーンは仇討ちの実例として赤穂の四十七士の忠義を語っている。無念のうちに切腹した主君への義理や報恩という意味での仇討ちには、武士道という高い道徳に基づく自己犠牲があり、主君に対する絶対的忠節という無私の強さがある。このような主君への報恩、質素倹約の克己、自己犠牲の勇気、礼儀の信念などに現われた潔癖な程の美しい宗教的特質に多くの者が心打たれるのである。

　しかし、武家社会の忠義は主君に対するものに限られ、より大きな義務としての愛国心に発展することはなかった。封建社会の主君は、家来を自分の所有物と考えていたから、忠義が外へ大きく広がることはなかった。徳川幕藩体制下の各大名は、将軍に対して忠義を誓えば良かったので、神としての天皇は、意識の外に追いやられて、一般的には誰も関知しなかった。また、朝廷の復権を恐れた幕府は、京都御所と大名との直接的接触を一切禁止していた。このように、幕府は近代国家としての愛国心や国民意識の発達を阻害してきたのである。

　しかし、ペリー来航による幕末の非常事態において、大政奉還が建白されて、幕藩体制や大名制度の廃止や士族集団の解体が提起された。さらに、民衆の領主への服従や封建的義務を廃止して、あらゆる国家権力が国家宗教としての神道の代表者である天皇に集中されて、天皇への無条件の服従が図られねばならないことが要求された。このようにして、天皇に対する忠義の宗教は、新たな国家の宝として国民の道徳感情を育成し、明治維新後も消滅することなく、国家への忠義という高い目標へ広がり、近代的な愛国心を醸成して、信頼と義務という新たな国家の国民の意識や情愛となった。日本は国家に対する新たな忠義の宗教で堅固に築かれたが、それは古来からの死者の宗教である先祖崇拝から生じた神道によって統合されたことを意味していた。

　しかし、アングロサクソンの法が厳格な論理で忠実に執行され、誰にも何一つ妥協や特例を認めなかったのに対して、江戸時代の旧日本社会の法は、特に庶民の小さな犯罪に対しては、きめ細かに情状酌量の配慮をしていた。罪の背景、罪人の知能程度、動機、苦悩などを考慮して、単に法で機械的に厳格に処罰するというよりは、庶民の日常的な道徳感情に照らし合わせて、法の執行が慎重に決められていた。したがって、250年にも及ぶ徳川幕藩体制において、庶民は封建制で抑圧されていたが、同時に、しきたりやおきてで保護し養われ、

独自の洗練された文化を育てることができたのである。戦国時代を終焉させて、日本に平和をもたらした江戸時代において、個人は法で縛られていたが、保護された平和の中で、文化芸能活動や産業や様々な民芸品の創出などが奨励された。お互いに仲間同士で牽制し合いながらも、それなりに楽しく生きる人情があり、貧しさにも耐えられるような暮らしぶりであり、人々は助け合って庶民の義務を果たしていた。現代社会のような生存競争は、厳格な身分制度の下では存在していなかった。江戸時代の素朴で質素な庶民生活では、人々は奪い合って取るようなものは何もなく、身分や収入も決められていて、余分な金や自由を手に入れるような環境ではなかった。

　厳しい法律も社会的階級が下がるにつれて寛大になり、貧しい善良な庶民や不幸な者には、思いやりや哀れみをもって寛大な処分がなされた。しかし、民衆に範を示すべき大名や富裕層が悪辣に法を破れば、世の中の災いになるとして厳罰をもって対処された。このように、幕府は特に武家に対して法の拘束を厳しくしたが、下層庶民には憐憫をもって遇した。家康は幕藩体制を維持するために、大名の不法な振る舞い、権力者の残忍や貪欲などを厳しく取り締まり、百姓や貧しい下層庶民を支配者の迫害から保護する禁令を出したのである。

　それでも、最低限の生活の要求は満たされていたのであり、人々は皆、身分によって、楽しみの限度もおきてやしきたりで決められていた。身分を超えて上に上がることなど考えられないことであった。したがって、自分の身分に満足して、足るを知る精神を守りながら、おきてやしきたりという法の範囲内で、できるだけ幸福に暮らす術を見つけるしかなかった。奢侈禁止令が出されていた状況の中で、個人的利己心や野心が抑えられ、西洋人よりも遥かに少ない金で、質素でも豊かな生活を送り、実に世界でも珍しい独自の文化が形成されたのである。ハーンは江戸の庶民文化の本質を次のように適確に指摘している。

　「平民にとっていちばん賢い策は、自分の今の身分にそのまま満足して、法の許す範囲内で、手一ぱいのしあわせを生活に見いだして行くことだったのである。

　個人の野心というものが、こんなぐあいに押さえつけられており、生活費といったら、われわれ西洋人が必要と考えるものより、はるかに下まわる最小額に切り詰められていたのだから、奢侈禁止令はたびたび出たけれども、じっさいには、文化のある形態に最も好ましい状態が打ち建てられたわけである。国民の心は、いきおい娯楽か研究に生活の単調さをまぎらわすすべを求めざるを

得なかった。徳川の政策は、ある点で、文学・美術——といっても、安物の美術だが——の方面には、想像力を自由にさせた点がある。つまり抑圧された個性が、この二つの方面にはけ口を見いだし、思いつきや意匠がだんだん創作的になってきたわけだ。」（『日本』恒文社、1976年、p. 317.）

　江戸時代以前から醸成されてきた日本古来の文化や芸術が、徳川幕藩体制下で一気に開花したと言えるが、日本文化が極度に発達して成熟を見せたのは、幕府も終焉する幕末期であった。個人の自由や利便が主張できる時代ではなかったが、容赦なく厳格でありながら、また同時に、慈父のような思いやりも示した封建制度の中で、日本人固有の美しい民族性を育み、社会の各分野において独創的な文化を発達させた。250年にもわたる鎖国政策の中で、平和と安定を享受してきた日本では、日本人の優美さや魅力的な天性が充分に開花したのである。厳しいおきてやしきたりによる強制的な制度や監視にもかかわらず、魅力的な文化や芸術が開花して見事な花を咲かせたことは、抑圧した封建制の中で窮屈ながらも、幕府の統制の庶民への圧力は、道徳的感情や美的情緒や豊かな人情を育てるだけの自由の余地を庶民に与えていたことを意味している。

　質素で単調な生活を紛らわすために、娯楽の追求に憂さを晴らすようになり、文芸や芸能に庶民の人気が集まり、実に手軽な庶民のささやかな慰めとして、自由な想像力の世界が広がったのである。抑圧された庶民の心が、奇抜な思いつきや想念に火をつけ、非常に大胆で奔放な世界を作りだそうとする独創的な創作意欲が生まれた。文芸や芸能における知的耽溺や唯美的趣味は、比較的に監視や抑圧が少なかったので、多少の危険を冒しても処罰されることもなく、大胆に様々な可能性や工夫が探究された。日常性の些細な楽しみやおかしさ、季節の変化や自然界の小さな生命の姿、珍しいものや美しいものなどを絵師や彫り師などが腕をふるって取り上げ、西洋人が見れば奇跡のような精巧で繊細な文芸や工芸品を産出したのである。

　徳川幕府の奢侈禁止令は高価なものに適用されたが、庶民の紙や象牙や土や金銀などのささやかな細工物は、意欲的に創作されて、人々が観賞して楽しんでも何の咎めもなかった。安価でささやかな日常の工芸品であっても、すべて機能的に洗練されて美しいものは、真にその時代の文化の精髄を示している。蝋燭立、鉄瓶、提灯、簾などは、西洋のけばけばしい安物とは隔絶の美しさを示している。このように、江戸時代は文芸や芸能において、庶民の娯楽が見事に発達して満開した時代であった。あらゆる文芸や芸能の娯楽が、上流階級だ

けのものではなく一般大衆との共有物となっていた。また、礼儀作法を重んじる時代として、茶の湯や生け花などの日本固有の伝統芸術が大いにもてはやされ、その美しい作法や身のこなしが、人間としての修養を促すものとして受け止められ、上品な嗜みとして流行したのである。

　江戸時代以前から武家の作法は、武力で強制的に武士に躾けられていたが、江戸時代になると、一般庶民でさえ礼儀作法が日常的に守られて、特に上流階級にとって、様々な嗜みと共に生活上の心得となった。そして、礼儀作法は最初のわざとらしい技巧を消してしまい、優雅と美しさの習慣となり、特に日本女性の遺伝子に組み込まれて、世界でも類を見ない道徳美の形がつくりだされた。ハーンによれば、日本の最も素晴らしい美的産物は、象牙細工でも陶器でも漆器でもなく日本女性に他ならない。自己主張と闘争ばかりの西洋では、及びもつかない道徳美を持った存在として、日本男性とは同じ民族とも思えないほどに、日本女性は道徳的に別の存在であると彼は絶賛している。

　激しい生存競争が不道徳な生態を推し進める近代文明社会では、このような日本女性はもはや存在し得ない。女性は男性が作ったものであるという男尊女卑の社会、すなわち、あらゆる女性の自己主張が抑制され、自己犠牲のみが社会的義務になっている社会において、また、家長制を維持した先祖崇拝の社会で、個性が程良く抑えられた状況において、日本女性のような慎ましく優雅で美しい存在が可能であった。江戸時代の旧日本の女性は、子供のように素直で、信心深く、信頼あつく、身の回りに気配りして、人を楽しくする見事な才能を有していた。したがって、この様な女性を理解し、必要として育てた旧日本の社会が、長い時間をかけて完成させた理想的な女性像に他ならなかったのである。

　日本女性の美しさは、西洋の基準では計れないものである。それは一種不思議な幼年期のような女性の美しさであり、柔らかく輪郭の定まらない眼鼻立ちの美しさである。手足がいとしいほどに小さく華奢な美しさである。西洋の美的基準では美人ではなくても、子供のような愛らしい優雅さがあり、その言動の表情や身のこなしは日本独自のものである。日本の文化や美学を学ぶ者にとって、日本女性の美質は探究すべき一つの学問として存在し得るのである。

　進化論的には、日本女性は男性社会の中で長年にわたって人為的に生みだされた産物であったが、いつでも可能な時には本来の自分に戻り、自然のままになるようにも躾けられていた。すなわち、真に女性らしい美質を全て伸ばし、そうでないものを徹底的に抑制するように昔から教育されてきたのである。親

切、素直、同情、優しさなどの繊細な心情の美質が、花のように丹念に培われてきた。旧日本の礼儀作法の中で、日本女性は保護され純粋培養されて安全に育まれてきたのであり、優しさや従順な心で周りから信頼と愛情を勝ち取って、人生におけるすばらしい美質を得たのである。このために、理想的な日本女性は仏教の天人のように、また、西洋の天使のように、優しさと辛抱強さを兼ね備えていなければならなかった。夫のために自己犠牲して働き、夫のためだけを考えて夫を喜ばせ、自分も楽しむ存在であった。また、武家の女性は優しさばかりでなく、必要ならば命を投げ打って、家のため夫のために尽くしたのである。

　旧日本の女性にとって、妻として母親としての情愛よりも強いものがあった。それは女性としての感情よりも、先祖崇拝の信仰から生まれた道徳的感情に他ならない。これに対して、西洋では、このような自己抑制と自己犠牲は暗い僧院の中で見られるもので、全てを犠牲にした僧院の中の厳しい修錬の生活においてのみ実践されていた。しかし、日本女性は嫁妻母として、西洋の僧院の尼以上の節制と義務を果たさねばならなかった。日本女性の言動は、死者の祭祀のおきてやしきたりによって育まれ、昔からの躾によって、全てが日常的な信仰の具現となり、存在そのものが一つの宗教となったのである。

　日本の女性の言葉も思考も心も、節制と義務に捧げられ、血の一滴まで道徳的感情になるほどに、先祖の神と男性社会に奉仕するように躾けられ、現代のような過酷な競争と利己的個性の時代では、とても存在し得ない純粋な天使のような存在であった。

2．日本文化の美質

　日本を分かりやすく説明して正確な知識を与えるためには、日常的な社会状況を現実として正しく理解し、宗教的な道徳感情を把握する必要があるとハーンは強調している。日本古来の宗教的な風習についての理解がなければ、日本文化に対する真の理解は生まれないからである。日本の芸術は小さな民芸品に至るまで宗教と密接に結びついており、絵画や彫刻だけでなく、漆器や陶器や花瓶などに描かれた絵の意匠、子供の羽子板や凧、着物や帯、手ぬぐいなどの日用品に至るまで幅広く、宗教的要素が色濃く影響を与えている。このように、庶民の日常生活の中に浸透している信仰の姿を辿れば、西洋人に想像できない日本独自の信仰や道徳感情が理解できるのであり、日本の無学な庶民生活の中

にさえ、高尚な宗教的伝統が存在していたことが分かる。

　最後の労作『日本』において、来日当初に受けた日本文化の新鮮な衝撃を最晩年に至っても忘れなかったとハーンは記している。日本の奇妙な事物、謎のような不思議な器物、神秘的な表象、神社仏閣での珍奇なお札などに接した時、全く未体験の異様な感じと未知に対する夢のような興奮があった。

　「この夢のような世界に、しだいになじんできても、はじめて見たときに感じたあの異様な感じは、いっこうに減るけしきがない。そのうちに、諸君は、この国の人達の手足の動かし方までが、あたりまえとは違っているのに気がついてくる。動作が西欧人とはまるで逆なやり方をしているのだ。道具といえば、これまたじつにたまげるような形をしていて、それをまた、たまげるような使い方で使っている。（中略）パーシバル・ローエル氏が「日本人は逆に話し、逆に読み、逆に書く」といったのは、あれは実に名言である。が、しかし、この読み・書き・話し方の逆なことなどは、日本人の逆流儀のほんの「いろは」に過ぎないのである。物を逆に書く習慣については、これは明らかに進化論的な理由がある。」（『日本』恒文社、1976年、pp. 9-10.）

　日本では正に西洋とは逆の話し方や読み方や書き方をする。筆は手前に引くのではなく、前に押し出して書き、文字は左からではなく右から書き、西洋とは全く異なった論理で上から下へと考え、また内から外へと思考する。日本の軽妙な工芸品、洒脱な生活様式などに見られる美意識は、質素な材料で最良の効果を生みだそうとし、また、日本庭園などに現われた不揃いなものへの美的価値観は、全く西洋には存在しないものである。意外な意匠の陶器、象牙品、工業細工などは西洋人には未知の想像力の表現であり、意外性に満ちた精巧な芸術品の域に達したものである。

　日本文化の不思議な美しさは、外面以上に内面的な独特の美観である。同時に貧しい庶民の生活感にあふれた道徳感情と美意識は、日本の日常的風景を一層魅力的な姿にしている。どんな時でも、苦難を顔に出さず、人に悲しみを現わさず、外見上だけでも人には快活な様子を見せて、自分よりも相手の気持ちを気遣う心がある。そして、お互いが相手を思い慰め合う温かい心が、些細な材料で見事な工芸品を生みだす機知を生み、庶民の日常の生活感情を美しいものにしている。相手の気持ちを思いやり、怒鳴り合いの喧嘩や激しく涙することもなく、相手を喜ばすことのみを念じて暮らしている柔和な人々は、ハーン

にとって正に夢の国の住人であり、正に旧日本の世界は西洋とは隔絶した不可思議な魔法のような国であった。

　近代化に邁進する新日本の中では、ハーンが賞賛した旧日本の美質が急速に過去のものとなりつつあったが、それでも松江などの地方では旧日本の古風な面影が依然として残っていた。田舎では人々は昼でも夜でも戸締りをするということもなく、また日常的に不人情な素振りや不正に出会うこともなく、柔和な物腰と素朴な純真さに包まれた庶民の姿に彼は心奪われた。質素な生活の中でも、伝統を守って生きる穏やかで上品な昔かたぎの姿は、人々の人間としての日頃の営みを自然で美的な生きざまにとどめていた。ハーンにとって、あたり一面に夢のような平和な楽しさが漂い、人々が霞のような光の中で涅槃の世界を穏やかに生きているように思えた。正に仙人のような人々の生活様式が、まどろみのような夢の境地を与え、この世のものとは思えない不可思議な美しさに包まれた、蜃気楼のような仙境に浸っている楽しさを彼は味わっていた。

　アメリカ社会の激しい生存競争から逃れてきたハーンは、極東の島の消え去った過去の世界へ眼を開き、忘れ去られた遠い昔へと時空間を飛び越えたような錯覚を覚えた。日本の人々の言動に胸を打たれ、時間が逆流したかのような気分の中で、日本の事物が如何に不思議な美しさで充満しているかを見て、彼は小人のような日本人のささやかな生活の魅力の虜になってしまったのである。来日後、数年が過ぎ、明治日本の近代化の功罪や改革の明暗を知りぬいた後でも、ハーンは最後の著書『日本』で相変わらず、来日当初の新鮮な感動を忘れずに、新たな思いを込めて書きとめているのである。

　遠い過去に消え去った母親の国ギリシアを思い、その幻のような美しい世界を日本文化に投影して、その魅力の秘密を解明しようとしたハーンは、古風な日本の佇まいにギリシア文化の再現を見る思いであったが、実は日本社会がギリシアよりももっと古く、遥かに異質なものであることを痛感する。日本文化は本来の素朴な基盤に数多くの外来文化が後に加わったもので、非常に複雑で特殊な形態になっている。多くの外来文化を自文化に合わせてうまく応用する着想や工夫に、日本民族の優れた特質が表現されており、明治維新の大変革において社会の表層が激しく変化しても、日本文化のこの様な特質は少しも変化せずに生き残ったのである。

　文化のみならず、人種的にも日本民族は、様々な混血の末の雑種民族に他ならず、長い歴史的な社会形成過程において、調和と融合によって民族的特色をより豊かなものに発達させてきた。ハーンはこの様な不思議な日本民族の特質

を解明するために、民族の日常的経験における道徳感情に注目して日本古来の信仰の歴史を辿り、宗教的な社会制度を発達させてきた独自のプロセスを知ることが重要だと考えた。ハーンにとって、宗教観念によって社会制度の保持が可能であり、制度の確立も発達も宗教観念によるもので、この事実は進化の法則とまったく一致していたのである。

３．ハーンと明治日本

　明治期の欧化政策と伝統文化の問題は、西洋と日本の価値観の対立と融合を意味した。質実で簡素な日本古来の生活様式が、近代的論理の功利主義の中で如何に保持されるかは、ハーンにとって、東西比較文化の視座における日本研究の最大のテーマであった。また、彼は日本の近代化と軍国化を将来的な暗雲と予想して危惧し、さらに、教育者としても、今後の国家的展望として、想像力と教育の関係を重視するように提言し、情緒的共感と論理的信念の育成を強調した。

　ハーンの神戸時代の傑作『心』には、日本人の内面生活の暗示と影響という副題が付けられている。ハーンは西洋化する外面的変化よりも、不変の内面的特質を考察し、古来より連綿と受け継がれた日本の精髄、すなわち、庶民の日常生活における道徳感情、気力、情愛といった諸相に注目し、日本的精神の内奥を探究した。傍観者的観察による単なる外面的な生活の描写や西洋至上的な分析ではなく、ハーンの日本文化の研究は、庶民感情に対する共感や同情を通して、日本の精神文化を民族的伝統にまで深く探りを入れ、日常的生活の中に現実の文化的諸相の精髄を読みとろうとした。彼は庶民生活の平凡な逸話を紹介し、自らの具体的な体験を交えながら、明治の近代化の功罪を考察した。「日本文化の真髄」、「趨勢一瞥」、「ある保守主義者」などの一連の優れた作品によって、日本の伝統文化の危機を描き、些末な逸話の積み重ねから、ハーンは独自の洞察力と想像力で新旧日本の相克の姿に迫ろうとしたのである。

　日本民族が先祖から受け継いだ神道的な道徳感情は、長い伝統となって独自の因習や風俗を生みだしている。日本文化の繊細で複雑な諸相は、神道を中心とした先祖伝来の伝統的風習や遺伝的要素と密接に絡み合っている。そして、民族の歴史における集団的な情緒と思考の繰り返しが国家的信条となり、庶民の日常生活における感情や思考において、日本社会の中の個人の価値観を成立

させてきた。したがって、急激な外的変革によって、日本文化が西洋文化に完全に埋没することはなかった。まったく異なった歴史と価値観を持つ東西文化が、相互に本質を完全に知り尽くし、深い共感で理解し合い、相手に同化することなど不可能なことである。

　異文化への共感を求めても、完全に同化して理解に至ることは困難であり、隔絶した文化的相違の認識は、相互の文化的疎外という厳然たる現実に他ならない。したがって、少なくとも日本文化への共感の成立は、日常生活における因習や風俗などの複雑で不可解な体験を克服して、地域的な文化を純化して本質に迫り、普遍的なものに昇華してはじめて可能である。このように、共感や同情を伴った異文化理解による他国の文化の摂取が、現実には至難の業であるが故に、実質的に文化の相互交流を促進する人種の混血こそが、将来的に人類の社会的幸福に寄与する文化的な創造行為であるとハーンは考えた。

　しかし、当時の切迫した世界情勢の中で、西洋列強に対抗するために近代化を促進する日本は、近代化を欧化主義に求め、軍備増強によって軍国主義を加速したので、ハーンは日本の将来に不吉な暗雲を予感していた。日清戦争に勝利し、さらに、日露戦争にも勝利しようとした軍国日本は、短期間で西洋の科学技術を導入して軍備増強を図り、西洋文明を完璧に理解して近代化を確立できると考えた。欧化政策に奔走する軍国日本が、西洋文化を讃美し日本文化を卑下して放棄し、西洋の模倣を安易に先進文明の摂取と取り違える態度は、将来の国の進路を誤るものだとハーンは警告した。客観的な比較文化の眼によって、西洋崇拝の自縛から逃れ、日本文化への誇りと歴史的認識を確立して、はじめて異文化の受容と時代の変革に対する感情と頭脳の両面における総合的な理解が可能となる。

　両親からも親族からも見放されたハーンは、孤立無援の身の上で、20歳にもならない時にほとんど無一文でロンドンやニューヨークを徘徊し、人生の艱難辛苦の中で、西洋の競争社会の非情な現実を思い知ることになった。石や煉瓦造りやコンクリートの建物が、絶壁のように続く街路には、単調な灰色の景色が何処までも続く、無機質な大都会の不毛性が存在していた。巨大な都会のビルの谷間に寄る辺なく埋没し、当てもなく職を求めた若き日のハーンは、失意の内に放浪した悲痛な経験をしていた。そして、鋼鉄とセメントと石と煉瓦の陰気で非情な高層ビルの谷間で苦闘した彼は、文明社会の悲劇性を孤独な若い心の内奥に銘記させた。巨大なコンクリートジャングルの鬱蒼とした大都会は、醜悪な実利と不気味な論理による耐久性を誇る建築物の人工的集合体である。

人間らしい自然の感情を威圧する巨大なビル群は、功利的な産業資本主義と熾烈な競争原理を象徴するもので、強烈な圧迫感を発散させ周囲に君臨していた。大都会の実利的な数量の圧力が象徴する非情な競争社会の悲劇性を、ハーンは人生の早い時期に苦難の体験によって熟知していた。西洋社会の悲劇性を熾烈な競争社会の非人間的な原理に透視した彼は、不気味な怪物のような高層ビル群こそ、現代文明の醜悪な物質主義の物欲を具現していると考えた。貪欲な功利主義と資本主義の権化である大都会は、強大なエネルギーを発散して威圧するように周辺に君臨し、明治期の日本の脆弱な都市に比べれば、堂々たる威容の質量を誇っていた。ハーンは現代社会における大都会の非情な悲劇性を次のように述べている。

「しかも、このぼう大もないものが、じつに無情で、陰気で、むっつりと押し黙っているのである。これは、堅牢と耐久という実利主義の目的のために応用された、数学的な力のぼう大さである。幾千町となく、連綿とつづいているこれらの大殿堂や、倉庫、事務所、店舗、その他、なんとも名のつけられないような、さまざまの建築物、これらは、美しいなどというものとは、およそ縁の遠いものだ。むしろ、醜怪なものである。こういう建築物をつくりだしたぼう大もない生活、同情などというものはひとかけらもない生活、そして、こういう建築物のもつ、ものすごいがさつな力、もののあわれなどというものは薬にしたくもない非情の威力、そういうもののあらわれを感じて、人はだれしも、なにか心を押さえつけられるような圧迫感をうけるにちがいない。この圧迫感、これこそは、新しい産業時代を建築にあらわしたものなのだ。」
（『心』岩波文庫、1951年、p. 24.）

　西洋の拝金的合理主義や産業資本主義は、農村破壊と人口の都市集中をもたらし、農本的な自然状態から人々を都会の工場労働へ移行することによって、人間を縛りつけて搾取する社会が成立し、血肉で生きる自発的な生命力を枯渇させた。持続的な定住と耐久性にこだわる西洋の堅牢な石造り住居に対して、粗末で小さなその場しのぎの木造家屋という貧弱な住居に甘んじる日本の庶民は、永続的な家を所有するという考えを持たず、小さな家の狭い部屋では余計な荷物も持てないために、常に身の周りは身軽で束縛も拘りも持たない。逆説的に言えば、貧困は必ずしも悲観的側面ばかりではなく、日本人にとって、何も余計な物を持たず、自由に創意工夫する生き方の励みとなり、西洋人なら生

きていけないようなあばら屋と粗食と粗末な衣服でも、日本の庶民は健康を維持し、様々な苦難に対処できる柔軟さと不思議な感性と頑強な生命力を持っていたのである。

　贅沢な品物や便利なものに一切頼らず、足を知る精神で生き抜いた日本の庶民は、飽食や利便性で無気力に陥った現代の日本人や西洋人よりも頑健であり、厳しい自然環境や時代の変化にも耐え凌ぐ知恵と生命力を持っていた。西洋文明の拝金的合理主義や産業資本主義に縛られて生き、さらに過酷な競争社会の中で精神と肉体を疲弊させている現代人に対して、旧日本の庶民は身軽で簡素な衣食住によって、精神と肉体の調和した豊かな生活を獲得し、何事にも囚われない自由を享受していた。貧しく質素な生活の中にあっても、肉体と精神を拘束する財産を一切保有せず、精神の自由を体現するだけの健全な肉体を所有して、伸びやかで闊達に生きる旧日本の庶民に対して、西洋人は大都会で管理された生活を送り、機械万能の合理主義や複雑な社会階層やイデオロギーで拘束されて、精神と肉体の自由を完全に喪失していた。

　物欲や地位に縛られない日本人の軽妙洒脱の精神は、庶民生活の処世術の哲学となり、人々はおおらかに自然に親しみ、各地を巡礼のように訪れて心を豊かにし、何処までも歩き続ける頑強な健脚は、未知への旅を愛する精神と肉体を証明していた。西洋人なら耐えられないような貧しい衣食住にあっても、何ら臆することなく平然として、自由な旅への気運の支障とはならず、明治期の庶民は自由自在に各地を巡って、探訪する自由な精神を発揮した。西洋の石造りや煉瓦造りの頑強な家屋、そして重厚な家具や贅沢な調度品や華麗な服装などは、日本の粗末な長屋風の小さな家屋、永続性に欠けるその場しのぎのふすまや障子、竹細工、小物入れ、粗末な着物とは対照的である。

　しかしながら、科学万能の論理を信奉する西洋世界は、人々の肉体と精神に対して近代的論理や合理主義の束縛に対して機械的屈従を強いてきた。様々な機械や道具に依存して、資本主義の厳しい生存競争に勝たねばならない社会は、日本伝統の軽妙で身軽な生活とは無縁である。足を締め付ける西洋の革靴は、旧日本の自由自在の手軽なわらじと違って、長年肉体的束縛を強いてきた。簡素で自由な生活様式の日本人に対して、競争社会の中で生き残るために、道具や機械を常備し、政治や宗教でも厳しいイデオロギーやキリスト教各派の教義に縛られ、西洋の生活様式は過酷なほど身体も精神も拘束を受けてきた。ハーンはこのような拘束を西洋文明の悲劇性と捉え、物質的欲望やキリスト教や科学万能の悪弊と考え、宗教と科学の対立の苦悶や相克の現状を指摘した。そし

て、贅沢な家や華美な服装、暖炉や帽子、革の靴や鞄、トランクなどなくても、むしろ多くを所有せず、あるいは何もない身軽さで、日本では結構快適に暮らせるために、西洋的論理の価値観や物質主義の利便性は、人間を拘束するだけで、幸福をもたらさない無用の長物だと彼は看破したのである。

　機械や道具に縛られて文明社会を生き抜かねばならない西洋人に対して、土地や物に固執せず無欲に徹して、自由気ままに生活する明治期の日本の貧しい庶民の生活をハーンは賛美した。自分の流浪の遍歴を投影させて日本の庶民を眺め、ハーンは渡り職人や旅芸人に何物にも捕らわれない自由な精神を認め、放浪者や漂泊者に示された臨機応変の軽妙な生き様に注目し、日本古来の伝統文化の特質を考察したのである。芭蕉や世阿弥や西行の探究の人生、そして、武芸者や修験者の修行の生涯は、日本各地を漂泊して悟りを開き、解脱によって涅槃や極意を求める精神と深く結びついている。日本の文化人に漂泊する精神を見出し、その背景を探究して考察を試みたのは、吟遊詩人のようなハーンの人生の遍歴に符合するところが多かったからである。「門付け」では、彼は貧しく醜い無名の女旅芸人の意外な美声に深い感銘を覚え、わびしい生活に疲れ果て、落ちぶれた外観とは裏腹の達人の技や、芸への見事なまでの真摯な生き様に心から共鳴している。そして、既存の価値観に縛られない芸術論を展開し、彼は日本の漂泊する旅芸人に深い共感と同情を示しているのである。

　近代化を急ぐ明治政府の欧化政策による西洋追随以降も、日本人の民族的体質は西洋に変化することなく、庶民の伝統的な生活様式や道徳感情は消滅しなかった。明治期の日本の近代化後も、大資本ではなく家内工業的な中小企業が、国内産業の中心であり続け、産業形態は大規模工業でなく、単なる手工業でもないという日本独自のものであった。西洋の近代化の論理は、資本主義による徹底した搾取と大規模産業の拡大によって、大量の物流を生みだして利潤追求を実現し、工業国としての発展と同時に、他国への経済的支配によって覇権を画策するものであった。しかし、明治期の日本の近代化では、古来の職人文化と西洋文明との融合があり、狭い土地での稲作の効率化、質素な工房での日本の工芸品の製作、小屋のような貧弱な工場の毛織物工業、このような巨大資本や巨大な施設に頼らない伝統的な日本型産業の弱小性、流動性、不安定感、非合理性が、むしろ臨機応変の融通性や小さな技巧を強調する生産過程を生み、独自の産業形態の発展を維持してきた。このような日本民族の融通性や順応性や集団的団結力は、軍事、政治、経済、教育の各分野で十二分に発揮されて、

明治維新の改革を奇跡的に成功へと導いた要因となった。ハーンは西洋では存在しないこのような日本の力を適確に評価している。

　徳川時代の商業組織で明治維新を生き残ったのは三井財閥だけであったが、農業、小売業、製造業などはほとんど本質的には変化することがなかった。工業生産の大部分は、依然として家族単位の小規模集団であり、わずかな奉公人と家族からなる零細企業は、明治から大正、昭和、平成と時代と共に徐々に減少したが、完全に消滅したわけではなく、日本経済の基盤を形成する前近代的な下部構造の特性は、今なお厳然として残っている。西洋の企業のように組織を巨大化するのではなく、無用の競争を避けて小規模組織を維持し、その利点を極限まで追求して、ぜい肉を削ぎ落とした日本型の組織運営は、日本の伝統文化の足るを知る精神の順応性や融通性から生じたものである。また、幕末から維新の動乱において、日本民族が一致団結して、西洋列強の植民地政策に対抗して独立を守ったのは、すでに鎖国時代に日本文化と庶民の意識が成熟し、神仏混淆の世界の中で高い道徳感情を育成し、日本全土に共通の社会体制や国家への忠誠心を保持していたからであった。

　また、明治期の日本の政治経済が依然として旧態依然とした非組織的運営と小規模経営であっても、国の精神的根幹としての神道と皇室は、動乱の世相の中で盤石であった。明治期における国家神道の影響力は、西洋文明の導入による利己的個人主義の蔓延を極力排除し、無私の自己犠牲的な国への奉公という忠義を国民に植え付けた。そして、仏教は苦難にあっても、逆境にうち勝つ忍従の精神を民衆に教えた。このように、西洋の属国に陥らずに、日本の近代化が達成された要因は、国民の優れた教養と古神道による高い道徳意識にあるとハーンは考えた。しかし、国家と国民が一体となって、国民的気運で押し進めた明治維新による近代的な新政府も、政治や経済で中央集権の官僚機構が確立するに従って、各分野の組織が硬直して本来の機能を失い始めた。官僚機構と軍国主義が一体となって、国家的利権のために他国へ侵略し覇権を求める帝国主義が生まれた。このような危うい軍国日本の現状をハーンは憂慮して、人間的な温かい心情が冷徹な利己的知性に取って代わられてしまえば、あらゆる人間社会は必然的に破滅的展開を歩むことになると訴えた。日本の伝統文化を近代化の阻害として排斥し、硬直した官僚機構が強引に欧化政策を押し進めようとする中で、日本の各地で古来からの民族精神が、危機的に崩壊する兆候を彼は鋭く認識していた。

　西洋社会の冷徹な競争原理は、物欲を掻き立て利潤や効率を追求し、利己的

な個人主義を助長するもので、日本古来の無私の美徳や自己犠牲の精神の敵であり、共同体社会に不可欠な調和や公共の福祉を阻害するものであった。ハーンは世界に誇るべき日本の美質に注目して、東西文化の軋轢から日本が超然として影響を受けないことを願い、国民の将来は伝統文化や神仏混淆の世界に基づいた人間教育に委ねられると説いた。また、近代化政策による国家樹立は、西洋の個人主義の論理に基づく物質文明への信仰でなく、豊かな心情による社会への献身的な道徳感情に基づかねばならないと彼は力説した。

　すなわち、古来から日本社会は相互扶助の精神に基づいた村社会に基盤を置き、人が他人のために尽くすことを躊躇わず、それぞれが人のために献身的に貢献することを前提に社会組織が成り立っていた。利己的個人主義を否定するような献身的な利他主義が、日本の共同体社会成立の根本的原理であった。しかし、近代資本主義や産業機構の導入によって、熾烈な競争原理の社会が構築されるにつれて、人間社会の調和と協調の理念が教育されることはなくなった。今後再び、豊かな社会のための人間教育を復活しなければ、世界に誇る日本文化の実現や独創的な文化の創造も不可能である。利己的個人主義や市場原理主義による過当競争は、社会の安定と人間教育にとって許し難いものであり、このような利己主義的な物欲を抑止しながら、献身的な自己犠牲や無私の行為を奨励する利他主義を実現することが肝要である。

　日本人が西洋人の美意識を探究すれば、西洋の価値観に反感を抱くようになるとハーンは警告した。明治時代の西洋文明受容の功罪は、今なお古くて新しい日本のアイデンティティに関わる重要な問題である。西洋を表層的に模倣する行為は、生半可な改革を誘発するものであり、日本の最良の知性は、西洋を無条件に受容して、西洋の価値観に支配されることに頑強に反対する。日本と西洋の美意識や価値観の最も大きな相違は、女性観や官能美に関する意識に見られる。ルネッサンス期のギリシア・ローマの女性像を鑑賞する美意識は、西洋人と日本人では同じものではない。西洋と日本の間には、愛や肉体に対する美意識や価値観に大きな隔たりがある。西洋では愛や肉体に対して、日本のような恥じらいや羞恥心はあまり見られず、明確な美意識を持って、恋愛表現ではキスや抱擁で女性崇拝を臆面もなく人前でさらけ出す。これに対し、日本では愛や肉体は仏教的な煩悩として捉えられ、肉体的魅力に取り付かれる耽溺を恥ずべき迷いと考える。したがって、日本では女性を人前で賛美することは、恥じるべきこととして暗黙のうちに禁じられた。

西洋人のように公然と妻子への愛情を人前でさらけ出したり、家庭生活の出来事を社交の場で口外することは、本来、礼節を守る日本の教養人にとって恥ずべき行いであった。このような日本人の内向的で禁欲的な態度が、西洋人に日本女性の地位について誤解を与えてきた。特に、ハーンが目撃した明治期の日本の日常生活では、夫婦はもとより、男女が肩を並べて公然と街路を歩くことは避けるべきことであった。また、西洋のように、入り口のドアや階段で男性が女性に手をさしのべたり、夫が妻を乗り物の乗り降りに手で支えてやることは、古来からの日本の習慣ではあり得ないことであった。しかし、夫に妻に対する愛情が欠けている訳でもなく、西洋とは全く異なった社会通念から生まれた価値観を示しているにすぎない。人前で男女関係や夫婦関係をあからさまに見せびらかすことは、慎むべきで恥ずべき行為だという日本の作法に人々は無意識に従うのである。

　日本の命運を左右する官僚機構には、他国では見られない特異な運営方針があり、根回しや腹芸を文化的特質とする組織管理には注目すべきものがある。ある世代の官吏が官僚トップの事務次官に着任すると、他の同期生や先輩はすべて退官を余儀なくされる慣行である。後輩や同輩の下で働くことを避ける意思が、官僚機構の運営に自動的に作用して、一般的に50代で多くの官僚が退官するために、必然的に天下り人事が横行する。このような不透明な慣行の悪弊は、天下り人事によって傘下の関連企業や一般商社にも波及して、年齢や地位を超えた競争や組織運営の透明性を排除して、無能な上司の下で部下は働き続けることになり、有能で野心的な部下から上司が脅威を受けることはない。すべての者が集団の一員としてのみ存在理由があるので、誰も周囲の調和を乱してまで、自分の才覚を誇示することを避ける。上司は相談の上で部下の能力を生かし、部下は上司が無能であっても全面的に協力する。部下も上司も家族的な同族意識の中で相談して協力しあう日本型の制度は、終身雇用で守られながら、周囲と調和して全体で創意工夫する組織運営を確立したのである。

　しかし、ハーンが教師として着任した島根県では、5年間で4人の知事が入れ替わり、軍都熊本では師団長が3回も更迭されたという。すでに明治政府の官僚機構の硬直ぶりが、政治経済の激しい変化への対応を不充分なものにして、無責任な朝令暮改の国策を引き起こし、大臣も知事も局長も驚くべき短期間で更迭や移動をさせられていた。現代の日本でも、国政レベルで最高位の首相や大

臣が、無能をさらけ出して、自ら職責を充分に果たすことなく、短期間に何度も入れ替わり、不祥事や長期的展望の欠如による国政の混乱や不安定な行政を露呈している。明治期の教育界に深く関わっていたハーンによれば、熊本第五高等中学校でも校長が3年間で3人も入れ替わったという。ハーンが在職中に文部大臣は5人も変わり、教育制度はその度に5回以上改正された。県立の小中学校の人事でさえも、県議の改選に伴う更迭や人事異動の影響に曝された。今なお、校長も教員も絶えず県内各地を転々と移動し続けなければならない状況である。このような教育現場の功罪は、今なお明確に精査されていない。政治、経済、教育を支配する日本の官僚機構に対するハーンの鋭い洞察力による批判は、依然として今日の日本を根深く巣くう問題を指摘している。

4．日本文化の本質

　幕末から明治にかけての激変が、攘夷から開国さらに急速な欧化政策へと突き進んだ時、日本民族は歴史的動乱に良く耐えて、思考と感情において新たな環境に柔軟に適応した。このような劇的展開は人類史上でも稀有な出来事であった。新体制樹立のために多くの自己犠牲を甘受した国民は、優れた自前の職能で築いていた工芸や工業の分野において飛躍的な進歩を見せた。すでに鎖国中に独自の手法で熟練した手腕を西洋技術にあてはめれば良かったのである。鎖国中といえども、蘭学でかなりのレベルに達していた医学や化学や軍事などは、新たな政治体制の変革の下で目覚ましい進展を遂げたのである。

　これに対して、音楽や美術や文学においては、明治の日本人の感情が、西洋の価値観に適応するにはまだかなりの時間が必要であった。今尚、西洋文学の理解には多くの克服するべき困難があり、実利的で実践的な世相の中で、その意義を過小評価する傾向すら出てきた。また、西洋芸術や文学の教育によって、伝統文化のしみ込んだ日本人の道徳感情が簡単に変化するものではない。巨視的な西洋文化に比べて、日本人は小さなものに拘りを見せ、その日常的な生活感情は繊細で微細である。小さな木造の簡素な家屋の街並みと西洋の石造りの堅牢な家並みは、発想、スケール、感情、想像力などの特質で根本的な相違を示している。繊細な意匠の工芸品に囲まれた日本人の生活は、風流で風雅な情緒に満ちている。日本の技術の特性は現在でも小さいものへの拘りを見せ、小型化において特殊な開発力を世界に誇示している。このように、日本人は瑣末な日用品に独創的な意匠や工夫を考えだす不思議な能力を伝統的に有している。

政治経済が国際的交流に曝されている現在でも、東西文化の間には、感情と思考の両面で越え難い深い溝が存在している。

　千年も経つ老木の参道の奥に位置する神社の小さな木造の拝殿は、簡素な造りで内部は中空でがらんとした無の空間になっている。経典もない摩訶不思議な神道という宗教形態は、逆説的に日本人固有の精神性や信仰の強さを説明している。西洋のキリスト教教会の大伽藍の頑丈な永続性に対して、日本の神社の簡素な木造の構造は、数年後の建て替えを前提としており、永続性よりも一過性を強調している。一般的に日本では柔軟にその場しのぎで切り抜ける発想の日用品が多い。わらじ、浴衣、割り箸、障子、襖など毎回作り替えたり、毎年張り替えたり、取り換えることを前提として成り立っているものが多く、それほど長持ちしなくても満足するように作られている。伝統的に日本民族の精神力は、物質的な量や質で示す必要を感じない。西洋の大都会の巨大化、機械化、無人化は、街全体の空気を無機質なものにし、膨大な質量が街並みを陰鬱なものにしている。高層ビルのコンクリートと鉄の堅牢さが、実利と合理の競争社会のシンボルとして、周囲を威圧するように不気味な姿を誇示している。アメリカを模範として属国のように振舞っている日本の大都会も、同様に人間社会の醜悪な欲望の具現として、無情で容赦のない街並みの圧迫感を醸し出し、競争に生き残るための新たな物欲を発展させようとしている。

　しかし、一般的な日本の庶民の住居は、今尚長屋のような安普請のアパートであり、相も変わらずウサギ小屋と揶揄される家並みが、都市の大部分を占めている。安普請の日本家屋と長持ちしない手軽な日用品の発想は、元来、遊牧民族であったことを示す証左である。また、毎年頻発する地震や火事や洪水のために、日本の家屋は永続的なものと考えられず、特に貧困の庶民は先祖伝来の立派な住居など持たない。したがって、日本で伝統的に最も愛着を抱くものは、生まれた土地や家ではなく、自分も埋められることになる先祖代々の墓である。この様に、先祖の死者の安息の場所と昔ながらの古い神社の存在が、古来から日本人の心の拠り所であったことにハーンは注目している。

　国土全体に有為転変の無常を実感させるような台風や洪水や地震や火山などの人知を超えた災害があり、風光明媚な四季の自然の幻のような美しさに対して、厳しい試練を与えて変化流動する畏怖の対象という感覚が昔から日本人の感性に存在していた。移ろい消散する霧や霞のような自然に包まれて育った日本人は、空蝉として現世を受け止め、有為転変の変化流動の中で、いつ起こる

とも分からない激しい天災の予感に戦きながら生き、唯一変わらないものは姿かたちのない神道の神のみと承知してきた。古木の森に包まれて霊気漂う神社だけが、最も神聖にして冒し難い場所であった。事実、日本では周囲が時代と共に全く姿を変えてしまっても、神社や仏閣は数百年経っても昔のまま存在している。

　万物流転や諸行無常を説く仏教は、インドから中国経由で日本に伝来したが、恒久的なものに固執するのではなく、諦観を持ってものを眺める姿勢を説いている。仏教は日本人に諦観と忍耐を教示した。仏教は森羅万象の自然界はすべて幻であり、宇宙世界は泡沫の夢であると説き、あらゆる欲望の迷いから解き放たれて、物欲の夢から超越して高次の真理を読みとり、この世の秘密を解明することを教えた。すなわち、宇宙そのものが泡沫の幻であり、人生は終点のない旅路の単なる一つの旅程にすぎず、あらゆる物欲や執着は不幸の元凶であり、欲望を滅却して煩悩から逃れて涅槃に至り、さらに涅槃をも超越して永遠の心の平和へ辿るべきだとする教義である。日本民族が外来仏教から得たものは、神道で養われた道徳感情と何も対立するものではなく、特に古来からの日本民族の根幹となった人生観や世界観と大きく矛盾するものではなかった。

　日本で不断に発生する地震、火事、洪水、疫病、台風、火山などの天変地異が、生者必衰と生々流転の理を日本民族に教え、自然に日本の家屋を簡素なものとし、日本人は仏教から多くを学ぶ素地をすでに身に着けていた。ハーンは「日本文化の真髄」の中で、日本の国民生活に触れて、日本人の夢幻の世界観、諸行無常という非永続性の認識、限定された環境の中で足るを知る精神によって最大限に豊かに生きる知恵、日常性の中で小さなささやかなものに心の安らぎを求める心などが、事物に拘らず自由に移ろいゆく旅路のような人生観を人々に植え付けたと述べている。

　「日本の国民生活の最も著しい特徴ともいうべきものは、極度の流動性である。日本の国民は、そのひとつひとつの分子が絶えず循環作用を営んでいる、ひとつの媒体のようなものである。運動そのものからしてが、すでに特異なものである。一点から一点にうごく移動は微弱であるが、西欧人種の移動にくらべると、ずっと幅が大きいし、また変化にも富んでいる。しかも、たいへん自然だ。西洋文明にはちょっとありえないほど、それは自然だ。」
（『心』岩波文庫、1951年、p. 32.）

旧日本の人々は汽車や汽船などの文明の利器に頼らずに旅するので、おそらく国内の旅人としては、文明人として最良の旅行者である。これに対して、西洋文明が機械産業や資本主義によって、西洋人の生命力を衰弱させた結果、人々は不自由に束縛された生きざまに追い詰められている。日本では運動や移動は微弱だが、西洋よりも幅があり変化に富み自然である。西洋文明が効率の良い機械化と資本化によって、人間を部品化して束縛し、本来の生命力を奪い去ったので、西洋ではもはや旧日本の世界のような気軽な旅ごころを持てなくなっているとハーンは論じている。元来、日本人は常に足手まといな余分な物を何も持たず、貧乏も苦にせずに足るを知る精神で、何事にも固執せずに軽妙に生きて旅するような感覚を持っていた。何も持たないことが精神を自由にし、厳しい封建制の社会の中で束縛されながらも、貧しくとも生活を楽しむささやかな知恵を養ってきた。旧日本の庶民生活は極めて簡素で、ほとんど家具らしきものを持たず、身の回りに少しの着物だけで暮らし、人々は生存競争を超越した緩やかな生活感覚を持っていた。優れた日本の工芸品の工房は、西洋人なら住めないような小さな木造の小屋であるが、世界に誇る精巧な芸術品を創り出している。西洋文明の誇る膨大な物量には、如何にも無駄なものが多く、物欲に駆られた人心は無意味な競争と享楽で荒廃していく。

　ハーンが来日した明治中期でさえ、明治維新の変革は依然として進行中であり、流動的に制度設計を暗中模索していた。彼が教職に就いていた時、島根県でも知事が頻繁に入れ替わり、熊本では軍の師団長が何度も更迭され、高等中学校では毎年校長が変わった。また、文部大臣も何回も変わり、そのたびに教育制度は絶え間なく改正された。皇室だけは盤石で不変であったが、朝令暮改の政策で政府高官達は短期間で入れ変わって異動した。それでも、このことは人事の安定がなくとも、大きな進歩が可能であることを証明した。すなわち、柔軟に融通をつけて事物の変化にすぐに対応し、何事にも拘りなく適応する国民性は、新日本樹立のために団結して邁進してきた国策を見事に実現し様々な変革を結実させたのである。スペンサーも『第一原理』23章の中で、日本の幕末から明治維新にかけての動乱と改革による新政府樹立に触れて、西洋列強の圧力に対応した欧化政策による旧日本体制の解体について次のように述べている。

　「社会の解体にして、他の国民の侵略によって起るものや、また歴史が明らかにするところの如く、社会の進化が終止して衰亡が始まったときに起るもの

は、その最も広い観点からすれば、新らしい外部運動を受くることであるということは明瞭である。（後略）

　無秩序が進行するに従って、これまで結合していた政治運動は無結合になる。そこには一揆または反乱の背反的活動が起こる。これと同時的に、政治的団体全部に亘って共働していた産業上及び商業上の行程は破壊されてしまう。そして地方的の或は小さな商売の取引だけが継続するのである。そして非組織的変化が進む毎に、人間がその欲望を満足するところの合同働作は減退して、人々をして孤立的働作によって、自分の出来る最善において自分の欲望を満足するに任せるのである。

　かくの如き分散作用がその形態の限度まで進化し、一つの動的平衡の状態に達せる社会のなかに成立する方法については、日本がその好個の例証を提供している。

　その人民が自体を組織しているところの完成的組立では、新らしい外的の力から防守されていた間は、殆ど恒久的の状態を維持していたのであった。しかるに日本が、一部は武装的侵略により、一部は商業的衝動により一部は思想の影響によってヨーロッパ文明との衝突を受くるや否や、この組立は粉砕に帰し始めたのである。そこには現下政治的解体作用が進行しつつある。」

（『第一原理』、世界大思想全集28巻、春秋社、昭和2年、pp. 631-2）

　1866年の薩長連合に始まり、1867年の大政奉還・王政復古、そして1868年の戊辰戦争を経て明治政府樹立にいたる明治維新の急激な改革は、あまり大きな反発もなく、実際には旧日本の無私と自己犠牲の民族精神において敢行された。利己的な個人主義が欠如していたことが、逆説的に国の窮地を救ったのであり、国の独立を列強から守り優等国へと進化させたのである。世界でも類のない奇跡的な飛躍について、国民の道徳的感情を育成してきた神道と仏教という大きな国民的宗教に感謝すべきだとハーンは述べている。家長に服従し自己犠牲する家を中心とした民族意識を神道が育み、さらに家よりも天皇や国家のために自己犠牲を躊躇わない国民性を形成した。さらに、悲しみや苦しみに耐え物欲や柵を滅却して、この世の生者必滅を不変の理として受け入れる精神性を国民に教化したのが仏教であった。無常こそ人生の姿であり、栄枯盛衰は進化の法則からも現世の生存競争の結果である。二つの宗教に教化された日本人は、高尚な気質を発達させ、多くを語らず黙して実行することを美徳と心得てきた。無常とは絶えず死滅を自覚することによって、心から神仏に帰依するという日

本民族に根付いた感覚である。

　しかし、新日本ではこのような伝統的な日本人の美徳は蝕まれていった。人間の心の問題は、知識などよりも遥かに重要であり、人生の謎を解明するには、知恵よりも道徳性の美に優るものはないのである。知性よりももっと根源的な心情において、人生の諸問題に挑むところに、西洋よりも遥かに強力な能力を発揮する可能性がある。人間社会は人間の心情の相互の信頼関係に基づいているのであり、人が他人のために如何に自己犠牲して献身できるかが、この世の真の社会樹立の根本原理に他ならない。しかし、市場原理による競争社会にあって、この事実が過去100年もの間全く無視され、日本で教育されることがなかった。教育は再びこの人間教育を復活させるべきで、これがなければ近い将来、社会と教育の崩壊を招くことになる。すでにその兆候はあきらかである。教育は適正な社会人の育成であり、利己的個人主義は社会秩序を破壊し、教育そのものの本質を歪める。利己的個人主義を抑制することによってはじめて、家族や社会や国家に対して真に建設的な貢献が果たされるのである。

5．日本文化論

　『日本』において、ハーンは日本の宗教的感情や社会制度の進化の跡を辿りながら、日本民族の本質を見極めようとした。外見的に西洋文明を模倣して、科学技術を自分のものとして駆使することによって、日本は明治維新後、30年程で西洋が数世紀を要した変革を成し遂げた。しかし、国家制度は国民性の反映であり、制度の外見を変えてみても、制度の本質は国民性と同様に急速に変化するものではなく、また、宗教制度を急激に変えると、政治体制の急変と同様に、必ず社会全体に深刻な反動をひき起こすものである。ハーンは『日本』の最終章の冒頭に、スペンサーの『自伝』からの引用文を付して、制度や宗教に関する急激な変革の危険性を指摘している。

　「制度は国民性に依準するものである。制度の外見をいくら変えたところで、その本質は、国民性と同じく、そう急速に変わるものではない。」「宗教制度をにわかに変えると、政治上の制度のばあいと同じで、あとにはかならず、反動がくる。」（『日本』恒文社、1976年、p. 415.）

　ハーンにとって、旧日本は社会学的にキリスト誕生以前の古代ギリシアやロ

一マのような不可思議な国であり、旧日本の思想や精神に触れることは、古代ギリシアの世界を体験するに等しかった。旧日本社会の人々の親切さや上品な佇まいの美質が、何百年もの間、武力で培われたとしても、ハーンにとって、その魅力が失われるものではない。個人的自由を認めない封建社会から生まれた人間の究極的な美質に彼は心惹かれて、単なる過去以上に、それが人間の永遠の真実を伝え、心から共感できる世界であることに感動したのである。

　明治中期以降から、急速に失われた日本の美質や庶民の礼儀正しさは、何世代もの間の封建制によって厳しく取り締まわれた結果として確立されたものであった。また、江戸時代の仇討ちの風習などは厳しく禁止されたが、喧嘩口論のない穏やかな日常生活、庶民の辛抱強い微笑みは、封建制の中で苦しくとも耐えていた時代の人々の名残である。このような旧日本の伝統的事実の価値を再発見することによって、人類の将来の可能性が開けるのではないかとハーンは考えた。すなわち、無私無欲の自己犠牲、人を喜ばせるだけを生きがいにする利他的精神、共に助け合って多くを望まないという互助の生活、この様な旧日本の美質が単なる幻想で終わるのではなく、旧日本の高い道徳性に学び、新たな社会樹立において明確な指針になるという希望をハーンは抱いた。すなわち、自分の良心だけに従って生きて、何の法律も必要としないような理想の社会が実現する可能性を彼は心から望んだのである。

　昔から厳しい躾を受けてきた旧日本の女性は、道徳的に世界に誇るべき崇高な存在であり、消滅しつつある日本の美質の象徴である。献身的に自己犠牲する日本女性は、封建制時代の男尊女卑社会の中で課せられた、想像を絶する多くの苦痛の代償によって育成された。しかし、この様な封建時代の人権抑圧の副産物が、西洋とは隔絶した旧日本の不可思議な世界であり、魅力的な日本女性の美質に集約される価値観に他ならない。このような旧日本の文化的遺産は豊かな魅力に満ちており、忌むべき封建制の副産物にしても、その価値が減じるものでない。

　多くの禁令による厳しい抑圧が、旧日本を支配し、日本民族の精神文化を作り上げた。にもかかわらず、日本人の気質は、純朴で穏やかな日常生活から生まれたもので、優しい心遣いや心配りの社会は、不思議な魅力に満ちたお伽話の夢の国のようで、ハーンは心から感銘を受けた。また、昔ながらの家の祭祀、死者の霊前で灯される小さな明かり、ささやかな供え物、精霊への迎え火、小さな精霊舟などは、万人に訴えかける深い情趣と共に穏やかな宗教心を物語り、その詩的な趣の美しさにハーンは感嘆した。神社の祭りに見られる歓楽と敬虔

とが不思議に入り混じった日本の宗教の不思議な姿、さらに、道端の地蔵や僻地の仏像が示す仏教美術の神秘的な魅力、このような神社と寺院が併存する神仏混淆の世界の落ち着いた雰囲気には独特の味わいがある。この穏やかで平和な神仏混淆の世界に対して、ハーンは神秘的な妖精の国に取りつかれたかのように惹かれた。

　魅力的で不思議な旧日本社会の特質は、高い道徳性に満ちており、遥かに優れた文明社会の西洋でも、今後何百年かかっても実現しないものであった。しかし、国際社会の厳しい競争の中で、西洋列強と対峙するようになれば、旧日本の利他主義で支配された人の好い日本人は、西洋の個人主義の利己的で薄情な気質を持たなければ生き残れない。ハーン晩年の日清・日露の戦争は、日本の驚くべき軍事力を世界に見せつけ、さらに、戦争における日本国民の勇猛果敢な精神は、天皇の命令であれば、どんな困難でも耐え忍ぶという犠牲的団結力を示していた。日本の力は庶民の辛抱強い忠義心や穏やかな道義心にあり、戦場における勇猛果敢な行為は、神道の祭祀の最高位にある天皇のためなら、命を犠牲にして使命を果たすという国民性を具現していた。

　天皇と国のために死んで、靖国神社に祭られて長く記憶に留められたいという望みは、神道の祖国愛の宗教の信仰に他ならない。日本人は宗教に無関心だと批判する西洋人は、この事実を理解していない。日頃は穏やかで素朴な神道は、非常時となれば国粋的な愛国心を掻き立て、国民の団結の動機となり、一糸乱れぬ集団的行動の原動力ともなる。危急存亡の国難に際して神道の信仰は、国民に生命を賭けて嘘偽りのない愛的行動と自己犠牲の奉仕を求めるのである。しかし、戦争は古来からの忠義の感情を著しく刺激し、日本を軍事大国に押し上げたが、同時に、戦争は古くからの制度や価値観を崩壊へと導き、近代化によって昔ながらの道義心や道徳意識が荒廃する傾向も現われた。特に先の大戦に敗れてから、戦前の国体が否定されて、戦後の変革は徐々に昔ながらの社会的絆を消散させた。

　英米の資本を警戒することなく、日本が外国企業に土地の購入権を与えたら、日本は滅亡することになるとハーンは警告した。無謀な戦争行為も亡国であるが、不慣れな経済政策で目先の利益に走る安直な行為は、愚かな破滅への道に他ならないとスペンサーも忠告した。『日本』の巻末にスペンサーの書簡を付加したのは、ハーンの日本の将来に対する懸念の深さを示すものである。先の大戦で完膚なきまでに打ちのめされた日本は、懸念や予言通りに大破局を迎え

た。日清・日露の戦争や第一次大戦での勝利を経て増長し、さらに中国や東南アジアでの権益を求めて侵略して、軍部は第二次世界大戦で西洋列強の連合軍と烈しく対峙した。その結果、不利な戦局の中で絶望的な戦闘を繰り返し、稚拙な作戦行動を強制して同胞を無慈悲に死に追いやって、民族の劣等性を世界に曝したあげく、駐留米軍によって国を支配され、アメリカの属国になり下がってしまったのである。次のようなスペンサーの予言は見事に日本の将来を語っていたのである。

　「一度列強の一つがその拠点を獲得したとしたら、当然避けようもなくやがて侵略政策に発展し、それが日本と激突を見ることになりましょう。こうした激突は、日本側からの襲撃となって表われるでしようが、それはまた当然報復をうけること必至であります。領土の一部は占領され、外国人居住地として譲渡を迫られることになりましょう。そしてここから結果的には、ついに全日本帝国の服従ということになってくるでしょう。いずれにしろ、この運命を免れるには大きな困難に遭うものと私は信ずるが、しかし、私が指示したところを超えて、外国人に少しでも特権を与えたならば、その運命の過程を容易なものにすることになりましょう。」（『神国日本』東洋文庫、平凡社、昭和51年、pp. 412-3）

　ペリー来航の幕末から明治にかけての日本人は懸命に努力し賢明であった。日本は植民地化されないように自国を守り、子供のような微力な状態から、日清・日露戦争に勝利するほどに国力を高めた。古来からの神道の祭祀と天皇崇拝による愛国から生じた団結によって、新たな社会体制に命を吹き込み、臨機応変の政策によって目先の変革と同時に、昔ながらの規律を保持し、日本は予期せぬ事態に対する危機管理を怠らなかったのである。
　日本の近代化の成功は、神仏の宗教的理念に基づく国民の服従や義務の観念による自己犠牲と集団的行動に依存していた。しかし、国際社会の競争における商業や産業の発展は、全く正反対の個人的利潤の追求や独創的行動に大いに左右される。したがって、都会では徐々に家庭の絆が崩壊し、農村部では比較的に昔ながらの道徳律が保持された。また、神道の信仰は、近代の知識の広がりにつれて、大きく揺さぶられ、科学の知識や宇宙に関する理解が進めば、奇怪な曼陀羅の絵で示す仏教の世界観も、お伽話のように色あせたのである。
　古代の中国哲学は、封建時代の残滓のように、一部の信奉者にアピールして

いるが、星や太陽が神でも仏でもないことを誰もが承知している。古い信仰が衰退し、社会全体が変遷していく中で、宗教感情も徐々に衰えていき、最も保守的なものは最後に消滅する運命にある。しかし、神道の先祖の祭祀は単に崇拝する習性だけで生き残っているわけではない。日本民族の深い道徳感情から、死者を祭る祭祀は簡単に放棄されないものである。新たな科学や懐疑思想は表層的なもので、日本文化や宗教の核心まで崩壊させるものでなく、西洋文明の影響によって伝統を軽視する傾向が生じても、神道の祭祀を廃止することはない。

　社会的変革や動乱は、日本古来の先祖崇拝の祭祀に大きな影響を与えず、死者への祭祀が消滅する時は、日本民族の心がなくなることになる。神道は国家の宗教として、英霊を祭った愛国の宗教であり、日本が西洋の個人主義を求めてキリスト教に改宗する時は、日本の宗教と古来からの皇統が死に絶えるときである。日本が西洋の資本に土地の所有権を与えれば、日本に取り返しのつかない破滅が訪れるとハーンは真剣に憂いているのである。

6．神国と太平洋戦争

　お上とは、御上、すなわち天皇の敬称であり、また、国家神道を暗示させる言葉でもあり、政府や幕府の行政最高機関を意味する。また、武家や商家では、主君や主人や奥方への敬称でもある。このような目上の者に対する絶対服従の思想は、国家神道の忠誠や忠君愛国と深く結びついていた。その後、皇室の祭祀の国家神道と一般の神道神社になったが、明治政府は教育勅語によって、先祖崇拝の孝道を天皇への忠義に結びつけ、忠君愛国の国粋主義思想を構築した。さらに、明治維新後の日本の近代化と軍国主義は、結局、排他的で独善的な国粋主義を生みだし、世界大戦の戦火に国を陥らせた。先の大戦で、勝てる見込みのない無謀な戦争に突き進んだ日本は、もはや急進的な覇権主義と国粋的な神国思想にうなされ、いかなる冷静な批判的意見にも耳を傾ける度量を失っていた。英雄視されている山本五十六司令長官でさえ、軍部全体の戦争への圧力に屈し、奇襲攻撃という卑劣な作戦で真珠湾を攻撃したが、戦果を上げた肝心の航空兵力の重視を忘れ、古臭い艦隊決戦や巨艦建造に拘った愚かな指導者であった。

　大東亜共栄圏という美名の下に、経済と政治の両面で軍事的侵略によって覇権を確立しようとした日本は、かつてハーンが警鐘を鳴らした滅亡への道をひ

た走り始めたのであった。明治27年1月に熊本第五高等中学校での「極東の将来」と題する講演で、日本古来の質素倹約の精神を忘れて西洋の奢侈を取り入れると、本来の日本の強さを失うことになると彼は大いに危惧の念を表明しているのである。

　「西欧と東洋の間の将来の競争において確かなことは、もっとも忍耐強く、もっとも経済的で、そして生活習慣のもっとも単純な者が勝ち残るだろうということである。コストの高い民族は結果的に全く姿を消すことになるだろう。（中略）私は将来は極西のためではなく、極東のためにあると信じている。少なくとも中国に関する限りそう信じている。しかし、日本の場合は危険な可能性があるように思う。それは古来の、素朴で健康な、自然な、節制心のある、正直な生き方を放棄する危険性である。私は、日本がその素朴さを保持する限りは、強固であるだろうと思う。日本が舶来の贅沢という思想を取り込んだ時は、弱くなるだろうと思う。」（『ラフカディオ・ハーン再考』恒文社、1993年、pp. 296-7.）

　日本は海外へ資源確保を求めて覇権を拡大するために日中戦争を仕掛け、さらに軍部の野望は膨らみ無謀にも対米戦争に踏み切り、確たる勝算もないまま卑劣な奇襲攻撃で真珠湾を攻めたのである。
　戦火を交えようとしたやり方も愚かであれば、多くの国民を犠牲にした戦争を終結させる局面での負けっぷりの悪さも格別であった。御前会議での戦争終結への判断の甘さや決断の遅れが、広島と長崎への2発の原爆投下の誘因となった。原水爆禁止運動は第五福竜丸事件を契機に始まったが、いつの間にか広島長崎の原爆投下だけがクローズアップされるようになった。当時の戦時下にあって、降伏しない日本に対して効果的攻撃手段として原子爆弾を使用したのは、敵国アメリカの武器使用における自由判断であった。
　被害者意識だけを一方的に募らせて、全体的な戦争責任の議論をしない日本の態度も異様ではある。都合の悪いことは伏せて相手だけを非難しても何も始まらない。過去に対する緻密な考察や反省が今尚欠落しているので、アメリカの庇護の下で、経済大国を謳歌した日本は、ものは豊かだが心の貧しい国になり下がってしまった。飽くなき拝金主義が国全体を覆い、アメリカの顔を窺いながらの姑息な国政が絶えず続けられ、本来あるべき国としての正義や理念が、国際舞台で主張されたことはほとんどない。沖縄戦では地元住民を本土防衛の

犠牲にし、今尚、政府の沖縄政策はまともな政治的理念を完全に欠落させていると言わざるを得ない。日本では意識的に敗戦とは言わず、終戦記念日と称して、無謀な戦争推進と無残な敗戦の責任を曖昧にしているが、多くの人々はこのような現状に何の矛盾も感じない国民になり下がってしまったのである。毎年のように戦争経験者の話が放送されるが、東南アジアや南方の島々では、現在でも旧日本軍の兵士の骨が放置されたままである。

　戦後の日本はアメリカの庇護の下で経済大国へ発展してきた。しかし、敗戦すると手のひらを返したように、鬼畜米英と烈しく敵対してきたものを親米に転換し、非人道的な原爆をおとしたアメリカを賛美して、愚かな戦争の歴史を真摯に反省しない日本国民の姿は異様でさえある。正面切ってアメリカと対峙して原爆投下を非難する声はなく、原水爆禁止という抽象的な運動で、世界に平和を訴えるという実に分かりにくい日本の姿がある。また、戦後の日本人は仲間である戦争被害者を冷たく扱い、原爆症患者はもちろん、当時広島長崎で原爆に遭ったというだけで、被害者を偏見で差別して苦しめ、さらに、特攻の生き残りを特攻くずれと称して馬鹿にし蔑視していた。敗戦国となって事情が大きく変化すると、多くの日本国民が、苦労を共にした同胞に対する同情や情けを示さなかった。アメリカの属国に甘んじて、経済的成長を謳歌することを選び、日本人は国の成り立ちや民族本来の理念を忘れ去って、拝金主義に走る軽薄な国民性になってしまった。純真で素朴な国民性は、権力や権威に隷従する習性を身につけ、しかも熱しやすく冷めやすいので、今までの歴史をあっさりと忘れ去って何も意に介するところがないのである。戦前戦後の日本人のあり様を見ていると、実際この国の国民は自主的に批判して物を考える資質に欠ける傾向がある。全てが他人任せ、人任せ、御上任せで、安全と水は無料という気楽さなのである。原爆の惨禍や戦争の非情さを今まで以上に深く反省し後世に語り継ぐ努力をするべきである。

　武士道の代名詞のように語られる切腹は、日本人の死の美学のように考えられているが、腹を掻っ捌いた死に様を想像しても、腹から臓物が飛び出した姿などはおぞましい限りで、西洋の合理主義から見れば、野蛮で原始的な所業であり、何も誇らしい死に方とは思えないもので、劣等民族の奇怪な風習に他ならない。この死の美学の肯定が、先の大戦での軍の玉砕という愚策に利用されたのである。贅沢は敵という号令と共に、軍部は戦争のために国民に全てを犠牲することを強要した。しかし、生きて虜囚の辱めを受けるなという戦陣訓や

潔癖な精神主義は、合理的な近代の戦争ではまったく意味をなさなかったのである。

　軍部は仲間意識が強く、お互いに軍を擁護して、外部には事実を絶対に明らかにしない。軍は軍備増強のために皇族を利用し、皇軍の名を錦の御旗に仕立て、過激な軍国主義を邁進したために、軍あって国なしと言えるほどに軍中心の考えに固執するようになっていた。さらに、軍は予算獲得のために、無謀な対米強硬論へと走り、予算が実現した時は、対米開戦以外に進むべき道がないほどに自らを追い詰めていた。勝算がないばかりか、冷静に分析し研究する人材もなく、長期的なビジョンもなしに、なし崩し的に開戦が決断されたのである。この様に、旧日本帝国陸海軍は、組織の利益拡大を優先した結果、組織だけの論理で開戦への道を走らざるを得なくなった。そして、実戦経験のあまりないエリート官僚ばかりの軍上層部が実権を掌握していた。特に将官クラス、大将、中将、少将などが、実戦部隊での戦争経験のほとんどない者であったにもかかわらず、陸海軍の最高幹部として作戦立案を指揮していたのである。軍は実戦体験のないエリートたちに帝王学だけを教えて、戦場の軍を大本営で指揮するように求めた。エリート教育を与えられ、特権意識を植え付けられた軍上層部の姿は、現在の政府官僚機構と全く同じである。前線で指揮した中佐、大佐クラスは、実戦部隊に参加したために、ほとんどが戦死して本当の戦争について語る者は少ない。

　戦争の始め方も戦争の終結の仕方も全てが間違っており、実に姑息で前近代的な軍の体質が露呈していた。軍上層部は天皇の名を最大限に利用して、思うがままに暴走したが、それを止められなかった天皇や皇族達の無能も万死に値すると言わねばならない。その予兆は2.26事件や満州事変などで当然予見できたが、軍の主張に押し切られて、現人神とまで国民から崇拝されていた天皇が、何ら自分自身で指導力を発揮できなかった。実権を持っていたにもかかわらず、実際はお飾りの君主であったことが最大の不幸であった。

　しかし、現在でも日本の保守の政治家たちは、この国の天子を守ることを政党の最大の務めだと公言して憚らない。また、高い教育を受けた評論家やジャーナリストでさえ、天皇への恭順に感涙する者が少なくない。天子様や天皇陛下の名を出せば、聴衆からも絶大なる拍手が沸き起こるのである。薩長が錦の御旗の官軍となり、幕府が賊軍に陥ったことで、一気に江戸城の無血開城に至り、幕末から明治維新の改革が可能となった。すなわち、薩長が朝廷を前面に押し立てたことで、朝敵になることを嫌った幕府は、各藩と同様に恭順の意を

示したのである。明治維新は朝廷の存在によって成功し、不要な混乱を防いで、国家存亡の危機から国は救われたのである。

　戦前は陛下の名を出せば、それを聞いた者は背筋を伸ばして直立不動になったものである。天皇の名の下で、皇軍の美名の下で、如何に理不尽な作戦が強行され、300万人もの多くの将兵が戦うのではなく、飢餓と疫病と自殺的突撃や自決の強要で死亡した。地元の国民を置き去りにした関東軍の敗走や、住民を巻き込んだ悲惨な沖縄戦を見ても、帝国陸海軍は皇軍として天皇を守るためにだけ存在し、情け容赦なく国民を見捨て、一度として国民を守ったことがなかった。国全体に戦争への反省は希薄であり、天皇の戦争責任も不問に付して、国民はすべてを許して過去を忘れたかのように、今尚天皇万歳を唱えている実に意味不明の不可思議な国である。

　大日本帝国海軍軍令部は勝算のない戦争に、無謀にも真珠湾奇襲攻撃によって突き進んだ。軍部のおごりが日本を破滅に追い込み、誰もが内心無謀な行為と思った特攻を誰も止められなかった。軍部は戦局が悪化すると、敗戦を認めるのではなく、自らの保身のために、若い青少年に特攻を強制し、反対すれば非国民とののしり、天皇のために死ねと命じた。また、南方戦線で繰り返し行われた万歳突撃は、正に愚劣な自殺行為であったが、軍上層部は作戦失敗の実戦部隊を降伏させたり、生き残って転戦させることも認めなかった。国の正規軍が、軍部からこのような非論理的命令を受けて、多くの将兵を平気で消耗させ、また、このような愚策を戦略としている軍上層部の無能ぶりは、目を覆うばかりの恥を曝していた。

　また、戦犯裁判対策として軍上層部が行った隠蔽工作は、歴史的事実を歪め、責任の所在を曖昧にしてしまった。日本人の談合や隠蔽体質は現在の日本社会にも残り、同じようなことが今尚起こっている。軍部の横暴と無責任ぶりは、無見識な現在の官僚組織そのものであり、明確な手続きを経ずに、裏で事が決定してしまう不透明な運営は、多くの人員に犠牲を強要し、人事でも予算でも曖昧な理由で無理難題を押し付けている。

　戦後教育は戦前の日本の価値観を排除して、アメリカ型価値観中心のものに変革された。アメリカ主導の憲法制定によって、新たな民主主義国家として日本は再出発した。しかし、同時に、日中戦争から太平洋戦争に至る軍部の行為は、犯罪的な侵略戦争であると決めつけられ、アメリカの原爆投下は戦争の早期終結のために肯定すべき決断として正当化された。また、広島への原爆投下以降も、軍上層部は尚も戦争継続を主張していたが、長崎への原爆投下後、よ

うやくポツダム宣言を受諾し終戦処理に傾いたのである。

　占領軍司令官マッカーサーは靖国神社を打ち壊し、国家神道の廃止まで考えていたが、戦後の国体の維持や秩序のために、神道と天皇制が不可欠であることに気づいたのである。アメリカ占領軍が簡単に戦後の日本を統治できた秘密は、神国、神道、天皇の重要性を認識し、御上に従順な国民性を良く理解したからであった。戦前の価値観の全否定を教育することによって、戦前の国家体制の誤りが強調されて、軍部の犯罪的行為の終結のために、原爆投下は避けられなかったという自虐的歴史観が、日本国民に植え付けられた。しかし、100万人の米兵の命を救うためという詭弁を使ったトルーマン大統領によって、敗戦の決断を躊躇う日本の息の根を止めるため、さらに、ソ連に対するアメリカの国威誇示のために、原爆は実験的に使われたのである。最近の世論では、広島長崎の原爆投下は、人類虐殺の罪に問われるべき蛮行であるとして糾弾し、東京裁判のA級戦犯を認めず、天皇のために死んだ英霊として祭ることを肯定する動きがある。毎年、靖国神社や特攻記念館に出向き、若い将兵の遺書をみて涙する人も多く、日本国のために死んだ英霊を悼むことが、中国や韓国からなぜ戦争の美化だと非難されるのか疑問視する意見も出ている。

　しかし、軍上層部の官僚組織の無能ぶりは、満州事変から太平洋戦争に至るまで発揮されて、さらに、その後の戦争終結と戦犯裁判などのすべてに関して、全く責任を取らない者が多く、致命的な愚策を他人事のように認めない者が今尚生き残り、戦争の実態を闇の中に葬り去ろうとしているのである。

　現代日本でも若手官僚は若年にもかかわらず、まるで諸国漫遊の殿様気分で、各地の局長職を渡り歩き帝王学を学習する仕組みである。廃藩置県を断行した明治政府の中央集権以来、エリート官僚は栄達や名誉心や収入だけに生きて、地位さえ手にすると後は保身に努めて国政を真面目に考えることはない。しかし、一般国民は奴隷民族の弱点をさらけ出し、エリート官僚に頭が上がらず、御上の人間として崇めて平伏してしまうのである。エリート官僚も政治家も、国家のために官僚や政治家があるのではなく、官僚や政治家のために国家があると勘違いしており、この傲慢な思考の存在様式は、大日本帝国の軍の上層部のエリートと何ら変わりがないのである。

　日清・日露の大戦に勝利し、第一次世界大戦でも戦勝国の仲間入りをして、国力と領土を増大させた日本は、強大な軍部の圧力に振り回される軍事大国となり、誰も軍部の暴走を止められない状態に達していた。アジアを西洋列強の植民地政策から解放する大東亜戦争という名目の下に、中国から東南アジアへ

と戦線を拡大して侵略していった日本は、もはや冷静に戦局を判断する力を失っていた。軍国主義をひた走って文民統制を失い、政府が制御できない状況のままで、西洋列強の連合軍と戦火を交え、無残な敗戦という大破局を迎えて大きな犠牲を払った。明治維新以来、先人達が努力を傾注してきた近代国家としての大日本帝国は崩壊した。この意味において、ハーンは早くから日本の危うさを予感し将来の大破局を予言していたのである。

　明治政府は列強諸国との不平等条約の改正に苦慮していたが、日清戦争の勝利によって、国威が世界に証明されて、極東アジアでの日本の重要性を示し、長年の念願であった改善交渉への道筋が見えてきたのである。このような国際的軍事バランスの中で、明治政府は西洋列強に対峙するために、富国強兵による覇権主義の国策を固めた。明治時代末期になると、日本は軍国主義国家としての統治機構を確立し、国粋主義的覇権の傾向を強めたのである。神道が国民を統制する天皇崇拝のシンボルとして利用され、神国日本を煽る過激な国粋主義の嵐のなかで、国民の言論の自由は束縛されて、人々は無能な軍部の暴走に従わざるを得なかった。皇国と皇軍に楯突くことは許されないという神国思想の中で、心理的束縛と思想的洗脳を受けた国民は、結果的に皇国史観という国体イデオロギーに煽られ、過度な精神主義を植え付けられて正当な判断力を奪われ、国民の統制と戦争動員が無反省に推し進められた。ハーンは明治中期にすでにこのような軍国日本の無謀な精神主義の悲惨な結果を予言していた。

　日本の伝統的な権威による統治は、道徳感情や伝統意識に反しない限り、その命令は庶民の絶対服従を求める宗教的おきてやしきたりとして受け止められた。先の大戦で一億総玉砕と煽られて国民のすべてが洗脳されたのは、批判精神を欠いた日本民族の絶対服従という負の遺産の結果である。多くの将兵が天皇陛下万歳を唱えて無残に戦死し、陛下の名のもとに無謀な作戦を実行するように強制させられて、無駄死にした事実は風化させてはならい。陛下の御心を安んじ奉るためにという名目で、軍部の無理難題や理不尽が横行し、健全な批判や言論は封鎖された。さらに、戦局が悪化すると学徒出陣という勇ましい名前で多くの若者を死へと追いやった。軍上層部は最大限に天皇の威光と無能を利用し、戦局が悪化すればするほど、自らの愚鈍を隠すかのように残忍で非情な作戦命令を連発した。

　今尚、日本人は皆と同じように言動することを最大の関心事として生きている。学校教育でさえ、皆と同じようにしなさいを指針にして子供を躾けている。画一性と没個性こそ、日本の伝統的な国民性である。今尚、日本国民は背筋を

伸ばして天皇や皇室を語り、直立不動でほとんど思考停止状態である。天皇の戦争責任はタブーであり、この問題に触れる者は白眼視されかねない。誰も昭和天皇の無能を堂々と取り上げて批判する者はいないし、また、そのような意見が表に出ることはない。皇室廃絶を進言する者もない。あれほど悲惨な惨禍を招き、実質的に何の指導力も示さなかったお飾りの天皇とその権威を悪用した軍部の責任は糾弾されるべきであったし、国を前代未聞の荒廃に導いた罪は大きい。

　大日本帝国の君主として帝王学を修めたはずの天皇が、その地位にふさわしく有能で世事にも通じていれば、事前に軍部の暴走を察知し、最高権力者として未然に戦争の惨禍を防げたはずである。愚かで無謀な戦争を防げたのは天皇だけであった。しかし、先人たちの今までの努力を水泡に帰してしまった愚行の数々にもかかわらず、多くの国民が天皇と皇室の存続を支持しているのである。如何に神道の先祖崇拝の祭祀の思想が、日本民族の心に深く根ざしているかが分かる。人間は上下の階層社会の中でしか生きられないので、最も早く国を平定して権力を握った者が、自らを神格化して王室や皇室を作り上げ、国王や天皇を自称したのであり、多くの人々は国民として国家の安定と存続のために、この事実をひたすら認めるしかないのである。

　開戦から終戦に至るまで、昭和天皇は軍部に翻弄され、全くリーダーシップを発揮することはなかった。この間に多くの国民が悲惨な運命を辿り、命を無益にすり減らし死に絶えたのである。現人神とされた天皇は、実は飾り物の君主であったので、建前だけの御前会議が何度も開かれ、都合の悪いことは天皇にさえ知らされなかった。沖縄戦で地元住民を理不尽な犠牲に追いやっても、なお敗戦の決断を避けようとした軍部に操られて、天皇はいつまでも終戦の裁可をしなかった。最大の国難に際して、賢明であるべき天皇の優柔不断な態度が、アメリカに日本への原爆投下の正当性を与え、終戦を早めるためという口実を与えることになった。アメリカはドイツへの原爆の使用には躊躇い実行しなかったが、人種的な差別意識のためか、日本への原爆投下は早くから計画され、実験的な意味を含めて、その実行は何の躊躇いもなく即断されたのである。

　旧日本軍部の軍令部や作戦参謀などの中枢にいた官僚組織の生き残りが、座談会に集まり、多くの作戦の失敗や不合理な組織運営などを罪の意識もなく、他人事のように笑いながら話し、老人となっても尚、国家を滅亡に追いやった戦犯の核心部分を明確に語ろうとしなかった。彼らの無責任な態度は、国賊のような輩であることを自ら示していた。実戦経験も責任感もないエリート意識

だけの連中が、帝国陸海軍の参謀や幕僚に就き、国を思うがままに動かして、未曾有の大破局に追いやった罪は大きい。虜囚の辱めを受けるなという命令で、軍人はおろか住民までに自決を迫った軍上層部は、負ける戦争を引きのばすために、さらに特攻という非人間的作戦を強引に実行した。死の恐怖に直面した多くの若者が、天皇の命令で皇軍の一員として反対すらできずに無念の戦死を遂げた。中でも、インパール作戦のような無謀な作戦立案を強制し、自分は一度も前線に立つことなく、多くの兵士を無駄死にさせた軍上層部の無能と無責任は、アメリカによる東京裁判ではなく日本国民自身が厳しく糾弾すべきであった。

　作戦に失敗すると、多くの将兵に捕虜ではなく、玉砕を強要した大本営は、太平洋戦争最大の戦犯である。大本営から見捨てられたアッツ島の将兵は、絶望的な戦いで自滅したが、大衆には玉砕という美名で覆い隠された。玉砕した将兵は、靖国神社で軍神として祭り上げられ、神国思想が無謀な戦争継続の論理にすり替えられ、一億玉砕の勇ましい掛け声とともに、国民は扇動されて、さらに絶望的な戦争に引きずり込まれたのである。敗戦直前の満州の関東軍は、日本人開拓団の同胞たちを守るのではなく、見捨てるようにして必死になって逃げたのである。そして、ソ連軍が参戦すると、全く抵抗すらせずに武装解除して降伏した。日本の軍隊は皇軍、すなわち天皇のための軍であって、国民を守るためのものではなかったので、日本の開拓民を守らずに平気で見殺しにした。大本営は組織の保身のため、敗残兵を見殺して自決を迫り、それでも生き残って戻った者には、かん口令を出して前線の真実の姿を語らせなかった。大本営参謀は勝てる見込みのない戦争の継続のために、南方の島々の前線の多くの将兵を冷徹に見捨て、国民には戦局の真実を覆い隠した。戦況の悪化とともに隠しきれなくなった大本営は、すべて玉砕という言葉で実態を誤魔化し、国民の戦意の高揚を図ったのである。

　この様な軍上層部による悪辣な国家的犯罪が、かくも容易に実行できたのは、大東亜共栄圏の美名の下ですべてを正当化したからであった。中国から東南アジアへ侵攻して戦線を拡大していく帝国の軍隊が、天皇直轄の皇軍であるという傲慢な意識によって、誰からも批判も反対もされずに過激に暴走していた。天皇崇拝と封建的抑圧を悪用して、庶民の言論を封鎖し、悪化する戦局は都合よく改変して、有利な内容に誤魔化して報道され、批判勢力は特高警察や憲兵隊によって厳しく監視されていたので、拷問や処刑を恐れて誰も何も言えなかった。特に玉砕の美名で無残な敗戦と無能な軍上層部の失敗が隠され、多くの

悲惨な戦争の真実の報道が封じられた。

　特攻の生き残りは、生き恥を曝して帰ってきた忌むべき者として隔離され、何度も死ぬまで出撃命令を出し続けて、生きていることさえ隠蔽されていた。大本営から師団司令部に至るまで、軍上層部は玉砕と報じた戦線の生き残り兵に対して、恥っ曝しは死ねという非情な命令を何度も出して、自らの稚拙な作戦の失敗の責任を転嫁するために、最後の一兵卒まで全員が死ぬことを望んでいた。真珠湾攻撃で始まった太平洋戦争は、ミッドウェー海戦での劇的な敗戦で戦局が一気に悪化したけれども、中国戦線から東南アジアや南方の島々への無謀な戦線の拡大により、すでに兵員や物資の輸送に破綻をきたし、ロジステックスに対する組織的計画が皆無であり、陸海軍において内部崩壊が始まっていた。

　日中戦争も太平洋戦争も日本からの宣戦布告なしで始められたものであった。日本軍が仕掛けた盧溝橋事件で始まる日中戦争の行き詰まりから、卑劣な真珠湾奇襲攻撃で勃発した太平洋戦争は、早い時期から無謀で自滅的な戦線の拡大を続け、すでに冷静な作戦立案による戦争ではなくなっていた。前線での戦闘経験のないエリート官僚の軍上層部は、机上の空論でしかない無茶な作戦を前線部隊に強要した。食料や物品などの補給も与えられずに、日本軍は無様な全滅を繰り返した。ほとんどまともな武器も食料もない数千人単位の部隊が、各戦線で生き残ることを許されない、自殺同然の自滅的肉弾攻撃を愚かにも繰り返した。武器らしい武器も持たずに自殺同然になされた万歳突撃は、指揮官と指揮系統のある組織的な軍隊としては、恥じるべき無謀な自滅に他ならず、米軍とって理解不能な程の無能な司令部の理不尽な作戦であった。大本営の無能は全く明白であった。都合の悪くなった戦線の部隊は容赦なく冷酷に切り捨てられた。いかなる戦線でも負けたという事実は隠されていた。敗残兵を助け出すことは一切せずに、切り捨てて無視し死ねという論理で勝算のない戦争の継続と自らの保身のみを考えていたのである。

　何千人という部隊が各地で全滅した。この事実は当初巧妙に隠蔽され、他の戦線への転進という虚偽の公表をしていた。生き残りにはかん口令が出され監視を続けていた。隠しきれなくなった戦線での全滅は、玉砕という言葉で美化され、さらなる戦争の継続を訴えたのである。このように、隠蔽されてきた全滅は、すべて玉砕として処理して美化し、国民の戦意高揚に利用され絶望的な戦争へと突き進み、国民に誰も耐えられないような筆舌に尽くせない苦しみを与えたのである。神仏の自己犠牲や没我の教えは、軍部の戦争犯罪に利用され

176

たのであった。

　日本の社会機構の大半は、幾世代にもわたる先祖崇拝から生じた宗教的おきてやしきたりで、枝葉を綺麗に刈り込まれてきた。御上が悪いようにするはずはない、天皇である御上には逆らえない、長いものには巻かれろという奴隷根性は、危ない橋もみんなで渡れば怖くないという姑息な意識と批判精神の欠如をもたらした。政府上層部への甘い期待が、官僚組織による根強い既得権益の支配を許し、結果的に国益のために奉仕する意識を低下させ、二世議員への安直な支援となって国の政治を歪めてきた。さらに、神道の先祖崇拝による宗教的な団結力や忍耐力は、先の大戦では批判的意見を許容できず、理論的にも矛盾した国家の体質を露呈し、皇国の軍事的覇権は愚かな全体主義の末路に終焉した。戦後は戦前の価値観などなかったかのように、親米路線をひた走り、今尚、依然として原爆を落としたアメリカの属国として、その核の傘に庇護されて、世界に向かって経済大国を謳歌し、厚顔にも非核三原則を標榜して、核廃絶を唱える自己矛盾を続けている国になり果てている。広島・長崎の原爆投下は、戦時中とはいえ、非人道的な虐殺行為として非難されるべきだが、真珠湾攻撃という卑劣な奇襲で戦火を開いたのは日本であり、敗戦の決断を優柔不断に引き延ばし、軍部の圧力に負けて自らの意志で早く終戦の決断をしなかった天皇の戦争責任は極めて重い。天皇が有能であればこの様なことは許されなかったはずである。

　ハーンの作品には、欧米化によってすっかり忘れ去られた日本の心が随所に描かれている。ハーンの愛読者にはアインシュタイン、バーナード・リーチ、志賀直哉などがいたが、戦前はアメリカ軍によって敵国である日本の研究に利用された。米軍情報部で通訳に従事していた日本研究者が、戦後の日本論の権威となった感がある。ハーンの全作品を読破した米軍将校が、軍部に日本人の神道と天皇崇拝を説き、東京裁判での天皇の戦争責任の追及を思いとどまらせ、占領軍司令官マッカーサーに天皇不起訴と天皇制の存続を訴えた。天皇制の廃止で日本の国が崩壊することを恐れた米軍は、天皇の戦争責任を不問に付し、戦後の日本国民の象徴天皇としての役割を重要視したのであった。

　このように、太平洋戦争中において米軍情報部は、敵国日本を正確に把握するために、ハーンの著書を研究した。これに対して、日本は敵性言語として英語の使用を禁止し、英米の研究者を非国民として迫害し、膨大な戦力と圧倒的な物量の米国の国力と軍事力を詳しく調べようともしなかった。闘う前に敵をよく知れという当然の道理が分からなかった日本の劣等性は、用意周到に日本

の文化や民族性を調査し、その言動の思考様式を冷静かつ論理的に分析した米国と比べると、実に際立っているのである。また、情報戦でも、闘う前に敗れていたことは、レーダーや暗号解読技術などで米軍が日本軍の動向をすべて正確に把握していたことからも明らかであった。皮肉なことに、米軍の日本研究に利用されたハーンは、敵国日本を賞賛した作家として、戦後、欧米での評価が著しく低下することになった。しかし、同時に、戦後の日本再建に際して、日本を冷静に調査した駐留米軍司令官マッカーサーは、結局靖国神社の廃止を思いとどまり、天皇の戦争責任を不問に付し、さらに天皇制の温存を決めて、象徴天皇中心に日本の国体を堅持することにしたのである。戦前の日本の全体主義的な言論弾圧などの温床となった旧体制は、アメリカの指導の下ですべて崩壊し、新たな民主主義国家として再出発したのである。そして、明治維新以降の日本の西洋化をハーンが嘆いたように、大戦での敗戦後、戦前の日本の美質も完全に否定されるに至り、新憲法によって戦後の日本はアメリカの属国としての道を進まざるを得なくなったのである。

　軍上層部の親米派はアメリカの国力を充分承知していたが、過激な軍部全体の無謀な暴走に負けて、負けると分かっていた戦争を止められなかった。また、現人神と崇められた天皇は、常識的な現実認識さえ欠如していたので、統治能力さえ疑わしいほどに軍部の策謀に翻弄されていた。天皇の裁可さえ得られれば、軍部は何事も自由に進めることが可能であった。勇ましい軍国主義のスローガンに煽りたてられて、国民全体がすべて軍国少年のように淡い戦勝の期待に浸っていた。あらゆる正確な情報が国民に閉ざされ、言論も封鎖されて、国家権力にさからって批判的言動をすれば、特高警察が拘束し拷問にかけて殺してしまった。戦争が早く終わればいいと言っただけで、牢屋に入れて拷問にかけ殺して平然としていたのである。この時、恐怖に戦く人々を洗脳し反駁させなくする決まり文句は非国民であった。このような全体主義的で理不尽な締め付けに、日本人は今尚、免疫も抵抗力もなく、黙って従うしかないと本能的に受け止めてしまう。
　明治維新を成功させて、西洋に伍する国家を打ちたてながら、その時の原動力となった一致団結の国民意識は、容易に扇動されて過激な全体主義と国粋的な軍国主義へ走り、悲惨な大破局を迎えたことは、神道の天皇崇拝の功罪であり、日本の近代国家としての歴史の明暗である。日本を戦争に駆り立てたおごりや誤りに対する真摯な反省もなく、経済大国だけを謳歌している姿は、今尚、

日本を世界中で一番分かりにくい国に仕立てているのであり、優秀な日本人の負の遺伝子は現在も健在である。強引に日本を戦争に巻き込み、無責任な作戦立案で失敗を繰り返した大本営のエリート官僚の体質は、今尚日本のエリート官僚に健在で、都合の悪いことは国民から隠蔽し、横柄にも国家を自由自在に操れると独善的に自負しているのである。

　万歳と日の丸の旗と太鼓と歌で勇ましく出征した兵士達は、何も分からない新兵として、上官のくじ引きで軍の各部隊に配属された。しかし、実際には戦闘以前に、兵員輸送中の船で魚雷攻撃によって沈没して海の藻屑となった者が多かった。また、新兵を上等兵が理由もなしに殴りつけるという理不尽な行為が、天皇の軍隊という皇軍の日常的な教育であった。敵性言語として英語を忌み嫌い、敵国アメリカを充分に調べようという知恵さえない愚かな軍部が、レザーや暗号解読などの情報戦に精通していたアメリカとの戦争に勝てるはずなどなかった。ミッドウェー海戦での惨敗以降、戦局の敗戦が明白になったにもかかわらず、前線の将兵を無謀な戦闘行為へ駆り立てて、敗れた兵士には捕虜ではなく自決を強要し、愚鈍な作戦立案がすべて失敗に終わると、狂気のような特別攻撃隊を編成して、若い将兵を無益に死に追いやった。日本国の存続にとって皇室は必要との判断で、アメリカ占領軍は天皇の戦争責任を不問に付し、天皇家も靖国神社も廃絶を免れた。敗戦国にこれ程の配慮をして日本の復興に尽力したのは、すべてアメリカの懐の大きさであり、日本は平和憲法まで与えられて、嬉々として民主国家を自称しているが、アメリカの世界戦略の一翼を担う属国として都合よく養成されてきたのである。

7．欧化主義と日本人の精神構造

　日本社会には、古代から近代にかけて脈々と続く強制的圧力があり、上からも下からも、そして周囲からも個人の言動に対する圧力が、各地の庶民の日常生活をくまなく支配してきた。この様な上からや下からの、そして周囲からの社会的圧力が、昔から宗教的しきたりやおきての名残として、民族の遺伝子に組み込まれ、日本の国民性を形成してきたのである。しかし、江戸時代においては、百姓達は厳しすぎる年貢で、餓死することのないように上の者から温かい配慮を受けていたし、また、悪辣な大名のもとで苦しめられた百姓達の不満が噴出して、一揆が勃発すると暴君の大名は幕府から罰せられた。太古より日本社会では、一般庶民はよほどのことがない限り、権威に対して不平を言わず

に服従することが、宗教的感情からも政治的義務からも当然のこととされてきた。少なくともそういう信念が、長年にわたって民族の特性として醸成されてきた。

　しかし、無茶な虐待や迫害が行われ、伝統的な道徳感情を破壊するような政治が行われると、人々は殉教的な意志を持って反抗することを宗教的な義務と考えた。したがって、昔からの宗教的なしきたりやおきてを無視して前例を破ることは、人々にとって受け入れ難いことであった。強欲で冷徹な権力者が、情け容赦なく徹底的に、平民を搾取し弾圧してきた歴史を持つ西洋人にとって、権力者が部下や庶民の意向を常に配慮する日本の雇用や上下関係は驚くべきことであった。日本社会における庶民の道徳感情や宗教的な保守主義は、西洋的な進化の論理とは異なった原理や展開を生みだしている。日本社会を構成する集団主義は、単に個人主義的利益を求める競争原理や自然淘汰に支配されない調和と融合という社会的圧力によって成立しているのである。

　西洋の過酷な市場原理の競争社会やドライな個人主義社会に対して、日本では昔ながらの社会通念として、主人は使用者に対して限度を超えた過剰な要求を押し付けられないとされ、近代への改革や西洋趣味の流行で生活環境が表面的に変化しても、表面的変化の下では昔ながらの古いおきてやしきたりが根強く残っていた。明治維新の変革によって社会の枠組みが変化しても、日本民族の体質は本質的に何も変わらなかったのである。自由競争を抑圧するような日本の集団主義的強制社会、すなわち、共同体意識や横並び意識の支配は、国際競争の世界に参入した昨今、解決すべき問題を山積させている。しかし、日本人が集団でものを考え、言動を規制するという存在様式は、今尚、あらゆる日常生活の各分野で残っている。古来より日本の若者は後輩として年長者を出し抜いて追い越してはならず、相手が年長で無能な場合でも、自分の優位を主張して競争に勝つことは、慎ましさに欠ける行いであり、人間としての徳を問われることになり、社会のおきてやしきたりに違反する処罰の対象であった。この意味において、優れて有能な者はひたすら無能な者を支援し、かばうことが社会的な義務であった。遅くても待ってやるというおきてやしきたりを破ることは、結局、社会全体の調和を乱して不利益を及ぼし、利己的な競争が人々の暮らしをもっと苦しくさせることを人々は昔からの知恵で承知していた。したがって、道徳感情や宗教的なおきてやしきたりから、社会の許可なく仲間を裏切ったり出し抜いてはならないとされていた。

　伝統的な日本の職人労働者の組合は、個人的利益だけを追求する競争を禁止

し、利他的精神によって昔ながらの社会秩序を維持しようとする抑圧を機能さ
せていた。あらゆる職人は自分の仕事に忠実にどこまでも責任を持ち、競争し
て人を出し抜くのではなく、与えられた仕事を自分の本分と弁えて、責任と誇
りを一生大事に生きていた。わずかな報酬で熱心に仕事をする職人に対して、
何の理由もなく首にしたり、他の者に取り換えるなどは社会通念として許され
なかった。この様な集団的共栄主義で人々は無用な軋轢や自由競争を避けてき
たのであり、ゆったりとした生活環境で誠心誠意与えられた仕事に対して責任
を全うすることに努め、同時に贅沢でなくとも足るを知る精神で質素で素朴な
生活に心から潤いを感じながら生きてきたのである。主人と使用人は親子のよ
うな家族関係にあり、穏やかな相互信頼の人間関係が生活に潤いを与え、利潤
や競争に勝つという以外の道理で、仕事に意欲をだすような生活環境を作りだ
していた。

　封建時代の名残をとどめる日本の結婚は、個人間の愛情よりも家と家の間を
結びつけるもので、この様な関係が幾世代にもわたって続いてきた。家を中心
とした家長的支配は、古くからの生活を守って、地域に対して族長を中心にし
た調和と融合を求め、外部に対しては閉鎖的であった。このことは新たな改革
を抑圧する悪弊を生んだが、堅固な保守主義の中で、昔ながらの道徳的潔癖さ
や利他的精神の美しさを保ち続けた。法的に個人の自由や権利があっても、国
家権力や地域社会による個人への抑圧は、生活のあらゆる分野において個人の
自由を大きく制限してきた。古いおきてやしきたりが、個人よりも全体に奉仕
する道徳感情を生みだし、法的権利を無効にしてきた。今尚、個人の生活は昔
ながらのおきてやしきたりの残滓による抑圧や集団主義の強制に支配され、社
会生活でさえ階層や派閥という古風な閉鎖的運営によって行われている。

　実力主義や市場原理主義の美名のもとに、熾烈なアメリカ型の競争社会が支
配している現代日本であるが、実際は、今尚日本社会ではかなりの分野で、古
い因習が根強く広まっており、実力ある者でも上司の贔屓や縁故がなければ出
世できず、高い地位に就くことが困難な場合も少なくない。集団が組織として
反対し派閥が異議を唱えることに、個人が正面から逆らうことはほとんど不可
能である。わずかに商業活動や資格認定や採用試験において、実質的な実力主
義が蔓延しているだけである。しかし、人事のすべてを人脈が背後で支配して
いる政界や官界で成功することは、派閥や党派の縁故や支援なしでは不可能で
ある。二世議員に群がる親の後援会組織や二代目社長にひたすら利便性を図る
社内派閥は、今尚健在であり、正当な組織運営や資金の透明性を困難にしてい

る。この様な分野では、人間関係の要素が複雑に絡み合っており、単なる競争原理だけでは成功できない。日本ではこの様な特殊な社会組織の構造や不明瞭なおきてやしきたりのために、一般庶民の有能な若者の進出を妨げる閉鎖性や硬直した中央官僚制度が、国家の政治経済における柔軟な発展を妨げてきた。

　明治維新以後の東京を中心とした中央集権国家体制が、すべてを一極集中主義で運営し、教育の最大の目的を東京帝国大学での中央官僚の養成とし、実業界の功労も東京進出での成功を評価する流れを決定づけた。神道による天皇崇拝からはじまり、長年にわたる武力による封建的支配によって、日本民族に価値観の単一化が起こり、権力や権威の一極集中化と絶対化が加速した。そして、絶対的権力に対する絶対的服従が、日本民族に余裕のない生き方や失敗を許さないという完璧主義の価値観を植え付けた。

　日本では今尚、年季奉公という感覚があり、少ない給料で大量の仕事をやらされるのを当然の如く受け止め、主君に対する如く黙って従う習慣があり、かなりの責任を負った中間管理職でさえ、充分な生活費にもならない俸給に甘んじている。使用者は親のように使用人を世話する反面、使用人には絶対的服従を強要するのである。したがって、文句を言わず黙って仕事をする使用人を経営者は最大限に評価する。このような状況では、組織の長には何があっても服従なので、誰も本当の意見や批判を言わなくなる。明治維新の改革を経た日本でさえ、近代西洋文明の模倣の下で、昔ながらの封建時代の奉公のような雇用関係が厳然として維持されていたのである。

　明治維新以降、封建時代に比べて武士の生活ははるかに厳しくなり、零落した没落士族が各地で発生した。以前は最低限の生活が保証されていた江戸時代の旧日本に対して、近代文明国家へ邁進する新日本では、生活費が非常に高騰し、競争原理の中で、安く早く仕事を仕上げる西洋の合理主義が蔓延し、ゆっくりとした質の良い生活を享受しながら、職人芸の仕事を楽しむような余裕はもはやなくなっていた。西洋式の過酷な自由競争社会が、比較的おだやかになって、互いに思いやりを示せるほどに成熟するためには、日本はかなりの時間と多くの試練を必要としなければならなかったし、今尚このことは日本だけでなく人類全体の大きな課題である。アメリカ模倣の現代日本社会では、市場原理と合理主義の自由競争が、過酷な生存競争を強い、搾取による貧富の拡大が人心を荒廃させ、他を押しのけてでも自分だけが有利になろうとする意識が、不道徳な利己主義を助長し、あらゆる所に冷酷な人間関係を大量に生みだしている。

長い間、旧日本社会では、利己的な行為や無慈悲な生存競争は、温和な共同体を撹乱する犯罪行為だと断罪され、利己的利益を追求する貪欲はさもしい不道徳と教えられてきた。しかし、現代日本の政界では、政治闘争も個人の信念のぶつかり合いではなく、派閥単位の駆け引きや政党間の不毛の争いでしかない。政治家は政治活動を票取り合戦と捉え、大臣や総裁の座を手に入れる戦いとしか考えず、正義や公正という理念とは関係のない現実的な権力闘争と考えている。国民も国への忠誠を理念としてではなく、特定の政治家に対する利権と考え、政治家という君主に対する家来のような選挙民になり下がってしまい、西洋的な明確な論理や公平な批判精神を欠落させているのである。

　裁判で有罪になった政治家でも地元利権団体である後援会組織が、堂々と議員に再選させてしまうという不見識に対して、世scene論も厳しい批判を下すわけでもない。国家財政が破綻しているにもかかわらず、国民にばら撒き行政を行い、目先の人気を得ることばかりを念頭に置いた愚かな政治家のポピュリズムは、万死に値する亡国的行為で眼を覆うばかりである。日本には本物の政治家は存在せず、私利私欲の政治屋ばかりの国になっている。また、新旧日本の功罪が複雑に絡み合い、すべてが中途半端な改革と保守の入り乱れた一貫性のない政治の連続で、人々は日本民族の国としての伝統的美質を見失いつつある。

　旧日本の世界では、資源の乏しい国が鎖国を守り、人々は権利を主張するのではなく、また、愚痴や不平も言わずに、少ないものでも足るを知る精神で、質素な生活を楽しく暮らす処世術を磨くことに努め、ささやかな生活の喜びに知恵を働かせたのであった。明治の日本になっても、庶民がひたすら天皇に恭順を示して純朴に心から服従し、学生達も西洋に学べという国策のために、社会に献身的に努力して勉学に努めたのであり、そのひたむきな姿に対して、教師であったハーンは胸が熱くなる思いであった。粗末な衣食住の環境の中で、過酷な勉学に病に倒れて高い志に殉教し、志半ばで若すぎる死を迎えた学生たちの忠義と自己犠牲に彼は深い感銘を覚えていた。大した予備知識もなく、突然難しすぎる西洋の先進の学問に身を呈して励み、健康を損なう程に努力して、国のために献身する姿には、何の利己的な意志や排他的な野心はなかった。このように、多くの有能な日本の若者が、西洋の学問を習得するために励み、社会の期待の重圧と猛烈な学習に耐えられず、挫折や突然の死を迎えるという悲劇が多発していた。難しい勉学と苦闘し、貧しさと戦い、粗末な食事の栄養失調に苦しみ、あらゆる不自由に耐え忍んだ若者たちの努力は、他を押しのけて有利な立場に立とうとする、現代のような利己的な立身出世のためではなく、

ただ国への忠義のための献身的な自己犠牲の精神を物語っていたのである。西洋化への詔勅、みことのり、すなわち、西洋に学べという天皇の仰せを忠実に果たすのが国民の義務であった。

　「国民一般の単純な服従心には大いに心打たれるものがある。わけても、西洋の知識を得よ、西洋のことばを習えよ、西洋の風俗をまねよとの詔勅に関して、国民がみなけんけん服膺しているありさまには、胸が熱くなる。過度の勉強のために身をおやしたのも普通の死と考えるほどの忠義と熱意、——子どもの小さな頭脳にはむつかしすぎる学課（企てはけっこうながら、極東人の心理について何一つ知らない顧問たちが考え出した学課）に熟達しようという努力のうちに、むりやり健康をそこねてしまったほどの熱心な服従心、（中略）それより程度の高い大学の教育生活についてさえ、わたくしはいくつかの悲劇を、——優秀な頭脳をもった者たちが、ヨーロッパの普通の学生の能力以上の勉強の重圧のもとに挫折して行くことを、——死と闘いながら勝ちとった勝利の話を、——恐ろしい試験の時に、生徒たちから受ける奇妙な別れのことばを、ここに述べることができる。ひとりの生徒がわたくしにこう言ったことがある。「先生、わたしの答案は、たいへん、できが悪いだろうと思います。じつは、試験を受けるために、病院からやってきたのです。——どうも、心臓がよくないのです。」（この生徒は、卒業証書を受け取ってから、一時間ほどして、死んでしまった。）....そして、いっさいのこの努力は、——勉強のむずかしさと闘う努力ばかりでなく、貧乏と闘い、栄養失調と闘い、生活の不自由と闘ういっさいのこの努力は、ただ義務のための努力であり、生きんがための手段だったのである。」（『日本』恒文社、1976年、pp. 376-7. ）

　誰でも自分の信念に従って生きる権利があるが、現実的には家族や所属する集団の意向を無視して、自由に行動すると悲惨な結果を生む。しかし、国家の集団的意志にひたむきに従い、詔勅に忠実に努力し、志半ばで殉死する者も多かったのである。日本では個人の能力や道徳的責任は、集団に対する貢献によってのみ判断される。昔ながらのしきたりやおきてを守り敬い、無条件に従う精神が日本では評価されてきた。すなわち、近代的な法の精神では自由平等でありながら、実際には、封建的な体質が遺伝的に受け継がれて、ご奉公という特異な精神で、自分の全てを捧げることを当然と心得るのである。元来、人間は生まれた瞬間から、自由でも平等でもなく、理念としてそう願っているだけ

である。学生達は学校という大きな教育工場で、様々な知識を植え付けられるが、ほとんどが現実には役には立たない装飾的な建前の教育ばかりで、与えられた抽象的概念や世間離れした理念は、社会の中で生きていく本当の術を教えない。知識を生きたものとして活用し真に役立てることのできる者は非常に限られている。ほとんどの者にとって、知らなくてもよい形式的な知識であり、教師は機械的に大量の学問を与えて多くの学生を疲弊させ、本当に学んで生きる精神を死滅させているのである。

「ところで、日本の教育は、外見は西洋流でありながら、だいたいにおいて、従来も、またこんにちも、つねにまったく反対の方式に基づいて行なわれている。その目的は、個人を独立行為のために訓練するのではなくて、個人を共同的行動のために——つまり、厳格な社会の機構のなかに、個人が正しい位置を占めるのに適するように訓練してきたのである。われわれ西洋人の間では、頭から押さえつけられることは、子供の時に始まって、その後になってだんだんそれが緩められて行くのだが、極東における抑圧は、もっと後になってから始まって、しかも、その後だんだん強く締めつけられて行くのである。しかも、それは父母や教師が直接手を下す抑圧ではない。」（『日本』恒文社、1976年、pp. 379-380.）

日本人は子供に対しては甘い躾をしたがり、子供の時だけ自由奔放の姿を可愛がる。日本社会は全体責任の集団で成り立っている。学校で学生が問題を起こすと、学生本人よりも校長や教頭や担任が責任を問われる。したがって、学校側からの一方的な教育の押し付けではなく、学生管理が学生たちにも納得し得るものであるように配慮しながら、校長は全体を調整しながら職責を果たさねばならない。また、先生は学生に対して授業の責任を負わねばならないので、自分の才能を発揮する効果的な授業のやり方があっても、学生の人気が出る授業をしないと問題教師にされることを恐れて委縮し、学生の意向に気配りしすぎて、自分の思うような授業を教室で実行できない状態である。ポピュリズムに陥った教育と同じく、現代の政治もその場しのぎで場当たり的な国民感情によって政策の功罪が決めつけられる。

日本社会のあらゆる分野で、上から下への組織的な責任体制がぐらつき、個人の言動への集団主義的な世論の抑圧が働いている。日本人は何処までも集団的であり、組織にあってはすぐに党派を作りたがる。危ない橋も皆で渡れば怖

くないというのが、日本人の集団主義の心理である。集団主義社会では、名誉
と恥が重要な行動原理である。常に人目を気にしながら生きており、集団の圧
力が人を没個性にするのである。西洋と対等に競争するためには、日本は集団
主義の行動原理から解放されねばならないとハーンは考えていた。

　「日本が集団によって物を考え、集団によって行動を起すあいだは、たとえ
その集団が産業会社の集団であっても、日本はいつまでたっても全力を発揮す
ることができないだろう。日本の古来の社会経験は、将来日本が国際闘争に進
出するには、まことに不適当なものであって、かえってそれは、どうかすると
日本に死重の負担を加えるに違いない。この死重―霊的な意味でいうと、この
死重は過去何代の死んだ亡霊が、日本の生命の上に加える目に見えない重圧で
ある。」（『日本』恒文社、1976年、p. 412. ）

　しかし、日本人は保守的な民族であるので、むしろ明治維新の社会改革を成
功させたのは、西洋の新たな近代的制度を集団主義の論理で導入したからであ
るとも言える。学校での教育も依然として集団的価値観で運営されている。今
やこの傾向は一層強くなるようである。
　ハーンは熊本第五高等中学校在職当時さえ、すでに日本の教育の装飾的な本
質を見抜き、学校教育の形骸化と無気力学生の存在に警鐘を鳴らしているので
ある。

　「わたくしは、万人教育は普通選挙権等々とまったく同様、どこの国でもペ
テンにすぎないと思います。日本においては、ことさらそのように思われます。
教育を受けたからといって何の利益も得られず、それゆえ教育が害毒にしかな
らない何百万の人に、なぜ教育を与えようとして国力を浪費するのでしょう
か？わたくしの勤めるこの学校では、確実にいって学生の三分の一のみが学業
継続を許されるべきです。残りの学生は青春を浪費しています。」
（『ラフカディオ・ハーン著作集』第15巻、恒文社、1980年、p. 217. ）

　この様な見解は、後年ハーンが東京帝国大学講師として教壇に立って、当時
の最高学府の学生を教えるようになっても何ら変わることがなかった。古今を
問わず、日本の大学は職場へ学生を送り出す工場のようなもので、温情主義で
勉強しなくても自動的に卒業できるので、講義に真面目に出る必要もない。ハ

ーンは日本の教育の前途は暗いと考えていた。東京帝国大学に勤務して3年目に、すでに彼は勉学の精神が最高学府で死滅していると嘆いている。学生を可愛がり人気の講師であったハーンが、非常に厳しい学校評価を下しているのである。子供を甘やかす日本人の心理は、大学教育まで続いているのである。大学生にさえ日本人は厳しく接することができない。

　幼子に対する優しい接し方は、日本人の思考様式や行動パターンに深く関係しているが、この様な民族的な型が、大学生にさえ同じことを求めるのである。小さい子供に甘く、年長になるにつれて厳しくなる日本型教育であるが、学生さんと称して特別視して、大学生にも結構甘く接するのである。そして、学生が社会人となると急に社会の冷たい風に吹きさらされるのである。正反対の西洋式教育は、幼い時から厳しい自己修練を課し、少しずつ自由を与えて独立心を持たせるように躾ける。しかし、日本人は体質的に西洋式の教育ができない。長い伝統と文化がそうさせないのである。すなわち、自由から強制、集団への依存という日本人の行動パターンは日本の教育そのものである。

　明治以来の中央集権による官僚支配で文部行政は、幼稚園から大学教育まで西洋模倣で近代的に整備されてきたが、現実には生徒や学生の思想や感情に、主体的な創意工夫を教育して独創的な才能を引き出すような優れた効果は発揮されていない。相変わらず文部科学省の官僚の一極支配によって、政治経済と同様に管理されて、学習指導要領や教科書検定を通して、教育内容を限定して教師を縛り付け、自由でも独創的でもない無味乾燥の教育が続けられている。詰め込みの暗記型教育を中心とした薄っぺらな教科書で全国を統一的に支配し、受験勉強だけを念頭に置いた皮相な教育が今尚行われている。数百頁にも及ぶ分厚い教科書を使用して大人にも伍する読書力を培い、単なる受験型の暗記教育ではなく、生徒の自主的な探究心や研究姿勢を早い時期から育成する欧米の教育とは歴然とした違いである。生徒を子供扱いして温情主義で甘やかす学校側の姿勢は、日本では幼稚園から大学教育まで続いているが、生徒でも小さな大人として扱い、対等の人間関係で厳しい指導に徹する欧米の教育方針とは隔絶の相違がある。

　西洋では子供に早い時期から厳しい躾を行い、特に基本的な道徳教育は妥協のない厳格さである。個人主義社会の西洋では、個人の言動の責任や義務に関して、善悪の判断を人生の早い時期から教化することを最も重要だと考えている。子供を無分別に甘やかしたり、過保護に育てることは問題外の愚行である。そして、年長になるにつれて徐々に自由を与え、自分の言動を自分の責任にお

いて自主的に判断することに委ねるのである。青少年になると、自分の努力と能力で工夫して自分の人生を決めるに任し、必要な時だけ注意し求められると助言する程度に抑え、それまでのような躾や干渉は出来るだけ抑えるのである。

　また、成長して大学生になると、教授と対等に議論する態度が求められ、常に精神的研鑽を積み、厳しい競争社会に打ち勝つために、実践的で攻撃的な教育が施されている。成人になると、もはや親の躾の段階はなくなり、現実に厳しい生存競争に曝されることになる。アメリカでは高校生の頃から親から独立し、出来るだけ早く社会参加や社会貢献しながら、自立への道を探る傾向が強い。さらに、大学生になると、大学が家に近い場合でも家から出て自活し、社会人として出来るだけ仕事と勉強を両立させることに努力する。また、親が資産家でも、原則的に親から自立して、自分で生活して自分の希望を実現しようとする。このように、一般的に欧米の教育は、個人としての自覚と責任に重点が置かれ、それぞれの能力や個性の養成に力を入れて、能力に応じた自主独立の個人を形成することを目標にしている。

　しかし、日本の教育は西洋を模倣しながら、個人の独立を奨励し個性の確立を教育するのではなく、集団主義的原理に適合した個人を養成する。厳しい集団主義の現代社会の中で、個人が組織の一員として適応することができるように、徹底した画一的な日本型教育で訓練するのである。西洋では子供に対する容赦ない厳しいしつけは、年を経るに従って徐々に緩和されるのに対して、日本では子供を王様扱いのように可愛がり大事にして甘やかして、もはや親の言いなりならない青少年の年頃になって、徐々に厳しい躾を行おうとする。このように、日本の子供は西洋に比べて遥かに甘やかされ保護されて、やりたい放題の自由が認められ、他に害が及ばない限り、自由で気ままな言動を認められている。いたずらをしても可愛いと受け止められ、余程のことがない限り罰せられることはない。罰が必要な場合でも、全体主義的な感覚の中で周囲の者がとりなして庇って、小さな者を守るために年長者がすべての罪を引き受けるのである。

　小さな子供を無慈悲に叱りつけたり、厳しい顔で脅すように躾けることは、配慮を欠いた大人げない行為であり、子供の悪さに対しては大人は温かく受け止め、穏やかに諭してやれば充分だとするのが日本の伝統的なしつけであり教育であった。まして、子供に体罰を加えるなどは、言語道断の暴力行為であり、逆に大人が罰せられるべきとなる。また、罰として遊びや食事を禁止することなどは、余程のことがない限り行われることはなく、子供には寛大に対処し、

何事も我慢強く見守るのが、日本の子育ての基本的な姿勢である。

　最近の教師は厳格な先生というよりは、優しい兄や姉のように生徒や学生に接する方を好み、罰を与えたり、厳しい評価を下すことは出来る限り避けて、対立をなるべく避ける傾向がある。また、各クラス単位でクラスを代表し統括する級長を選び、クラス全員はクラスの共通の意志の圧力を受けながら、周囲と牽制し合うことを学びながら学校生活を送る。この全体主義的な管理システムが、日本の国民教育の画一性に大きな役割を果たしている。この圧力は上級になるにつれて、全体主義的な組織の傾向が強まり、兄弟のような教師の意志よりも、クラス全体の感情や意向に、教師の方が従わざるを得ない環境を作りだしている。クラス委員は多数者の代表として道徳的な規律や基準を決める。しかし、仲間外れや陰湿ないじめが解消しないのは、画一的に言動が統制された閉鎖的なクラスの中で、クラス全員の怒りがいじめとなって、弱小な一個人にむけてすべてが集中するためである。

　クラスの運営では多数を一人の代表者が支配するのでなく、多数者が一人の代表者を支配し集中するのである。したがって、クラス全体の感情を害したと判断された生徒は、たちまちいじめの対象となり除けものにされる。全くの孤立無援状態に陥れられた場合には、生徒の自殺にまで繋がる陰湿ないじめが発生している。このようないじめの対象となって、村八分の状態になった生徒は、誰からも恥辱のように見られて無視され相手にされない。クラス全体から除けものにされた事実は、教師の救いの手も差し伸べられることなく、いつまでも消し難く残り、標的になった生徒は、異常な圧力の中で恥辱を受けて苦悶しながら、学校生活を送らざるを得ないのである。

　官僚を希望する学生が多く入学していた明治期の東京帝国大学では、クラスの学生の全体の意志はさらに厳格であった。冷やかなエリート意識と規律の中で、何も自由な喜びを感じることなく、既定の目的に向かっての競争の日々があるだけで、お互いに共感したり胸襟を開いて語り合うこともない。学内の形式的な伝統に縛られて、風変りな言動や独創性は事前に眼をつけられて是正されてしまうのであった。このことは現在でも尚、大学のみならず中学校、高等学校でも見られる光景である。日本の学校のクラスの授業風景は、学生たちの異常な沈黙であり、静粛すぎる妙な圧迫感である。日本人は感情を表面に出すことを恥として抑制しようとするが、学校のクラス全体にも、画一的な無表情と沈黙が今尚一般的である。大学でも集団の意志によって、個人の言動が支配される姿に変わりはない。

明治期の東京帝国大学で必ずしも優秀でなかった学生が、威風堂々とした官吏に納まっている姿にハーンは驚愕している。高官の縁故やひいきで官庁や有名企業に裏口斡旋で就職する者がいたのであり、今尚、表向きの公平さとは裏腹で、不公平な情実人事が幅を利かせているのである。しかし、一般的には、有能な者は努力して学問を身につけ、自分の才能だけで様々な手腕を発揮して、社会的地位を苦労して手に入れるものである。学生時代に日夜勤務しながら苦労して勉学に励んだ者は、単に書物が教える以上の英知を手に入れ、人心の機微を読みとる才覚を習得し、軽率に喜怒哀楽を顔に出さず、簡単には隙を見せずに生きてゆく処世術を体得しているものである。

　エリート官僚は下働きした経験がなく、実務的能力が不足している場合が多く、勉学の優秀さだけでは、何も道徳感情や独創的な発想を保証するわけでもなく、政府高官として正義や忠誠の信念で言動できる才覚があるとは限らないのである。自分の地位を守り、出世だけを願う利己的な保身と野心だけの輩は、姑息で小心な了見で上司の命令に機械的に反応するだけであり、上に逆らって自分の信念で行動するなどは全く不可能である。このような人々は上司の道具という意味で、官僚組織という古い制度の卑屈な奴隷である。自分の良心や信念に反する命令を受けても、自らの人生を賭けて服従を拒むことは、将来の出世をすべて諦める無謀な勇気が必要である。エリート官僚の間には官庁特有の閉鎖的結束が満ちており、国家を指導し指揮するという本来あるべき使命には程遠く、組織防衛や自己保身に汲々としている存在になり下がっている。

　ハーンが松江の尋常中学校で接した若者は、西洋では見られない真摯でひたむきな態度で勉学し、日常生活でも真面目で上品な生徒達であった。しかし、高等中学校へ進学して知識を身につけ、年長者になると徐々に謙虚さを失い、横柄な態度を示すようになり、さらに大学では、一見して大人のように落ち着いているが、全く別人のように人格までが変貌してしまうと彼は嘆いている。すなわち、国粋主義的な思想にかぶれ、外人排斥運動の影響を受けて、外国人教師に対する態度が徐々に冷たくてよそよそしいものに変化しているので、同じ人物を中学から一貫して教えてきた教師にとって、痛々しいような心理的疎遠が生じているとハーンは嘆いているのである。

　「子供の時分を知っている者には、その隔たりが痛々しくさえ思われるほど、一異邦人の心と、むかしの教え子の心との間に、現在拡がっている目に見えない深い淵は、太平洋の広さ・深さも、なお及ばないものがある。外人教授は、

そうなるとただ、物を教える機械として考えられているに過ぎないのであって、教授としたら、自分の教えた生徒との親密なつながりをいつまでも保って行きたいと思ってしたせっかくの努力が、悔んでも余りあるものがある。じっさい、官制教育の形式的制度のすべてが、こうした師弟の親密なつながりの発展には、まるきりうらはらなものなのだ。」（『日本』恒文社、1976年、p. 391.）

　外国人教師は物を教える機械のような存在に下落しているとハーンは感じ、日本人教師が簡単に得られる学生の信頼を外人教師はどんなに努力しても得ることができないという悲哀を味わっていた。西洋と日本の精神構造の相違が、意識的な隔壁を生み、自然な共感を伴った相互理解を不可能にし、多くの外人教師は西洋の学生と同じレベルの知的学習能力を明治期の学生に期待して教育に失敗し挫折したのである。

　表層的に近代化へと変革した新日本には、依然として人々の中に封建時代の名残が精神的枷として数多く残されていた。民主的であるべき選挙は、組織的圧力で特定の人物に票が集まり、当選した国会議員は大名のように威張りちらし、選挙民はまるで領民のように平伏しているのである。昔ながらの日本のしきたりやおきては、遺伝的な道徳的感情を呼び起こすけれども、長いものには巻かれろ、御上には逆らえないという奴隷根性や島国根性となって、新たに西洋化した制度の中に入り込んでいた。それでも、旧日本社会の寺子屋や私塾の教師は、師匠として弟子に無料で教えたのであり、社会奉仕という高い志のために、赤貧に甘んじても世俗から超然として、無報酬で自分の大事な知識を授けて高い名誉を得ていた。また、昔の師匠としての先生は、親子の縁と同様で、弟子のために全てを犠牲にし、弟子も師匠のためには命を賭ける覚悟であった。しかし、今日では、利己的な個人主義が唱えられ、人を押し退けてでも、利己的な動機や冷徹な知力で自分だけの立身出世を目論む輩ばかりで、昔のような道徳感情や自己犠牲の利他的精神は見られないのである。

　官立以外の日本の高等教育は、多少の政府援助として助成金があるにしても、私学の設立はすべて個人的資金による献身的な努力の結果である。文明開化の明治時代では、社会の上層から下層に至るまで、社会への献身的精神が残っていて、私財を投げ打って教育や福祉に貢献する人々がいた。当時の大学教授の中には、自分の学生を弟子として自宅の書生にして、自分は質素に焼き芋を食べて飢えを凌いで倹約してでも、給料のほとんどを拠出して学生を勉学に専念させていたという例もある。

官業癒着に由来する官吏の欺瞞や汚職が横行していても、教育において教師と学生との間に昔ながらの献身的な信頼関係があるかぎり、日本の社会改革はさらなる望みをもてるであろうとハーンは期待している。しかし、政治が教育に不当に干渉し、官僚の汚職や公僕意識の堕落が、国民の教育の停滞や質の下落を招き、さらに、欧化政策の下で価値観の異なった西洋式教育を模倣したことが、多くの教師や学生の挫折や失敗の原因となった。自国の道徳感情や伝統文化を守ってこそ、日本の真の改革は可能であると彼は力説している。また、西洋と日本の精神構造や社会構造の違いが、大きな心理的な隔たりを生み、学習形成や学校習慣の相違から、日本の学生が海外留学することの困難さをハーンは指摘している。したがって、留学を成功させるためには、西洋人よりも優れた記憶力で、微細なことでもすべて暗記できる能力が必要である。しかし、日本人の精神構造や道徳感情が、創造的な想像力の欠如をもたらし、西洋の学問研究を困難にし、独創的な思想を不可能にしているのである。

　明治時代の留学は、官庁で高位に就くためのエリートに限られており、海外での研修は高級官吏になるための履歴の一つにすぎないので、必要以上に研究を進めることもなく、実用的でも実践的でもないと分かると、当初目標の研究を止めてしまうこともあった。したがって、形式的に留学の成果を果たしたと思えば、それ以上の研究はしない。外国の制度や科学技術を学んだ留学生は、西洋社会の日常生活における庶民の感情や知性には無関心であった。また、西洋の文学や哲学や宗教については、当時の留学生の道徳感情や実利的目的や社会経験にとって、魅力的なものとして訴えかけなかったのである。

　日本の集団主義が個人の言動を抑圧して縛る限り、組織の中で埋没した個人の能力は充分に実力を発揮できない。この意味において、旧日本の社会的おきてやしきたりは、国際社会に不適合であり、日本の競争力を弱めているとされた。先祖崇拝における過去の霊の力に呪縛されることなく、明治以降の日本は、進取の精神で奮闘して新たな展望を切り開く必要があるとされた。しかし、同時に、日本の近代化の成功は、伝統文化の力や先祖崇拝の道徳感情から生じた一致団結した人々の自己犠牲的精神によるものであり、近代化におけるいくつかの失敗例は、古来の道徳的しきたりやおきてを見境なしに切り捨てたためであった。ハーンによれば、日本国民が一致団結して西洋文明を導入し、あらゆる苦難に耐えて忠義と献身に努めて自己犠牲して目的を完遂できたのは過去の伝統の力のお陰であった。

集団主義社会の日本における自由は、西洋のような過酷な競争を招来するものではなく、弱者を苛めたり正直者を食い物にする無慈悲な自由であってはならない。資本家の搾取や権力者の絶対服従の要求も、雇用者や使用人に対する温情的気配りや古来の互助精神があれば必ず防げるものである。しかし、伝統文化を排斥し、欧化主義に走る日本の前途には暗澹たるものをハーンは予感していたのである。西洋列強に対峙して追い越すために、近代産業の合理主義や資本主義に走る国策の下で、国民すべてが過激な軍国主義に煽られて、本来の日本の美質を見失うという悪夢が、将来に必ず訪れることを彼は危惧していた。日本が必死で努力して奮闘する商業活動や経済政策が、結局、外国勢力を国内に移入させることによって、外国資本の侵略を許し、鉄道や電気や製鉄といった日本の基幹産業が、外国資本に征服されることをハーンは真剣に懸念していたのである。

　それにしても、戦後の混乱を生き抜いてきた現代の日本は、ハーンの懸念を遥かに超越して、内政や外交において異常な国になってしまった。竹島問題、尖閣諸島、北方領土問題のいずれにも、周囲の国々から日本の主権が脅かされているにもかかわらず、日本政府は自国の立場を強硬に主張し対抗措置を取れないでいる。領土問題を棚上げにしてでも、拝金主義的論理で経済交流を優先して、国の姿を歪め周辺の国々からは、浅はかな思惑の足元を見透かされている始末である。対応できない困難な問題は、すべて相手国の国内事情でやむを得ず日本に辛く当って来るという奇妙な説明で納得し、何も対抗手段を取らない自国の正当性を弁護するのは滑稽ですらある。

（黙考するハーン）

（夏目漱石）

あとがき　ハーン最後の著書『日本』

　1900年（明治33年）に東京帝国大学の外山学長の死去によって、大学で孤立
化して不安を抱き始めたハーンは、長男をアメリカで教育させるために、アメ
リカでの仕事を探すようになっていた。大学を一時休職してアメリカへ行くこ
とも検討したが、大学側の許可が得られなかった。1903年（明治36年）1月に、
前触れもなく、一片の解雇通知で、長年勤務してきた東京帝国大学を解雇され
たことに、彼は衝撃を受けて憤った。突然の解雇は海外でも反響を呼び、ハー
ンに対する国家的忘恩だと日本は非難された。アメリカの友人ビスランドが同
情して、コーネル大学などの講演や講義の仕事を世話した。失意のハーンは暗
澹たる気持ちに沈んでいたが、アメリカでの日本講演に大いに心動かされ、積
極的に原稿の準備をしたが、先方の大学の学内事情で中止となり、また、自身
の健康不安も重なって、結局アメリカ行きを断念せざるを得なかった。コーネ
ル大学の他にも、スタンフォード大学などから仕事の依頼があったが、結局、
明治37年4月に早稲田大学に招かれ講義を担当することになった。アメリカでの
講義の依頼があった時、今までアメリカで出版された日本関係の書物とは全く
異なった視点から、日本について述べたいと思っていたので、彼は具体的に全
体的構想を練っていた。このように、講演の依頼以来、ハーンは自分の日本観
を一冊の書物に纏めようとし、執筆は21回の講演に合わせて500頁から600頁位
を想定して書かれた。講演が中止になっても、完成原稿を著書として出版する
ことを考え、彼は講演原稿にさらに書き足しを加えた。ハーンの日本研究最後
の著書『日本』はこのように纏められ、今まで書いてきた小論やエッセイや紀
行文などで表明してきた彼の日本観の集大成となった。

　資料収集を手伝う助手なしで、一年半程の間孤軍奮闘して専念し、資料を纏
めながら執筆し、さらに何度も推敲を加え、『日本』が私を殺しますと嘆いた
ほど苦労しながら、ハーンは命を削る思いで最後の著書を完成させた。膨大な
量の原稿の校正を終えると、心待ちにしていた本の出版を見ることなく、1904
年（明治37年）9月26日に、彼は東京大久保の自宅で狭心症の発作のために54
歳で他界した。『日本』は生涯にわたるハーンの日本研究を体系づけようとし
た晩年の野心作で、全22章にスペンサーの書簡が付け加えられている。古神道
の重要性を考察し、日本民族の美質に神道が大きな役割を果たしたことを丹念
に検証している。『日本』は神道を中心とした日本研究であり、仏教について
は外来宗教としての視点で述べられており、現実に民間信仰として仏教がどの

ように受けとめられてきたかに関する詳細な記述に欠けている傾向がある。むしろ、当時としては少ない英語の文献にもかかわらず、14年間におけるハーンの日本体験から読み解いた神仏の研究であると言える。

『日本』は、序文のような第1章を除けば、21章構成であり、大学での21回の連続公演を念頭に置いたものであったことが分かる。第9章「死者の支配」までは先祖崇拝と家の祭祀を国家の精神的基盤とした視点で詳説している。すなわち、ハーンは神道の先祖崇拝の祭祀による民族の道徳感情に注目して、神々の国である神国日本を分析しようとしたのである。『日本』を構成する各章は、多くの取材や体験や収集文献などを通じて得たハーン独自の日本論である。晩年の意欲作『日本』において、長年の日本体験に基づいた世界観や人間観を中心にして、進化論的考察や詩人的洞察力を駆使しながら、彼は体系的に日本民族の歴史を鳥瞰して国の本質に迫ろうとした。ハーンは日本女性セツと結婚し、子供に恵まれたのを機会に帰化した。日本を内側から眺めて、日本に対する同情や共感を深めると同時に、日本人になりきれない疎外感を抱きながら、過激な欧化政策への鋭い批判を表明して、彼は常に東西文化の狭間で反対感情併存の思いに駆られて苦しんだ。ハーンの『日本』は日本の過去の歴史から多くを学び、現在や未来のために、我々日本人が多くを大いに考えるべき課題を提起している。

『日本』の中でハーンは、神々の国日本の精神的基盤である神道を考察し、さらに仏教との共存共栄の歴史について述べ、キリスト教の独善的宣教を厳しく批判した。さらに、古代からの日本民族の宗教的で社会的なおきてやしきたりから武家台頭の歴史を概説し、徳川幕藩体制の確立から明治維新における神道精神の復活などを網羅して、日本の宗教と文化の変遷の精神史を総括し、日本の過去、現在、未来を俯瞰的に論究している。日本民族の宗教性や道徳感情を詩的格調の文体で描写し、日本の将来の暗雲と日本民族の比類なき優秀性に触れて、彼は明暗両面の展開を予言している。日本人以上に憂国の士として日本に苦言を呈する姿勢は、外国人作家としては他に類を見ないハーンの独壇場の世界を示している。

神道による神国思想は、先の大戦で軍部によって国民の言論統制に利用され、敗戦濃厚となると神風特別攻撃隊を正当化し、軍部を傲慢な独善的国粋主義に走らせた。神国や皇国や皇軍という意識が、軍部独裁の全体主義国家を形成して、日本を破滅的な亡国へと突き進ませることになった。神国という言葉の高揚感が、大衆を扇動して無敗神話を作り上げ、日本を無謀な戦争へと駆り立て

たのである。『日本』で描かれた日本の美質は、奇妙な化け物に変化して、国民を恐るべき戦火に巻き込むことになった。しかし、日本民族の精神を解明しようとしたハーンの研究は、日本の歴史を大所高所から展望し、過去、現在の分析から、未来を適確に予言したもので、当時誰も気づかなかった優れた卓見に満ちている。このように、『日本』は神道や神国思想を中心に、日本民族の国民性を歴史的に考察したハーン最晩年の労作に他ならないのである。

　日本を憂うハーンの真摯な思いは、『日本』の巻末に付け加えられたスペンサーの書簡の内容にも繋がっている。『日本』はスペンサーの社会進化論を援用しながら、日本の歴史を神道や道徳感情を中心に概観したものである。ハーンの日本に対するロマン主義的な熱情の中で、進化論的考察が仏教の輪廻転生や神道の汎神論と融合したのである。このように、スペンサーの進化論を独自の解釈で援用した彼の日本論は、古代ギリシアやローマになぞらえて日本を理解しようとするものであった。特にギリシアは母親の国であったので、ハーンの思索の中で、母性を湛えた母親とギリシアへの思慕の念が、西洋とは隔絶した美質を有する日本の理解に微妙に重なり合っていた。それは自己犠牲に献身する日本女性を日本文化の精髄と看破した彼の解釈に端的に現われている。『日本』における論考の中心は、日本女性の美質の解明と礼賛である。

　　「日本の産んだ最もみごとな美的産物は、象牙細工でもなければ、からかね細工でもなく、陶器でも、刀剣でも、鋳金細工でもない、じつは日本の婦人だとよく言われるが、まことに宜なるかなである。いずれの国でも、女は男が作ったものだという説をある意味で真理だとすると、この説は、どこの国よりも、日本の婦人のばあいが一ばん真理だといえよう。もちろん、そういう女性をつくりあげるには、何千年何万年という年月がかかることは、言うまでもないことだが、今わたくしが話している徳川期に、このしごとがこれで完全だというところまで仕上げができ上がったのである。」（『日本』恒文社、1976年、p. 322.）

　ハーンの日本女性礼賛は決して軽薄な思いではない。意味のない世辞や不実な言辞を嫌悪していた彼にとって、日本文化に対する求道的な探究の真摯な言葉であった。多くの西洋の日本学者が、実質的な異文化体験もなく、単なる抽象観念として日本を論じていたのと異なって、日本に帰化したハーンは、多様な日本滞在の経験と独自の文化研究の実績によって、終始一貫した視点で日本を論じている。最晩年の集大成となった『日本』において、ハーンは誰の助

力もなしで、日本人以上に深く日本を考察し、神仏混淆の世界について失敗や誤解を恐れずに、思索を極限にまで推し進めた果敢な求道者であった。彼の決死の熱意がこの書物に永遠の命を与え、『日本』は今後の日本の国づくりや進むべき道という国の将来を暗示する貴重な示唆に満ちた名著となった。

　厳しい封建体制の制限や圧力の下で、さまざまな不自由や苦痛を体験しながらも、極限的で究極的な状況の中で微笑で耐え忍ぶ人々の不可思議な魅力にハーンは魅了された。そして、長い悲しみの歴史が、日本民族に遺伝として残した稀有な人間の特質が、拙速な西洋化によって滅びてゆくのを彼は悲哀を持って眺めていた。このように認識を深めた彼の生涯最後の渾身の書が『日本』であった。耐えがたい圧制下で、不思議にも神仙の人々のような美質を漲らせた人々や、旧日本の滅びゆく霊的な世界を惜しみながら書き残した『日本』は、死滅して行く日本の貴重な伝統文化、消えゆく庶民の素朴な生活感情、潔癖で潔い道徳意識、臨機応変の思考様式などに対する彼のレクイエムに他ならない。それはまた、時代の流れの中で、保持したくとももはや不可能になりつつある美質や、昔ながらの数々の麗しき日本の姿を熟知したハーンの哀悼の書であった。彼の日本に対する思いは、紆余曲折にもかかわらず、生涯を通じて終始一貫微動だにしなかった、「日本人の微笑」の中で、ハーンは『日本』を最後に書き残そうとした動因と考えられる重要な彼の日本観の要諦を述べている。

　「古い日本は十九世紀の世界にあって他国より物質的に劣るだけそれだけ道徳的には優っていた、という事実はけっして忘れてはならない。日本は道徳を合理的なものとしたばかりでなく、それを本能的なものにまで高めた。日本は、限られた範囲内でしか過ぎなかったかもしれないが、西洋のもっとも秀れた思想家が最高の幸福とみなすような社会的条件のいくつかを実際に造り出してみせたのである。日本の複雑な社会の上下如何を問わず、日本人は公私の義務を徹底周知させそれを実際行なってきたが、そのやり方は西洋諸国に類を見ないものといえよう。実をいえば日本の道徳的弱点は、あらゆる文明化された国々の宗教がひとしく美徳と呼ぶ全体のために個人を犠牲にすること——家や共同体や国家のために個人を犠牲にすること——の行き過ぎの結果として生じた。（中略）だがその過去へ——日本の若い世代が軽蔑すべきものとみなしている自国の過去へ、日本人が将来振り返る日が必ず来るであろう、ちょうど我々西洋人が古代ギリシャ文明を振り返るように。その時日本人は昔の人が単純素朴

な喜びに満足できたことを羨しく思いもするだろう。その時はもう失われてい
るに相違ない純粋な生きる喜びの感覚、自然と親しく、神の子のようにまじわ
った昔と、その自然との睦じさをそのまま映したありし日の驚くべき芸術——
そうした感覚や芸術の喪失を将来の日本人は残念な遺憾なことに思うだろう。
その時になって日本人は昔の世界がどれほど光輝いて美しいものであったか、
あらためて思い返すに相違ない。」（『明治日本の面影』講談社文庫、1990年、
pp. 258-9）

　まさに『日本』を書き残した熱い思いは、このような「日本人の微笑」の終
結部に記された日本に対するハーンの真摯な思い入れに他ならなかった。封建
制の絶対的圧力の下で厳しい身分制度で抑圧された人々にとって、権力に対す
る盲従しか生きのびる手段がなかった。多くの民衆が個人的主張を抑圧されて、
集団の中に埋没して画一的存在になって分相応の人生を生きる他なかった。し
かし、日本の美質を惜しみながら書き記したハーンの心境は、それほど単純で
はない。旧日本の抑圧された社会体制下で強制的に育成された、昔ながらの礼
儀正しさや忍耐強い自己犠牲の精神、そして消え失せつつある穏やかな信仰な
どが、詩的余韻のように漂って素朴な人々へのノスタルジーを喚起する反面、
厳しい圧制がもたらす冷酷非情な制限や束縛の諸相を彼は意識せざるを得なか
った。
　したがって、単に歴史的事実を俯瞰するだけではなく、ハーンはその背後に
息づいた日本民族の信仰、思考、感情を探究したのである。中でも彼は日本人
の霊魂や死者に対する独特の信仰の姿に強い関心を抱いていた。そして、神道
から始まって仏教にも眼を向け、日本人の信仰から内的生活の実相を解明し、
歴史的変遷の中で道徳感情や思考様式を社会的に考察したのである。しかし、
ハーンは助手もなしに、当時の数少ない英文の参考文献から、日本論の集大成
を書こうとしていたので、彼自身自ずと限界を意識していたのである。このこ
とは『日本』に、一つの解釈、あるいは一つの試論という意味の但し書きが加
えられていることからも察せられるのである。
　武力による強制的抑圧の長い歴史の中で、おきてやしきたりに盲従してきた
日本人は、慎ましく礼儀正しい民族になった。したがって、日本人は先祖から
抑圧された精神の型を遺伝的に受け継ぎ、権力への服従と同時に、親族への情
愛を育み、人々との協調生活を大事にしたのである。そして、真面目に仕事に
専念して質素倹約の細やかな生活に安住する足るを知る心を自らに植え付けた。

さらに、強制的に自らに植え付けられたものが、長い歴史の中で宗教的で社会的なおきてやしきたりとなって、日本民族の自発的な本能とまでになったのである。

　西洋的価値観から見れば劣等民族の証のような没個性を、ハーンはむしろ日本人の魅力的な美質として高く評価してその意義を強調した。宗教的で社会的なおきてやしきたりという外的圧力の中で、没個性が利他的な自己犠牲の精神として内発的に形成されたのである。中でも日本人の美質の結晶としての日本女性を、ハーンは繰り返し強調して次のようにも表現している。

　「日本の婦人は、すくなくとも仏教の天人の理想を実現したのである。人のためにのみ働き、人のためにのみ考え、人を喜ばしてはおのれが楽しんでいる人、——邪慳になれず、自分勝手になれず、先祖代々うけついだ正しい考えに反したことは何一つできない人、——しかも、このやさしさとおとなしさにもかかわらず、いざといえば、いつ何時でも自分の命を投げ出し、義務のためには何事も犠牲に供する覚悟のできている人。これが日本の婦人の特性であった。この小児のような魂のなかに、おとなしさと烈しさ、やさしさと勇気が、いっしょに結びついているというのは、いかにも不思議に見えるかもしれないが、この解明はしかし手近かに求められる。彼女のうちにある、妻としての情愛、親としての情愛、あるいは母としての情愛よりも強いもの、——いや、女としてのどんな感情よりも強いもの、それは彼女の大きな信仰から生まれた道徳的信念だったのである。この宗教的性質をもった性格は、西洋では僧院の暗いなかだけに見いだされるものであって、西洋の僧院では、そういう宗教的性格があらゆるものを犠牲にして養われている。だから、日本の婦人はよく慈善院の尼さんに比較される。が、日本の婦人は、慈善院の尼さんなどより、はるかに上のものでなければならなかった。」（『日本』恒文社、1976年、pp. 326-7.）

　旧日本へのハーンの愛は、新日本への憎と表裏一体であった。彼は単純な幻想家ではなく、良識を持った現実主義者でもあった。新旧日本の問題に対する彼の思索は複雑である。ハーンは日本の細部を丹念に観察する能力に優れていたが、常に事物の変化に注意しながら日本民族を全体の相で観照していた。謙遜と克己を美徳とする日本人の微笑の背後に存在する卑屈な自虐性を彼は見逃さない。封建制の下で育成された日本人の没個性は、旧体制を持続させた前近

代的なものであり、盲従、平伏、忠誠は、近代化に伴う民主主義体制を真に樹立することを困難にし、さらに、天皇制がなくなれば日本は無政府状態に陥るだろうとハーンは予想した。

　少なくとも個人主義的自由や権威に平伏しない精神がなければ、そして、善悪の判断を自主的に主張できる自我の確立がなければ、国際競争に曝される将来の日本に危機が訪れることになるだろう。個人の能力や自由の発展がなければ、激しい競争の国際社会で西洋列強と対峙し凌駕することはできない。集団的言動を繰り返し、個人が埋没している間は、日本が国力を充分に発揮することはできないのである。封建的で閉鎖的な日本古来の社会組織のままでは、弱肉強食の国際競争社会で生き残ることは不可能となる。過去の重荷となった伝統の足枷から逃れて、新たな自由競争の世界に乗り出し、日本は奮闘努力する必要がある。

　しかし、旧日本の忠誠や自己犠牲や素朴な信仰を賞賛するハーンにとって、西洋化した利己的個人主義、懐疑主義、合理主義、資本主義によって、昔ながらの清く潔癖な日本の姿が蝕まれていくのを目撃するのは慙愧に堪えない思いであった。激しい外面的変化にもかかわらず、庶民の生活の中にとどめている旧日本の古い文化の風俗や習慣も、結局は変化して消散し、それと共に人の心も生活も二度と昔に戻ることはなくなるだろうとハーンは危惧している。

　急激に変化する競争世界において、科学文明がもたらした近代精神の袋小路の中で、『日本』の中に示された数々の考察は、今尚国と民族の成り立ちを再考する手がかりとなるものである。また、ハーンは一連の日本研究の著書において、日本の伝統文化の諸相を民俗学的に捉えようとして、学者的な文献上の単なる調査ではなく、むしろ庶民の言動に残っている伝承文化のしきたりやおきてを現地で調査し、独自の詩人的想像力で読み解いて、数多くの文学作品として纏めた。しかし、ハーンの熱烈な文学的表現が、旧日本に心酔して熱狂的に賛美する唯美主義者だと誤解される原因になることがあり、ロマン主義的な情熱に満ちた詩人のような文学的気質から、彼は常に避けがたい誤解に曝されてきた。

　それでも、ハーンの『日本』は、独創的な学術的論考の側面を有し、従来のような感情に支配された主観的主張を述べただけの日本論ではない。ハーンは14年目の最後の一年間において、今までの日本研究の成果の集大成として著書を纏めるために熱心に執筆に集中した。論理的な構想で日本を分かりやすく解

説しながら西洋に紹介し、近代日本の改革の功罪を冷静に評価したハーンは、日本の将来の暗雲の運命すら予言しながら、その行く末の安泰を祈念していたのであった。

最後に島根大学ラフカディオ・ハーン研究会について紹介しておこう。本学研究会は2006年10月に『教育者としての小泉八雲』の展示会・講演会・シンポジウム（島根大学、2005年10月1日〜9日）の成果を踏まえた『教育者ラフカディオ・ハーンの世界─小泉八雲の西田千太郎宛書簡を中心に─』（ワン・ライン、2006年）の出版、その他ラフカディオ・ハーンに関する研究を推進するために設立された。

本学研究会は、ハーンに関心を持つすべての人に門戸を開放しているという点で、大学においては珍しい一般市民参加型の会である。したがってその構成員は、島根大学の現職教官、在学生は当然ながら、教官O. B. や、県下の中学校、高等学校その他の職場で仕事している卒業生、退職後家庭で日常生活を送っている卒業生等の他一般市民も含み、多彩な構成になっている。

発足以来続けている活動は、毎月一回行っている「月例読書会」である。これまで読んできた題材は、小泉八雲が東京帝国大学で学生に対して行った、文学講義の英文テキストである。この「月例読書会」では、演習形式でテキストの和訳を披露し、常松正雄先生や横山純子さんをはじめメンバーが色々と質問をして全員で検討をしながら、ハーンの講義の趣旨を幅広い立場で理解しようと努めている。他に、会員による研究発表会を行っている。また研究図書としては『教育者ラフカディオ・ハーンの世界─小泉八雲の西田千太郎宛書簡を中心に─』を契機に、2008年に『小泉八雲論考─ラフカディオ・ハーンと日本─』、2009年に『小泉八雲の世界─ハーン文学と日本女性─』を出版し、全国の大学図書館に配布している。さらに、会員を中心とした研究図書出版を計画中である。

なお、本書で取り上げた作品のいくつかを原文で読めるように、「ラフカディオ・ハーン作品集」として、ハーンの英文を収録した。Textは原則的にHoughton Mifflinから1922年に出た全集に準拠した。推敲を重ねたハーンの宗教的で哲学的な英文から、文学的思索や日本社会への鋭い洞察力を理解できるように配慮した。彼の作品には、常に美と善と真が渾然一体となった思索が記されており、さらに文学と哲学と宗教が溶け合う至高の境地を求めて模索し続ける、極限的で究極的な彼独自の宇宙的情念の世界が描かれている。日本の社会や宗教に対

する限りない愛情や共感が、彼の味わい深い文体の隅々に滲み出ている。ハーンが残した数々の真摯な考察が、日本を忘れた日本人の心に響き渡り、あるべき祖国日本の姿を考える機会となれば望外の喜びである。なお、英文の校正については、本学研究会の会員にも協力をお願いしたことを付記しておく。

（ニューオーリンズフレンチクォーター）

（マルティニーク島のサン・ピェール港：1888年頃）

ラフカディオ・ハーン作品集

GLIMPSES OF UNFAMILIAR JAPAN

THE JAPANESE SMILE

I

THOSE whose ideas of the world and its wonders have been formed chiefly by novels and romance still indulge a vague belief that the East is more serious than the West. Those who judge things from a higher standpoint argue, on the contrary, that, under present conditions, the West must be more serious than the East; and also that gravity, or even something resembling its converse, may exist only as a fashion. But the fact is that in this, as in all other questions, no rule susceptible of application to either half of humanity can be accurately framed. Scientifically, we can do no more just now than study certain contrasts in a general way, without hoping to explain satisfactorily the highly complex causes which produced them. One such contrast, of particular interest, is that afforded by the English and the Japanese.

It is a commonplace to say that the English are a serious people,—not superficially serious, but serious all the way down to the bed-rock of the race character. It is almost equally safe to say that the Japanese are not very serious, either above or below the surface, even as compared with races much less serious than our own. And in the same proportion, at least, that they are less serious, they are more happy: they still, perhaps, remain the happiest people in the civilized world. We serious folk of the West cannot call ourselves very happy. Indeed, we do not yet fully know how serious we are; and it would probably frighten us to learn how much more serious we are likely to become under the ever-swelling pressure of industrial life. It is, possibly, by long sojourn among a people less gravely disposed that we can best learn our own temperament. This conviction came to me very strongly when, after having lived for nearly three years in the interior of Japan, I returned to English life for a few days at the open port of Kobe. To hear English once more spoken by Englishmen touched me more than I could have believed possible; but this feeling lasted only for a moment. My object was to make some necessary purchases. Accompanying me was a Japanese friend, to whom all that foreign life was utterly new and wonderful, and who asked me this curious question: "Why is it that the foreigners never smile? You smile and bow when you speak to them; but they never smile. Why?"

The fact was, I had fallen altogether into Japanese habits and ways, and had got out of touch with Western life; and my companion's question first made me aware that I had been acting somewhat curiously. It also seemed to me a fair illustration of the difficulty of mutual comprehension between the two races,—each quite naturally, though quite erroneously, estimating the manners and motives of the other by its own. If the Japanese are puzzled by English gravity, the English are, to say the least, equally puzzled by Japanese levity. The Japanese speak of the "angry faces" of the foreigners. The foreigners speak with strong contempt of the Japanese smile: they suspect it to signify insincerity; indeed, some declare it cannot possibly signify anything else. Only a few of the more observant have recognized it as an enigma worth studying. One of my Yokohama friends—a thoroughly lovable man, who had passed more than half his life in the open ports of the East—said to me, just before my departure for the interior: "Since you are going to study Japanese life, perhaps you will be able to find out something for me. I *can't* understand the Japanese smile. Let me tell you one experience out of many. One day, as I was driving down from the Bluff, I saw an empty kuruma coming up on the wrong side of the curve. I could not have pulled up in time if I had tried; but I didn't try, because I didn't think there was any particular danger. I only yelled to the man in Japanese to get to the other side of the road; instead of which he simply backed his kuruma against a wall on the lower side of the curve, with the shafts outwards. At the rate I was going, there wasn't room even to swerve; and the next minute one of the shafts of that kuruma was in my horse's shoulder. The man wasn't hurt at all. When I saw the way my horse was bleeding, I quite lost my temper, and struck the man over the head with the butt of my whip. He looked right into my face and smiled, and then bowed. I can see that smile now. I felt as if I had been knocked down. The smile utterly nonplused me,—killed all my anger instantly. Mind you, it was a polite smile. But what did it mean? Why the devil did the man smile? I can't understand it. "

Neither, at that time, could I; but the meaning of much more mysterious smiles has since been revealed to me. A Japanese can smile in the teeth of death, and usually does. But he then smiles for the same reason that he smiles at other times. There is neither defiance nor hypocrisy in the smile; nor is it to be confounded with that smile of sickly resignation which we are apt to associate with weakness of character. It is an elaborate and long-cultivated etiquette. It is also a silent language. But any effort to interpret it according to Western notions of physiognomical expression would be just about as successful as an attempt to interpret Chinese ideographs by their real or fancied resemblance to shapes of familiar things.

First impressions, being largely instinctive, are scientifically recognized as partly trustworthy; and the very first impression produced by the Japanese smile is not far from the truth. The stranger cannot fail to notice the generally happy and smiling character of the native faces; and this first impression is, in most cases, wonderfully pleasant. The Japanese smile at first charms. It is only at a later day, when one has observed the same smile under extraordinary circumstances,—in moments of pain, shame, disappointment,—that one becomes suspicious of it. Its apparent inopportuneness may even, on certain occasions, cause violent anger. Indeed, many of the difficulties between foreign residents and their native servants have been due to the smile. Any man who believes in the British tradition that a good servant must be solemn is not likely to endure with patience the smile of his "boy." At present, however, this particular phase of Western eccentricity is becoming more fully recognized by the Japanese; they are beginning to learn that the average English-speaking foreigner hates smiling, and is apt to consider it insulting; wherefore Japanese employees at the open ports have generally ceased to smile, and have assumed an air of sullenness.

At this moment there comes to me the recollection of a queer story told by a lady of Yokohama about one of her Japanese servants. "My Japanese nurse came to me the other day, smiling as if something very pleasant had happened, and said that her husband was dead, and that she wanted permission to attend his funeral. I told her she could go. It seems they burned the man's body. Well, in the evening she returned, and showed me a vase containing some ashes of bones (I saw a tooth among them); and she said: 'That is my husband.' And she actually *laughed* as she said it! Did you ever hear of such disgusting creatures?"

It would have been quite impossible to convince the narrator of this incident that the demeanor of her servant, instead of being heartless, might have been heroic, and capable of a very touching interpretation. Even one not a Philistine might be deceived in such a case by appearances. But quite a number of the foreign residents of the open ports are pure Philistines, and never try to look below the surface of the life around them, except as hostile critics. My Yokohama friend who told me the story about the kurumaya was quite differently disposed: he recognized the error of judging by appearances.

II

Miscomprehension of the Japanese smile has more than once led to extremely unpleasant results, as happened in the case of T—,a Yokohama merchant of former days. T—had employed in some capacity (I think partly as a teacher of Japanese) a nice old samurai, who wore, according to the fashion of the era, a queue and two swords. The English and the Japanese do not understand each other very well now; but at the period in question they understood each other much less. The Japanese servants at first acted in foreign employ precisely as they would have acted in the service of distinguished Japanese;[1] and this innocent mistake provoked a good deal of abuse and cruelty. Finally the discovery was made that to treat Japanese like West Indian negroes might be very dangerous. A certain number of foreigners were killed, with good moral consequences.

But I am digressing. T——was rather pleased with his old samurai, though quite unable to understand his Oriental politeness, his prostrations or the meaning of the small gifts which he presented occasionally, with an exquisite courtesy entirely wasted upon T——. One day he came to ask a favor. (I think it was the eve of the Japanese New Year, when everybody needs money, for reasons not here to be dwelt upon.) The favor was that T——would lend him a little money upon one of his swords, the long one. It was a very beautiful weapon, and the merchant saw that it was also very valuable, and lent the money without hesitation. Some weeks later the old man was able to redeem his sword.

What caused the beginning of the subsequent unpleasantness nobody now remembers. Perhaps T——'s nerves got out of order. At all events, one day he became very angry with the old man, who submitted to the expression of his wrath with bows and smiles. This made him still more angry, and he used some extremely bad language; but the old man still bowed and smiled; wherefore he was ordered to leave the house. But the old man continued to smile, at which T——, losing all self-control struck him. And then T——suddenly became afraid, for the long sword instantly leaped from its sheath, and swirled above him; and the old man ceased to seem old. Now, in the grasp of anyone who knows how to use it, the razor-edged blade of a Japanese sword wielded with both hands can take a head off with extreme facility. But, to T——'s astonishment, the old samurai, almost in the same moment, returned the blade to its sheath with the skill of a practiced swordsman, turned upon his heel, and withdrew.

Then T——wondered and sat down to think. He began to remember some nice things about the old man,—the many kindnesses unasked and unpaid, the curious little gifts, the impeccable honesty. T—— began to feel ashamed. He tried to console himself with the thought: "Well, it was his own fault; he had no right to laugh at me when he knew I was angry." Indeed, T——even resolved to make amends when an opportunity should offer.

But no opportunity ever came, because on the same evening the old man performed hara-kiri, after the manner of a samurai. He left a very beautifully written letter explaining his reasons. For a samurai to receive an unjust blow without avenging it was a shame not to be borne. He had received such a blow. Under any other circumstances he might have avenged it. But the circumstances were, in this instance, of a very peculiar kind. His code of honor forbade him to use his sword upon the man to whom he had pledged it once for money, in an hour of need. And being thus unable to use his sword, there remained for him only the alternative of an honorable suicide.

In order to render this story less disagreeable, the reader may suppose that T—was really very sorry, and behaved generously to the family of the old man. What he must not suppose is that T—was ever able to imagine why the old man had smiled the smile which led to the outrage and the tragedy.

III

To comprehend the Japanese smile, one must be able to enter a little into the ancient, natural, and popular life of Japan. From the modernized upper classes nothing is to be learned. The deeper signification of race differences is being daily more and more illustrated in the effects of the higher education. Instead of creating any community of feeling, it appears only to widen the distance between the Occidental and the Oriental. Some foreign observers have declared that it does this by enormously developing certain latent peculiarities,—among others an inherent materialism little perceptible among fife common people. This explanation is one I cannot quite agree with; but it is at least undeniable that, the more highly he is cultivated, according to Western methods, the farther is the Japanese psychologically removed from us. Under the new education, his character seems to crystallize into something of singular hardness, and to Western observation, at least, of singular opacity. Emotionally, the Japanese child appears incomparably closer to us than the Japanese mathematician, the peasant than the statesman. Between the most elevated class of thoroughly modernized Japanese and the Western thinker anything akin to intellectual sympathy is non-existent: it is replaced on the native side by a cold and faultless politeness.   Those influences which in other lands appear most potent to develop the higher emotions seem here to have the extraordinary effect of suppressing them.   We are accustomed abroad to associate emotional sensibility with intellectual expansion: it would be a grievous error to apply this rule in Japan.   Even the foreign teacher in an ordinary school can feel, year by year, his pupils drifting farther away from him, as they pass from class to class; in various higher educational institutions, the separation widens yet more rapidly, so that, prior to graduation, students may become to their professor little more than casual acquaintances.   The enigma is perhaps, to some extent, a physiological one, requiring scientific explanation; but its solution must first be sought in ancestral habits of life and of imagination.   It can be fully discussed only when its natural causes are understood; and these, we may be sure, are not simple.   By some observers it is asserted that because the higher education in Japan has not yet had the effect of stimulating the higher emotions to the Occidental pitch, its developing power cannot have been exerted uniformly and wisely, but in special directions only, at the cost of character.   Yet this theory involves the unwarrantable assumption that character can be created by education; and it ignores the fact that the best results are obtained by affording opportunity for the exercise of pre-existing inclination rather than by any system of teaching.

The causes of the phenomenon must be looked for in the race character; and whatever the higher education may accomplish in the remote future, it can scarcely be expected to transform nature.   But does it at present atrophy certain finer tendencies?   I think that it unavoidably does, for the simple reason that, under existing conditions, the moral and mental powers are overtasked by its requirements.   All that wonderful national spirit of duty, of patience, of self-sacrifice, anciently directed to social, moral, or religious idealism, must, under the discipline of the higher training, be concentrated upon an end which not only demands, but exhausts its fullest exercise.   For that end, to be accomplished at all, must be accomplished in the face of difficulties that the Western student rarely encounters, and could scarcely be made even to understand. All those moral qualities which made the old Japanese character admirable are certainly the same which make the modern Japanese student the most indefatigable, the most docile, the most ambitious in the world. But they are also qualities which urge him to efforts in excess of his natural powers, with the frequent result of mental and moral enervation. The nation has entered upon a period of intellectual overstrain. Consciously or unconsciously, in obedience to sudden necessity, Japan has undertaken nothing less than the tremendous task of forcing mental expansion up to the highest existing standard; and this means forcing the development of the nervous system. For the desired intellectual change, to be accomplished within a few generations, must involve a physiological change never to be effected without terrible cost. In other words, Japan has attempted too much; yet under the circumstances she could not have attempted less. Happily, even among the poorest of her poor the educational policy of the Government is seconded with an astonishing zeal; the entire nation has plunged into study with a fervor of which it is utterly impossible to convey any adequate conception in this little essay. Yet I may cite a touching example. Immediately after the frightful earthquake of 1891, the children of the ruined cities of Gifu and Aichi, crouching among the ashes of their homes, cold and hungry and shelterless, surrounded by horror and misery unspeakable, still continued their small studies, using tiles of their own burnt dwellings in lieu of slates, and bits of lime for chalk, even while the earth still trembled beneath them.[2] What future miracles may justly be expected from the amazing power of purpose such a fact reveals!

But it is true that as yet the results of the higher training have not been altogether happy. Among the Japanese of the old régime one encounters a courtesy, an unselfishness, a grace of pure goodness, impossible to overpraise. Among the modernized of the new generation these have almost disappeared. One meets a class of young men who ridicule the old times and the old ways without having been able to elevate themselves above the vulgarism of imitation and the commonplaces of shallow skepticism. What has become of the noble and charming qualities they must have inherited from their fathers? Is it not possible that the best of those qualities have been transmuted into mere effort, —an effort so excessive as to have exhausted character, leaving it without weight or balance?

It is to the still fluid, mobile, natural existence of the common people that one must look for the meaning of some apparent differences in the race feeling and emotional expression of the West and the Far East. With those gentle, kindly, sweet-hearted folk, who smile at life, love, and death alike, it is possible to enjoy community of feeling in simple, natural things; and by familiarity and sympathy we can learn why they smile.

The Japanese child is born with this happy tendency, which is fostered through all the period of home education. But it is cultivated with the same exquisiteness that is shown in the cultivation of the natural tendencies of a garden plant. The smile is taught like the bow; like the prostration; like that little sibilant sucking-in of the breath which follows, as a token of pleasure, the salutation to a superior; like all the elaborate and beautiful etiquette of the old courtesy. Laughter is not encouraged, for obvious reasons. But the smile is to be used upon all pleasant occasions, when speaking to a superior or to an equal, and even upon occasions which are not pleasant; it is a part of deportment. The most agreeable face is the smiling face; and to present always the most agreeable face possible to parents, relatives, teachers, friends, well-wishers, is a rule of life. And furthermore, it is a rule of life to turn constantly to the outer world a mien of happiness, to convey to others as far as possible a pleasant impression. Even though the heart is breaking, it is a social duty to smile bravely. On the other hand, to look serious or unhappy is rude, because this may cause anxiety or pain to those who love us; it is likewise foolish, since it may excite unkindly curiosity on the part of those who love us not. Cultivated from childhood as a duty, the smile soon becomes instinctive. In the mind of the poorest peasant lives the conviction that to exhibit the expression of one's personal sorrow or pain or anger is rarely useful, and always unkind. Hence, although natural grief must have, in Japan as elsewhere, its natural issue, an uncontrollable burst of tears in the presence of superiors or guests is an impoliteness; and the first words of even the most unlettered countrywoman, after the nerves give way in such a circumstance, are invariably: "Pardon my selfishness in that I have been so rude!" The reasons for the smile, be it also observed, are not only moral; they are to some extent aesthetic they partly represent the same idea which regulated the expression of suffering in Greek art. But they are much more moral than aesthetic, as we shall presently observe.

From this primary etiquette of the smile there has been developed a secondary etiquette, the observance of which has frequently impelled foreigners to form the most cruel misjudgements as to Japanese sensibility. It is the native custom that whenever a painful or shocking fact *must* be told, the announcement should be made, by the sufferer, with a smile.[3] The graver the subject, the more accentuated the smile; and when the matter is very unpleasant to the person speaking of it, the smile often changes to a low, soft laugh. However bitterly the mother who has lost her first-born may have wept at the funeral, it is probable that, if in your service, she will tell of her bereavement with a smile: like the Preacher, she holds that there is a time to weep and a time to laugh. It was long before I myself could understand how it was possible for those whom I believed to have loved a person recently dead to announce to me that death with a laugh. Yet the laugh was politeness carried to the utmost point of self-abnegation. It signified: "This you might honorably think to be an unhappy event; pray do not suffer Your Superiority to feel concern about so inferior a matter, and pardon the necessity which causes us to outrage politeness by speaking about such an affair at all."

The key to the mystery of the most unaccountable smiles is Japanese politeness. The servant sentenced to dismissal for a fault prostrates himself, and asks for pardon with a smile. That smile indicates the very reverse of callousness or insolence: "Be assured that I am satisfied with the great justice of your honorable sentence, and that I am now aware of the gravity of my fault. Yet my sorrow and my necessity have caused me to indulge the unreasonable hope that I may be forgiven for my great rudeness in asking pardon." The youth or girl beyond the age of childish tears, when punished for some error, receives the punishment with a smile which means: "No evil feeling arises in my heart; much worse than this my fault has deserved." And the kurumaya cut by the whip of my Yokohama friend smiled for a similar reason, as my friend must have intuitively felt, since the smile at once disarmed him: "I was very wrong, and you are right to be angry: I deserve to be struck, and therefore feel no resentment."

But it should be understood that the poorest and humblest Japanese is rarely submissive under injustice. His apparent docility is due chiefly to his moral sense. The foreigner who strikes a native for sport may have reason to find that he has made a serious mistake. The Japanese are not to be trifled with; and brutal attempts to trifle with them have cost several worthless lives.

Even after the foregoing explanations, the incident of the Japanese nurse may still seem incomprehensible; but this, I feel quite sure, is because the narrator either suppressed or overlooked certain facts in the case. In the first half of the story, all is perfectly clear. When announcing her husband's death, the young servant smiled, in accordance with the native formality already referred to. What is quite incredible is that, of her own accord, she should have invited the attention of her mistress to the contents of the vase, or funeral urn. If she knew enough of Japanese politeness to smile in announcing her husband's death, she must certainly have known enough to prevent her from perpetrating such an error. She could have shown the vase and its contents only in obedience to some real or fancied command; and when so doing, it is more than possible she may have uttered the low, soft laugh which accompanies either the unavoidable performance of a painful duty, or the enforced utterance of a painful statement. My own opinion is that she was obliged to gratify a wanton curiosity. Her smile or laugh would then have signified: "Do not suffer your honorable feelings to be shocked upon my unworthy account; it is indeed very rude of me, even at your honorable request, to mention so contemptible a thing as my sorrow."

IV

But the Japanese smile must not be imagined as a kind of *sourire figé*, worn perpetually as a soul-mask. Like other matters of deportment, it is regulated by an etiquette which varies in different classes of society. As a rule, the old samurai were not given to smiling upon all occasions; they reserved their amiability for superiors and intimates, and would seem to have maintained toward inferiors an austere reserve. The dignity of the Shintō priesthood has become proverbial; and for centuries the gravity of the Confucian code was mirrored in the decorum of magistrates and officials. From ancient times the nobility affected a still loftier reserve; and the solemnity of rank deepened through all the hierarchies up to that awful state surrounding the Tenshi-Sama, upon whose face no living man might look. But in private life the demeanor of the highest had its amiable relaxation; and even to-day, with some hopelessly modernized exceptions, the noble, the judge, the high priest, the august minister, the military officer, will resume at home, in the intervals of duty, the charming habits of the antique courtesy.

The smile which illuminates conversation is in itself but a small detail of that courtesy; but the sentiment which it symbolizes certainly comprises the larger part. If you happen to have a cultivated Japanese friend who has remained in all things truly Japanese, whose character has remained untouched by the new egotism and by foreign influences, you will probably be able to study in him the particular social traits of the whole people,—traits in his case exquisitely accentuated and polished. You will observe that, as a rule, he never speaks of himself, and that, in reply to searching personal questions, he will answer as vaguely and briefly as possible, with a polite bow of thanks. But, on the other hand, he will ask many questions about yourself: your opinions, your ideas, even trifling details of your daily life, appear to have deep interest for him; and you will probably have occasion to note that he never forgets anything which he has learned concerning you. Yet there are certain rigid limits to his kindly curiosity, and perhaps even to his observation: he will never refer to any disagreeable or painful matter, and he will seem to remain blind to eccentricities or small weaknesses, if you have any. To your face he will never praise you; but he will never laugh at you nor criticise you. Indeed, you will find that he never criticises persons, but only actions in their results. As a private adviser, he will not even directly criticise a plan of which he disapproves, but is apt to suggest a new one in some such guarded language as: "Perhaps it might be more to your immediate interest to do thus and so." When obliged to speak of others, he will refer to them in a curious indirect fashion, by citing and combining a number of incidents sufficiently characteristic to form a picture. But in that event the incidents narrated will almost certainly be of a nature to awaken interest, and to create a favorable impression. This indirect way of conveying information is essentially Confucian. "Even when you have no doubts," says the Li-Ki, "do not let what you say appear as your own view." And it is quite probable that you will notice many other traits in your friend requiring some knowledge of the Chinese classics to understand. But no such knowledge necessary to convince you of his exquisite consideration for others, and his studied suppression of self. Among no other civilized people is the secret of happy living so thoroughly comprehended as among the Japanese; by no other race is the truth so widely understood that our pleasure in life must depend upon the happiness of those about us, and consequently upon the cultivation in ourselves of unselfishness and of patience. For which reason, in Japanese society, sarcasm irony, cruel wit, are not indulged. I might almost say that they have no existence in refined life. A personal failing is not made the subject of ridicule or reproach; an eccentricity is not commented upon; an involuntary mistake excites no laughter.

Stiffened somewhat by the Chinese conservatism of the old conditions, it is true that this ethical system was maintained the extreme of giving fixity to ideas, and at the cost of individuality. And yet, if regulated by a broader comprehension social requirements, if expanded by scientific understanding of the freedom essential to intellectual evolution, the very same moral policy is that through which the highest and happiest results may be obtained. But as actually practiced it was not favorable to originality; it rather tended to enforce the amiable mediocrity of opinion and imagination which still prevails. Wherefore a foreign dweller in the interior cannot but long sometimes for the sharp, erratic inequalities Western life, with its larger joys and pains and its more comprehensive sympathies. But sometimes only, for the intellectual loss is really more than compensated by the social charm; and there can remain no doubt in the mind of one who even partly understands the Japanese, that they are still the best people in the world to live among.

V

As I pen these lines, there returns to me the vision of a Kyōto night. While passing through some wonderfully thronged and illuminated street, of which I cannot remember the name, I had turned aside to look at a statue of Jizō, before the entrance of a very small temple. The figure was that of a kozō, an acolyte,—a beautiful boy; and its smile was a bit of divine realism. As I stood gazing, a young lad, perhaps ten years old, ran up beside me, joined his little hands before the image, bowed his head and prayed for a moment in silence. He had but just left some comrades, and the joy and glow of play were still upon his face; and his unconscious smile was so strangely like the smile of the child of stone that the boy seemed the twin brother of the god. And then I thought: "The smile of bronze or stone is not a copy only; but that which the Buddhist sculptor symbolizes thereby must be the explanation of the smile of the race."

That was long ago; but the idea which then suggested itself still seems to me true. However foreign to Japanese soil the origin of Buddhist art, yet the smile of the people signifies the same conception as the smile of the Bosatsu,—the happiness that is born of self-control and self-suppression. "If a man conquer in battle a thousand times a thousand and another conquer himself, he who conquers himself is the greatest of conquerors." "Not even a god can change into defeat the victory of the man who has vanquished himself."[4] Such Buddhist texts as these—and they are many—assuredly express, though they cannot be assumed to have created, those moral tendencies which form the highest charm of the Japanese character. And the whole moral idealism of the race seems to me to have been imaged in that marvelous Buddha of Kamakura, whose countenance, "calm like a deep, still water"[5] expresses, as perhaps no other work of human hands can have expressed, the eternal truth: "There is no higher happiness than rest."[6] It is toward that infinite calm that the aspirations of the Orient have been turned; and the ideal of the Supreme Self-Conquest it has made its own. Even now, though agitated at its surface by those new influences which must sooner or later move it even to its uttermost depths, the Japanese mind retains, as compared with the thought of the West, a wonderful placidity. It dwells but little, if at all, upon those ultimate abstract questions about which we most concern ourselves. Neither does it comprehend our interest in them as we desire to be comprehended. "That you should not be indifferent to religious speculations," a Japanese scholar once observed to me, "is quite natural; but it is equally natural that we should never trouble ourselves about them. The philosophy of Buddhism has a profundity far exceeding that of your Western theology, and we have studied it. We have sounded the depths of speculation only to fluid that there are depths unfathomable below those depths; we have voyaged to the farthest limit that thought may sail, only to find that the horizon for ever recedes. And you, you have remained for many thousand years as children playing in a stream but ignorant of the sea. Only now you have reached its shore by another path than ours, and the vastness is for you a new wonder; and you would sail to Nowhere because you have seen the infinite over the sands of life."

Will Japan be able to assimilate Western civilization, as she did Chinese more than ten centuries ago, and nevertheless preserve her own peculiar modes of thought and feeling? One striking fact is hopeful: that the Japanese admiration for Western material superiority is by no means extended to Western morals. Oriental thinkers do not commit the serious blunder of confounding mechanical with ethical progress, nor have any failed to perceive the moral weaknesses of our boasted civilization. One Japanese writer has expressed his judgment of things Occidental after a fashion that deserves to be noticed by a larger circle of readers than that for which it was originally written:

"Order or disorder in a nation does not depend upon something that falls from the sky or rises from the earth. It is determined by the disposition of the people. The pivot on which the public disposition turns towards order or disorder is the point where public and private motives separate. If the people be influenced chiefly by public considerations, order is assured; if by private, disorder is inevitable. Public considerations are those that prompt the proper observance of duties; their prevalence signifies peace and prosperity in the case alike of families, communities, and nations. Private considerations are those suggested by selfish motives: when they prevail, disturbance and disorder are unavoidable. As members of a family, our duty is to look after the welfare of that family; as units of a nation, our duty is to work for the good of the nation. To regard our family affairs with all the interest due to our family and our national affairs with all the interest due to our nation,—this is to fitly discharge our duty, and to be guided by public considerations. On the other hand, to regard the affairs of the nation as if they were our own family affairs,—this is to be influenced by private motives and to stray from the path of duty....

"Selfishness is born in every man; to indulge it freely is to become a beast. Therefore it is that sages preach the principles of duty and propriety, justice and morality, providing restraints for private aims and encouragements for public spirit.... What we know of Western civilization is that it struggled on through long centuries in a confused condition and finally attained a state of some order; but that even this order, not being based upon such principles as those of the natural and immutable distinctions between sovereign and subject, parent and child, with all their corresponding rights and duties, is liable to constant change according to the growth of human ambitions and human aims. Admirably suited to persons whose actions are controlled by selfish ambition, the adoption of this system in Japan is naturally sought by a certain class of politicians. From a superficial point of view, the Occidental form of society is very attractive, inasmuch as, being the outcome of a free development of human desires from ancient times, it represents the very extreme of luxury and extravagance. Briefly speaking, the state of things obtaining in the West is based upon the free play of human selfishness, and can only be reached by giving full sway to that quality. Social disturbances are little heeded in the Occident; yet they are at once the evidences and the factors of the present evil state of affairs. . . . Do Japanese enamored of Western ways propose to have their nation's history written in similar terms? Do they seriously contemplate turning their country into a new field for experiments in Western civilization? . . .

"In the Orient, from ancient times, national government has been based on benevolence, and directed to securing the welfare and happiness of the people. No political creed has ever held that intellectual strength should be cultivated for the purpose of exploiting inferiority and ignorance. . . . The inhabitants of this empire live, for the most part, by manual labor. Let them be never so industrious, they hardly earn enough to supply their daily wants. They earn on the average about twenty sen daily. There is no question with them of aspiring to wear fine clothes or to inhabit handsome houses. Neither can they hope to reach positions of fame and honor. What offence have these poor people committed that they, too, should not share the benefits of Western civilization? . . . By some, indeed, their condition is explained on the hypothesis that their desires do not prompt them to better themselves. There is no truth in such a supposition. They have desires, but nature has limited their capacity to satisfy them; their duty as men limits it, and the amount of labor physically possible to a human being limits it. They achieve as much as their opportunities permit. The best and finest products of their labor they reserve for the wealthy; the worst and roughest they keep for their own use. Yet there is nothing in human society that does not owe its existence to labor. Now, to satisfy the desires of one luxurious man, the toil of a thousand is needed. Surely it is monstrous that those who owe to labor the pleasures suggested by their civilization should forget what they owe to the laborer, and treat him as if he were not a fellow-being. But civilization, according to the interpretation of the Occident, serves only to satisfy men of large desires. It is of no benefit to the masses, but is simply a system under which ambitions compete to accomplish their aims. . . . That the Occidental system is gravely disturbing to the order and peace of a country is seen by men who have eyes, and heard by men who have ears. The future of Japan under such a system fills us with anxiety. A system based on the principle that ethics and religion are made to serve human ambition naturally accords with the wishes of selfish individuals; and such theories as those embodied in the modem formula of liberty and equality annihilate the established relations of society, and outrage decorum and propriety. . . . Absolute equality and absolute liberty being unattainable, the limits prescribed by right and duty are supposed to be set. But as each person seeks to have as much right and to be burdened with as little duty as possible, the results are endless disputes and legal contentions. The principles of liberty and equality may succeed in changing the organization of nations, in overthrowing the lawful distinctions of social rank, in reducing all men to one nominal level; but they can never accomplish the equal distribution of wealth and property. Consider America. . . . It is plain that if the mutual rights of men and their status are made to depend on degrees of wealth, the majority of the people, being without wealth, must fail to establish their rights; whereas the minority who are wealthy will assert their rights, and, under society's sanction, will exact oppressive duties from the poor, neglecting the dictates of humanity and benevolence. The adoption of these principles of liberty and equality in Japan would vitiate the good and peaceful customs of our country, render the general disposition of the people harsh and unfeeling, and prove finally a source of calamity to the masses. . . .

"Though at first sight Occidental civilization presents an attractive appearance, adapted as it is to the gratification of selfish desires, yet, since its basis is the hypothesis that men's wishes constitute natural laws, it must ultimately end in disappointment and demoralization. . . . Occidental nations have become what they are after passing through conflicts and vicissitudes of the most serious kind; and it is their fate to continue the struggle. Just now their motive elements are in partial equilibrium, and their social condition' is more or less ordered. But if this slight equilibrium happens to be disturbed, they will be thrown once more into confusion and change, until, after a period of renewed struggle and suffering, temporary stability is once more attained. The poor and powerless of the present may become the wealthy and strong of the future, and *vice versa*. Perpetual disturbance is their doom. Peaceful equality can never be attained until built up among the ruins of annihilated Western' states and the ashes of extinct Western peoples."[7]

Surely, with perceptions like these, Japan may hope to avert some of the social perils which menace her. Yet it appears inevitable that her approaching transformation must be coincident with a moral decline. Forced into the vast industrial competition of nations whose civilizations were never based on altruism, she must eventually develop those qualities of which the comparative absence made all the wonderful charm of her life. The national character must continue to harden, as it has begun to harden already. But it should never be forgotten that Old Japan was quite as much in advance of the nineteenth century morally as she was behind it materially. She had made morality instinctive, after having made it rational. She had realized, though within restricted limits, several among those social conditions which our ablest thinkers regard as the happiest and the highest. Throughout all the grades of her complex society she had cultivated both the comprehension and the practice of public and private duties after a manner for which it were vain to seek any Western parallel. Even her moral weakness was the result of an excess of that which all civilized religions have united in proclaiming virtue,—the self-sacrifice of the individual for the sake of the family, of the community, and of the nation. It was the weakness indicated by Percival Lowell in his Soul of the Far East, a book of which the consummate genius cannot be justly estimated without some personal knowledge of the Far East.[8] The progress made by Japan in social morality, although greater than our own, was chiefly in the direction of mutual dependence. And it will be her coming duty to keep in view the teaching of that mighty thinker whose philosophy she has wisely accepted,[9]—the teaching that "the highest individuation must be joined with the greatest mutual dependence," and that, however seemingly paradoxical the statement, "the law of progress is at once toward complete separateness and complete union."

Yet to that past which her younger generation now affect to despise Japan will certainly one day look back, even as we ourselves look back to the old Greek civilization. She will learn to regret the forgotten capacity for simple pleasures, the lost sense of the pure joy of life, the old loving divine intimacy with nature, the marvelous dead art which reflected it. She will remember how much more luminous and beautiful the world then seemed. She will mourn for many things,—the old-fashioned patience and self-sacrifice, the ancient courtesy, the deep human poetry of the ancient faith. She will wonder at many things; but she will regret. Perhaps she will wonder most of all at the faces of the ancient gods, because their smile was once the likeness of her own.

1) The reader will find it well worth his while to consult the chapter entitled "Domestic Service," in Miss Bacon's *Japanese Girls and Women*, for an interesting and just presentation of the practical side of the subject, as relating to servants of both sexes. The poetical side, however, is not treated of,—perhaps because intimately connected with religious beliefs which one writing from the Christian standpoint could not be expected to consider sympathetically. Domestic service in ancient Japan was both transfigured and regulated by religion; and the force of the religious sentiment concerning it may be divined from the Buddhist saying, still current: —

Oya-ko wa is-se,
Fūfu wa ni-se,
Shujū wa san-se.

The relation of parent and child endures for the space of one life only; that of husband and wife for the space of two lives; but the relation between msater and servant continues for the period of three existences.

2) The shocks continued, though with lessening frequency and violence, for more than six months after the cataclysm.

3) Of course the converse is the rule in condoling with the sufferer.

4) Dhammapada.

5) Dammikkasutta.

6) Dhammapada.

7) These extracts from a translation in the *Japan Daily Mail*, November 19, 20, 1890, of Viscount Tōrio's famous conservative essay do not give a fair idea of the force and logic of the whole. The essay is too long to quote entire; and any extracts from the *Mail's* admirable translation suffer by their isolation from the singular chains of ethical, religious, and philosophical reasoning which bind the Various parts of the composition together. The essay was furthermore remarkable as the production of a native scholar totally uninfluenced by Western thought. He correctly predicted those social and political disturbances which have occurred in Japan since the opening of the new parliament. Viscount Tōrio is also well known as a master of Buddhist philosophy. He holds a high rank in the Japanese army.

8) In expressing my earnest admiration of this wonderful book, I must, however, declare that several of its conclusions, and especially the final ones, represent the extreme reverse of my own beliefs on the subject. I do not think the Japanese without individuality; but their individuality is less superficially apparent, and reveals itself much less quickly, than that of Western people. I am also convinced that much of what we call "personality" and "force of character" in the West represents only the survival and recognition of primitive aggressive tendencies, more or less disguised by culture. What Mr. Spencer calls the *highest* individuation surely does not include extraordinary development of powers adapted to merely aggressive ends; and yet it is rather through these than through any others that Western individuality most commonly and readily manifests itself. Now there is, as yet, a remarkable scarcity in Japan, of domineering, brutal, aggressive, or morbid individuality. What does impress one as an apparent weakness in Japanese intellectual circles is the comparative

absence of spontaneity, creative thought, original perceptivity of the highest order.   Perhaps this seeming deficiency is racial: the peoples of the Far East seem to have been throughout their history receptive rather than creative. At all events I cannot believe Buddhism—originally the faith of an Aryan race—can be proven responsible.   The total exclusion of Buddhist influence from public education would not seem to have been stimulating; for the masters of the old Buddhist philosophy still show a far higher capacity for thinking in relations than that of the average graduate of the Imperial University. Indeed, I am inclined to believe that an intellectual revival of Buddhism—a harmonizing of its loftier truths with the best and broadest teachings of modern science—would have the most important results for Japan.   A native scholar, Mr. Inouye Enryō, has actually founded at Tōkyō with this noble object in view, a college of philosophy which seems likely, at the present writing, to become an influential institution.

9)   Herbert Spencer.

（イギリス・ダラム市近郊の神学校聖カスバート・カレッジ・アショー校）

OUT OF THE EAST

THE STONE BUDDHA

I

ON the ridge of the hill behind the Government College, —above a succession of tiny farm fields ascending the slope by terraces, —there is an ancient village cemetery. It is no longer used: the people of Kurogamimura now bury their dead in a more secluded spot; and I think their fields are beginning already to encroach upon the limits of the old graveyard.

Having an idle hour to pass between two classes, I resolve to pay the ridge a visit. Harmless thin black snakes wiggle across the way as I climb; and immense grasshoppers, exactly the color of parched leaves, whirr away from my shadow. The little field path vanishes altogether under coarse grass before reaching the broken steps at the cemetery gate; and in the cemetery itself there is no path at all—only weeds and stones. But there is a fine view from the ridge: the vast green Plain of Higo, and beyond it bright blue hills in a half-ring against the horizon light, and even beyond them the cone of Aso smoking forever.

Below me, as in a bird's-eye view, appears the college, like a miniature modern town, with its long ranges of many windowed buildings, all of the year 1887. They represent the purely utilitarian architecture of the nineteenth century: they might be situated equally well in Kent or in Auckland or in New Hampshire without appearing in the least out of tone with the age. But the terraced fields above and the figures toiling in them might be of the fifth century. The language cut upon the haka whereon I lean is transliterated Sanscrit. And there is a Buddha beside me, sitting upon his lotus of stone just as he sat in the days of Kato Kiyomasa. His meditative gaze slants down between his half-closed eyelids upon the Government College and its tumultuous life; and he smiles the smile of one who has received an injury not to be resented. This is not the expression wrought by the sculptor: moss and scurf have distorted it. I also observe that his hands are broken. I am sorry, and try to scrape the moss away from the

225

little symbolic Protuberance on his forehead, remembering the ancient text of the "Lotus of the Good Law:"—

"There issued a ray of light from the circle of hair between the brows of the Lord. It extended over eighteen hundred thousand Buddha fields, so that all those Buddha fields appeared wholly illuminated by its radiance, down to the great hell Aviki, and up to the limit of existence. And all the beings in each of the Six States of existence became visible, — all without exception. Even the Lord Buddhas in those Buddha fields who had reached final Nirvana, all became visible."

II

The sun is high behind me; the landscape before me as in an old Japanese picture-book. In old Japanese color-prints there are, as a rule, no shadows. And the Plain of Higo, all shadowless, broadens greenly to the horizon, where the blue spectres of the peaks seem to float in the enormous glow. But the vast level presents no uniform hue: it is banded and seamed by all tones of green, intercrossed as if laid on by long strokes of a brush. In this again the vision resembles some scene from a Japanese picture-book.

Open such a book for the first time, and you receive a peculiarly startling impression, a sensation of surprise, which causes you to think: "How strangely, how curiously, these people feel and see Nature !" The wonder of it grows upon you, and you ask: "Can it be possible their senses are so utterly different from ours ?" Yes, it is quite possible; but look a little more. You do so, and there defines a third and ultimate idea, confirming the previous two. You feel the picture is more true to Nature than any Western painting of the same scene would be,—that it produces sensations of Nature no Western picture could give. And indeed there are contained within it whole ranges of discoveries for you to make. Before making them, however, you will ask yourself another riddle, somewhat thus: "All this is magically vivid; the inexplicable color is Nature's own. *But why does the thing seem so ghostly ?"*

Well, chiefly because of the absence of shadows. What prevents you from missing them at once is the astounding skill in the recognition and use of color-values. The scene, however, is not depicted as if illumined from one side, but as if throughout suffused with light. Now there are really moments when landscapes do wear this aspect; but our artists rarely study them.

Be it nevertheless observed that the old Japanese loved shadows made by the moon, and painted the same, because these were weird and did not interfere with color. But they had no admiration for shadows that blacken and break the charm of the world under the sun. When their noon-day landscapes are flecked by shadows at all, 't is by very thin ones only, —mere deepenings of tone like those fugitive half-glooms which run before a summer cloud. And the inner as well as the outer world was luminous for them. Psychologically also they saw life without shadows.

Then the West burst into their Buddhist peace, and saw their art, and bought it up till an Imperial law was issued to preserve the best of what was left. And when there was nothing more to be bought, and it seemed possible that fresh creation might reduce the market price of what had been bought already, then the West said: "Oh, come now! you must n't go on drawing and seeing things that way, you know! It is n't Art ! You must really learn to see shadows, you know, —and pay me to teach you."

So Japan paid to learn how to see shadows in Nature, in life, and in thought. And the West taught her that the sole business of the divine sun was the making of the cheaper kind of shadows. And the West taught her that the higher-priced shadows were the sole product of Western civilization, and bade her admire and adopt. Then Japan wondered at the shadows of machinery and chimneys and telegraph-poles; and at the shadows of mines and of factories, and the shadows in the hearts of those who worked there; and at the shadows of houses twenty stories high, and of hunger begging under them; and shadows of enormous charities that multiplied poverty; and shadows of social reforms that multiplied vice; and shadows of shams and hypocrisies and swallow-tail coats; and the shadow of a foreign God, said to have created mankind for the purpose of an *auto-da-fe*. Whereat Japan became rather serious, and refused to study any more silhouettes. Fortunately for the world, she returned to her first matchless art; and fortunately for herself, returned to her own beautiful faith. But some of the shadows still clung to her life; and she cannot possibly get rid of them. Never again can the world seem to her quite so beautiful as it did before.

III

Just beyond the cemetery, in a tiny patch of hedged-in land, a farmer and his ox are plowing the black soil with a plow of the Period of the Gods; and the wife helps the work with a hoe more ancient than even the Empire of Japan. All the three are toiling with a strange earnestness, as though goaded without mercy by the knowledge that labor is the price of life.

That man I have often seen before in the colored prints of another century. I have seen him in kakemono of much more ancient date. I have seen him on painted screens of still greater antiquity. Exactly the same ! Other fashions beyond counting have passed : the peasant's straw hat, straw coat, and sandals of straw remain. He himself is older, incomparably older, than his attire. The earth he tills has indeed swallowed him up a thousand times a thousand times; but each time it has given back to him his life with force renewed. And with this perpetual renewal he is content: he asks no more. The mountains change their shapes; the rivers shift their courses; the stars change their places in the sky: he changes never. Yet, though unchanging, is he a maker of change. Out of the sum of his toil are wrought the ships of iron, the roads of steel, the palaces of stone; his are the hands that pay for the universities and the new learning, for the telegraphs and the electric lights and the repeating-rifles, for the machinery of science and the machinery of commerce and the machinery of war. He is the giver of all; he is given in return — the right to labor forever. Wherefore he plows the centuries under, toplant new lives of men. And he will thus, toil on till the work of the world shall have been done, — till the time of the end of man.

And what will be that end ? Will it be ill or well ? Or must it for all of us remain a mystery insolvable ?"

Out of the wisdom of the West is answer given: "Man's evolution is a progress into perfection and beatitude. The goal of evolution is Equilibration. Evils will vanish, one by one, till only that which is good survive. Then shall knowledge obtain its uttermost expansion; then shall mind put forth its most wondrous blossoms; then shall cease all struggle and all bitterness of soul, and all the wrongs and all the follies of life. Men shall become as gods, in all save immortality; and each existence shall be prolonged through centuries; and all the joys of life shall be made common in many a paradise terrestrial, fairer than poet's dream. And there shall be neither rulers nor ruled, neither governments nor laws; for the order of all things shall be resolved by love."

But thereafter ?

"Thereafter ? Oh, thereafter by reason of the persistence of Force and other cosmic laws, dissolution must come: all integration must yield to disintegration. This is the testimony of science."

Then all that may have been won, must be lost; all that shall have been wrought, utterly undone. Then all that shall have been overcome, must overcome; all that may have been suffered for good, must be suffered again for no purpose interpretable. Even as out of the Unknown was born the immeasurable pain of the Past, so into the Unknown must expire the immeasurable pain of the Future. What, therefore, the worth of our evolution ? what, therefore, the meaning of life — of this phantom-flash between darknesses ? Is your evolution only a passing out of absolute mystery into universal death ? In the hour when that man in the hat of straw shall have crumbled back, for the last mundane time, into the clay he tills, of what avail shall have been all the labor of a million years ?

"Nay!" answers the West. "There is not any universal death in such a sense. Death signifies only change. Thereafter will appear another universal life. All that assures us of dissolution, not less certainly assures us of renewal. The Cosmos, resolved into a nebula, must recondense to form another swarm of worlds. And then, perhaps, your peasant may reappear with his patient ox, to till some soil illumined by purple or violet suns." Yes, but after that resurrection ? "Why, then another evolution, another equilibration, another dissolution. This is the teaching of science. This is the infinite law."

But then that resurrected life, can it be ever new ? Will it not rather be infinitely old ? For so surely as that which is must eternally be, so must that which will be have eternally been. As there can be no end, so there can have been no beginning; and even Time is an illusion, and there is nothing new beneath a hundred million suns. Death is not death, not a rest, not an end of pain, but the most appalling of mockeries. And out of this infinite whirl of pain you can tell us no way of escape. Have you then made us any wiser than that straw-sandaled peasant is ? He knows all this. He learned, while yet a child, from the priests who taught him to write in the Buddhist temple school, something of his own innumerable births, and of the apparition and disparition of universes, and of the unity of life. That which you have mathematically discovered was known to the East long before the coming of the Buddha. How known, who may say ? Perhaps there have been memories that survived the wrecks of universes. But be that as it may, your annunciation is enormously old: your methods only are new, and serve merely to confirm ancient theories of the Cosmos, and to recomplicate the complications of the everlasting Riddle.

Unto which the West makes answer: "Not so ! I have discerned the rhythm of that eternal action whereby worlds are shapen or dissipated; I have divined the Laws of Pain evolving all sentient existence, the Laws of Pain evolving thought; I have discovered and proclaimed the means by which sorrow may be lessened; I have taught the necessity of effort, and the highest duty of life. And surely the knowledge of the duty of life is the knowledge of largest worth to man."

Perhaps. But the knowledge of the necessity and of the duty, as you have proclaimed them, is a knowledge very, very much older than you. Probably that peasant knew it fifty thousand years ago, on this planet. Possibly also upon other long - vanished planets, in cycles forgotten by the gods. If this be the Omega of Western wisdom, then is he of the straw sandals our equal in knowledge, even though he be classed by the Buddha among the ignorant ones only, — they who "people the cemeteries again and again."

"He cannot know," makes answer Science; "at the very most he only believes, or thinks that he believes. Not even his wisest priests can prove. I alone have proven; I alone have given proof absolute. And I have proved for ethical renovation, though accused of proving for destruction. I have defined the uttermost impassable limit of human knowledge; but I have also established for all time the immovable foundations of that highest doubt which is wholesome, since it is the substance of hope. I have shown that even the least of human thoughts, of human acts, may have perpetual record, —making self-registration through tremulosities invisible that pass to the eternities. And I have fixed the basis of a new morality upon everlasting truth, even though I may have left of ancient creeds only their empty shell."

Creeds of the West—yes! But not of the creed of this older East. Not yet have you even measured it. What matter that this peasant cannot prove, since thus much of his belief is that which you have proved for all of us? And he holds still another belief that reaches beyond yours. He too has been taught that acts and thoughts outlive the lives of men. But he has been taught more than this. He has been taught that the thoughts and acts of each being, projected beyond the individual existence, shape other lives unborn; he has been taught to control his most secret wishes, because of their immeasurable inherent potentialities. And he has been taught all this in words as plain and thoughts as simply woven as the straw of his rain-coat. What if he cannot prove his premises ? you have proved them, for him and for the world. He has only a theory of the future, indeed; but you have furnished irrefutable evidence that it is not founded upon dreams. And since all your past labors have only served to confirm a few of the beliefs stored up in his simple mind, is it any folly to presume that your future labors also may serve to prove the truth of other beliefs of his, which you have not yet taken the trouble to examine ?

"For instance, that earthquakes are caused by a big fish ?"

Do not sneer! Our Western notions about such things were just as crude only a few generations back. No! I mean the ancient teaching that acts and thoughts are not merely the incidents of life, but its creators. Even as it has been written, "*All that we are is the result of what we have thought: it is founded an our thoughts; it is made up of our thoughts."*

V

And there comes to me the memory of a queer story.

The common faith of the common people, that the misfortunes of the present are results of the follies committed in a former state of existence, and that the errors of this life will influence the future birth is curiously reinforced by various superstitions probably much older than Buddhism, but not at variance with its faultless doctrine of conduct. Among these, perhaps the most remarkable is the belief that even our most secret thoughts of evil may have ghostly consequences upon *other people's lives.*

The house now occupied by one of my friends used to be haunted. You could never imagine it to have been haunted, because it is unusually luminous, extremely pretty, and comparatively new. It has no dark nooks or corners. It is surrounded with a large bright garden, — a Kyūshū landscape garden without any big trees for ghosts to hide behind. Yet haunted it was, and in broad day.

First you must learn that in this Orient there are two sorts of haunters: the Shi-ryō and the Iki-ryō. The Shi-ryō are merely the ghosts of the dead; and here, as in most lands, they follow their ancient habit of coming at night only. But the Iki-ryō, which are the ghosts of the living, may come at all hours; and they are much more to be feared, because they have power to kill.

Now the house of which I speak was haunted by an Iki-ryō.

The man who built it was an official, wealthy and esteemed. He designed it as a home for his old age; and when it was finished he filled it with beautiful things, and hung tinkling wind bells along its eaves. Artists of skill painted the naked precious wood of its panels with blossoming sprays of cherry and plum tree, and figures of gold-eyed falcons poised on crests of pine, and slim fawns feeding under maple shadows, and wild ducks in snow, and herons flying, and iris flowers blooming, and long-armed monkeys clutching at the face of the moon in water: all the symbols of the seasons and of good fortune.

Fortunate the owner was; yet he knew one sorrow—he had no heir. Therefore, with his wife's consent, and according to antique custom, he took a strange woman into his home that she might give him a child, — a young woman from the country, to whom large promises were made. When she had borne him a son, she was sent away; and a nurse was hired for the boy, that he might not regret his real mother. All this had been agreed to beforehand; and there were ancient usages to justify it. But all the promises made to the mother of the boy had not been fulfilled when she was sent away.

And after a little time the rich man fell sick; and he grew worse thereafter day by day; and his people said there was an Iki-ryō in the house. Skilled physicians did all they could for him; but he only became weaker and weaker; and the physicians at last confessed they had no more hope. And the wife made offerings at the Ujigami, and prayed to the Gods; but the Gods gave answer: "He must die unless he obtain forgiveness from one whom. he wronged, and undo the wrong by making just amend. For there is an Iki-ryō in your house."

Then the sick man remembered, and was conscience-smitten, and sent out servants to bring the woman back to his home. But she was gone,— somewhere lost among the forty millions of the Empire. And the sickness ever grew worse; and search was made in vain; and the weeks passed. At last there came to the gate a peasant who said that he knew the place to which the woman had gone, and that he would journey to find her if supplied with means of travel. But the sick man, hearing, cried out: "No! she would never forgive me in her heart, because she could not. It is too late !" And he died. After which the widow and the relatives and the little boy abandoned the new house; and strangers entered thereinto.

Curiously enough, the people spoke harshly concerning the mother of the boy—holding her to blame for the haunting.

I thought it very strange at first, not because I had formed any positive judgment as to the rights and wrongs of the case. Indeed I could not form such a judgment; for I could not learn the full details of the story. I thought the criticism of the people very strange, notwithstanding.

Why ? Simply because there is nothing voluntary about the sending of an Iki-ryō. It is not witchcraft at all. The Iki-ryō goes forth without the knowledge of the person whose emanation it is. (There is a kind of witchcraft which is believed to send Things, —but not Iki-ryō.) You will now understand why I thought the condemnation of the young woman very strange.

But you could scarcely guess the solution of the problem. It is a religious one, involving conceptions totally unknown to the West. She from whom the Iki-ryō proceeded was never blamed by the people as a witch. They never suggested that it might have been created with her knowledge. They even sympathized with what they deemed to be her just plaint. They blamed her only for having been too angry, —for not sufficiently controlling her unspoken resentment, —because she should have known *that anger, secretly indulged, can have ghostly consequences.*

I ask nobody to take for granted the possibility of the Iki-ryō, except as a strong form of conscience. But as an influence upon conduct, the belief certainly has value. Besides, it is suggestive. Who is really able to assure us that secret evil desires, pent-up resentments, masked hates, do not exert any force outside of the will that conceives and nurses them? May there not be a deeper meaning than Western ethics recognize in those words of the Buddha, —"*Hatred ceases not by hatred at any time; hatred ceases by love: this is an old rule*"? It was very old then, even in his day. In ours it has been said, "Whensoever a wrong is done you, and you do not resent it, then so much evil dies in the world." But does it ? Are we quite sure that not to resent it is enough? Can the motive tendency set loose in the mind by the sense of a wrong be nullified simply by nonaction on the part of the wronged ? Can any force die? The forces we know may be transformed only. So much also may be true of the forces we do not know; and of these are Life, Sensation, Will, —all that makes up the infinite mystery called "I."

V

"The duty of Science," answers Science, "is to systematize human experience, not to theorize about ghosts. And the judgment of the time, even in Japan, sustains this position taken by Science. What is now being taught below there, —my doctrines, or the doctrines of the Man in the Straw Sandals ? "

Then the Stone Buddha and I look down upon the college together; and as we gaze, the smile of the Buddha—perhaps because of a change in the light—seems to me to have changed its expression, to have become an ironical smile. Nevertheless he is contemplating the fortress of a more than formidable enemy. In all that teaching of four hundred youths by thirty-three teachers, there is no teaching of faith, but only teaching of fact, —only teaching of the definite results of the systematization of human experience. And I am absolutely certain that if I were to question, concerning the things of the Buddha, any of those thirty-three instructors (saving one dear old man of seventy, the Professor of Chinese), I should receive no reply. For they belong unto the new generation, holding that such topics are fit for the consideration of Menin-Straw-Rain-coats only, and that in this twenty-sixth year of Meiji, the scholar should occupy himself only with the results of the systematization of human experience. Yet the systematization of human experience in no wise enlightens us as to the Whence, the Whither, or, worst of all! — the Why.

"The Laws of Existence which proceed from a cause, — the cause of these hath the Buddha explained, as also the destruction of the same. Even of such truths is the great Sramana the teacher."

And I ask myself, Must the teaching of Science in this land efface at last the memory of the teaching of the Buddha ?

"As for that," makes answer Science, "the test of the right of a faith to live must be sought in its power to accept and to utilize my revelations. Science neither affirms what it cannot prove, nor denies that which it cannot rationally disprove. Theorizing about the Unknowable, it recognizes and pities as a necessity of the human mind. You and the

Man-in-the-Straw-Rain-coat may harmlessly continue to theorize for such time as your theories advance in lines parallel with my facts, but no longer."

And seeking inspiration from the deep irony of Buddha's smile, I theorize in parallel lines.

VI

The whole tendency of modern knowledge, the whole tendency of scientific teaching, is toward the ultimate conviction that the Unknowable, even as the Brahma of ancient Indian thought, is inaccessible to prayer. Not a few of us can feel that Western Faith must finally pass away forever, leaving us to our own resources when our mental manhood shall have been attained, even as the fondest of mothers must leave her children at last. In that fair day her work will all have been done; she will have fully developed our recognition of certain eternal spiritual laws; she will have fully ripened our profounder human sympathies; she will have fully prepared us by her parables and fairy tales, by her gentler falsehoods, for the terrible truth of existence; — prepared us for the knowledge that there is no divine love save the love of man for man; that we have no All-Father, no Saviour, no angel guardians; that we have no possible refuge but in ourselves.

Yet even in that strange day we shall only have stumbled to the threshold of the revelation given by the Buddha so many ages ago: "*Be ye lamps unto yourselves; be ye a refuge unto yourselves. Betake yourselves to no other refuge. The Buddhas are only teachers. Hold ye fast to the truth as to a lamp. Hold fast as a refuge to the truth. Look not for refuge to any beside yourselves.*"

Does the utterance shock ? Yet the prospect of such a void awakening from our long fair dream of celestial aid and celestial love would never be the darkest prospect possible for man. There is a darker, also foreshadowed by Eastern thought. Science may hold in reserve for us discoveries infinitely more appalling than the realization of Richter's dream, —the dream of the dead children seeking vainly their father Jesus. In the negation of the materialist even, there was a faith of consolation— self-assurance of

236

individual cessation, of oblivion eternal. But for the existing thinker there is no such faith. It may remain for us to learn, after having vanquished all difficulties possible to meet upon this tiny sphere, that there await us obstacles to overcome beyond it, —obstacles vaster than any system of worlds, ·· obstacles weightier than the whole inconceivable Cosmos with its centuries of millions of systems; that our task is only beginning; and that there will never be given to us even the ghost of any help, save the help of unutterable and unthinkable Time. We may have to learn that the infinite whirl of death and birth, out of which we cannot escape, is of our own creation, of our own seeking; — that the forces integrating worlds are the errors of the Past; — that the eternal sorrow is but the eternal hunger of insatiable desire;—and that the burnt-out suns are rekindled only by the inextinguishable passions of vanished lives.

（ハーバート・スペンサーと著書）

（宍道湖）

KOKORO

THE IDEA OF PRE-ËXISTENCE

"If a Bikkhu should desire, O brethren, to call to mind his various temporary states in days gone by—such as one birth, two births, three, four, five, ten, twenty, thirty, fifty, one hundred, or one thousand, or one hundred thousand births, —in all their modes and all their details, let him be devoted to quietude of heart, —let him look through things, let him be much alone."
—*Akankheyya Sutta.*

I

WERE I to ask any reflecting Occidental, who had passed some years in the real living atmosphere of Buddhism, what fundamental idea especially differentiates Oriental modes of thinking from our own, I am sure he would answer: "The Idea of Pre-ëxistence." It is this idea, more than any other, which permeates the whole mental being of the Far East. It is universal as the wash of air: it colors every emotion; it influences, directly or indirectly, almost every act. Its symbols are perpetually visible, even in details of artistic decoration; and hourly by day or night, some echoes of its language float uninvited to the ear. The utterances of the people, —their household sayings, their proverbs, their pious or profane exclamations, their confessions of sorrow, hope, joy, or despair, —are all informed with it. It qualifies equally the expression of hate or the speech of affection; and the term *ingwa*, or *innen*, —meaning karma as inevitable retribution, —comes naturally to every lip as an interpretation, as a consolation, or as a reproach. The peasant toiling up some steep road, and feeling the weight of his handcart straining every muscle, murmurs patiently: "Since this is ingwa, it must be suffered." Servants disputing, ask each other, "By reason of what ingwa must I now dwell with such a one as you?" The incapable or vicious man is reproached with his ingwa; and the misfortunes of the wise or the virtuous are explained by the same Buddhist word. The law-breaker confesses his crime, saying: "That which I did I knew to be wicked when doing; but my ingwa was stronger than my heart." Separated lovers seek death under the belief that their union in this life is banned by the results of their sins in a former one; and, the victim of an injustice tries to allay his natural anger by the self-assurance that he is expiating some forgotten fault which had to, be expiated in the eternal order of things.... So likewise even the commonest references to a spiritual future imply the general creed of a spiritual past. The mother warns her little ones at play about the effect of wrong-doing upon their future births, as the children of other parents. The pilgrim or the street-beggar accepts your alms with the prayer that your next birth may be fortunate. The aged *inkyo*, whose sight and hearing begin to fail, talks cheerily of the impending change that is to provide him with a fresh young body. And the expressions *Yakusoku,* signifying the Buddhist idea of necessity; *mae no yo,* the last life; *akirame*, resignation, recur as frequently in Japanese common parlance as do the words "right" and "wrong" in English popular speech.

After long dwelling in this psychological medium, you find that it has penetrated your own thought, and has effected therein various changes. All concepts of life implied by the idea of preexistence, —all those beliefs which, however sympathetically studied, must at first have seemed more than strange to you, — finally lose that curious or fantastic character with which novelty once invested them, and present themselves under a perfectly normal aspect. They explain so many things so well as even to look rational; and quite rational some assuredly are when measured by the scientific thought of the nineteenth century. But to judge them fairly, it is first necessary to sweep the mind clear of all Western ideas of metempsychosis. For there is no resemblance between the old Occidental conceptions of soul—the Pythagorean or the Platonic, for example—and the Buddhist conception; and it is precisely because of this unlikeness that the Japanese beliefs prove themselves reasonable. The profound difference between old-fashioned Western thought and Eastern thought in this regard is, that for the Buddhist the conventional soul—the single, tenuous, tremulous, transparent inner man, or ghost—does not exist. The Oriental Ego is not individual. Nor is it even a definitely numbered multiple like the Gnostic soul. It is an aggregate or composite of inconceivable complexity, —the concentrated sum of the creative thinking of previous lives beyond all reckoning.

II

The interpretative power of Buddhism, and the singular accord of its theories with the facts of modern science, appear especially in that domain of psychology whereof Herbert Spencer has been the greatest of all explorers. No small part of our psychological life is composed of feelings which Western theology never could explain. Such are those which cause the still speechless infant to cry at the sight of certain faces, or to smile at the sight of others. Such are those instantaneous likes or dislikes experienced on meeting strangers, those repulsions or attractions called "first impressions," which intelligent children are prone to announce with alarming frankness, despite all assurance that "people must not be judged by appearances": a doctrine no child in his heart believes. To call these feelings instinctive or intuitive, in the theological meaning of instinct or intuition, explains nothing at all—merely cuts off inquiry into the mystery of life, just like the special creation hypothesis. The idea that a personal impulse or emotion might be more than individual, except through demoniacal possession, still seems to old-fashioned orthodoxy a monstrous heresy. Yet it is now certain that most of our deeper feelings are superindividual, —both those which we classify as passional, and those which we call sublime. The individuality of the amatory passion is absolutely denied by science; and what is true of love at first sight is also true of hate: both are superindividual. So likewise are those vague impulses to wander which come and go with spring, and those vague depressions experienced in autumn, —survivals, perhaps, from an epoch in which human migration followed the course of the seasons, or even from an era preceding the apparition of man. Superindividual also those emotions felt by one who, after having passed the greater part of a life on plain or prairies, first looks upon a range of snow-capped peaks; or the sensations of some dweller in the interior of a continent when he first beholds the ocean, and hears its eternal thunder. The delight, always toned with awe, which the sight of a stupendous landscape evokes; or that speechless admiration, mingled with melancholy inexpressible, which the splendor of a tropical sunset creates, — never can be interpreted by individual experience. Psychological analysis has indeed shown these emotions to be prodigiously complex, and interwoven with personal experiences of many kinds; but in either case the deeper wave of feeling is never individual: it is a surging up from that ancestral sea of life out of which we came. To the same psychological category possibly belongs likewise a peculiar feeling which troubled men's minds long before the time of Cicero, and troubles them even more betimes in our own generation, —the feeling of having already seen a place really visited for the first time. Some strange air of familiarity about the streets of a foreign town, or the forms of a foreign landscape, comes to the mind with a sort of soft weird shock, and leaves one vainly ransacking memory for interpretations. Occasionally, beyond question, similar sensations are actually produced by the revival or recombination of former relations in consciousness; but there would seem to be many which remain wholly mysterious when we attempt to explain them by individual experience.

Even in the most common of our sensations there are enigmas never to be solved by those holding the absurd doctrine that all feeling and cognition belong to individual experience, and that the mind of the child newly-born is a *tabula rasa*. The pleasure excited by the perfume of a flower, by certain shades of color, by certain tones of music; the involuntary loathing or fear aroused by the first sight of dangerous or venomous life; even the nameless terror of dreams, — are all inexplicable upon the old-fashioned soul-hypothesis. How deeply-reaching into the life of the race some of these sensations are, such as the pleasure in odors and in colors, Grant Allen has most effectively suggested in his "Physiological Aesthetics," and in his charming treatise on the Color-Sense. But long before these were written, his teacher, the greatest of all psychologists, had clearly proven that the experience-hypothesis was utterly inadequate to account for many classes of psychological phenomena. "If possible," observes Herbert Spencer, "it is even more at fault in respect to the emotions than to the cognitions. The doctrine that all the desires, all the sentiments, are generated by the experiences of the individual, is so glaringly at variance with facts that I cannot but wonder how any one should ever have ventured to entertain it." It was Mr. Spencer, also, who showed us that words like "instinct," "intuition," have no true signification in the old sense; they must hereafter be used in a very different one. Instinct, in the language of modern psychology, means "organized memory," and memory itself is "incipient instinct," —the sum of impressions to be inherited by the next succeeding individual in the chain of life. Thus science recognizes inherited memory: not in the ghostly signification of a remembering of the details of former lives, but as a minute addition to psychological life accompanied by minute changes in the structure of the inherited nervous system. "The human brain is an organized register of infinitely numerous experiences received during the evolution of life, or rather, during the evolution of that series of organisms through which the human organism has been reached. The effects of the most uniform and frequent of these experiences have been successively bequeathed, principal and interest; and have slowly amounted to that high intelligence which lies latent in the brain of the infant—which the infant in after-life exercises and perhaps strengthens or further complicates—and which, with minute additions, it bequeaths to future generations[1]." Thus we have solid physiological ground for the idea of pre-existence and the idea of a multiple Ego. It is incontrovertible that in every individual brain is looked up the inherited memory of the absolutely inconceivable multitude of experiences received by all the brains of which it is the descendant. But this scientific assurance of self in the past is uttered in no materialistic sense. Science is the destroyer of materialism: it has proven matter incomprehensible; and it confesses the mystery of mind insoluble, even while obliged to postulate an ultimate unit of sensation. Out of the units of simple sensation, older than we by millions of years, have undoubtedly been built up all the emotions and faculties of man. Here Science, in accord with Buddhism, avows the Ego composite, and, like Buddhism, explains the psychical riddles of the present by the psychical experiences of the past.

1) *Principles of Psychology:* "The Feelings."

III

To many persons it must seem that the idea of Soul as an infinite multiple would render impossible any idea of religion in the Western sense; and those unable to rid themselves of old theological conceptions doubtless imagine that even in Buddhist countries, and despite the evidence of Buddhist texts, the faith of the common people is really based upon the idea of the soul as a single entity. But Japan furnishes remarkable proof to the contrary. The uneducated common people, the poorest country-folk who have never studied Buddhist metaphysics, believe the self composite. What is even more remarkable is that in the primitive faith, Shinto, a kindred doctrine exists; and various forms of the belief seem to characterize the thought of the Chinese and of the Koreans. All these peoples of the Far East seem to consider the soul compound; whether in the Buddhist sense, or in the primitive sense represented by Shinto (a sort of ghostly multiplying by fission), or in the fantastic sense elaborated by Chinese astrology. In Japan I have fully satisfied myself that the belief is universal. It is not necessary to quote here from the Buddhist texts, because the common or popular beliefs, and not the philosophy of a creed, can alone furnish evidence that religious fervor is compatible and consistent with the notion of a composite soul. Certainly the Japanese peasant does not think the psychical Self nearly so complex a thing as Buddhist philosophy considers it, or as Western science proves it to be. *But he thinks of himself as multiple.* The struggle within him between impulses good and evil he explains as a conflict between the various ghostly wills that make up his Ego; and his spiritual hope is to disengage his better self or selves from his worse selves, —Nirvana, or the supreme bliss, being attainable only through the survival of the best within him. Thus his religion appears to be founded upon a natural perception of psychical evolution not nearly so remote from scientific thought as are those conventional notions of soul held by our common people at home. Of course his ideas on these abstract subjects are vague and unsystematized; but their general character and tendencies are unmistakable; and there can be no question whatever as to the earnestness of his faith, or as to the influence of that faith upon his ethical life.

Wherever belief survives among the educated classes, the same ideas obtain definition and synthesis. I may cite, in example, two selections from compositions, written by students aged respectively twenty-three and twenty-six. I might as easily cite a score; but the following will sufficiently indicate what I mean: —

"Nothing is more foolish than to declare the immortality of the soul. The soul is a compound; and though its elements be eternal, we know they can never twice combine in exactly the same way. All compound things must change their character and their conditions."

"Human life is composite. A combination of energies make the soul. When a man dies his soul may either remain unchanged, or be changed according to that which it combines with. Some philosophers say the soul is immortal; some, that it is mortal. They are both right. The soul is mortal or immortal according to the change of the combinations composing it. The elementary energies from which the soul is formed are, indeed, eternal; but the nature of the soul is determined by the character of the combinations into which those energies enter."

Now the ideas expressed in these compositions will appear to the Western reader, at first view, unmistakably atheistic. Yet they are really compatible with the sincerest and deepest faith. It is the use of the English word "soul," not understood at all as we understand it, which creates the false impression. "Soul," in the sense used by the young writers, means an almost infinite combination of both good and evil tendencies, —a compound doomed to disintegration not only by the very fact of its being a compound, but also by the eternal law of spiritual progress.

IV

That the idea, which has been for thousands of years so vast a factor in Oriental thought-life, should have failed to develop itself in the West till within, our own day, is sufficiently explained by Western theology. Still, it would not be correct to say that theology succeeded in rendering the notion of pre-existence absolutely repellent to Occidental minds. Though Christian doctrine, holding each soul specially created out of nothing to fit each new body, permitted no avowed beliefs in pre-existence, popular common-sense recognized a contradiction of dogma in the phenomena of heredity. In the same way, while theology decided animals to be mere automata, moved by a sort of incomprehensible machinery called instinct, the people generally recognized that animals had reasoning powers. The theories of instinct and of intuition held even a generation ago seem utterly barbarous to-day. They were commonly felt to be useless as interpretations; but as dogmas they served to check speculation and to prevent heresy. Wordsworth's "Fidelity" and his marvelously overrated "Intimations of Immortality" bear witness to the extreme timidity and crudeness of Western notions on these subjects even at the beginning of the century. The love of the dog for his master is indeed "great beyond all human estimate," but for reasons Wordsworth never dreamed about; and although the fresh sensations of childhood are certainly intimations of something much more wonderful than Wordsworth's denominational idea of immortality, his famous stanza concerning them has been very justly condemned by Mr. John Morley as nonsense. Before the decay of theology, no rational ideas of psychological inheritance, of the true nature of instinct, or of the unity of life, could possibly have forced their way to general recognition.

But with the acceptance of the doctrine of evolution, old forms of thought crumbled; new ideas everywhere arose to take the place of worn-out dogmas; and we now have the spectacle of a general intellectual movement in directions strangely parallel with Oriental philosophy. The unprecedented rapidity and multiformity of scientific progress during the last fifty years could not have failed to provoke an equally unprecedented intellectual quickening among the non-scientific. That the highest and most complex organisms have been developed from the lowest and simplest; that a single physical basis of life is the substance of the whole living world; that no line of separation can be drawn between the animal and vegetable; that the difference between life and non-life is only a difference of degree, not of kind; that matter is not less incomprehensible than mind, while both are but varying manifestations of one and the same unknown reality, —these have already become the commonplaces of the new philosophy. After the first recognition even by theology of physical evolution, it was easy to predict that the recognition of psychical evolution could not be indefinitely delayed; for the barrier erected by old dogma to keep men from looking backward had been broken down. And to-day for the student of scientific psychology the idea of pre-existence passes out of the realm of theory into the realm of fact, proving the Buddhist explanation of the universal mystery quite as plausible as any other. "None but very hasty thinkers," wrote the late Professor Huxley, "will reject it on the ground of inherent absurdity. Like the doc-trine of evolution itself, that of transmigration has its roots in the world of reality; and it may claim such support as the great argument from analogy is capable of supplying."[1]

Now this support, as given by Professor Huxley, is singularly strong. It offers us no glimpse of a single soul flitting from darkness to light, from death to rebirth, through myriads of millions of years; but it leaves the main idea of pre-existence almost exactly in the form enunciated by the Buddha himself. In the Oriental doctrine, the psychical personality, like the individual body, is an aggregate doomed to disintegration By psychical personality I mean here that which distinguishes mind from mind, —the "me" from the "you": that which we call self. To Buddhism this is a temporary composite of illusions. What makes it is the karma. What reincarnates is the karma, —the sum-total of the acts and thoughts of countless anterior existences, —each existences, —each one of which, as an integer in some great spiritual system of addition and subtraction, may affect all the rest. Like a magnetism, the karma is transmitted from form to form, from phenomenon to phenomenon, determining conditions by combinations. The ultimate mystery of the concentrative and creative effects of karma the Buddhist acknowledges to be inscrutable; but the cohesion of effects he declares to be produced by tanhā, the desire of life, corresponding to what Schopenhauer called the "will" to live. Now we find in Herbert Spencer's "Biology" a curious parallel for this idea. He explains the transmission of tendencies, and their variations, by a theory of polarities,

—polarities of the physiological unit between this theory of polarities and the Buddhist theory of tanha, the difference is much less striking than the resemblance. Karma or heredity, tanha or polarity, are inexplicable as to their ultimate nature: Buddhism and Science are here at one. The fact worthy of attention is that both recognize the same phenomena under different names.

1) *Evolution and Ethics*, p.61 (ed 1894).

V

The prodigious complexity of the methods by which Science has arrived at conclusions so strangely in harmony with the ancient thought of the East, may suggest the doubt whether those conclusions could ever be made clearly comprehensible to the mass of Western minds. Certainly it would seem that just as the real doctrines of Buddhism can be taught to the majority of believers through forms only, so the philosophy of science can be communicated to the masses through suggestion only, —suggestion of such facts, or arrangements of fact, as must appeal to any naturally intelligent mind. But the history of scientific progress assures the efficiency of this method; and there is no strong reason for the supposition that, because the processes of the higher science remain above the mental reach of the unscientific classes, the conclusions of that science will not be generally accepted. The dimensions and weights of planets; the distances and the composition of stars; the law of gravitation; the signification of heat, light, and color; the nature of sound, and a host of other scientific discoveries, are familiar to thousands quite ignorant of the details of the methods by which such knowledge was obtained. Again we have evidence that every great progressive movement of science during the century has been followed by considerable modifications of popular beliefs. Already the churches, though clinging still to the hypothesis of a specially-created soul, have accepted the main doctrine of physical evolution; and neither fixity of belief nor intellectual retrogression can be rationally expected in the immediate future. Further changes of religious ideas are to be looked for; and it is even likely that they will be effected rapidly rather than slowly. Their exact nature, indeed, cannot be predicted; but existing intellectual tendencies imply that the doctrine of. psychological evolution must be accepted, though not at once so as to set any final limit to ontological speculation; and that the whole conception of the Ego will be eventually transformed through the consequently developed idea of preëxistence.

VI

More detailed consideration of these probabilities may be ventured. They will not, perhaps, be acknowledged as probabilities by persons who regard science as a destroyer rather than a modifier. But such thinkers forget that religious feeling is something infinitely more profound than dogma; that it survives all gods and all forms of creed; and that it only widens and deepens and gathers power with intellectual expansion. That as mere doctrine religion will ultimately pass away is a conclusion to which the study of evolution leads; but that religion as feeling, or even as faith in the unknown power shaping equally a brain or a constellation, can ever utterly die, is not at present conceivable. Science wars only upon erroneous interpretations of phenomena; it only magnifies the cosmic mystery, and proves that everything, however minute, is infinitely wonderful and incomprehensible. And it is this indubitable tendency of science to broaden beliefs and to magnify cosmic emotion which justifies the supposition that future modifications of Western religious ideas will be totally unlike any modifications effected in the past; that the Occidental conception of Self will orb into something akin to the Oriental conception of Self; and that all present petty metaphysical notions of personality and individuality as realities per se will be annihilated. Already the growing popular comprehension of the facts of heredity, as science teaches them, indicates the path by which some, at least, of these modifications will be reached. In the coming contest over the great question of psychological evolution, common intelligence will follow Science along the line of least resistance; and that line will doubtless be the study of heredity, since the phenomena to be considered, however in themselves uninterpretable, are familiar to general experience, and afford partial answers to countless old enigmas. It is thus quite possible to imagine a coming form of Western religion supported by the whole power of synthetic philosophy, differing from Buddhism mainly in the greater exactness of its conceptions, holding the soul as a composite, and teaching a new spiritual law resembling the doctrine of karma.

An objection to this idea will, however, immediately present itself to many minds. Such a modification of belief, it will be averred, would signify the sudden conquest and transformation of feelings by ideas. "The world," says Herbert Spencer, "is not governed by ideas, but by feelings, to which ideas serve only as guides." How are the notions of a change, such as that supposed, to be reconciled with common knowledge of existing religious sentiment in the West, and the force of religious emotionalism?

Were the ideas of pre-existence and of the soul as multiple really antagonistic to Western religious sentiment, no satisfactory answer could be made. But are they so antagonistic? The idea of pre-existence certainly is not; the Occidental mind is already prepared for it. It is true that the notion of Self as a composite, destined to dissolution, may seem little better than the materialistic idea of annihilation, —at least to those still unable to divest themselves of the old habits of thought. Nevertheless, impartial reflection will show that there is no emotional reason for dreading the disintegration of the Ego. Actually, though unwittingly, it is for this very disintegration that Christians and Buddhists alike perpetually pray. Who has not often wished to rid himself of the worse parts of his nature, of tendencies to folly or to wrong, of impulses to say or do unkind things, —of all that lower inheritance which still clings about the higher man, and weighs down his finest aspirations? Yet that of which we so earnestly desire the separation, the elimination, the death, is not less surely a part of psychological inheritance, of veritable Self, than are those younger and larger faculties which help to the realization of noble ideals. Rather than an end to be feared, the dissolution of Self is the one object of all objects to which our efforts should be turned. What no new philosophy can forbid us to hope is that the best elements of Self will thrill on to seek loftier affinities, to enter into grander and yet grander combinations, till the supreme revelation comes, and we discern, through infinite vision, —through the vanishing of all Self, —the

Absolute Reality.

For while we know that even the so-called elements themselves are evolving, we have no proof that anything utterly dies. That we are is the certainty that, we have been and will be. We have survived countless evolutions, countless universes. We know that through the Cosmos all is law. No chance decides what units shall form the planetary core, or what shall feel the sun; what shall be locked in granite and basalt, or shall multiply in plant and in animal. So far as reason can venture to infer from analogy, the cosmical history of every ultimate unit, psychological or physical, is determined just as surely and as exactly as in the Buddhist doctrine of karma.

VII

The influence of Science will not be the only factor in the modification of Western religious beliefs: Oriental philosophy will certainly furnish another. Sanscrit, Chinese, and Pali scholarship, and the tireless labor of philologists in all parts of the East, are rapidly familiarizing Europe and America with all the great forms of Oriental thought; Buddhism is being studied with interest throughout the Occident; and the results of these studies are yearly showing themselves more and more definitely in the mental products of the highest culture. The schools of philosophy are not more visibly affected than the literature of the period. Proof that a reconsideration of the problem of the Ego is everywhere forcing itself upon Occidental minds, may be found not only in the thoughtful prose of the time, but even in its poetry and its romance. Ideas impossible a generation ago are changing current thought, destroying old tastes, and developing higher feelings. Creative art, working under larger inspiration, is telling what absolutely novel and exquisite sensations, what hitherto unimaginable pathos, what marvelous deepening of emotional power, may be gained in literature with the recognition of the idea of pre-existence. Even in fiction we learn that we have been living in a hemisphere only; that we have been thinking but half-thoughts; that we need a new faith to join past with future over the great parallel of the present, and so to round out our emotional world into a perfect sphere. The clear conviction that the self is multiple, however paradoxical the statement seem, is the absolutely necessary step to the vaster conviction that the many are One, that life is unity, that there is no finite, but only infinite. Until that blind pride which imagines Self unique shall have been broken down, and the *feeling* of self and of selfishness shall have been utterly decomposed, the knowledge of the Ego as infinite, —as the very Cosmos, —never can be reached.

Doubtless the simple emotional conviction that we have been in the past will be developed long before the intellectual conviction that the Ego as one is a fiction of selfishness. But the composite nature of Self must at last be acknowledged, though its mystery remain. Science postulates a hypothetical psychological unit as well as a hypothetical physiological unit; but either postulated entity defies the uttermost power of mathematical estimate, —seems to resolve itself into pure ghostliness. The chemist, for working purposes, must imagine an ultimate atom; but the fact of which the imagined atom is the symbol may be a force centre only, —nay, a void, a vortex, an emptiness, as in Buddhist concept. "*Form is emptiness, and emptiness is form. What is form, that is emptiness; what is emptiness, that is form. Perception and conception, name and knowledge, —all these are emptiness.*" For science and for Buddhism alike the cosmos resolves itself into a vast phantasmagoria, —a mere play of unknown and immeasurable forces. Buddhist faith, however, answers the questions "Whence?" and "Whither?" in its own fashion, — and predicts in every great cycle of evolution a period of spiritual expansion in which the memory of former births returns, and all the future simultaneously opens before the vision unveiled, — even to the heaven of heavens. Science here remains dumb. But her silence is the Silence of the Gnostics, —Sige, the Daughter of Depth and the Mother of Spirit.

What we may allow ourselves to believe, with the full consent of Science, is that marvelous revelations await us. Within recent time new senses and powers have been developed, —the sense of music, the ever-growing faculties of the mathematician. Reasonably it may be expected that still higher unimaginable faculties will be evolved in our descendants. Again it is known that certain mental capacities, undoubtedly inherited, develop in old age only; and the average life of the human race is steadily lengthening. With increased longevity there surely may come into sudden being, through the unfolding of the larger future brain, powers not less wonderful than the ability to remember former births. The dreams of Buddhism can scarcely be surpassed, because they touch the infinite; but who can presume to say they never will be realized?

NOTE.

It may be necessary to remind some of those kind enough to read the foregoing that the words "soul," "self," "ego," "transmigration," "heredity," although freely used by me, convey meanings entirely foreign to Buddhist philosophy. "Soul," in the English sense of the word, does not exist for the Buddhist. "Self" is an illusion, or rather a plexus of illusions. "Transmigration," as the passing of soul from one body to another, is expressly denied in Buddhist texts of unquestionable authority. It will therefore be evident that the real analogy which does exist between the doctrine of karma and the scientific facts of heredity is far from complete. Karma signifies the survival, not of the same composite individuality, but of its tendencies, which recombine to form a new composite individuality. The new being does not necessarily take even a human form: the karma does not descend from parent to child; it is independent of the line of heredity, although physical conditions of life seem to depend upon karma. The karma-being of a beggar may have rebirth in the body of a king; that of a king in the body of a beggar; yet the conditions of either reincarnation have been predetermined by the influence of karma.

It will be asked, What then is the spiritual element in each being that continues unchanged, —the spiritual kernel, so to speak, within the shell of karma,—the power that makes for righteousness? If soul and body alike are temporary composites, and the karma (itself temporary) the only source of personality, what is the worth or meaning of Buddhist doctrine? What is it that suffers by karma; what is it that lies within the illusion,—that makes progress, —that attains Nirvana? Is it not a *self*? Not in our sense of the word. The reality of what we call self is denied by Buddhism. That which forms and dissolves the karma; that which makes for righteousness; that which reaches Nirvana, is not our Ego in our Western sense of the word. Then what is it? It is the divine in each being. It is called in Japanese *Muga-no-taiga*, —the Great Self-without-selfishness. There Is no other true self. The self wrapped in illusion is called *Nyōrai-zō*, — (Tathâgata-gharba), —the Buddha yet unborn, as one in a womb. The Infinite exists potentially in every being. That is the Reality. The other self is a falsity, —a lie, —a mirage. The doctrine of extinction refers only to the extinction of Illusions; and those sensations and feelings and thoughts, which belong to this life of the flesh alone, are the illusions which make the complex illusive self. By the total decomposition of this false self, —as by a tearing away of veils, the Infinite Vision comes. There is no "soul": the Infinite All-Soul is the only eternal principle in any being; —all the rest is dream.

What remains in Nirvana? According to one school of Buddhism potential identity in the infinite, —so that a Buddha, after having reached Nirvana, can return to earth. According to another, identity more than potential, yet not in our sense "personal." A Japanese friend says: —"I take a piece of gold, and say it is one. But this means that it produces on my visual organs a single impression. Really in the multitude of atoms composing it each atom is nevertheless distinct and separate, and independent of every other atom. In Buddhahood even so are united psychical atoms innumerable. They are one as to condition; —yet each has its own independent existence."

But in Japan the primitive religion has so affected the common class of Buddhist beliefs that it is not incorrect to speak of the Japanese "idea of self." It is only necessary that the popular Shinto idea be simultaneously considered. In Shinto we have the plainest possible evidence of the conception of soul. But this soul is a composite, —not a mere "bundle of sensations, perceptions, and volitions," like the karma-being, but a number of souls united to form one ghostly personality. A dead man's ghost may appear as one or as many. It can separate its units, each of which remains capable of a special independent action. Such separation, however, appears to be temporary, the various souls of the composite naturally cohering even after death, and reuniting after any voluntary separation. The vast mass of the Japanese people are both Buddhists and Shintoists; but the primitive beliefs concerning the self are certainly the most powerful, and in the blending of the two faiths remain distinctly recognizable. They have probably supplied to common imagination a natural and easy explanation of the difficulties of the karma-doctrine, though to what extent I am not prepared to say. Be it also observed that in the primitive as well as in the Buddhist form of belief the self is not a principle transmitted from parent to offspring, —not an inheritance always dependent upon physiological descent.

These facts will indicate how wide is the difference between Eastern ideas and our own upon the subject of the preceding essay. They will also show that any general consideration of the real analogies existing between this strange combination of Far-Eastern beliefs and the scientific thought of the nineteenth century could scarcely be made intelligible by strict philosophical accuracy in the use of terms relating to the idea of self. Indeed, there are no European words capable of rendering the exact meaning of the Buddhist terms belonging to Buddhist Idealism.

Perhaps it may be regarded as illegitimate to wander from that position so tersely enunciated by Professor Huxley in his essay on "Sensation and the Sensiferous Organs:" "In ultimate analysis it appears that a sensation is the equivalent in terms of consciousness for a mode of motion of the matter of the sensorium. But if inquiry is pushed a stage further, and the question is asked, What, then, do we know about matter and motion? there is but one reply possible. All we know about motion is that it is a name for certain changes in the relations of our visual, tactile, and muscular sensations; and all we know about matter is that it is the hypothetical substance of physical phenomena, *the assumption of which is as pure a piece of metaphysical speculation as is that of a substance of mind.*" But metaphysical speculation certainly will not cease because of scientific recognition that ultimate truth is beyond the utmost possible range of human knowledge. Rather, for that very reason, it will continue. Perhaps it will never wholly cease. Without it there can be no further modification of religious beliefs, and without modifications there can be no religious progress in harmony with scientific thought. Therefore, metaphysical speculation seems to me not only justifiable, but necessary.

Whether we accept or deny a *substance* of mind; whether we imagine thought produced by the play of some unknown element through the cells of the brain, as music is made by the play of wind through the strings of a harp; whether we regard the motion itself as a special mode of vibration inherent in and peculiar to the units of the cerebral structure, —still the mystery is infinite, and still Buddhism remains a noble moral working-hypothesis, in deep accord with the aspirations of mankind and with the laws of ethical progression. Whether we believe or disbelieve in the reality of that which is called the material universe, still the ethical significance of the inexplicable laws of heredity—of the transmission of both racial and personal tendencies in the unspecialized reproductive cell—remains to justify the doctrine of karma. Whatever be that which makes consciousness, its relation to all the past and to all the future is unquestionable. Nor can the doctrine of Nirvana ever cease to command the profound respect of the impartial thinker. Science has found evidence that known substance is not less a product of evolution than mind,—that all our so-called "elements" have been evolved out of "one primary undifferentiated form of matter." And this evidence is startlingly suggestive of some underlying truth in the Buddhist doctrine of emanation and illusion,—the evolution of all forms from the Formless, of all material phenomena from immaterial Unity,—and the ultimate return of all into "that state which is empty of lusts, of malice, of dullness,—that state in which the excitements of individuality are known no more, and which is therefore designated THE VOID SUPREME."

（ハーン直筆の絵）

SOME THOUGHTS ABOUT ANCESTOR-WORSHIP

"For twelve leagues, Ananda, around the Sala-Grove, there is no spot in size even as the pricking of the point of the tip of a hair, which is not pervaded by powerful spirits." —*The Book Of the Great Decease.*

I

THE truth that ancestor-worship, in various unobtrusive forms, still survives in some of the most highly civilized countries of Europe, is not so widely known as to preclude the idea that any non-Aryan race actually practicing so primitive a cult mustnecessarily remain in the primitive stage of religious thought. Critics of Japan have pronounced this hasty judgment; and have professed themselves unable to reconcile the facts of her scientific progress, and the success of her advanced educational system, with the continuance of her ancestor-worship. How can the beliefs of Shintō coexist with the knowledge of modern science? How can the men who win distinction as scientific specialists still respect the household shrine or do reverence before the Shintō parish-temple? Can all this mean more than the ordered conservation of forms after the departure of faith? Is it not certain that with the further progress of education, Shintō, even as ceremonialism, must cease to exist?

Those who put such questions appear to forget that similar questions might be asked about the continuance of any Western faith, and similar doubts expressed as to the possibility of its survival for another century. Really the doctrines of Shintō are not in the least degree more irreconcilable with modern science than are the doctrines of Orthodox Christianity. Examined with perfect impartiality, I would even venture to say that they are less irreconcilable in more respects than one. They conflict less with our human ideas of justice; and, like the Buddhist doctrine of karma, they offer some very striking analogies with the scientific facts of heredity, —analogies which prove Shintō to contain an element of truth as profound as any single element of truth in any of the world's great religions. Stated in the simplest possible form, the peculiar element of truth in Shintō is the belief that the world of the living is directly governedby the world of the dead.

That every impulse or act of man is the work of a god, and that all the dead become gods, are the basic ideas of the cult. It must be remembered, however, that the term Kami, although translated by the term deity, divinity, or god, has really no such meaning as that which belongs to the English words: it has not even the meaning of those words as referring to the antique beliefs of Greece and Rome. It signifies that which is "above," "superior," "upper," "eminent," in the non-religious sense; in the religious sense it signifies a human spirit having obtained supernatural power after death. The dead are the "powers above," the "upper ones," —the Kami. We have here a conception resembling very strongly the modern Spiritualistic notion of ghosts, — only that the Shintō idea is in no true sense democratic. The Kami are ghosts of greatly varying dignity and power, —belonging to spiritual hierarchies like the hierarchies of ancient Japanese society. Although essentially superior to the living in certain respects, the living are, nevertheless, able to give them pleasure or displeasure, to gratify or to offend them, —even sometimes to ameliorate their spiritual condition. Wherefore posthumous honors are never mockeries, but realities, to the Japanese mind. During the present year[1], for example, several distinguished statesmen and soldiers were raised to higher rank immediately after their death; and I read only the other day, in the official gazette, that "His Majesty has been pleased to posthumously confer the Second Class of the Order of the Rising Sun upon Major-General Baron Yamane, who lately died in Formosa." Such imperial acts must not be regarded only as formalities intended to honor the memory of brave and patriotic men; neither should they be thought of as intended merely to confer distinction upon the family of the dead. They are essentially of Shintō, and exemplify that intimate sense of relation between the visible and invisible worlds which is the special religious characteristic of Japan among all civilized countries. To Japanese thought the dead are not less real than the living. They take part in the daily life of the people, —sharing the humblest sorrows and the humblest joys. They attend the family repasts, watch over the well-being of the household, assist and rejoice in the prosperity of their descendants. They are present at the public pageants, at all the sacred festivals of Shintō, at the military games, and at all the entertainments especially provided for them. And they are universally thought of as finding pleasure in the offerings made to them or the honors conferred upon them.

For the purpose of this little essay, it will be sufficient to consider the Kami as the spirits of the dead, —without making any attempt to distinguish such Kami from those primal deities believed to have created the land. With this general interpretation of the term Kami, we return, then, to the great Shintō idea that all the dead still dwell in the world and rule it; influencing not only the thoughts and the acts of men, but the conditions of nature. "They direct," wrote Motowori, "the changes of the seasons, the wind and the rain, the good and the bad fortunes of states and of individual men." They are, in short, the viewless forces behind all phenomena.

1) Written in September, 1896.

II

The most interesting sub-theory of this ancient spiritualism is that which explains the impulses and acts of men as due to the influence of the dead. This hypothesis no modern thinker can declare irrational, since it can claim justification from the scientific doctrine of psychological evolution, according to which each living brain represents the structural work of innumerable dead lives, —each character a more or less imperfectly balanced sum of countless dead experiences with good and evil. Unless we deny psychological heredity, we cannot honestly deny that our impulses and feelings, and the higher capacities evolved through the feelings, have literally been shaped by the dead, and bequeathed to us by the dead; and even that the general direction of our mental activities has been determined by the power of the special tendencies bequeathed to us. In such a sense the dead are indeed our Kami and all our actions are truly influenced by them. Figuratively we may say that every mind is a world of ghosts,—ghosts incomparably more numerous than the acknowledged millions of the higher Shintō Kami and that the spectral population of one grain of brain-matter more than realizes the wildest fancies of the mediæval schoolmen about the number of angels able to stand on the point of a needle. Scientifically we know that within one tiny living cell may be stored up the whole life of a race, —the sum of all the past sensation of millions of years; perhaps even (who knows?) of millions of dead planets.

But devils would not be inferior to angels in the mere power of congregating upon the point of a needle. What, of bad men and of bad acts in this theory of Shintō? Motowori made answer; "Whenever anything goes wrong in the world, it is to be attributed to the action of the evil gods called the Gods of Crookedness, whose power is so great that the Sun-Goddess and the Creator-God are sometimes powerless to restrain them; much less are human beings always able to resist their influence. The prosperity of the wicked, and the misfortunes of the good, which seem opposed to ordinary justice, are thus explained." All bad acts are due to the influence of evil deities; and evil men may become evil Kami. There are no self-contradictions in this simplest of cults,[1]—nothing complicated or hard to be understood. It is not certain that all men guilty of bad actions necessarily become "gods of crookedness," for reasons hereafter to be seen; but all men, good or bad, become Kami, or influences.
And all evil acts are the results of evil influences.

Now this teaching is in accord with certain facts of heredity. Our best faculties are certainly bequests from the best of our ancestors; our evil qualities are inherited from natures in which evil, or that which we now call evil, once predominated. The ethical knowledge evolved within us by civilization demands that we strengthen the high powers bequeathed us by the best experience of our dead, and diminish the force of the baser tendencies we inherit. We are under obligation to reverence and to obey our good Kami, and to strive against our gods of crookedness. The knowledge of the existence of both is old as human reason. In some form or other, the doctrine of evil and of good spirits in personal attendance upon every soul is common to most of the great religions. Our own mediaeval faith developed the idea to a degree which must leave an impress on our language for all time; yet the faith in guardian angels and tempting demons evolutionarily represents only the development of a cult once simple as the religion of the Kami. And this theory of mediaeval faith is likewise pregnant with truth. The white-winged form that whispered good into the right ear, the black shape that murmured evil into the left, do not indeed walk beside the man of the nineteenth century, but they dwell within his brain; and he knows their voices and feels their urging as well and as often as did his ancestors of the Middle Ages.

The modern ethical objection to Shintō is that both good and evil Kami are to be respected. "Just as the Mikado worshiped the gods of heaven and of earth, so his people prayed to the good gods in order to obtain blessings, and performed rites in honor of the bad gods to avert their displeasure.... As there are bad as well as good gods, it is necessary to propitiate them with offerings of agreeable food, with the playing of harps and the blowing of flutes, with singing and dancing, and with whatever else is likely to put them in good-humor." [2] As a matter of fact, in modern Japan, the evil Kami appear to receive few offerings or honors, notwithstanding this express declaration that they are to be propitiated. But it will now be obvious why the early missionaries characterized such a cult as devil-worship, —although, to Shintō imagination, the idea of a devil, in the Western meaning of the word, never took shape. The seeming weakness of the doctrine is in the teaching that evil spirits are not to be warred upon, —a teaching essentially repellent to Roman Catholic feeling. But between the evil spirits of Christian and of Shintō belief there is a vast difference. The evil Kami is only the ghost of a dead man, and is not believed to be altogether evil,—since propitiation is possible. The conception of absolute, unmixed evil is not of the Far East. Absolute evil is certainly foreign to human nature, and therefore impossible in human ghosts. The evil Kami are not devils. They are simply ghosts, who influence the passions of men; and only in this sense the deities of the passions. Now Shintō is of all religions the most natural, and therefore in certain respects the most rational. It does not consider the passions necessarily evil in themselves, but evil only according to cause, conditions, and degrees of their indulgence.

Being ghosts, the gods are altogether human, —having the various good and bad qualities of men in varying proportions. The majority are good, and the sum of the influence of all is toward good rather than evil. To appreciate the rationality of this view requires a tolerably high opinion of mankind,—such an opinion as the conditions of the old society of Japan might have justified. No pessimist could professpure Shintōism. The doctrine is optimistic; and whoever has a generous faith in humanity will have no fault to find with the absence of the idea of implacable evil from its teaching.

Now it is just in the recognition of the necessity for propitiating the evil ghosts that the ethically rational character of Shinto reveals itself. Ancient experience and modern knowledge unite in warning us against the deadly error of trying to extirpate or to paralyze certain tendencies in human nature, —tendencies which, if morbidly cultivated or freed from all restraint, lead to folly, to crime, and to countless social evils. The animal passions, the ape-and-tiger impulses, antedate human society, and are the accessories to nearly all crimes committed against it. But they cannot be killed; and they cannot be safely starved. Any attempt to extirpate them would signify also an effort to destroy some of the very highest emotional faculties with which they remain inseparably blended. The primitive impulses cannot even be numbed save at the cost of intellectual and emotional powers which give to human life all its beauty and all its tenderness, but which are, nevertheless, deeply rooted in the archaic soil of passion. The highest in us had its beginnings in the lowest. Asceticism, by warring against the natural feelings, has created monsters. Theological legislation, irrationally directed against human weaknesses, has only aggravated social disorders; and laws against pleasure have only provoked debaucheries. The history of morals teaches very plainly indeed that our bad Kami require some propitiation. The passions still remain more powerful than the reason in man, because they are incomparably older, — because they were once all-essential to self-preservation, — because they made that primal stratum of consciousness, out of which the nobler sentiments have slowly grown. Never can they be suffered to rule; but woe to whosoever would deny their immemorial rights!

1) I am considering only the pure Shintō belief as expounded by Shinto scholars. But it may be necessary to remind the reader that both Buddhism and Shintōism are blended in Japan, not only with each other, but with Chinese ideas of various kinds. It is doubtful whether the pure Shinto ideas now exist in their original form in popular belief. We are not quite clear as to the doctrine of multiple souls in Shintō,—whether the psychical combination was originally thought of as dissolved by death. My own opinion, the result of investigation in different parts of Japan, is that the multiple soul was formerly believed to remain multiple after death.

2) Motowori, translated by Satow.

III

Out of these primitive, but—as may now be perceived—not irrational beliefs about the dead, there have been evolved moral sentiments unknown to Western civilization. These are well worth considering, as they will prove in harmony with the most advanced conception of ethics, —and especially with that immense though yet indefinite expansion of the sense of duty which has followed upon the understanding of evolution. I do not know that we have any reason to congratulate ourselves upon the absence from our lives of the sentiments in question; —I am even inclined to think that we may yet find it morally necessary to cultivate sentiments of the same kind. One of the surprises of our future will certainly be a return to beliefs and ideas long ago abandoned upon the mere assumption that they contained no truth, — belief still called barbarous, pagan, mediaeval, by those who condemn them out of traditional habit. Year after year the researches of science afford us new proof that the savage, the barbarian, the idolater, the monk, each and all have arrived, by different paths, as near to some one point of eternal truth as any thinker of the nineteenth century. We are now learning, also, that the theories of the astrologers and of the alchemists were but partially, not totally, wrong. We have reason even to suppose that no dream of the invisible world has ever been dreamed,—that no hypothesis of the unseen has ever been imagined, —which future science will not prove to have contained some germ of reality.

Foremost among the moral sentiments of Shintō is that of loving gratitude to the past, —a sentiment having no real correspondence in our own emotional life. We know our past better than the Japanese know theirs; —we have myriads of books recording or considering its every incident and condition: but we cannot in any sense be said to love it or to feel grateful to it. Critical recognitions of its merits and of its defects; — some rare enthusiasms excited by its beauties; many strong denunciations of its mistakes: these represent the sum of our thoughts and feelings about it. The attitude of our scholarship in reviewing it is necessarily cold; that of our art, often more than generous; that of our religion, condemnatory for the most part. Whatever the point of view from which we study it, our attention is mainly directed to the work of the dead, — either the visible work that makes our hearts beat a little faster than usual while looking at it, or the results of their thoughts and deeds in relation to the society of their time. Of past humanity as unity, —of the millions long-buried as real kindred, —we either think not at all, or think only with the same sort of curiosity that we give to the subject of extinct races. We do indeed find interest in the record of some individual lives that have left large marks in history; —our emotions re stirred by the memories of great captains, statesmen, discoverers, reformers, — but only because the magnitude of that which they accomplished appeals to our own ambitions, desires, egotisms, and not at all to our altruistic sentiments in ninety-nine cases out of a hundred. The nameless dead to whom we owe most we do not trouble ourselves about, —we feel no gratitude, no love to them. We even find it difficult to persuade ourselves that the love of ancestors can possibly be a real, powerful, penetrating, life-moulding, religious emotion in any form of human society, —which it certainly is in Japan. The mere idea is utterly foreign to our ways of thinking, feeling, acting. A partial reason for this, of course, is that we have no common faith in the existence of an active spiritual relation between our ancestors and ourselves. If we happen to be irreligious, we do not believe in ghosts. If we are profoundly religious, we think of the dead as removed from us by judgment, —as absolutely separated from us during the period of our lives. It is true that among the peasantry of Roman Catholic countries there still exists a belief that the dead are permitted to return to earth once a year, —on the night of All Souls. But even according to this belief they are not considered as related to the living by any stronger bond than memory; and they are thought of, —as our collections of folk-lore bear witness, —rather with fear than love.

In Japan the feeling toward the dead is utterly different. It is a feeling of grateful and reverential love. It is probably the most profound and powerful of the emotions of the race, —that which especially directs national life and shapes national character. Patriotism belongs to it. Filial piety depends upon it. Family love is rooted in it. Loyalty is based upon it. The soldier who, to make a path for his comrades through the battle, deliberately flings away his life with a shout of "*Teikoku manzai!* "—the son or daughter who unmurmuring sacrifices all the happiness of existence for the sake, perhaps, of an undeserving or even cruel, parent; the partisan who gives up friends, family, and fortune, rather than break the verbal promise made in other years to a now poverty-stricken master; the wife who ceremoniously robes herself in white, utters a prayer, and thrusts a sword into her throat to atone for a wrong done to strangers by her husband, —all these obey the will and hear the approval of invisible witnesses. Even among the skeptical students of the new generation, this feeling survives many wrecks of faith, and the old sentiments are still uttered: "Never must we cause shame to our ancestors;" "it is our duty to give honor to our ancestors." During my former engagement as a teacher of English, it happened more than once that ignorance of the real meaning behind such phrases prompted me to change them in written composition. I would suggest, for example, that the expression, "to do honor *to the memory of* our ancestors," was more correct than the phrase given. I remember one day even attempting to explain why we ought not to speak of ancestors exactly as if they were living parents! Perhaps my pupils suspected me of trying to meddle with their beliefs; for the Japanese never think of an ancestor as having become "only a memory": their dead are alive.

Were there suddenly to arise within us the absolute certainty that our dead are still with us, —seeing every act, knowing our every thought, hearing each word we utter, able to feel sympathy with us or anger against us, able to help us and delighted to receive our help, able to love us and greatly needing our love,—it is quite certain that our conceptions of life and duty would be vastly changed. We should have to recognize our obligations to the past in a very solemn way. Now, with the man of the Far East, the constant presence of the dead has been a matter of conviction for thousands of years: he speaks to them daily; he tries to give them happiness; and, unless a professional criminal he never quite forgets his duty towards them. No one, says Hirata, who constantly discharges that duty, will ever be disrespectful to the gods or to his living parents. "Such a man will also be loyal to his friends, and kind and gentle with his wife and children; for the essence of this devotion is in truth filial piety." And it is in this sentiment that the secret of much strange feeling in Japanese character must be sought. Far more foreign to our world of sentiment than the splendid courage with which death is faced, or the equanimity with which the most trying sacrifices are made, is the simple deep emotion of the boy who, in the presence of a Shintō shrine never seen before, suddenly feels the tears spring to his eyes. He is conscious in that moment of what we never emotionally recognize,—the prodigious debt of the present to the past, and the duty of love to the dead.

IV

If we think a little about our position as debtors, and our way of accepting that position, one striking difference between Western and Far-Eastern moral sentiment will become manifest.

There is nothing more awful than the mere fact of life as mystery when that fact first rushes fully into consciousness. Out of unknown darkness we rise a moment into sun-light, look about us, rejoice and suffer, pass on the vibration of our being to other beings, and fall back again into darkness. So a wave rises, catches the light, transmits its motion, and sinks back into sea. So a plant ascends from clay, unfolds its leaves to light and air, flowers, seeds, and becomes clay again. Only, the wave has no knowledge; the plant has no perceptions. Each human life seems no more than a parabolic curve of motion out of earth and back to earth; but in that brief interval of change it perceives the universe. The awfulness of the phenomenon is that nobody knows anything about it No mortal can explain this most common, yet moat incomprehensible of all facts, —life in itself; yet every mortal who can think has been obliged betimes, to think about it in relation to self.

I come out of mystery; —I see the sky and the land, men and women and their works; and I know that I must return to mystery; —and merely what this means not even the greatest of philosophers —not even Mr. Herbert Spencer—can tell me. We are all of us riddles to ourselves and riddles to each other; and space and motion and time are riddles; and matter is a riddle. About the before and the after neither the newly-born nor the dead have any message for us. The child is dumb; the skull only grins. Nature has no consolation for us. Out of her formlessness issue forms which return to formlessness, —that is all. The plant becomes clay; the clay becomes a plant. When the plant turns to clay, what becomes of the vibration which was its life? Does it go on existing viewlessly, like the forces that shape spectres of frondage in the frost upon a window-pane?

Within the horizon-circle of the infinite enigma, countless lesser enigmas, old as the world, awaited the coming of man. Oedipus had to face one Sphinx; humanity, thousands of thousands, — all crouching among bones along the path of Time, and each with a deeper and a harder riddle. All the sphinxes have not been satisfied; myriads line the way of the future to devour lives yet unborn; but millions have been answered. We are now able to exist without perpetual horror because of the relative knowledge that guides us, the knowledge won out of the jaws of destruction.

All our knowledge is bequeathed knowledge. The dead have left us record of all they were able to learn about themselves and the world, —about the laws of death and life, —about things to be acquired and things to be avoided, —about ways of making existence less painful than Nature willed it,--about right and wrong and sorrow and happiness, —about the error of selfishness, the wisdom of kindness, the obligation of sacrifice. They left us information of everything they could find out concerning climates and seasons and places, —the sun and moon and stars, —the motions and the composition of the universe. They bequeathed us also their delusions which long served the good purpose of saving us from falling into greater ones. They left us the story of their errors and efforts, their triumphs and failures, their pains and joys, their loves and hates, —for warning or example. They expected our sympathy, because they toiled with the kindest wishes and hopes for us, and because they made our world. They cleared the land; they extirpated monsters; they tamed and taught the animals most useful to us. "*The mother of Kullervo awoke within her tomb, and from the deeps of the dust she cried to him, —'I have left thee the Dog, tied to a tree, that thou mayest go with him to the chase.'* "[1] They domesticated likewise the useful trees and plants; and they discovered the places and the powers of the metals. Later they created all that we call civilization, —trusting us to correct such mistakes as they could not help making. The sum of their toil is incalculable; and all that they have given us ought surely to be very sacred, very precious, if only by reason of the infinite pain and thought which it cost. Yet what Occidental dreams of saying daily, like the Shintō believer: —"*Ye forefathers of the generations, and of our families, and of our kindred, —unto you, the founders of our homes, we utter the gladness of our thanks*"?

None. It is not only because we think the dead cannot hear, but because we have not been trained for generations to exercise our powers of sympathetic mental representation except within a very narrow circle, —the family circle. The Occidental family circle is a very small affair indeed compared with the Oriental family circle. In this nineteenth century the Occidental family is almost disintegrated; —it practically means little more than husband, wife, and children well under age. The Oriental family means not only parents and their blood-kindred, but grandparents and their kindred, and great-grandparents, and all the dead behind them, This idea of the family cultivates sympathetic representation to such a degree that the range of the emotion belonging to such representation may extend, as in Japan, to many groups and sub-groups of living families, and even, in time of national peril, to the whole nation as one great family: a feeling much deeper than what we call patriotism. As a religious emotion the feeling is infinitely extended to all the past; the blended sense of love, of loyalty, and of gratitude is not less real, though necessarily more vague, than the feeling to living kindred.

In the West, after the destruction of antique society, no such feeling could remain. The beliefs that condemned the ancients to hell, and forbade the praise of their works, —the doctrine that trained us to return thanks for everything to the God of the Hebrews,—created habits of thought and habits of thoughtlessness, both inimical to every feeling of gratitude to the past. Then, with the decay of theology and the dawn of larger knowledge, came the teaching that the dead had no choice in their work, —they had obeyed necessity, and we had only received from them of necessity the results of necessity. And to-day we still fail to recognize that the necessity itself ought to compel our sympathies with those who obeyed it, and that its bequeathed results are as pathetic as they are precious. Such thoughts rarely occur to us even in regard to the work of the living who serve us. We consider the cost of a thing purchased or obtained to ourselves; —about its cost in effort to the producer we do not allow ourselves to think: indeed, we should be laughed at for any exhibition of conscience on the subject. And our equal insensibility to the pathetic meaning of the work of the past, and to that of the work of the present, largely explains the wastefulness of our civilization, —the reckless consumption by luxury of the labor of years in the pleasure of an hour,—the inhumanity of the thousands of unthinking rich, each of whom dissipates yearly in the gratification of totally unnecessary wants the price of a hundred human lives. The cannibals of civilization are unconsciously more cruel than those of savagery, and require much more flesh. The deeper humanity, —the cosmic emotion of humanity, —is essentially the enemy of useless luxury, and essentially opposed to any form of society which places no restraints upon the gratifications of sense or the pleasures of egotism.

In the Far East, on the other hand, the moral duty of simplicity of life has been taught from very ancient times, because ancestor-worship had developed and cultivated this cosmic emotion of humanity which we lack, but which we shall certainly be obliged to acquire at a later day, simply to save our selves from extermination, Two sayings of Iyeyasu exemplify the

Oriental sentiment. When virtually master of the empire, this greatest of Japanese soldiers and statesmen was seen one day cleaning and smoothing with his own hands an old dusty pair of silk hakama or trousers. "What you see me do," he said to a retainer, "I am not doing because I think of the worth of the garment in itself, but because I think of what it needed to produce it. It is the result of the toil of a poor woman; and that is why I value it. *If we do not think, while using things, of the time and effort required to make them, —then our want of consideration puts us on a level with the beasts.*" Again, in the days of his greatest wealth, we hear of him rebuking his wife for wishing to furnish him too often with new clothing. "When I think," he protested, "of the multitudes around me, and of the generations to come after me, I feel it my duty to be very sparing, for their sake, of the goods in my possession." Nor has this spirit of simplicity yet departed from Japan. Even the Emperor and Empress, in the privacy of their own apartments, continue to live as simply as their subjects, and devote most of their revenue to the alleviation of public distress.

1) *Kalevala*; thirty-sixth Rune.

V

It is through the teachings of evolution that there will ultimately be developed in the West a moral recognition of duty to the past like that which ancestor-worship created in the Far East. For even to-day whoever has mastered the first principles of the new philosophy cannot look at the commonest product of man's handiwork without perceiving something of its evolutional history. The most ordinary utensil will appear to him not the mere product of individual capacity on the part of carpenter or potter, smith or cutler, but the product of experiment continued through thousands of years with methods, with materials, and with forms. Nor will it be possible for him to consider the vast time and toil necessitated in the evolution, of any mechanical appliance, and yet experience no generous sentiment. Coming generations must think of the material bequests of the past in relation to dead humanity.

But in the development of this "cosmic emotion" of humanity, a much more powerful factor than recognition of our material indebtedness to the past will be the recognition of our psychical indebtedness. For we owe to the dead our immaterial world also, —the world that lives within us, —the world of all that is lovable in impulse, emotion, thought. Whosoever understands scientifically what human goodness is, and the terrible cost of making it, can find in the commonest phases of the humblest lives that beauty, which is divine, and can feel that in one sense our dead are truly gods.

So long as we supposed the woman soul one in itself, —a something specially created to fit one particular physical being,—the beauty and the wonder of mother-love could never be fully revealed to us. But with deeper knowledge we must perceive that the inherited love of myriads of millions of dead mothers has been treasured up in one life; —that only thus can be interpreted the infinite sweetness of the speech which the infant hears,—the infinite tenderness of the look of caress which meets its gaze. Unhappy the mortal who has not known these; yet what mortal can adequately speak of them! Truly is mother-love divine; for everything by human recognition called divine is summed up in that love; and every woman uttering and transmitting its highest expression is more than the mother of man: she is the *Mater Dei.*

Needless to speak here about the ghostliness of first love, sexual love, which is illusion,—because the passion and the beauty of the dead revive in it, to dazzle, to delude; and to bewitch. It is very, very wonderful; but it is not all good, because it is not all true. The real charm of woman in herself is that which comes later, —when all the illusions fade away to reveal a reality, lovelier than any illusion, which has been evolving behind the phantom-curtain of them. What is the divine magic of the woman thus perceived? Only the affection, the sweetness, the faith, the unselfishness, the intuitions of millions of buried hearts. All live again; —all throb anew, in every fresh warm beat of her own.

Certain amazing faculties exhibited in the highest social life tell in another way the story of soul structure built up by dead lives. Wonderful is the man who can really "be all things to all men," or the woman who can make herself twenty, fifty, a hundred different women, —comprehending all, penetrating all, unerring to estimate all others; —seeming to have no individual self, but only selves innumerable;—able to meet each varying personality with a soul exactly toned to the tone of that to be encountered. Rare these characters are, but not so rare that the traveler is unlikely to meet one or two of them in any cultivated society which he has a chance of studying. They are essentially multiple beings, —so visibly multiple that even those who think of the Ego as single have to describe them as "highly complex." Nevertheless this manifestation of forty or fifty different characters in the same person is a phenomenon so remarkable (especially remarkable because it is commonly manifested in youth long before relative experience could possibly account for it) that I cannot but wonder how few persons frankly realize its signification.

So likewise with what have been termed the "intuitions" of some forms of genius, —particularly those which relate to the representation of the emotions. A Shakespeare would always remain incomprehensible on the ancient soul-theory. Taine attempted to explain him by the phrase, "a perfect imagination;"—and the phrase reaches far in the truth. But what is the meaning of a perfect imagination? Enormous multiplicity of soul-life, —countless past existences revived in one. Nothing else can explain it.... It is not however, in the world of pure intellect that the story of psychical complexity is most admirable: it is in the world which speaks to our simplest emotions of love honor, sympathy, heroism.

"But by such a theory," some critic may observe, "the source of impulses to heroism is also the source of the impulses that people jails. Both are of the dead." This is true. We inherited evil as well as good. Being composites only,—still evolving, still becoming,—we inherit imperfections. But the survival of the fittest in impulses is certainly proven by the average moral condition of humanity, —using the word "fittest" in its ethical sense. In spite of all the misery and vice and crime, nowhere so terribly developed as under our own so-called Christian civilization, the fact must be patent to any one who has lived much, traveled much, and thought much, that the mass of humanity is good, and therefore that the vast majority of impulses bequeathed us by past humanity is good. Also it is certain that the more normal a social condition, the better its humanity. Through all the past the good Kami have always managed to keep the bad Kami from controlling the world. And with the acceptation of this truth, our future ideas of wrong and of right must take immense expansion. Just as a heroism, or any act of pure goodness for a noble end, must assume a preciousness heretofore unsuspected, —so a real crime must come to be regarded as a crime less against the existing individual or society, than against the sum of human experience, and the whole past struggle of ethical aspiration. Real goodness will, therefore, be more prized, and real crime less leniently judged. And the early Shintō teaching, that no code of ethics is necessary, —that the right rule of human conduct can always be known by consulting the heart, —is a teaching which will doubtless be accepted by a more perfect humanity than that of the present.

VI

"Evolution" the reader may say, "does indeed show through its doctrine of heredity that the living are in one sense really controlled by the dead. But it also shows that the dead are within us, not without us. They are part of us; —there is no proof that they have any existence which is not our own. Gratitude to the past would, therefore, be gratitude to ourselves; love of the dead would be self-love. So that your attempt at analogy ends in the absurd."

No. Ancestor-worship in its primitive form may be a symbol only of truth. It may be an index or foreshadowing only of the new moral duty which larger knowledge must force upon as: the duty of reverence and obedience to the sacrificial past of human ethical experience. But it may also be much more. The facts of heredity can never afford but half an explanation of the facts of psychology. A plant produces ten, twenty, a hundred plants without yielding up its own life in the process. An animal gives birth to many young, yet lives on with all its physical capacities and its small powers of thought undiminished. Children are born; and the parents survive them.

Inherited the mental life certainly is, not less than the physical; yet the reproductive cells, the least specialized of all cells, whether in plant or in animal, never take away, but only repeat the parental being. Continually multiplying, each conveys and transmits the whole experience of a race; yet leaves the whole experience of the race

behind it. Here is the marvel inexplicable: the self-multiplication of physical and psychical being, —life after life thrown off from the parent life, each to become complete and reproductive. Were all the parental life given to the offspring, heredity might be said to favor the doctrine of materialism. But like the deities of Hindoo legend, the Self multiplies and still remains the same, with full capacities for continued multiplication. Shintō has its doctrine of souls multiplying by fission; but the facts of psychological emanation are infinitely more wonderful than any theory.

The great religions have recognized that heredity could not explain the whole question of self, — could not account for the fate of the original residual self. So they have generally united in holding the inner independent of the outer being. Science can no more fully decide the issues they have raised than it can decide the nature of Reality-in-itself. Again we may vainly ask, What becomes of the forces which constituted the vitality of a dead plant? Much more difficult the question, What becomes of the sensations which formed the psychical life of a dead man? —since nobody can explain the simplest sensation. We know only that during life certain active forces within the body of the plant or the body of the man adjusted themselves continually to outer forces; and that after the interior forces could no longer respond to the pressure of the exterior forces, —then the body in which the former were stored was dissolved into the elements out of which it had been built up. We know nothing more of the ultimate nature of those elements than we know of the ultimate nature of the tendencies which united them. But we have more right to believe the ultimates of life persist after the dissolution of the forms they created, than to believe they cease. The theory of spontaneous generation (misnamed, for only in a qualified sense can the term "spontaneous" be applied to the theory of the beginnings of mundane life) is a theory which the evolutionist must accept, and which can frighten none aware of the evidence of chemistry that matter itself is in evolution. The real theory (not the theory of organized life beginning in bottled infusions, but of the life primordial arising upon a planetary surface) has enormous—nay, infinite—spiritual significance. It requires the belief that all potentialities of life and thought and emotion pass from nebula to universe, from system to system, from star to planet or moon, and again back to cyclonic storms of atomicity; it means that tendencies survive sunburnings, —survive all cosmic evolutions and disintegrations. The elements are evolutionary products only; and the difference of universe from universe must be the creation of tendencies, — of a form of heredity too vast and complex for imagination. There is no chance. There is only law. Each fresh evolution must be influenced by previous evolutions, — just as each individual human life is influenced by the experience of all the lives in its ancestral chain. Must not the tendencies even of the ancestral forms of matter be inherited by the forms of matter to come; and may not the acts and thoughts of men even now be helping to shape the character of future worlds? No longer is it possible to say that the dreams of the Alchemists were absurdities. And no longer can we even assert that all material phenomena are not determined, as in the thought of the ancient East, by soul- polarities.

Whether our dead do or do not continue to dwell without us as well as within us, —a question not to be decided in our present undeveloped state of comparative blindness, — certain it is that the testimony of cosmic facts accords with one weird belief of Shintō: the belief that all things are determined by the dead,—whether by ghosts of men or ghosts of worlds. Even as our personal lives are ruled by the now viewless lives of the past, so doubtless the life of our Earth, and of the system to which it belongs, is ruled by ghosts of spheres innumerable: dead universes, —dead suns and planets and moons, —as forms long since dissolved into the night, but as forces immortal and eternally working.

Back to the Sun, indeed, like the Shintōist, we can trace our descent; yet we know that even there the beginning of us was not. Infinitely more remote in time than a million sun-lives was that beginning, —if it can truly be said there was a beginning.

The teaching of Evolution is that we are one with that unknown Ultimate, of which matter and human mind are but ever-changing manifestations. The teaching of Evolution is also that each of us is many, yet that all of us are still one with each other and with the cosmos;—that we must know all past humanity not only in ourselves, but likewise in the preciousness and beauty of every fellow-life;—that we can best love ourselves in others;—that we shall best serve ourselves in others; —that forms are but veils and phantoms; —and that to the formless Infinite alone really belong all human emotions, whether of the living or the dead.

（出雲大社）

IN GHOSTLY JAPAN

ULULATION

SHE is lean as a wolf, and very old,—the white bitch that guards my gate at night. She played with most of the young men and women of the neighborhood when they were boys and girls. I found her in charge of my present dwelling on the day that I came to occupy it. She had guarded the place, I was told, for a long succession of prior tenants—apparently with no better reason than that she had been born in the woodshed at the back of the house. Whether well or ill treated she had served all occupants faultlessly as a watch. The question of food as wages had never seriously troubled her, because most of the families of the street daily contributed to her support.

She is gentle and silent,—silent at least by day; and in spite of her gaunt ugliness, her pointed ears, and her somewhat unpleasant eyes, everybody is fond of her. Children ride on her back, and tease her at will; but although she has been known to make strange men feel uncomfortable, she never growls at a child. The reward of her patient good-nature is the friendship of the community. When the dog-killers come on their bi-annual round, the neighbors look after her interests. Once she was on the very point of being officially executed when the wife of the smith ran to the rescue, and pleaded successfully with the policeman superintending the massacres. "Put somebody's name on the dog," said the latter: "then it will be safe. Whose dog is it?" That question proved hard to answer. The dog was everybody's and nobody's—welcome everywhere but owned nowhere. "But where does it stay?" asked the puzzled constable. "It stays," said the smith's wife, "in the house of the foreigner." "Then let the foreigner's name be put upon the dog," suggested the policeman.

Accordingly I had my name painted on her back in big Japanese characters. But the neighbors did not think that she was sufficiently safeguarded by a single name. So the priest of Kobudera painted the name of the temple on her left side, in beautiful Chinese text; and the smith put the name of his shop on her right side; and the vegetable-seller put on her breast the ideographs for "eight-hundred," —which represent the customary abbreviation of the word *yaoya* (vegetable-seller), — any yaoya being supposed to sell eight hundred or more different things. Consequently she is now a verycurious-looking dog; but she is well protected by all that calligraphy.

I have only one fault to find with her: she howls at night. Howling is one of the few pathetic pleasures of her existence. At first I tried to frighten her out of the habit; but finding that she refused to take me seriously, I concluded to let her howl. It would have been monstrous to beat her.

Yet I detest her howl. It always gives me a feeling of vague disquiet, like the uneasiness that precedes the horror of nightmare. It makes me afraid,—indefinably, superstitiously afraid. Perhaps what I am writing will seem to you absurd; but you would not think it absurd if you once heard her howl. She does not howl like the common street-dogs. She belongs to some ruder Northern breed, much more wolfish, and retaining wild traits of a very peculiar kind. And her howl is also peculiar. It is incomparably weirder than the howl of any European dog; and I fancy that it is incomparably older. It may represent the original primitive cry of her species, —totally unmodified by centuries of domestication.

It begins with a stifled moan, like the moan of a bad dream, — mounts into a long, long wail, like a wailing of wind, — sinks quavering into a chuckle, — rises again to a wail, very much higher and wilder than before, —breaks suddenly into a kind of atrocious laughter, —and finally sobs itself out in a plaint like the crying of a little child. The ghastliness of the performance is chiefly—though not entirely—in the goblin mockery of the laughing tones as contrasted with the piteous agony of the wailing ones: an incongruity that makes you think of madness. And I imagine a corresponding incongruity in the soul of the creature. I know that she loves me, —that she would throw away her poor life for me at an instant's notice. I am sure that she would grieve if I were to die. But she would not think about the matter like other dogs, —like a dog with hanging ears, for ex-ample. She is too savagely close to Nature for that. Were she to find herself alone with my corpse in some desolate place, she would first mourn wildly for her friend; but, this duty per-formed, she would proceed to ease her sorrow in the simplest way possible, —by eating him, —by cracking his bones between those long wolf's-teeth of hers. And thereafter, with spotless conscience, she would sit down and utter to the moon the funeral cry of her ancestors.

It fills me, that cry, with a strange curiosity not less than with a strange horror, — because of certain extraordinary vowellings in it which always recur in the same order of sequence, and must represent particular forms of animal speech, — particular ideas. The whole thing is a song, —a song of emotions and thoughts not human, and therefore humanly unimaginable. But other dogs know what it means, and make answer over the miles of the night, —sometimes from so far away that only by straining my hearing to the uttermost can I detect the faint response. The words— (if I may call them words) —are very few; yet, to judge by their emotional effect, they must signify a great deal. Possibly they mean things myriads of years old, —things relating to odors, to exhalations, to influences and effluences inapprehensible by duller human sense, —impulses also, impulses without name, bestirred in ghosts of dogs by the light of great moons.

Could we know the sensations of a dog, —the emotions and the ideas of a dog, we might discover some strange correspondence between their character and the character of that peculiar disquiet which the howl of the creature evokes. But since the senses of a dog are totally unlike those of a man, we shall never really know. And we can only surmise, in the vaguest way, the meaning of the uneasiness in ourselves. Some notes in the long cry, —and the weirdest of them, — oddly resemble those tones of the human voice that tell of agony and terror. Again, we have reason to believe that the sound of the cry itself became associated in human imagination, at some period enormously remote, with particular impressions of fear. It is a remarkable fact that in almost all countries (including Japan) the howling of dogs has been attributed to their perception of things viewless to man, and awful, — especially gods and ghosts; — and this unanimity of superstitious belief suggests that one element of the disquiet inspired by the cry is the dread of the supernatural. To-day we have ceased to be consciously afraid of the unseen; —knowing that we ourselves are supernatural, —that even the physical man, with all his life of sense, is more ghostly than any ghost of old imagining: but some dim inheritance of the primitive fear still slumbers in our being, and wakens perhaps, like an echo, to the sound of that wail in the night.

Whatever thing invisible to human eyes the senses of a dog may at times perceive, it can be nothing resembling our idea of a ghost. Most probably the mysterious cause of start and whine is not anything *seen*. There is no anatomical reason for supposing a dog to possess exceptional powers of vision. But a dog's organs of scent proclaim a faculty immeasurably superior to the sense of smell in man. The old universal belief in the superhuman perceptivities of the creature was a belief justified by fact; but the perceptivities are not visual. Were the howl of a dog really—as once supposed—an outcry of ghostly terror, the meaning might possibly be, "*I smell Them!*" —but not, "*I see Them!*" No evidence exists to support the fancy that a dog can see any forms of being which a man cannot see.

But the night-howl of the white creature in my close forces me to wonder whether she does not *mentally* see something really terrible,—something which we vainly try to keep out of moral consciousness: the ghoulish law of life. Nay, there are times when her cry seems to me not the mere cry of a dog, but the voice of the law itself, —the very speech of that Nature so inexplicably called by poets the loving, the merciful, the divine! Divine, perhaps, in some unknowable ultimate way, — but certainly not merciful, and still more certainly not loving. Only by eating each other do beings exist! Beautiful to the poet's vision our world may seem,—with its loves, its hopes, its memories, its aspirations; but there is nothing beautiful in the fact that life is fed by continual murder, —that the tenderest affection, the noblest enthusiasm, the purest idealism, must be nourished by the eating of flesh and the drinking of blood. All life, to sustain itself, must devour life. You may imagine yourself divine if you please,—but you have to obey that law. Be, if you will, a vegetarian: none the less you must eat forms that have feeling and desire. Sterilize your food; and digestion stops. You cannot even drink without swallowing life. Loathe the name as we may, we are cannibals;—all being essentially is One; and whether we eat the flesh of a plant, a fish, a reptile, a bird, a mammal, or a man, the ultimate fact is the same. And for all life the end is the same: every creature, whether buried or burnt, is devoured, —and not only once or twice, — nor a hundred, nor a thousand, nor a myriad times! Consider the ground upon which we move, the soil out of which we came; — think of the vanished billions that have risen from it and crumbled back into its latency to feed what becomes our food! Perpetually we eat the dust of our race, —*the substance of our ancient selves.*

But even so-called inanimate matter is self-devouring. Substance preys upon substance. As in the droplet monad swallows monad, so in the vast of Space do spheres consume each other. Stars give being to worlds and devour them; planets assimilate their own moons. All is a ravening that never ends but to recommence. And unto whomsoever thinks about these matters, the story of a divine universe, made and ruled by paternal love, sounds less persuasive than the Polynesian tale that the souls of the dead are devoured by the gods.

Monstrous the law seems, because we have developed ideas and sentiments which are opposed to this demoniac Nature, — much as voluntary movement is opposed to the blind power of gravitation. But the possession of such ideas and sentiments does but aggravate the atrocity of our situation, without lessening in the least the gloom of the final problem.

Anyhow the faith of the Far East meets that problem better than the faith of the West. To the Buddhist the Cosmos is not divine at all—quite the reverse. It is Karma;—it is the creation of thoughts and acts of error; —it is not governed by any providence; —it is a ghastliness, a nightmare. Likewise it is an illusion. It seems real only for the same reason that the shapes and the pains of an evil dream seem real to the dreamer. Our life upon earth is a state of sleep. Yet we do not sleep utterly. There are gleams in our darkness, —faint auroral wakenings of Love and Pity and Sympathy and Magnanimity: these are selfless and true; — these are eternal and divine;—these are the Four Infinite Feelings in whose after-glow all forms and illusions will vanish, like mists in the light of the sun. But, except in so far as we wake to these feelings, we are dreamers indeed, — moaning unaided in darkness,—tortured by shadowy horror. All of us dream; none are fully awake; and many, who pass for the wise of the world, know even less of the truth than my dog that howls in the night.

Could she speak, my dog, I think that she might ask questions which no philosopher would be able to answer. For I believe that she is tormented by the pain of existence. Of course I do not mean that the riddle presents itself to her as it does to us, —nor that she can have reached any abstract conclusions by any mental processes like our own. The external world to her is "a continuum of smells." She thinks, compares, remembers, reasons by smells. By smell she makes her estimates of character: all her judgments are founded upon smells. Smelling thousands of things which we cannot smell at all, she must comprehend them in a way of which we can form no idea. Whatever she knows has been learned through mental operations of an utterly unimaginable kind. But we may be tolerably sure that she thinks about most things in some odor-relation to the experience of eating or to the intuitive dread of being eaten. Certainly she knows a great deal more about the earth on which we tread than would be good for us to know; and probably, if capable of speech, she could tell us the strangest stories of air and water. Gifted, or afflicted, as she is with such terribly penetrant power of sense, her notion of apparent realities must be worse than sepulchral. Small wonder if she howl at the moon that shines upon such a world!

And yet she is more awake, in the Buddhist meaning, than many of us. She possesses a rude moral code—inculcating loyalty, submission, gentleness, gratitude, and maternal love; together with various minor rules of conduct; —and this simple code she has always observed. By priests her state is termed a state of darkness of mind, because she cannot learn all that men should learn; but according to her light she has done well enough to merit some better condition in her next rebirth. So think the people who know her. When she dies they will give her an humble funeral, and have a sûtra recited on behalf of her spirit. The priest will let a grave be made for her somewhere in the temple-garden, and will place over it a little sotoba bearing the text, —*Nyo-zé chikushō hotsu Bodai-shin*[1]: "Even within such as this animal, the Knowledge Supreme will unfold at last."

1 Lit., "the Bodhi-mind;" —that is to say, the Supreme Enlightenment, the intelligence of Buddhahood itself.

（神仏習合を表わした工芸品）

（寺院の中にある神宮）

（東大寺大仏：毘蘆遮那仏）

KWAIDAN

DIPLOMACY

It had been ordered that the execution should take place in the garden of the *yashiki*. So the man was taken there, and made to kneel down in a wide sanded space crossed by a line of *tobi-ishi*, or stepping-stones, such as you may still see in Japanese landscape-gardens. His arms were bound behind him. Retainers brought water in buckets, and rice-bags filled with pebbles; and they packed the rice-bags round the kneeling man,— so wedging him in that he could not move. The master came, and observed the arrangements. He found them satisfactory, and made no remarks.

Suddenly the condemned man cried out to him:—

"Honored Sir, the fault for which I have been doomed I did not wittingly commit. It was only my very great stupidity which caused the fault. Having been born stupid, by reason of my Karma, I could not always help making mistakes. But to kill a man for being stupid is wrong,— and that wrong will be repaid. So surely as you kill me, so surely shall I be avenged; —out of the resentment that you provoke will come the vengeance; and evil will be rendered for evil."...

If any person be killed while feeling strong resentment, the ghost of that person will be able to take vengeance upon the killer. This the samurai knew. He replied very gently,— almost caressingly:—

"We shall allow you to frighten us as much as you please—after you are dead. But it is difficult to believe that you mean what you say. Will you try to give us some sign of your great resentment—after your head has been cut off?"

"Assuredly I will," answered the man.

"Very well," said the samurai, drawing his long sword; —"I am now going to cut off your head. Directly in front of you there is a stepping-stone. After your head has been cut off, try to bite the stepping-stone. If your angry ghost can help you to do that, some of us may be frightened.... Will you try to bite the stone?"

"I will bite it!" cried the man, in great anger,— "I will bite it! —I will bite" —

There was a flash, a swish, a crunching thud: the bound body bowed over the rice sacks, —two long blood-jets pumping from the shorn neck;—and the head rolled upon the sand. Heavily toward the stepping-stone it rolled: then, suddenly bounding, it caught the upper edge of the stone between its teeth, clung desperately for a moment, and dropped inert.

None spoke; but the retainers stared in horror at their master. He seemed to be quite unconcerned. He merely held out his sword to the nearest attendant, who, with a wooden dipper, poured water over the blade from haft to point, and then carefully wiped the steel several times with sheets of soft paper.... And thus ended the ceremonial part of the incident.

For months thereafter, the retainers and the domestics lived in ceaseless fear of ghostly visitation. None of them doubted that the promised vengeance would come; and their constant terror caused them to hear and to see much that did not exist. They became afraid of the sound of the wind in the bamboos, — afraid even of the stirring of shadows in the garden. At last, after taking counsel together, they decided to petition their master to have a *Ségaki*-service performed on behalf of the vengeful spirit.

"Quite unnecessary," the samurai said, when his chief retainer had uttered the general wish... "I understand that the desire of a dying man for revenge may be a cause for fear. But in this case there is nothing to fear."

The retainer looked at his master beseechingly, but hesitated to ask the reason of the alarming confidence.

"Oh, the reason is simple enough," declared the samurai, divining the unspoken doubt. "Only the very last intention of the fellow could have been dangerous; and when I challenged him to give me the sign, I diverted his mind from the desire of revenge. He died with the set purpose of biting the stepping-stone; and that purpose he was able to accomplish, but nothing else. All the rest he must have forgotten... So you need not feel any further anxiety about the matter."

—And indeed the dead man gave no more trouble. Nothing at all happened.

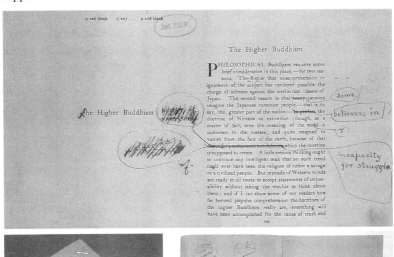

（著書『日本』と校正刷り）

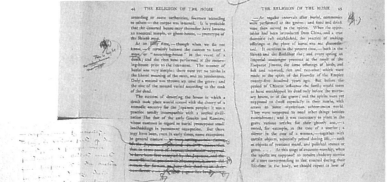

OF A MIRROR AND A BELL

Eight centuries ago, the priests of Mugenyama, in the province of Tōtōmi[1] , wanted a big bell for their temple; and they asked the women of their parish to help them by contributing old bronze mirrors for bell-metal.

[Even to-day, in the courts of certain Japanese temples, you may see heaps of old bronze mirrors contributed for such a purpose. The largest collection of this kind that I ever saw was in the court of a temple of the Jōdo sect, at Hakata, in Kyūshū: the mirrors had been given for the making of a bronze statue of Amida, thirty-three feet high.]

There was at that time a young woman, a farmer's wife, living at Mugenyama, who presented her mirror to the temple, to be used for bell-metal. But afterwards she much regretted her mirror. She remembered things that her mother had told her about it; and she remembered that it had belonged, not only to her mother but to her mother's mother and grandmother; and she remembered some happy smiles which it had reflected. Of course, if she could have offered the priests a certain sum of money in place of the mirror, she could have asked them to give back her heirloom. But she had not the money necessary. Whenever she went to the temple, she saw her mirror lying in the court-yard, behind a railing, among hundreds of other mirrors heaped there together. She knew it by the *Shō-Chiku-Bai* in relief on the back of it, —those three fortunate emblems of Pine, Bamboo, and Plumflower, which delighted her baby-eyes when her mother first showed her the mirror. She longed for some chance to steal the mirror, and hide it, —that she might thereafter treasure it always. But the chance did not come; and she became very unhappy, —felt as if she had foolishly given away a part of her life. She thought about the old saying that a mirror is the Soul of a Woman— (a saying mystically expressed, by the Chinese character for Soul, upon the backs of many bronze mirrors), —and she feared that it was true in weirder ways than she had before imagined. But she could not dare to speak of her pain to anybody.

Now, when all the mirrors contributed for the Mugenyama bell had been sent to the foundry, the bell-founders discovered that there was one mirror among them which would not melt. Again and again they tried to melt it; but it resisted all their efforts. Evidently the woman who had given that mirror to the temple must have regretted the giving. She had not presented her offering with all her heart; and therefore her selfish soul, remaining attached to the mirror, kept it hard and cold in the midst of the furnace.

Of course everybody heard of the matter, and everybody soon knew whose mirror it was that would not melt. And because of this public exposure of her secret fault, the poor woman became very much ashamed and very angry. And as she could not bear the shame, she drowned herself, after having written a farewell letter containing these words:—

"When I am dead, it will not be difficult to melt the mirror and to cast the bell. But, to the person who breaks that bell by ringing it, great wealth will be given by the ghost of me."

—You must know that the last wish or promise of anybody who dies in anger, or performs suicide in anger, is generally supposed to possess a supernatural force. After the dead woman's mirror had been melted, and the bell had been successfully cast, people remembered the words of that letter. They felt sure that the spirit of the writer would give wealth to the breaker of the bell; and, as soon as the bell had been suspended in the court of the temple, they went in multitude to ring it. With all their might and main they swung the ringing-beam; but the bell proved to be a good bell, and it bravely withstood their assaults. Nevertheless, the people were not easily discouraged. Day after day, at all hours, they continued to ring the bell furiously, — caring nothing whatever for the protests of the priests. So the ringing became an affliction; and the priests could not endure it; and they got rid of the bell by rolling it down the hill into a swamp. The swamp was deep, and swallowed it up,—and that was the end of the bell. Only its legend remains; and in that legend it is called the *Mugen-Kane*, or Bell of Mugen.

*   *   *   *   *   *

Now there are queer old Japanese beliefs in the magical efficacy of a certain mental operation implied, though not described, by the verb *nazoraëru*. The word itself cannot be adequately rendered by any English word; for it is used in relation to many kinds of mimetic magic, as well as in relation to the performance of many religious acts of faith. Common meanings of *nazoraëru*, according to dictionaries, are "to imitate," "to compare," "to liken;" but the esoteric meaning is *to substitute, in imagination, one object or action for another, so as to bring about some magical or miraculous result.*

For example: — you cannot afford to build a Buddhist temple; but you can easily lay a pebble before the image of the Buddha, with the same pious feeling that would prompt you to build a temple if you were rich enough to build one. The merit of so offering the pebble becomes equal, or almost equal, to the merit of erecting a temple.... You cannot read the six thousand seven hundred and seventy-one volumes of the Buddhist texts; but you can make a revolving library, containing them, turn round, by pushing it like a windlass. And if you push with an earnest wish that you could read the six thousand seven hundred and seventy-one volumes, you will acquire the same merit as the reading of them would enable you to gain.... So much will perhaps suffice to explain the religious meanings of *nazoraëru*.

The magical meanings could not all be explained without a great variety of examples; but, for present purposes, the following will serve. If you should make a little man of straw, for the same reason that Sister Helen made a little man of wax,—and nail it, with nails not less than five inches long, to some tree in a temple-grove at the Hour of the Ox[2],—and if the person, imaginatively represented by that little straw man, should die thereafter in atrocious agony, —that would illustrate one signification of *nazoraëru*.... Or, let us suppose that a robber has entered your house during the night, and carried away your valuables. If you can discover the footprints of that robber in your garden, and then promptly burn a very large moxa on each of them, the soles of the feet of the robber will become inflamed, and will allow him no rest until he returns, of his own accord, to put himself at your mercy. That is another kind of mimetic magic expressed by the term *nazoraëru*. And a third kind is illustrated by various legends of the Mugen-Kané.

After the bell had been rolled into the swamp, there was, of course, no more chance of ringing it in such wise as to break it. But persons who regretted this loss of opportunity would strike and break objects imaginatively substituted for the bell,—thus hoping to please the spirit of the owner of the mirror that had made so much trouble. One of these persons was a woman called Umégaë, —famed in Japanese legend because of her relation to Kajiwara Kagésué, a warrior of the Heiké clan.   While the pair were traveling together, Kajiwara one day found himself in great straits for want of money; and Umégaë, remembering the tradition of the Bell of Mugen, took a basin of bronze, and, mentally representing it to be the bell, beat upon it until she broke it,—crying out, at the same time, for three hundred pieces of gold. A guest of the inn where the pair were stopping made inquiry as to the cause of the banging and the crying, and, on learning the story of the trouble, actually presented Umégaë with three hundred *ryō* [(3)] in gold. Afterwards a song was made about Umégaë 's basin of bronze; and that song is sung by dancing girls even to this day:—

Umégaë no chōzubachi tataité
O-kané ga déru naraba
Mina San mi-uké wo
Sōré tanomimasu

["*If, by striking upon the wash-basin of Umégaë, I could make honorable money come to me, then would I negotiate for the freedom of all my girl-comrades.*"]

After this happening, the fame of the Mugen-Kané became great; and many people followed the example of Umégaë, —thereby hoping to emulate her luck. Among these folk was a dissolute farmer who lived near Mugenyama, on the bank of the Ōigawa. Having wasted his substance in riotous living, this farmer made for himself, out of the mud in his garden, a clay-model of the Mugen-Kané; and he beat the clay-bell, and broke it,—crying out the while for great wealth.

Then, out of the ground before him, rose up the figure of a white-robed woman, with long loose-flowing hair, holding a covered jar. And the woman said: "I have come to answer your fervent prayer as it deserves to be answered. Take, therefore, this jar." So saying, she put the jar into his hands, and disappeared.

Into his house the happy man rushed, to tell his wife the good news. He set down in front of her the covered jar,—which was heavy, —and they opened it together. And they found that it was filled, up to the very brim, with....

But no!—I really cannot tell you with what it was filled.

(1) Part of present-day Shizuoka Prefecture.
(2) The two-hour period between 1 AM and 3 AM.
(3) A monetary unit.

（アメリカから持参のハーンのトランク）

（廃仏毀釈により焼かれる経典）

A DEAD SECRET

A LONG time ago, in the province of Tamba[1], there lived a rich merchant named Inamuraya Gensuké. He had a daughter called O-Sono. As she was very clever and pretty, he thought it would be a pity to let her grow up with only such teaching as the country-teachers could give her: so he sent her, in care of some trusty attendants, to Kyōto, that she might be trained in the polite accomplishments taught to the ladies of the capital. After she had thus been educated, she was married to a friend of her father's family—a merchant named Nagaraya;—and she lived happily with him for nearly four years. They had one child, —a But O-Sono fell ill and died, in the fourth year after her marriage.

On the night after the funeral of O-Sono, her little son said that his mamma had come back, and was in the room upstairs. She had smiled at him, but would not talk to him: so he became afraid, and ran away. Then some of the family went upstairs to the room which had been O-Sono's; and they were startled to see, by the light of a small lamp which had been kindled before a shrine in that room, the figure of the dead mother. She appeared as if standing in front of a *tansu*, or chest of drawers, that still contained her ornaments and her wearing-apparel. Her head and shoulders could be very distinctly seen; but from the waist downwards the figure thinned into invisibility;—it was like an imperfect reflection of her, and transparent as a shadow on water.

Then the folk were afraid, and left the room. Below they consulted together; and the mother of O-Sono's husband said: "A woman is fond of her small things; and O-Sono was much attached to her belongings. Perhaps she has come back to look at them. Many dead persons will do that,—unless the things be given to the parish-temple. If we present O-Sono's robes and girdles to the temple, her spirit will probably find rest."

It was agreed that this should be done as soon as possible. So on the following morning the drawers were emptied; and all of O-Sono's ornaments and dresses were taken to the temple. But she came back the next night, and looked at the *tansu* as before. And she came back also on the night following, and the night after that, and every night;—and the house became a house of fear.

The mother of O-Sono's husband then went to the parish-temple, and told the chief priest all that had happened, and asked for ghostly counsel. The temple was a Zen temple; and the head-priest was a learned old man, known as Daigen Oshō. He said: "There must be something about which she is anxious, in or near that *tansu*."—"But we emptied all the drawers," replied the woman; —"there is nothing in the *tansu*."—"Well," said Daigen Oshō, "to-night I shall go to your house, and keep watch in that room, and see what can be done. You must give orders that no person shall enter the room while I am watching, unless I call."

After sundown, Daigen Oshō went to the house, and found the room made ready for him. He remained there alone, reading the sûtras; and nothing appeared until after the Hour of the Rat.[1] Then the figure of O-Sono suddenly outlined itself in front of the *tansu*. Her face had a wistful look; and she kept her eyes fixed upon the *tansu*.

The priest uttered the holy formula prescribed in such cases, and then, addressing the figure by the *kaimyō* [2] of O-Sono, said: —"I have come here in order to help you. Perhaps in that *tansu* there is something about which you have reason to feel anxious. Shall I try to find it for you?" The shadow appeared to give assent by a slight motion of the head; and the priest, rising, opened the top drawer. It was empty. Successively he opened the second, the third, and the fourth drawer;—he searched carefully behind them and beneath them; —he carefully examined the interior of the chest. He found nothing. But the figure remained gazing as wistfully as before. "What can she want?" thought the priest. Suddenly it occurred to him that there might be something hidden under the paper with which the drawers were lined. He removed the lining of the first drawer:—nothing! He removed the lining of the second and third drawers: —still nothing. But under the lining of the lowermost drawer he found—a letter. "Is this the thing about which you have been troubled?" he asked. The shadow of the woman turned toward him,—her faint gaze fixed upon the letter. "Shall I burn it for you?" he asked. She bowed before him. "It shall be burned in the temple this very morning," he promised; —"and no one shall read it, except myself." The figure smiled and vanished.

Dawn was breaking as the priest descended the stairs, to find the family waiting anxiously below. "Do not be anxious," he said to them: "She will not appear again." And she never did.

The letter was burned. It was a love-letter written to O-Sono in the time of her studies at Kyōto. But the priest alone knew what was in it; and the secret died with him.

(1)　On the present-day map, Tamba corresponds roughly to the central area of Kyoto Prefecture and part of Hyogo Prefecture.

[1]　The Hour of the Rat (*Ne-no-Koku*), according to the old Japanese method of reckoning time, was the first hour. It corresponded to the time between our midnight and two o'clock in the morning; for the ancient Japanese hours were each equal to two modern hours.

[2]　*Kaimyo,* the posthumous Buddhist name, or religious name, given to the dead. Strictly speaking, the meaning of the work is sila-name. (See my paper entitled, "The Literature of the Dead" in *Exotics and Retrospectives.*)

（チェンバレン）　　　（羽織袴のハーン）　　　（サラブレナンと子供のハーン）

HŌRAI

Blue vision of depth lost in height,—sea and sky interblending through luminous haze. The day is of spring, and the hour morning.

Only sky and sea, — one azure enormity... In the fore, ripples are catching a silvery light, and threads of foam are swirling. But a little further off no motion is visible, nor anything save color: dim warm blue of water widening away to melt into blue of air. Horizon there is none: only distance soaring into space,—infinite concavity hollowing before you, and hugely arching above you, — the color deepening with the height. But far in the midway-blue there hangs a faint, faint vision of palace towers, with high roofs horned and curved like moons, — some shadowing of splendor strange and old, illumined by a sunshine soft as memory.

...What I have thus been trying to describe is a kakémono,—that is to say, a Japanese painting on silk, suspended to the wall of my alcove;—and the name of it is SHINKIRŌ, which signifies "Mirage." But the shapes of the mirage are unmistakable. Those are the glimmering portals of Hōrai the blest; and those are the moony roofs of the Palace of the Dragon-King; —and the fashion of them (though limned by a Japanese brush of to-day) is the fashion of things Chinese, twenty-one hundred years ago....

Thus much is told of the place in the Chinese books of that time:—

In Hōrai there is neither death nor pain; and there is no winter. The flowers in that place never fade, and the fruits never fail; and if a man taste of those fruits even but once, he can never again feel thirst or hunger. In Horai grow the enchanted plants *So-rin-shi*, and *Riku-gō-aoi*, and *Ban-kon-tō*, which heal all manner of sickness; —and there grows also the magical grass *Yō-shin-shi*, that quickens the dead; and the magical grass is watered by a fairy water of which a single drink confers perpetual youth. The people of Hōrai eat their rice out of very, very small bowls; but the rice never diminishes within those bowls,—however much of it be eaten, —until the eater desires no more. And the people of Hōrai drink their wine out of very, very small cups; but no man can empty one of those cups,—however stoutly he may drink,—until there comes upon him the pleasant drowsiness of intoxication.

All this and more is told in the legends of the time of the Shin dynasty. But that the people who wrote down those legends ever saw Hōrai, even in a mirage, is not believable. For really there are no enchanted fruits which leave the eater forever satisfied,—nor any magical grass which revives the dead, — nor any fountain of fairy water, —nor any bowls which never lack rice, — nor any cups which never lack wine. It is not true that sorrow and death never enter Hōrai; — neither is it true that there is not any winter. The winter in Hōrai is cold; — and winds then bite to the bone; and the heaping of snow is monstrous on the roofs of the Dragon-King.

Nevertheless there are wonderful things in Hōrai; and the most wonderful of all has not been mentioned by any Chinese writer. I mean the atmosphere of Hōrai. It is an atmosphere peculiar to the place; and, because of it, the sunshine in Hōrai is *whiter* than any other sunshine, —a milky light that never dazzles, — astonishingly clear, but very soft. This atmosphere is not of our human period: it is enormously old, —so old that I feel afraid when I try to think how old it is;—and it is not a mixture of nitrogen and oxygen. It is not made of air at all, but of ghost, — the substance of quintillions of quintillions of generations of souls blended into one immense translucency, — souls of people who thought in ways never resembling our ways. Whatever mortal man inhales that atmosphere, he takes into his blood the thrilling of these spirits; and they change the sense within him,—reshaping his notions of Space and Time,—so that he can see only as they used to see, and feel only as they used to feel, and think only as they used to think. Soft as sleep are these changes of sense; and Hōrai, discerned across them, might thus be described:—

—Because in Hōrai there is no knowledge of great evil, the hearts of the people never grow old. And, by reason of being always young in heart, the people of Hōrai smile from birth until death —except when the Gods send

sorrow among them; and faces then are veiled until the sorrow goes away. All folk in Hōrai love and trust each other, as if all were members of a single household; —and the speech of the women is like birdsong, because the hearts of them are light as the souls of birds; —and the swaying of the sleeves of the maidens at play seems a flutter of wide, soft wings. In Hōrai nothing is hidden but grief, because there is no reason for shame; —and nothing is locked away, because there could not be any theft; —and by night as well as by day all doors remain unbarred, because there is no reason for fear. And because the people are fairies—though mortal—all things in Hōrai, except the Palace of the Dragon-King, are small and quaint and queer; —and these fairy-folk do really eat their rice out of very, very small bowls, and drink their wine out of very, very small cups....

—Much of this seeming would be due to the inhalation of that ghostly atmosphere—but not all. For the spell wrought by the dead is only the charm of an Ideal, the glamour of an ancient hope; —and something of that hope has found fulfillment in many hearts, — in the simple beauty of unselfish lives, —in the sweetness of Woman....

—Evil winds from the West are blowing over Hōrai; and the magical atmosphere, alas! is shrinking away before them. It lingers now in patches only, and bands, —like those long bright bands of cloud that train across the landscapes of Japanese painters. Under these shreds of the elfish vapor you still can find Hōrai—but not everywhere.... Remember that Hōrai is also called Shinkirō, which signifies Mirage, — the Vision of the Intangible. And the Vision is fading, —never again to appear save in pictures and poems and dreams....

（ハーンの肖像画）

（『妖魔詩話』の挿絵）

JAPAN—an Attempt at Interpretation

DIFFICULTIES

A THOUSAND books have been written about Japan; but among these,—setting aside artistic publications and works of a purely special character,—the really precious volumes will be found to number scarcely a score. This fact is due to the immense difficulty of perceiving and comprehending what underlies the surface of Japanese life. No work fully interpreting that life,—no work picturing Japan within and without, historically and socially, psychologically and ethically,—can be written for at least another fifty years. So vast and intricate the subject that the united labour of a generation of scholars could not exhaust it, and so difficult that the number of scholars willing to devote their time to it must always be small. Even among the Japanese themselves, no scientific knowledge of their own history is yet possible; because the means of obtaining that knowledge have not yet been prepared,—though mountains of material have been collected. The want of any good history upon a modern plan is but one of many discouraging wants. Data for the study of sociology are still inaccessible to the Western investigator. The early state of the family and the clan; the history of the differentiation of classes; the history of the differentiation of political from religious law; the history of restraints, and of their influence upon custom; the history of regulative and cooperative conditions in the development of industry; the history of ethics and aesthetics,—all these and many other matters remain obscure.

This essay of mine can serve in one direction only as a contribution to the Western knowledge of Japan. But this direction is not one of the least important. Hitherto the subject of Japanese religion has been written of chiefly by the sworn enemies of that religion: by others it has been almost entirely ignored. Yet while it continues to be ignored and misrepresented, no real knowledge of Japan is possible. Any true comprehension of social conditions requires more than a superficial acquaintance with religious conditions. Even the industrial history of a people cannot be understood without some knowledge of those religious traditions and customs which regulate industrial life during the earlier stages of its development .... Or take the subject of art. Art in Japan is so intimately associated with religion that any attempt to study it without extensive knowledge of the beliefs which it reflects, were mere waste of time. By art I do not mean only painting and sculpture, but every kind of decoration, and most kinds of pictorial representation,—the image on a boy's kite or a girl's battledore, not less than the design upon a lacquered casket or enamelled vase,—the figures upon a workman's towel not less than the pattern of the girdle of a princess,—the shape of the paper-dog or the wooden rattle bought for a baby, not less than the forms of those colossal Ni-Ō who guard the gateways of Buddhist temples .... And surely there can never be any just estimate made of Japanese literature, until a study of that literature shall have been made by some scholar, not only able to understand Japanese beliefs, but able also to sympathize with them to at least the same extent that our great humanists can sympathize with the religion of Euripides, of Pindar, and of Theocritus. Let us ask ourselves how much of English or French or German or Italian literature could be fully understood without the slightest knowledge of the ancient and modern religions of the Occident. I do not refer to distinctly religious creators,—to poets like Milton or Dante,—but only to the fact that even one of Shakespeare's plays must remain incomprehensible to a person knowing nothing either of Christian beliefs or of the beliefs which preceded them. The real mastery of any European tongue is impossible without a knowledge of European religion. The language of even the unlettered is full of religious meaning: the proverbs and household-phrases of the poor, the songs of the street, the speech of the workshop,—all are infused with significations unimaginable by any one ignorant of the faith of the people. Nobody knows this better than a man who has passed many years in trying to teach English in Japan, to pupils whose faith is utterly unlike our own, and whose ethics have been shaped by a totally different social experience.

STRANGENESS AND CHARM

THE majority of the first impressions of Japan recorded by travellers are pleasurable impressions. Indeed, there must be something lacking, or something very harsh, in the nature to which Japan can make no emotional appeal. The appeal itself is the clue to a problem; and that problem is the character of a race and of its civilization.

My own first impressions of Japan,—Japan as seen in the white sunshine of a perfect spring day,—had doubtless much in common with the average of such experiences. I remember especially the wonder and the delight of the vision. The wonder and the delight have never passed away: they are often revived for me even now, by some chance happening, after fourteen years of sojourn. But the reason of these feelings was difficult to learn,—or at least to guess; for I cannot yet claim to know much about Japan .... Long ago the best and dearest Japanese friend I ever had said to me, a little before his death: "When you find, in four or five years more, that you cannot understand the Japanese at all, then you will begin to know something about them." After having realized the truth of my friend's prediction,—after having discovered that I cannot understand the Japanese at all,—I feel better qualified to attempt this essay.

As first perceived, the outward strangeness of things in Japan produces (in certain minds, at least) a queer thrill impossible to describe,—a feeling of weirdness which comes to us only with the perception of the totally unfamiliar. You find yourself moving through queer small streets full of odd small people, wearing robes and sandals of extraordinary shapes; and you can scarcely distinguish the sexes at sight. The houses are constructed and furnished in ways alien to all your experience; and you are astonished to find that you cannot conceive the use or meaning of numberless things on display in the shops. Food-stuffs of unimaginable derivation; utensils of enigmatic forms; emblems incomprehensible of some mysterious belief; strange masks and toys that commemorate legends of gods or demons; odd figures, too, of the gods themselves, with monstrous ears and smiling faces,—all these you may perceive as you wander about; though you must also notice telegraph-poles and type-writers, electric lamps and sewing machines. Everywhere on signs and hangings, and on the backs of people passing by, you will observe wonderful Chinese characters; and the wizardry of all these texts makes the dominant tone of the spectacle.

Further acquaintance with this fantastic world will in nowise diminish the sense of strangeness evoked by the first vision of it. You will soon observe that even the physical actions of the people are unfamiliar,—that their work is done in ways the opposite of Western ways. Tools are of surprising shapes, and are handled after surprising methods: the blacksmith squats at his anvil, wielding a hammer such as no Western smith could use without long practice; the carpenter pulls, instead of pushing, his extraordinary plane and saw. Always the left is the right side, and the right side the wrong; and keys must be turned, to open or close a lock, in what we are accustomed to think the wrong direction. Mr. Percival Lowell has truthfully observed that the Japanese speak backwards, read backwards, write backwards,—and that this is "only the *abc* of their contrariety." For the habit of writing backwards there are obvious evolutional reasons; and the requirements of Japanese calligraphy sufficiently explain why the artist pushes his brush or pencil instead of pulling it. But why, instead of putting the thread through the eye of the needle, should the Japanese maiden slip the eye of the needle over the point of the thread? Perhaps the most remarkable, out of a hundred possible examples of antipodal action, is furnished by the Japanese art of fencing. The swordsman, delivering his blow with both hands, does not pull the blade towards him in the moment of striking, but pushes it from him. He uses it, indeed, as other Asiatics do, not on the principle of the wedge, but of the saw; yet there is a pushing motion where we should expect a pulling motion in the stroke .... These and other forms of unfamiliar action are strange enough to suggest the notion of a humanity even physically as little related to us as might be the population of another planet,—the notion of some anatomical unlikeness. No such unlikeness, however, appears to exist; and all this oppositeness probably implies, not so much the outcome of a human experience entirely independent of Aryan experience, as the outcome of an experience evolutionally younger than our own.

Yet that experience has been one of no mean order. Its manifestations do not merely startle: they also delight. The delicate perfection of workmanship, the light strength and grace of objects, the power manifest to obtain the best results with the least material, the achieving of mechanical ends by the simplest possible means, the comprehension of irregularity as aesthetic value, the shapeliness and perfect taste of everything, the sense displayed of harmony in tints or colours,—all this must convince you at once that our Occident has much to learn from this remote civilization, not only in matters of art and taste, but in matters likewise of economy and utility. It is no barbarian fancy that appeals to you in those amazing porcelains, those astonishing embroideries, those wonders of lacquer and ivory and bronze, which educate imagination in unfamiliar ways. No: these are the products of a civilization which became, within its own limits, so exquisite that none but an artist is capable of judging its manufactures,—a civilization that can be termed imperfect only by those who would also term imperfect the Greek civilization of three thousand years ago.

But the underlying strangeness of this world,—the psychological strangeness,—is much more startling than the visible and superficial. You begin to suspect the range of it after having discovered that no adult Occidental can perfectly master the language. East and West the fundamental parts of human nature—the emotional bases of it—are much the same: the mental difference between a Japanese and a European child is mainly potential. But with growth the difference rapidly develops and widens, till it becomes, in adult life, inexpressible. The whole of the Japanese mental superstructure evolves into forms having nothing in common with Western psychological development: the expression of thought becomes regulated, and the expression of emotion inhibited in ways that bewilder and astound. The ideas of this people are not our ideas; their sentiments are not our sentiments their ethical life represents for us regions of thought and emotion yet unexplored, or perhaps long forgotten. Any one of their ordinary phrases, translated into Western speech, makes hopeless nonsense; and the literal rendering into Japanese of the simplest English sentence would scarcely be comprehended by any Japanese who had never studied a European tongue. Could you learn all the words in a Japanese dictionary, your acquisition would not help you in the least to make yourself understood in speaking, unless you had learned also to think like a Japanese,—that is to say, to think backwards, to think upside-down and inside-out, to think in directions totally foreign to Aryan habit. Experience in the acquisition of European languages can help you to learn Japanese about as much as it could help you to acquire the language spoken by the inhabitants of Mars. To be able to use the Japanese tongue as a Japanese uses it, one would need to be born again, and to have one's mind completely reconstructed, from the foundation upwards. It is possible that a person of European parentage, born in Japan, and accustomed from infancy to use the vernacular, might retain in after-life that instinctive knowledge which could alone enable him to adapt his mental relations to the relations of any Japanese environment. There is actually an Englishman named Black, born in Japan, whose proficiency in the language is proved by the fact that he is able to earn a fair income as a professional storyteller (*hanashika*). But this is an extraordinary case .... As for the literary language, I need only observe that to make acquaintance with it requires very much more than a knowledge of several thousand Chinese characters. It is safe to say that no Occidental can undertake to render at sight any literary text laid before him—indeed the number of native scholars able to do so is very small;—and although the learning displayed in this direction by various Europeans may justly compel our admiration, the work of none could have been given to the world without Japanese help.

But as the outward strangeness of Japan proves to be full of beauty, so the inward strangeness appears to have its charm,—an ethical charm reflected in the common life of the people. The attractive aspects of that life do not indeed imply, to the ordinary observer, a psychological differentiation measurable by scores of centuries: only a scientific mind, like that of Mr. Percival Lowell, immediately perceives the problem presented. The less gifted stranger, if naturally sympathetic, is merely pleased and puzzled, and tries to explain, by his own experience of happy life on the other side of the world, the social conditions that charm him. Let us suppose that he has the good fortune of being able to live for six months or a year in some old-fashioned town of the interior. From the beginning of this sojourn he call scarcely fail to be impressed by the apparent kindliness and joyousness of the existence about him. In the relations of the people to each other, as well as in all their relations to himself, he will find a constant amenity, a tact, a good-nature such as he will elsewhere have met with only in the friendship of exclusive circles. Everybody greets everybody with happy looks and pleasant words; faces are always smiling; the commonest incidents of everyday life are transfigured by a courtesy at once so artless and so faultless that it appears to spring directly from the heart, without any teaching. Under all circumstances a certain outward cheerfulness never falls: no matter what troubles may come,—storm or fire, flood or earthquake,—the laughter of greeting voices, the bright smile and graceful bow, the kindly inquiry and the wish to please, continue to make existence beautiful. Religion brings no gloom into this sunshine: before the Buddhas and the gods folk smile as they pray; the temple-courts are playgrounds for the children; and within the enclosure of the great public shrines--which are places of festivity rather than of solemnity—dancing-platforms are erected. Family existence would seem to be everywhere characterized by gentleness: there is no visible quarrelling, no loud harshness, no tears and reproaches. Cruelty, even to animals, appears to be unknown: one sees farmers, coming to town, trudging patiently beside their horses or oxen, aiding their dumb companions to bear the burden, and using no whips or goads. Drivers or pullers of carts will turn out of their way, under the most provoking circumstances, rather than overrun a lazy dog or a stupid chicken .... For no inconsiderable time one may live in the midst of appearances like these, and perceive nothing to spoil the pleasure of the experience.

Of course the conditions of which I speak are now passing away; but they are still to be found in the remoter districts. I have lived in districts where no case of theft had occurred for hundreds of years,—where the newly-built prisons of Meiji remained empty and useless,—where the people left their doors unfastened by night as well as by day. These facts are familiar to every Japanese. In such a district, you might recognize that the kindness shown to you, as a stranger, is the consequence of official command; but how explain the goodness of the people to each other? When you discover no harshness, no rudeness, no dishonesty, no breaking of laws, and learn that this social condition has been the same for centuries, you are tempted to believe that you have entered into the domain of a morally superior humanity. All this soft urbanity, impeccable honesty, ingenuous kindliness of speech and act, you might naturally interpret as conduct directed by perfect goodness of heart. And the simplicity that delights you is no simplicity of barbarism. Here every one has been taught; every one knows how to write and speak beautifully, how to compose poetry, how to behave politely; there is everywhere cleanliness and good taste; interiors are bright and pure; the daily use of the hot bath is universal. How refuse to be charmed by a civilization in which every relation appears to be governed by altruism, every action directed by duty, and every object shaped by art? You cannot help being delighted by such conditions, or feeling indignant at hearing them denounced as "heathen." And according to the degree of altruism within yourself, these good folk will be able, without any apparent effort, to make you happy. The mere sensation of the *milieu* is a placid happiness: it is like the sensation of a dream in which people greet us exactly as we like to be greeted, and say to us all that we like to hear, and do for us all that we wish to have done,—people moving soundlessly through spaces of perfect repose, all bathed in vapoury light. Yes—for no little time these fairy-folk can give you all the soft bliss of sleep. But sooner or later, if you dwell long with them, your contentment will prove to have much in common with the happiness of dreams. You will never forget the dream,—never; but it will lift at last, like those vapours of spring which lend preternatural loveliness to a Japanese landscape in the forenoon of radiant days. Really you are happy because you have entered bodily into Fairyland,—into a world that is not, and never could be your own. You have been transported out of your own century—over spaces enormous of perished time—into an era forgotten, into a vanished age,—back to something ancient as Egypt or Nineveh. That is the secret of the strangeness and beauty of things,—the secret of the thrill they give,—the secret of the elfish charm of the people and their ways. Fortunate mortal! the tide of Time has turned for you! But remember that here all is enchantment,—that you have fallen under the spell of the dead, — that the lights and the colours and the voices must fade away at last into emptiness and silence.

*   *   *   *   *   *

Some of us, at least, have often wished that it were possible to live for a season in the beautiful vanished world of Greek culture. Inspired by our first acquaintance with the charm of Greek art and thought, this wish comes to us even before we are capable of imagining the true conditions of the antique civilization. If the wish could be realized, we should certainly find it impossible to accommodate ourselves to those conditions,—not so much because of the difficulty of learning the environment, as because of the much greater difficulty of feeling just as people used to feel some thirty centuries ago. In spite of all that has been done for Greek studies since the Renaissance, we are still unable to understand many aspects of the old Greek life: no modern mind can really feel, for example, those sentiments and emotions to which the great tragedy of Oedipus made appeal. Nevertheless we are much in advance of our forefathers of the eighteenth century, as regards the knowledge of Greek civilization. In the time of the French revolution, it was thought possible to reestablish in France the conditions of a Greek republic, and to educate children according to the system of Sparta. To-day we are well aware that no mind developed by modern civilization could find happiness under any of those socialistic despotisms which existed in all the cities of the ancient world before the Roman conquest. We could no more mingle with the old Greek life, if it were resurrected for us,—no more become a part of it,—than we could change our mental identities. But how much would we not give for the delight of beholding it,—for the joy of attending one festival in Corinth, or of witnessing the Pan-Hellenic games? ...

And yet, to witness the revival of some perished Greek civilization,—to walk about the very Crotona of Pythagoras,—to wander through the Syracuse of Theocritus,—were not any more of a privilege than is the opportunity actually afforded us to study Japanese life. Indeed, from the evolutional point of view, it were less of a privilege,—since Japan offers us the living spectacle of conditions older, and psychologically much farther away from us, than those of any Greek period with which art and literature have made us closely acquainted.

The reader scarcely needs to be reminded that a civilization less evolved than our own, and intellectually remote from us, is not on that account to be regarded as necessarily inferior in all respects. Hellenic civilization at its best represented an early stage of sociological evolution; yet the arts which it developed still furnish our supreme and unapproachable ideals of beauty. So, too, this much more archaic civilization of Old Japan attained an average of aesthetic and moral culture well worthy of our wonder and praise. Only a shallow mind—a very shallow mind—will pronounce the best of that culture inferior. But Japanese civilization is peculiar to a degree for which there is perhaps no Western parallel, since it offers us the spectacle of many successive layers of alien culture superimposed above the simple indigenous basis, and forming a very bewilderment of complexity. Most of this alien culture is Chinese, and bears but an indirect relation to the real subject of these studies. The peculiar and surprising fact is that, in spite of all superimposition, the original character of the people and of their society should still remain recognizable. The wonder of Japan is not to be sought in the countless borrowings with which she has clothed herself,—much as a princess of the olden time would don twelve ceremonial robes, of divers colours and qualities, folded one upon the other so as to show their many-tinted edges at throat and sleeves and skirt;—no, the real wonder is the Wearer. For the interest of the costume is much less in its beauty of form and tint than in its significance as idea,—as representing something of the mind that devised or adopted it. And the supreme interest of the old

Japanese civilization lies in what it expresses of the race-character,—that character which yet remains essentially unchanged by all the changes of Meiji.

"Suggests" were perhaps a better word than "expresses," for this race-character is rather to be divined than recognized. Our comprehension of it might be helped by some definite knowledge of origins; but such knowledge we do not yet possess. Ethnologists are agreed that the Japanese race has been formed by a mingling of peoples, and that the dominant element is Mongolian; but this dominant element is represented in two very different types,—one slender and almost feminine of aspect; the other, squat and powerful. Chinese and Korean elements are known to exist in the populations of certain districts; and, there appears to have been a large infusion of Aino blood. Whether there be any Malay or Polynesian element also has not been decided. Thus much only can be safely affirmed,—that the race, like all good races, is a mixed one; and that the peoples who originally united to form it have been so blended together as to develop, under long social discipline, a tolerably uniform type of character. This character, though immediately recognizable in some of Its aspects, presents us with many enigmas that are very difficult to explain.

Nevertheless, to understand it better has become a matter of importance. Japan has entered into the world's competitive struggle; and the worth of any people in that struggle depends upon character quite as much as upon force. We can learn something about Japanese character if we are able to ascertain the nature of the conditions which shaped it,—the great general facts of the moral experience of the race. And these facts we should find expressed or suggested in the history of the national beliefs, and in the history of those social institutions derived from and developed by religion.

（左：ニューオーリンズ）
（1880〜90年代頃）

THE RELIGION OF THE HOME

THREE stages of ancestor-worship are to be distinguished in the general course of religious and social evolution; and each of these finds illustration in the history of Japanese society. The first stage is that which exists before the establishment of a settled civilization, when there is yet no national ruler, and when the unit of society is the great patriarchal family, with its elders or war-chiefs for lords. Under these conditions, the spirits of the family-ancestors only are worshipped;—each family propitiating its own dead, and recognizing no other form of worship. As the patriarchal families, later on, become grouped into tribal clans, there grows up the custom of tribal sacrifice to the spirits of the clan-rulers;—this cult being superadded to the family-cult, and marking the second stage of ancestor-worship. Finally, with the union of all the clans or tribes under one supreme head, there is developed the custom of propitiating the spirits of national, rulers. This third form of the cult becomes the obligatory religion of the country; but it does not replace either of the preceding cults: the three continue to exist together.

Though, in the present state of our knowledge, the evolution in Japan of these three stages of ancestor-worship is but faintly traceable, we can divine tolerably well, from various records, how the permanent forms of the cult were first developed out of the earlier funeral-rites. Between the ancient Japanese funeral customs and those of antique Europe, there was a vast difference,—a difference indicating, as regards Japan, a far more primitive social condition. In Greece and in Italy it was an early custom to bury the family dead within the limits of the family estate; and the Greek and Roman laws of property grew out of this practice. Sometimes the dead were buried close to the house. The author of *La Cité Antique* cites, among other ancient texts bearing upon the subject, an interesting invocation from the tragedy of *Helen*, by Euripides:—"All hail! my father's tomb! I buried thee, Proteus, at the place where men pass out, that I might often greet thee; and so, even as I go out and in, I, thy son Theoclymenus, call upon thee, father! ..." But in ancient Japan, men fled from the neighbourhood of death. It was long the custom to abandon, either temporarily, or permanently, the house in which a death occurred; and we can scarcely suppose that, at any time, it was thought desirable to bury the dead close to the habitation of the surviving members of the household. Some Japanese authorities declare that in the very earliest ages there was no burial, and that corpses were merely conveyed to desolate places, and there abandoned to wild creatures. Be this as it may, we have documentary evidence, of an unmistakable sort, concerning the early funeral-rites as they existed when the custom of burying had become established,—rites weird and strange, and having nothing in common with the practices of settled civilization. There is reason to believe that the family-dwelling was at first permanently, not temporarily, abandoned to the dead; and in view of the fact that the dwelling was a wooden hut of very simple structure, there is nothing improbable in the supposition. At all events the corpse was left for a certain period, called the period of mourning, either in the abandoned house where the death occurred, or in a shelter especially built for the purpose; and, during the mourning period, offerings of food and drink were set before the dead, and ceremonies performed without the house. One of these ceremonies consisted in the recital of poems in praise of the dead,—which poems were called *shinobigoto*. There was music also of flutes and drums, and dancing; and at night a fire was kept burning before the house. After all this had been done for the fixed period of mourning—eight days, according to some authorities, fourteen according to others—the corpse was interred. It is probable that the deserted house may thereafter have become an ancestral temple, or ghost-house,—prototype of the Shintō *miya*.

At an early time,—though when we do not know,—it certainly became the custom to erect a *moya*, or "mourning-house" in the event of a death; and the rites were performed at the mourning-house prior to the interment. The manner of burial was very simple: there were yet no tombs in the literal meaning of the term, and no tombstones. Only a mound was thrown up over the grave; and the size of the mound varied according to the rank of the dead.

The custom of deserting the house in which a death took place would accord with the theory of a nomadic ancestry for the Japanese people: it was a practice totally incompatible with a settled civilization like that of the early Greeks and Romans, whose customs in regard to burial presuppose small landholdings in permanent occupation. But there may have been, even in early times, some exceptions to general custom—exceptions made by necessity. To-day, in various parts of the country, and perhaps more particularly in districts remote from temples, it is the custom for farmers to bury their dead upon their own lands.

—At regular intervals after burial, ceremonies were performed at the graves; and food and drink were then served to the spirits. When the spirit-tablet had been introduced from China, and a true domestic cult established, the practice of making offerings at the place of burial was not discontinued. It survives to the present time,—both in the Shinto and the Buddhist rite; and every spring an Imperial messenger presents at the tomb of the Emperor Jimmu, the same offerings of birds and fish and seaweed, rice and rice-wine, which were made to the spirit of the Founder of the Empire twenty-five hundred years ago. But before the period of Chinese influence the family would seem to have worshipped its dead only before the mortuary house, or at the grave; and the spirits were yet supposed to dwell especially in their tombs, with access to some mysterious subterranean world. They were supposed to need other things besides nourishment; and it was customary to place in the grave various articles for their ghostly use,—a sword, for example, in the case of a warrior; a mirror in the case of a woman,—together with certain objects, especially prized during life,—such as objects of precious metal, and polished stones or gems.... At this stage of ancestor-worship, when the spirits are supposed to require shadowy service of a sort corresponding to that exacted during their life-time in the body, we should expect to hear of human sacrifices as well as of animal sacrifices. At the funerals of great personages such sacrifices were common. Owing to beliefs of which all knowledge has been lost, these sacrifices assumed a character much more cruel than that of the immolations of the Greek Homeric epoch. The human victims[1] were buried up to the neck in a circle about the grave, and thus left to perish under the beaks of birds and the teeth of wild beasts. The term applied to this form of immolation,—*hitogaki*, or "human hedge,"—implies a considerable number of victims in each case. This custom was abolished, by the Emperor Suinin, about nineteen hundred years ago; and the *Nihongi* declares that it was then an ancient custom. Being grieved by the crying of the victims interred in the funeral mound erected over the grave of his brother, Yamato-hiko-no-mikoto, the Emperor is recorded to have said: "It is a very painful thing to force those whom one has loved in life to follow one in death. Though it be an ancient custom, why follow it, if it is bad? From this time forward take counsel to put a stop to the following of the dead." Nomi-no-Sukuné, a court-noble—now apotheosized as the patron of wrestlers—then suggested the substitution of earthen images of men and horses for the living victims; and his suggestion was approved. The *hitogaki*, was thus abolished; but compulsory as well as voluntary following of the dead certainly continued for many hundred years after, since we find the Emperor Kōtoku issuing an edict on the subject in the year 646 A.D.:—

"When a man dies, there have been cases of people sacrificing themselves by strangulation, or of strangling others by way of sacrifice, or of compelling the dead man's horse to be sacrificed, or of burying valuables in the grave in honour of the dead, or of cutting off the hair and stabbing the thighs and [in that condition] pronouncing a eulogy on the dead. Let all such old customs be entirely discontinued."—*Nihongi;* Aston's translation.

As regarded compulsory sacrifice and popular custom, this edict may have had the immediate effect desired; but voluntary human sacrifices were not definitively suppressed. With the rise of the military power there gradually came into existence another custom of *junshi*, or following one's lord in death,—suicide by the sword. It is said to have begun about 1333, when the last of the Hōjō regents, Takatoki, performed suicide, and a number of his retainers took their own lives by *harakiri*, in order to follow their master. It may be doubted whether this incident really established the practice. But by the sixteenth century *junshi* had certainly become an honoured custom among the samurai. Loyal retainers esteemed it a duty to kill themselves after the death of their lord, in order to attend upon him during his ghostly journey. A thousand years of Buddhist teaching had not therefore sufficed to eradicate all primitive notions' of sacrificial duty. The practice continued into the time of the Tokugawa shogunate, when Iyeyasu made laws to check it. These laws were rigidly applied,—the entire family of the suicide being held responsible for a case of *junshi:* yet the custom cannot be said to have become extinct until considerably after the beginning of the era of Meiji. Even during my own time there have been survivals,—some of a very touching kind: suicides performed in hope of being able to serve or aid the spirit of master or husband or parent in the invisible world. Perhaps the strangest case was that of a boy fourteen years old, who killed himself in order to wait upon the spirit of a child, his master's little son.

The peculiar character of the early human sacrifices at graves, the character of the funeral-rites, the abandonment of the house in which death had occurred.—all prove that the early ancestor-worship was of a decidedly primitive kind. This is suggested also by the peculiar Shinto horror of death as pollution: even at this day to attend a funeral,—unless the funeral be conducted after the Shinto rite,—is religious defilement. The ancient legend of Izanagi's descent to the nether world, in search of his lost spouse, illustrates the terrible beliefs that once existed as to goblin-powers presiding over decay. Between the horror of death as corruption, and the apotheosis of the ghost, there is nothing incongruous: we must understand the apotheosis itself as a propitiation. This earliest Way of the Gods was a religion of perpetual fear. Not ordinary homes only were deserted after a death: even the Emperors, during many centuries, were wont to change their capital after the death of a predecessor. But, gradually, out of the primal funeral-rites, a higher cult was evolved. The mourning-house, or *moya*, became transformed into the Shintō temple, which still retains the shape of the primitive hut. Then under Chinese influence, the ancestral cult became established in the home; and Buddhism at a later day maintained this domestic cult. By degrees the household religion became a religion of tenderness as well as of duty, and changed and softened the thoughts of men about their dead. As early as the eighth century, ancestor-worship appears to have developed the three principal forms under which it still exists; and thereafter the family-cult began to assume a character which offers many resemblances to the domestic religion of the old European civilizations.

Let us now glance at the existing forms of this domestic cult,—the universal religion of Japan. In every home there is a shrine devoted to it. If the family profess only the Shintō belief, this shrine, or *mitamaya*[2]("august-spirit-dwelling"),—tiny model of a Shintō temple,—is placed upon a shelf fixed against the wall of some inner chamber, at a height of about six feet from the floor. Such a shelf is called *Mitama-San-no-tana*, or "Shelf of the august spirits." In the shrine are placed thin tablets of white wood, inscribed with the names of the household dead. Such tablets are called by a name signifying "spirit-substitutes" (*mitamashiro*), or by a probably older name signifying "spirit-sticks." ... If the family worships its ancestors according to the Buddhist rite, the mortuary tablets are placed in the Buddhist household-shrine, or *Butsudan*, which usually occupies the upper shelf of an alcove in one of the inner apartments. Buddhist mortuary-tablets (with some exceptions) are called *ihai*,—a term signifying "soul-commemoration." They are lacquered and gilded, usually having a carved lotos-flower as pedestal; and they do not, as a rule, bear the real, but only the religious and posthumous name of the dead.

Now it is important to observe that, in either cult, the mortuary tablet actually suggests a miniature tombstone—which is a fact of some evolutional interest, though the evolution itself should be Chinese rather than Japanese. The plain gravestones in Shinto cemeteries resemble in form the simple wooden ghost-sticks, or spirit-sticks; while the Buddhist monuments in the old-fashioned Buddhist graveyards are shaped like the *ihai*, of which the form is slightly varied to indicate sex and age, which is also the case with the tombstone.

The number of mortuary tablets in a household shrine does not generally exceed five or six,—only grandparents and parents and the recently dead being thus represented; but the name of remoter ancestors are inscribed upon scrolls, which are kept in the *Butsudan* or the *mitamaya*.

Whatever be the family rite, prayers are repeated and offerings are placed before the ancestral tablets every day. The nature of the offerings and the character of the prayers depend upon the religion of the household; but the essential duties of the cult are everywhere the same. These duties are not to be neglected under any circumstances; their performance in these times is usually intrusted to the elders, or to the women of the household.[3] There is no long ceremony, no imperative rule about prayers, nothing solemn: the food-offerings are selected out of the family cooking; the murmured or whispered invocations are short and few. But, trifling as the rites may seem, their performance must never be overlooked. Not to make the offerings is a possibility undreamed of: so long as the family exists they must be made.

To describe the details of the domestic rite would require much space,—not because they are complicated in themselves, but because they are of a sort unfamiliar to Western experience, and vary according to the sect of the family. But to consider the details will not be necessary: the important matter is to consider the religion and its beliefs in relation to conduct and character. It should be recognized that no religion is more sincere, no faith more touching than this domestic worship, which regards the dead as continuing to form a part of the household life, and needing still the affection and the respect of their children and kindred. Originating in those dim ages when fear was stronger than love,—when the wish to please the ghosts of the departed must have been chiefly inspired by dread of their anger,—the cult at last developed into a religion of affection; and this it yet remains. The belief that the dead need affection, that to neglect them is a cruelty, that their happiness depends upon duty, is a belief that has almost cast out the primitive fear of their displeasure. They are not thought of as dead: they are believed to remain among those who loved them. Unseen they guard the home, and watch over the welfare of its inmates: they hover nightly in the glow of the shrine-lamp; and the stirring of its flame is the motion of them.

They dwell mostly within their lettered tablets;—sometimes they can animate a tablet,—change it into the substance of a human body, and return in that body to active life, in order to succour and console. From their shrine they observe and hear what happens in the house; they share the family joys and sorrows; they delight in the voices and the warmth of the life about them. They want affection; but the morning and the evening greetings of the family are enough to make them happy. They require nourishment; but the vapour of food contents them. They are exacting only as regards the daily fulfilment of duty. They were the givers of life, the givers of wealth, the makers and teachers of the present: they represent the past of the race, and all its sacrifices; —whatever the living possess is from them. Yet how little do they require in return! Scarcely more than to be thanked, as the founders and guardians of the home, in simple words like these: —"*For aid received, by day and by night, accept, August Ones, our reverential gratitude.*"... To forget or neglect them, to treat them with rude indifference, is the proof of an evil heart; to cause them shame by ill-conduct, to disgrace their name by bad actions, is the supreme crime. They represent the moral experience of the race: whosoever denies that experience denies them also, and falls to the level of the beast, or below it. They represent the unwritten law, the traditions of the commune, the duties of all to all: whosoever offends against these, sins against the dead. And, finally, they represent the mystery of the invisible: to Shinto belief, at least, they are gods.

It is to be remembered, of course, that the Japanese word for gods, *Kami,* does not imply, any more than did the old Latin term, *dii-manes,* ideas like those which have become associated with the modern notion of divinity. The Japanese term might be more closely rendered by some such expression as "the Superiors," "the Higher Ones"; and it was formerly applied to living rulers as well as to deities and ghosts. But it implies considerably more than the idea of a disembodied spirit; for, according to old Shintō teaching the dead became world-rulers. They were the cause of all natural events,—of winds, rains, and tides, of buddings and ripenings, of growth and decay, of everything desirable or dreadful. They formed a kind of subtler element,—an ancestral aether,—universally extending and unceasingly operating. Their powers, when united for any purpose, were resistless; and in time of national peril they were invoked *en masse* for aid against the foe.... Thus, to the eyes of faith, behind each family ghost there extended the measureless shadowy power of countless Kami; and the sense of duty to the ancestor was deepened by dim awe of the forces controlling the world,—the whole invisible Vast. To primitive Shintō conception the universe was filled with ghosts;—to later Shintō conception the ghostly condition was not limited by place or time, even in the case of individual spirits. "Although," wrote Hirata, "the home of the spirits is in the Spirit-house, they are equally present wherever they are worshipped,—being gods, and therefore ubiquitous."

The Buddhist dead are not called gods, but Buddhas (*Hotoke*),—which term, of course, expresses a pious hope, rather than a faith. The belief is that they are only on their way to some higher state of existence; and they should not be invoked or worshipped after the manner of the Shinto gods: prayers should be said *for* them, not, as a rule, *to* them.[4] But the vast majority of Japanese Buddhists are also followers of Shintō; and the two faiths, though seemingly incongruous, have long been reconciled in the popular mind. The Buddhist doctrine has therefore modified the ideas attaching to the cult much less deeply than might be supposed.

In all patriarchal societies with a settled civilization, there is evolved, out of the worship of ancestors, a Religion of Filial Piety. Filial piety still remains the supreme virtue among civilized peoples possessing an ancestor-cult.... By filial piety must not be understood, however, what is commonly signified by the English term,—the devotion of children to parents. We must understand the word "piety" rather in its classic meaning, as the *pietas* of the early Romans,—that is to say, as the religious sense of household duty. Reverence for the dead, as well as the sentiment of duty towards the living; the affection of children to parents, and the affection of parents to children; the mutual duties of husband and wife; the duties likewise of sons-in-law and daughters-in-law to the family as a body; the duties of servant to master, and of master to dependent,—all these were included under the term. The family itself was a religion; the ancestral home a temple. And so we find the family and the home to be in Japan, even at the present day. Filial piety in Japan does not mean only the duty of children to parents and grandparents: it means still more, the cult of the ancestors, reverential service to the dead, the gratitude of the present to the past, and the conduct of the individual in relation to the entire household. Hirata therefore declared that all virtues derived from the worship of ancestors; and his words, as translated by Sir Ernest Satow, deserve particular attention:—

"It is the duty of a subject to be diligent in worshipping his ancestors, whose minister he should consider himself to be. The custom of adoption arose from the natural desire of having some one to perform sacrifices; and this desire ought not to be rendered of no avail by neglect. Devotion to the memory of ancestors is the mainspring of all virtues. No one who discharges his duty to them will ever be disrespectful to the gods or to his living parents. Such a man also will be faithful to his prince, loyal to his friends, and kind and gentle to his wife and children. For the essence of this devotion is indeed filial piety."

From the sociologist's point of view, Hirata is right: it is unquestionably true that the whole system of Far-Eastern ethics derives from the religion of the household. By aid of that cult have been evolved all ideas of duty to the living as well as to the dead,—the sentiment of reverence, the sentiment of loyalty, the spirit of self-sacrifice, and the spirit of patriotism. What filial piety signifies as a religious force can best be imagined from the fact that you can buy life in the East—that it has its price in the market. This religion is the religion of China, and of countries adjacent; and life is for sale in China. It was the filial piety of China that rendered possible the completion of the Panama railroad, where to strike the soil was to liberate death,—where the land devoured labourers by the thousand, until white and black labour could no more be procured in quantity sufficient for the work.

But labour could be obtained from China—any amount of labour—at the cost of life; and the cost was paid; and multitudes of men came from the East to toil and die, in order that the price of their lives might be sent to their families.... I have no doubt that, were the sacrifice imperatively demanded, life could be as readily bought in Japan,—though not, perhaps, so cheaply. Where this religion prevails, the individual is ready to give his life, in a majority of cases, for the family, the home, the ancestors. And the filial piety impelling such sacrifice becomes, by extension, the loyalty that will sacrifice even the family itself for the sake of the lord,—or, by yet further extension, the loyalty that prays, like Kusunoki Masashige, for seven successive lives to lay down on behalf of the sovereign. Out of filial piety indeed has been developed the whole moral power that protects the state,—the power also that has seldom failed to impose the rightful restraints upon official despotism whenever that despotism grew dangerous to the common weal.

Probably the filial piety that centred about the domestic altars of the ancient West differed in little from that which yet rules the most eastern East. But we miss in Japan the Aryan hearth, the family altar with its perpetual fire. The Japanese home-religion represents, apparently, a much earlier stage of the cult than that which existed within historic time among the Greeks and Romans. The homestead in Old Japan was not a stable institution like the Greek or the Roman home; the custom of burying the family dead upon the family estate never became general; the dwelling itself never assumed a substantial and lasting character. It could not be literally said of the Japanese warrior, as of the Roman, that he fought *pro aris et focis*. There was neither altar nor sacred fire: the place of these was taken by the spirit-shelf or shrine, with its tiny lamp, kindled afresh each evening; and, in early times, there were no Japanese images of divinities. For Lares and Penates there were only the mortuary-tablets of the ancestors, and certain little tablets bearing names of other gods—tutelar gods .... The presence of these frail wooden objects still makes the home; and they may be, of course, transported anywhere.

To apprehend the full meaning of ancestor-worship as a family religion, a living faith, is now difficult for the Western mind. We are able to imagine only in the vaguest way how our Aryan forefathers felt and thought about their dead. But in the living beliefs of Japan we find much to suggest the nature of the old Greek piety. Each member of the family supposes himself, or herself, under perpetual ghostly surveillance. Spirit-eyes are watching every act; spirit-ears are listening to every word. Thoughts too, not less than deeds, are visible to the gaze of the dead: the heart must be pure, the mind must be under control, within the presence of the spirits. Probably the influence of such beliefs, uninterruptedly exerted upon conduct during thousands of years, did much to form the charming side of Japanese character. Yet there is nothing stern or solemn in this home-religion to-day,—nothing of that rigid and unvarying discipline supposed by Fustel de Coulanges to have especially characterized the Roman cult. It is a religion rather of gratitude and tenderness; the dead being served by the household as if they were actually present in the body .... I fancy that if we were able to enter for a moment into the vanished life of some old Greek city, we should find the domestic religion there not less cheerful than the Japanese home-cult remains to-day. I imagine that Greek children, three thousand years ago, must have watched, like the Japanese children of to-day, for a chance to steal some of the good things offered to the ghosts of the ancestors; and I fancy that Greek parents must have chidden quite as gently as Japanese parents chide in this era of Meiji,—mingling reproof with instruction, and hinting of weird possibilities.[5]

1)   How the horses and other animals were sacrificed, does not clearly appear.
2)   It is more popularly termed *miya*, "august house,"—a name given to the ordinary Shintō temples.
3)   Not, however, upon any public occasion,—such as a gathering of relatives at the home for a religious anniversary: at such times the rites are performed by the head of the household.
      Speaking of the ancient custom (once prevalent in every Japanese

household, and still observed in Shintō homes) of making offerings to the deities of the cooking range and of food, Sir Ernest Satow observes: "The rites in honour of these gods were at first performed by the head of the household; but in after-times the duty came to he delegated to the women of the family" (*Ancient Japanese Rituals*). We may infer that in regard to the ancestral rites likewise, the same transfer of duties occurred at an early time, for obvious reasons of convenience. When the duty devolves upon the elders of the family—grandfather and grandmother—it is usually the grandmother who attends to the offerings. In the Greek and Roman household the performance of the domestic rites appears to have been obligatory upon the head of the household; but we know that the women took part in them.

4)   Certain Buddhist rituals prove exceptions to this teaching.

5)   Food presented to the dead may afterwards be eaten by the elders of the household, or given to pilgrims; but it is said that if children eat of it, they will grow with feeble memories, and incapable of becoming scholars.

（上：ハーンの葬儀の列）
（右：雑司ヶ谷墓地のハーンの墓）

著者紹介

高瀬彰典

熊本商科大学教授、京都外国語大学教授、富山大学教授を経て、現在島根大学教授。

著　書

『コールリッジの文学と思想』、1989年3月、千城

『イギリス文学点描』、1991年3月、千城

『想像と幻想の世界を求めて』共著、1999年11月、大阪教育図書

A Study of S. T. Coleridge、2002年2月、富山大学

『コールリッジ論考』、2006年11月、島根大学

『教育者ラフカディオ・ハーンの世界』主幹、2006年11月、ワン・ライン

『小泉八雲論考』、2008年3月、島根大学ラフカディオ・ハーン研究会

『国際社会で活躍した日本人―明治〜昭和13人のコスモポリタン』共著、2009年4月、弘文堂

『小泉八雲の世界―ハーン文学と日本女性―』、2009年12月、島根大学ラフカディオ・ハーン研究会

小泉八雲の日本研究
―ハーン文学と神仏の世界―
付録　ハーン作品集（英文）

2021 年 8 月 8 日　初版発行

著　　者　　高瀬　彰典

発　　行　　ふくろう出版
〒700-0035　岡山市北区高柳西町 1-23
　　　　　　友野印刷ビル
TEL：086-255-2181
FAX：086-255-6324
http://www.296.jp
e-mail：info@296.jp
振替　01310-8-95147

ISBN978-4-86186-827-6 C3093
©TAKASE Akinori 2021